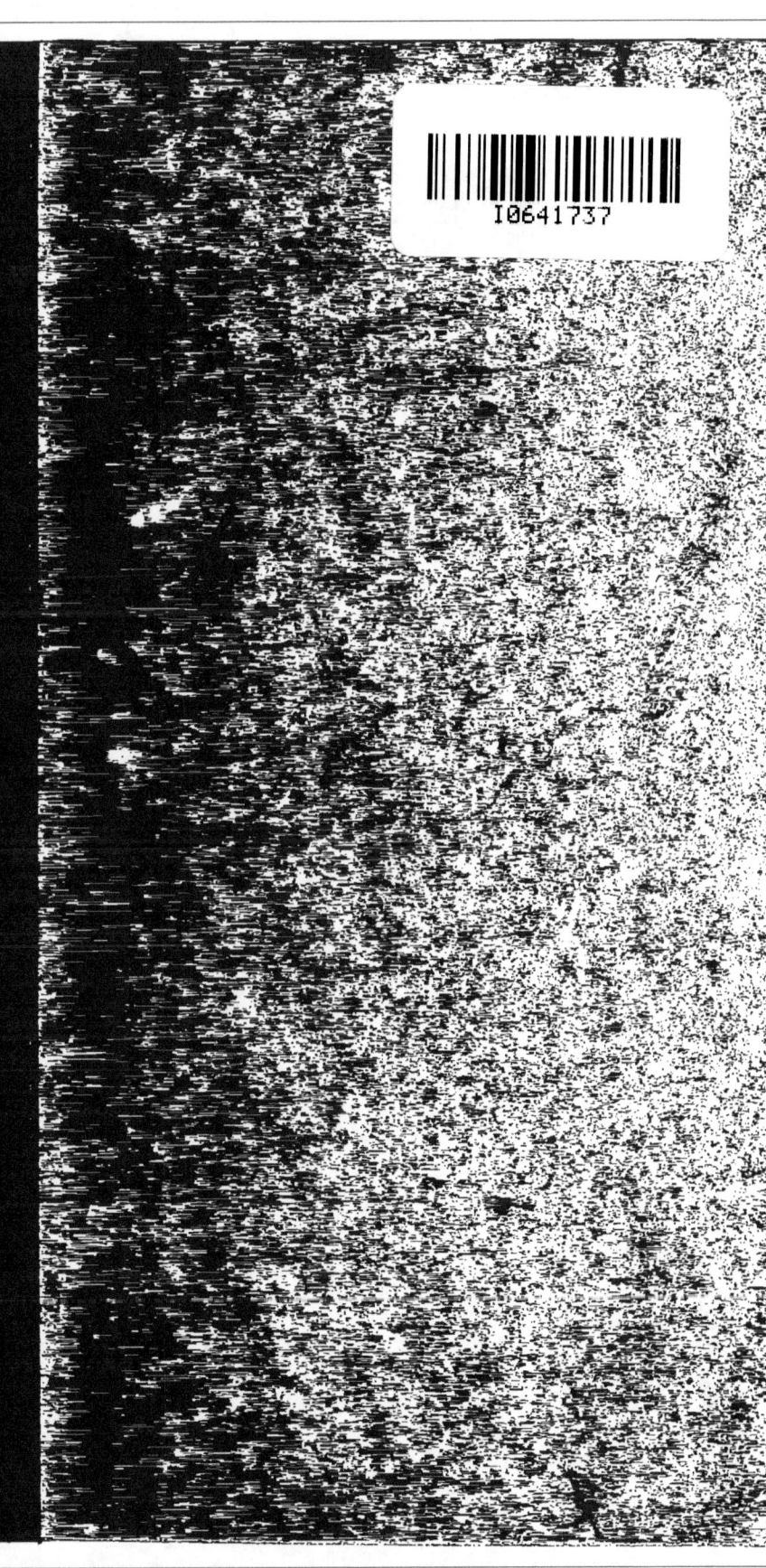

I0641737

LA FRANCE

IL Y A TRENTE ANS.

II.

DE L'IMPRIMERIE DE LEFEBVRE,

RUE DE BOURBON, N°. 11.

1 Pavillon de l'Est. *2 Cour Royale.* *3 Cour des Princes ou Cour de Bourbon.*

LA FRANCE

IL Y A TRENTE ANS,

OU

TABLEAU HISTORIQUE

DE PARIS

SOUS LES ASSEMBLÉES NATIONALES,

ÉCRIT, JOUR PAR JOUR, PAR UN TÉMOIN OCULAIRE.

Contenant des détails curieux, intéressans et peu connus sur ce qui s'est passé dans Paris et ses faubourgs, au Palais-Royal, à l'Hôtel-de-Ville, aux Tuileries, et particulièrement dans les réunions politiques, etc.

PAR M. A. L. DE BREUIL.

AVEC FIGURES.

TOME SECOND.

PARIS.

LEROUGE, LIBRAIRE, COUR DU COMMERCE, St.-ANDRÉ-DES-ARCS;
PICHARD, LIBRAIRE, QUAI DE CONTI, N°. 5, AU BOUT DU PONT-NEUF.

1822.

LA FRANCE

IL Y A TRENTE ANS.

NEUVIÈME SÉANCE.

———

Le lendemain soir, dès que je fus entré chez
M. de Varicourt, je me trouvai bientôt entouré
de mes trois jeunes amis, Edouard, Raoul et
Adolphe. L'un et l'autre me témoignèrent le
plus grand empressement de connaître la suite
des événemens qui allaient tout bouleverser.
Ah! Monsieur, me dit Edouard en m'apercevant, je n'ai point dormi de toute la nuit: toute
la nuit je me suis trouvé au milieu des brigands
et des assassins. Vos récits d'hier m'ont tellement frappé de crainte et d'épouvante, que je
suis encore saisi d'effroi. — Oui, oui, Monsieur,
reprirent Raoul et Adolphe, vos récits d'hier
glacent l'âme et jettent l'épouvante dans les
cœurs sensibles. — Ah! prince infortuné et intéressant, reprit Adolphe, combien nous pre-
nons part à ta position affligeante, à tes malheurs inouis! combien nous plaignons ton au-

guste épouse et tes enfans !—Oui, Messieurs,
repris-je, ils sont à plaindre ces enfans nés sur
le trône; car en ces temps de calamités la pitié
était bannie, le crime poursuivait ses victimes
sans relâche, sans égard ni pour le sexe ni
pour l'âge : le plus grand nombre des Français
avait perdu le caractère national. Que dis-
je ! non, ils n'étaient pas Français ceux qui
conspiraient contre Louis XVI, qu'on pouvait
appeler le père de la nation et de la liberté.
Ce prince méritait ce titre à tous égards ; jamais roi ne fut plus dévoué à tous les sacrifices
pour ce peuple qui ne sut point reconnaître
tant de qualités sublimes. Le descendant de
tant de rois, le petit-fils de saint Louis va descendre volontairement de son trône pour la paix
du monde !.... Mais quelle est mon erreur !
non, il n'est plus de paix, plus de bonheur
pour la France entière : le fer et le feu vont
seuls régner, et cette belle France ne sera plus
qu'un gouffre qui engloutira ses enfans. Dieu
avait-il donc oublié cette portion de peuple re-
légué dans ce petit coin du globe ? pourquoi
laissa-t-il ce même peuple s'entre égorger pour
une idole sanglante qu'on appelait liberté?—
Halte-là, Monsieur, me dit Adolphe avec son
phlegme accoutumé ; cessez vos réflexions et
commencez vos récits ; ils m'intéressent trop
pour attendre plus long-temps. —Oui, oui,
lui répondis-je ; et me plaçant sur mon esca-
beau, je commençai ainsi :

Après avoir jeté la terreur dans l'Assemblée
nationale, et dans les environs des Tuileries
et du Palais-Royal, les Jacobins et leurs agens,

comme vous l'avez vu dans ma précédente séance, se portèrent dans les faubourgs St.-Antoine et St.-Marceau afin d'armer la canaille et les brigands contre Louis et sa cour. La salle des frères et amis (ils se donnaient déjà ce titre), présidée par le député Montaut, devint aussitôt un champ de harangues insurrectionnelles ; les motions les plus extravagantes, les propositions les plus erronnées furent faites contre les comités qui manifestaient le désir de faire exécuter la loi. Mais, comme on ne voulait plus ni l'exécution de la loi, ni la reconnaître, et que le plus saint des devoirs était l'insurrection contre toutes les autorités quelconques, il fallait bien tout paralyser, tout anéantir, tout épouvanter pour arriver au but que se proposaient les conjurés. Depuis quinze jours, tout était en fermentation, et dans Paris et dans les faubourgs ; tous les clubs, toutes les assemblées de section étaient autant de foyers qui alimentaient le cratère du volcan qui allait tout incendier, tout détruire.

Le maire Pétion, en sortant de l'Assemblée nationale , comme je l'ai déjà dit, fut rejoindre, à l'Hôtel-de-Ville, les principaux conjurés qui l'attendaient avec la plus vive impatience, pour se concerter sur l'organisation d'une nouvelle municipalité, ou plutôt le renouvellement de tous les membres de la Commune de Paris. Ceux qui en faisaient partie, et qu'on nommait officiers municipaux, n'étaient pas tous disposés à armer le peuple et à marcher contre le palais des Tuileries : et c'était bien ce qui embarrassait les princi-

1*

paux conjurés, Manuel, Danton, Tallien, Camille-Desmoulins, Robespierre, Brissot, Carra, et autres coquins, agens principaux de
la main invisible qui les salariait. Ceux-ci,
pour se donner plus d'autorité ou de pouvoir
parmi le peuple, adjoignirent à leur comité
Fabre-d'Églantine, Huguenin, Panis, Osselin,
Marat, Fréron, Duplain, Billaud-Varennes,
Dufort, Cailly, Jourdeuil, Sergent, Desfor-
ges, Lenfant, Leclère, Collot-d'Herbois,
M.-J. Chenier, Lestournel, Legendre, et
autres Jacobins, dont la plupart n'avaient d'autres moyens d'existence, que le produit de
leurs écrits révolutionnaires. Tous ces hommes,
qui n'avaient rien à perdre, délibérèrent aussitôt sur les moyens de changer la face du gouvernement; et, pour l'exécution de leurs projets, ils arrêtèrent qu'ils se transporteraient
dans les quarante-huit sections pour y faire nommer de nouveaux municipaux, à l'effet, disent-ils, de sauver la patrie...O ciel! quel
moyen de sauver la patrie...!!!

À dix heures du soir, les membres de ce
comité quittèrent l'Hôtel-de-Ville et coururent
dans chacune des sections qui leur étaient as-
signées. Arrivés au milieu de ces assemblées
délibérantes, ils montèrent dans la tribune;
là, en se battant les flancs, ils déclarèrent qu'ils
venaient, au nom de la municipalité, pour avi-
ser aux moyens de sauver la patrie; et que le
seul moyen de la sauver, était de nommer six
commissaires dans chacune des sections, à la
pluralité des voix, pour être envoyés à l'Hôtel-de-Ville, avec pleins pouvoirs d'agir de

concert avec la municipalité. Comment vous peindre , Messieurs, la situation de ces Assemblées de section ? Non, jamais le trouble ne fut plus grand , ni plus tumultueux ; on criait, dans tous les coins de la salle, de manière à faire trembler les voûtes : les uns voulaient la nomination de celui-ci ; les autres , de celui-là ; les plus modérés voulaient les lois , l'exécution des lois, non le renversement de la constitution. La lutte entre les deux partis devint des plus orageuses.

A minuit précis, le beffroi de l'Hôtel-de-Ville , comme l'avait annoncé M. Rœderer à l'Assemblée nationale, se fait entendre dans la place de Grève et dans les environs. Ce premier coup de tocsin donne le signal de l'insurrection , et se répète aussitôt dans plusieurs églises ; on l'entend dans tous les faubourgs St.-Antoine et St.-Marceau ; une grande partie des sections le fait sonner dans leurs églises : l'alarme est bientôt générale. Les assemblées de sections redeviennent encore plus tumultueuses, plus bruyantes ; on presse la nomination des commissaires ; mais cette nomination entraîne le plus grand désordre. Sur quarante-huit sections, vingt-huit seulement parviennent à envoyer quelques députés à l'Hôtel-de-Ville ; les autres refusent, ou ne s'entendent point. A une heure du matin, il n'y avait pas trente commissaires au rendez-vous ; et cependant, d'après l'arrêté du comité dirigeant, il en fallait six par section. Le son lugubre des cloches, qui continue de se faire entendre de tous côtés , presse la nomination des agens de la révolte, et cependant, dans toute la nuit, on ne peut rassembler que quatre-vingt-huit commissaires, sur près de trois cents qui doivent composer le nouveau conseil de la Commune. A deux heures du matin, il y en avait, tout au plus, cinquante. Enfin, le nombre s'accroît, et chaque commissaire arrive avec des pouvoirs illimités. Ceux de la section des Quinze-Vingts du faubourg St.-Antoine, qui arrivèrent les premiers à l'Hôtel-de-Ville, portaient : « *L'assemblée donne pouvoirs illimités de tout faire pour sauver la patrie ; et déclare ne plus connaître d'autres ordres que ceux de ses commissaires réunis.* » Les commissaires de la section de Bon-Conseil, ou plutôt de Mauvais-Conseil, arrivent les seconds ; leurs pouvoirs étaient ainsi conçus : « *Pouvoirs les plus étendus de faire tout ce qu'ils aviseront pour le salut de la chose commune, et de consentir à tout ce qui sera avisé par les commissaires réunis.* » Les autres sections disaient : « *Pouvoirs illimités pour sauver la patrie.* » Tous ces commissaires, ou plutôt tous ces conspirateurs, quoique munis de pouvoirs de leurs sections, n'arrivent cependant à l'Hôtel-de-Ville qu'en tremblant : d'un côté ils voient la palme qu'ils vont cueillir, s'ils parviennent à armer le peuple et renverser le gouvernement ; de l'autre, s'ils ne réussissent point, l'échafaud qui les attend.

Vers les trois heures, soixante commissaires ou environ, à la tête desquels se trouvent Danton, Manuel, Tallien, Robespierre, Camille-Desmoulins et Marat, s'installent dans la grande salle de l'Hôtel-de-Ville, et au nom des commissaires réunis des sections, cassent la municipalité et se déclarent seuls l'autorité compétente, et forment le conseil général de la Commune de Paris. Cette réunion de conspirateurs, ou plutôt de scélérats, après avoir vérifié leurs pouvoirs, se déclarent seuls représentans de Paris et de la *grande nation*, et n'hésitent plus à prendre des arrêtés. Ces arrêtés deviennent les seules lois auxquelles tout Paris doit se soumettre et obéir ponctuellement. De nouveaux commissaires arrivent, ils sont reçus avec acclamation; mais le nombre n'en n'est pas très-considérable. Enfin, il augmente progressivement jusqu'à quatre-vingt-huit. Ce nouveau conseil, souverain arbitre de la France, duquel va dépendre la destinée entière de l'immense population de la capitale, composé, comme on voit, de Jacobins et de gens qui n'ont rien à perdre, donne des ordres et commande en maître. L'administration de la police lui est soumise; il nomme de nouveaux administrateurs; et le comité de police composé de Panis, Sergent, Gusman, Lenfant, etc. etc. s'installe à l'hôtel de l'ancien président du Parlement, aujourd'hui le siége de la préfecture de police.

Ces deux nouvelles autorités n'ont plus de bornes dans leurs projets d'envahissement. Tout marche de front aux ordres de la nouvelle Commune; tout obéit aux modernes souverains de Paris. Les agens de cette autorité ne ménagent rien pour accomplir leurs actes d'iniquité. Les deux faubourgs Saint-Antoine et Saint-Marceau, deviennent des camps où se réunissent tous les bandits et les mauvais Français qui se rangent sous les bannières de l'insurrection. Le tocsin qui continue de se faire entendre dans toutes les paroisses, le tambour qui bat la générale dans les rues, semblent donner le signal du carnage. Aux prétendus dangers de la patrie, qu'on proclame de toutes parts, la populace court, crie et s'arme de toutes les manières, pour donner la mort à quiconque voudra leur résister. Le jour paraît, et le soleil vient éclairer les mouvemens séditieux qui s'organisent de tous côtés, pour marcher contre le palais du souverain. Depuis deux jours, la section de Sainte-Marguerite devient le rendez-vous de tous les orateurs du plus affreux désastre. La multitude se grossit de momens en momens, et on n'entend plus que ces cris : *vive la liberté !* le nom de cette horrible divinité, qui amènera bientôt la misère et la famine dans Paris et dans toute la France, sort de toutes les bouches. La foule du peuple, poussée au crime par une poignée de scélérats, ne voulut plus reconnaître le gouvernement, ni aucune autorité, pas même celle de l'Assemblée nationale, qui ne sera bientôt plus qu'*un moule à décrets*, dictés par l'influence des piques et des poignards. Enfin, le tourbillon incendiaire augmente sa violence, les colonnes populaires se forment; la grande rue du faubourg et la place de la Bastille, en sont couvertes. Les chefs qui les commandent, n'ont pas toujours le pouvoir de se faire obéir; mais les orateurs, tantôt à la tête des colonnes, tantôt à la queue ou au centre, parmi lesquels se trouve le capucin Chabot, haranguant la multitude, que chaque mot achève d'exaspérer. « Il est temps , dit le capucin député, que le peuple sorte de l'esclavage et recouvre ses droits de citoyen. — Oui , oui, crie la multitude , il est temps que le brave sansculotte ne soit plus le jouet du caprice des riches et l'esclave de la cour du tyran. C'est aujourd'hui , continue l'orateur, que ce bon peuple ; (Ces paroles flatteuses , prononcées avec condoléance , enflamment tous les cœurs) c'est aujourd'hui que ce bon peuple doit conquérir ses droits, s'emparer de la souveraineté et ne plus écouter que la voix de ces mandataires , qui le conduisent à la conquête de la liberté. » — Bravo ! bravo ! et la colonne répond à cette exclamation par des cris de *vive la nation ! vive la liberté !* Toutes les armes s'élèvent en l'air. — Peuple ! reprend un autre jongleur, point de paix, point de quartier pour les tyrans , allons aux Tuileries ; en avant, marche. » A ce signal ou plutôt à cet ordre impératif, toute la colonne fait un mouvement en avant ; mais s'arrête un peu plus loin , et de nouveaux orateurs pérorent encore la multitude , par de nouvelles propositions les plus extravagantes , en lui débitant que bientôt il aura des hôtels , des châteaux , des palais où il se reposera de ses fatigues et de ses peines. Ces chimères auxquelles la populace croit fermement et dont on la berce depuis si longtemps, lui donnent une fierté guerrière et féroce, en se rangeant sous les bannières de l'insurrection.

Cependant ces forcenés se forment en aveu-

gles, en pelotons, en bataillons... hélas! quels
bataillons! quand il n'y a ni ordre ni ensemble
et que tout est pêle-mêle et dans la confusion,
commandés par les Santerre, les Rossignol, les
Lajouski, les Fournier, les Maillard, les
Grammont, les Saint-Huruge, les Westermann,
et autres intrigans. La nouvelle Commune de
Paris organise le premier assassinat qui doit la
mener à la dictature; la victime qu'elle signale
aux assassins est le commandant-général de la
garde nationale, et cette garde nationale est
presque tout entière aux Tuileries pour repousser la force par la force. Mandat, qui remplit les fonctions de général d'armée, dévoué
à son roi et à son pays, n'est pas homme à composer avec les brigands. Le maire Pétion se
trouve aux Tuileries; il ne correspond plus avec
la Commune. Celle-ci en est inquiète; il a signé l'ordre de repousser les insurgés. Mais les
municipaux ont bientôt enlevé l'ordre et le
commandant, sous prétexte de s'entendre avec
le général pour arrêter l'insurrection des faubourgs, qui devient des plus alarmantes; ils
envoient une députation à l'estimable Mandat,
pour l'inviter à se rendre à la Ville. Mandat refuse; mais bientôt une nouvelle députation
revient aussitôt, presse le commandant, le sup-
plie, lui peint les malheurs dont il sera cause,
s'il refuse une seconde fois de se rendre à
l'Hôtel-de-Ville. Pressé, sollicité, Mandat déclare qu'il va s'y rendre; mais ce commandant
proscrit, ignore le changement qui s'est opéré
à l'Hôtel-de-Ville; il ignore que l'ancienne municipalité n'existe plus. Il part du château avec

promesse de revenir bientôt. Mais il semble prévoir le sort qui lui est destiné. A quatre heures du matin, il arrive, accompagné de quelques cavaliers, monte à l'Hôtel-de-Ville, et peu d'instans après il en sort; mais à peine est-il sur les degrés, que les assassins apostés lui donnent la mort et jettent son corps dans la rivière (1). Tel fut ce premier acte d'atrocité que firent exécuter Danton, Robespierre, et leur bande, qui se disaient représentans de la ville de Paris. Hélas! quels représentans! Un Mandrin, à la tête des siens, n'en aurait pas fait davantage.

Ce premier assassinat odieux qu'ordonnèrent les représentans de la ville de Paris, assassinat qui fut le prélude de mille autres, sembla redoubler dans tous les chefs des cohortes, cette soif de sang dont ils étaient altérés. Les colonne des faubourgs, formées de tout ce qu'il y avait de brutaux et de pervers parmi la canaille, armée de piques, de sabres, d'épées, de broches, de fourches et de bâtons ferrés, s'avancent de tous côtés vers l'Hôtel-de-Ville, ayant à leur tête deux pièces de canon. A sept heures du matin la place de Grève ressemblait à un camp dans la plus complète indiscipline.

(1) M. Mandat, ancien capitaine aux Gardes-Françaises, ayant embrassé le parti de la révolution, devint commandant de la garde nationale de la section des Filles-Saint-Thomas. A la tête de ce bataillon, sur lequel il pouvait compter par son dévouement pour son roi, il l'avait placé le long du palais des Tuileries, et en gardait les portes d'entrée lorsqu'il partit pour l'Hôtel-de-Ville.

Les cris de guerre et le tumulte augmentaient
de momens en momens. Des pelotons arrivant
de tous côtés, grossissent cette armée à vue
d'œil. Les municipaux, encouragés dans leurs
projets de bouleversement, par ces forces co-
lossales qu'un simple bataillon de troupe de
ligne aurait mis en fuite en moins de quelques
minutes, correspondaient toujours avec la plus
grande activité avec toutes les sections, et demandaient continuellement et de nouveaux
commissaires et de nouvelles troupes. Ils prennent arrêtés sur arrêtés : le fameux Huguenin,
commissaire de Sainte-Marguerite en était le
président. Après la mort de Mandat, et
dont on ignorait le sort au château des Tuileries, Santerre, brasseur de bierre, fut nommé
commandant-général de Paris par les municipaux. Ce misérable, qui n'avait pas plus de connaissance dans l'art de la guerre, qu'un simple
caporal de revue, fut cependant proclamé général
en chef, aux cris de *vive la nation et la liberté!*
On lui jure obéissance, on lui prête serment ;
et ce même serment fut aussi prêté aux municipes, qui, aussitôt, proclament la souveraineté du peuple. Il faut avoir vu le débordement
des Vandales, et entendu ces clameurs force-
nées de combats et de mort, pour s'en faire une
idée. A huit heures, tout s'ébranle. Les colonnes prennent chacune leur direction ; l'une
suit les quais Pelletier, de Gèvres et de la Fer-
raille, et joint les colonnes du faubourg Saint-
Marceau, qui débouchent par le Pont-au-Change
et le Pont-Neuf, et s'avancent vers le quai du
Louvre ; une autre colonne suit les rues limi-

trophes, et une troisième longe les quais de Conti et de Voltaire. Le bataillon des Marseillais se met à la tête de la première, qui gagne le Louvre ; le point de réunion de toutes ces masses, est la place du Carrousel. Laissons ces phalanges insurrectionnelles avancer au petit pas vers le palais du monarque, et voyons ce qui se passe aux Tuileries, et quels sont les moyens de résistance qu'on y emploie pour repousser les insurgés.

Pendant que les parties du sud et de l'est de Paris sont dans la plus grande fermentation, et préparent leurs moyens d'attaque, le château des Tuileries et ses environs, ressemblent à un camp retranché qui attend son ennemi. Les troupes appelées à sa défense se trouvent réparties dans les cours attenantes au Carrousel, dans le jardin et du côté de la place de Louis XV. Le silence le plus grand règne de toutes parts. Le procureur-syndic du département, M. Roederer, s'y était rendu dès huit heures du soir, et y passa la nuit. Le maire Pétion, qui, comme je l'ai dit, était plutôt l'espion du château des Tuileries que le protecteur de Louis XVI, s'y rend aussi vers les neuf heures du soir. Cet homme, complice de l'horrible attentat qu'on médite contre la famille royale, envoyé par ses amis de l'Hôtel-de-Ville, n'avait d'autres intentions que celles de décourager les défenseurs du monarque et de rendre compte à ses collègues du succès de ses démarches; mais il fut bien trompé dans son attente, car il ne put communiquer avec le dehors, ni donner de ses nouvelles. Il fut gardé à vue par des grenadiers nationaux qui ne le quittèrent pas d'un instant, et le rendaient responsable des malheurs qui pouvaient arriver dans le cours de la nuit. Quant à M. Rœderer, je le crois cependant de bonne foi, quoiqu'il fût en partie cause de tous les malheurs de Louis XVI et de sa famille, il ne quitta point ce prince de toute la nuit, ou s'il le quittait un instant, c'était pour se rendre dans les cours du palais, dans le jardin, et sonder les bonnes ou mauvaises intentions des bataillons de la garde nationale. Tantôt il était avec Pétion, tantôt avec les chefs des troupes, tantôt dans l'intérieur du palais. Enfin, il employait ses faibles moyens pour sauver son prince, et empêcher le comble du désordre.

Dès la veille et dans le cours de la nuit, un grand nombre de gentilshommes se rendirent dans le palais des Tuileries pour défendre le roi ou mourir à ses côtés. Au nombre de près de trois cents, ils formèrent un bataillon sacré, armé de pistolets et d'épées, mais malheureusement ces gentilshommes étaient habillés en bourgeois, au lieu d'être revêtus de l'habit de garde nationale ; car sous l'uniforme et armés comme le soldat, avec des chefs expérimentés, ils auraient présenté le double et le triple de leurs forces. L'habit du soldat ne fait pas l'homme, comme on dit, mais lui donne cet air imposant et martial qui sait le faire craindre et respecter ; au lieu que sous l'habit bourgeois ces gentilshommes inspirèrent de la méfiance et de la jalousie aux gens qui ne connaissaient pas leurs bonnes intentions. D'un autre côté, cela

faisait disparate avec les uniformes. Cependant,
malgré cette jalousie, malgré cette méfiance,
ils restèrent à leur poste jusqu'à la dernière
extrémité, ou, pour mieux dire, jusqu'au moment où M. Rœderer, qui, sous prétexte de
sauver le roi, entraîna ce prince au milieu de
ses ennemis, comme on va le voir tout-à-l'heure.

Le roi ne dormit point de toute la nuit; il
fut constamment entouré de ses ministres, et,
pour ainsi dire, de toute sa cour, sans prendre
un parti décisif. La reine, dont le caractère
était fier et imposant, ne le quitta pas d'un
instant. Ah! si l'autorité lui eût été confiée,
et que le roi lui eût donné carte blanche,
certes la fille de Marie-Thérèse eût pu triompher
de ses ennemis. Sur vingt mille hommes répandus dans tous les environs du château, dix
mille étaient dévoués à sauver la monarchie et
la constitution, ou à périr en les défendant.
Neuf cents Suisses, douze pièces de canon étaient
plus que suffisans pour dissiper ces masses d'insurgés qui n'avaient de force que dans le nombre, parmi lesquels se trouvaient beaucoup de
femmes et d'enfans de douze à quinze ans.

Voici comme étaient distribuées les forces
destinées à défendre le palais des Tuileries.
Ce palais dont vous voyez ici, mes jeunes amis,
le tableau dans toutes ses parties, avait tout
ce qui lui fallait pour le préserver du pillage
et de l'incendie, désastre qu'il éprouva par la
plus lâche trahison. La première cour, qu'on
nommait la cour des Princes, attenante à la
galerie du Louvre, du côté du Carrousel, était
occupée par la garde nationale de service au-

près du roi. Outre cette garde, il y avait encore plusieurs bataillons en réserve avec deux pièces de canon. Ils passèrent la nuit sous les armes. La seconde cour, qu'on nommait la cour Royale, était en face du pavillon du milieu, au-dessus duquel flottait et flotte encore le drapeau blanc; deux pièces de canon de chaque côté du péristyle en défendaient l'approche. Les Suisses et la garde nationale y faisaient le service en commun. La troisième cour, appelée cour des Suisses, au bout de la chapelle du roi, était bordée de la caserne des Suisses pour la garde ordinaire du château. Une quatrième cour, nommée cour Marsan, du nom du pavillon de l'extrémité du nord, communiquait à l'hôtel de Brionne, où logeait le grand écuyer. Cet hôtel se trouvait en face de la rue de l'Echelle. Toutes ces cours remplies de gardes nationales et de Suisses, séparées les unes des autres par de petits bâtimens qui n'avaient qu'un rez-de-chaussée, étaient occupées par les personnes attachées au château. Ces cours n'avaient de communication que par une porte d'entrée le long du palais. Enfin, à la place de la grille qui fait aujourd'hui la séparation du Carrousel, existait un petit corps de bâtiment dans toute sa longueur et n'avait pas plus de douze pieds de hauteur, et servait aussi de logement aux personnes attachées au château. Telle était la position du palais du côté du Carrousel avant l'attaque par les insurgés. Tournons le pavillon Marsan et voyons ce qui se passe de l'autre côté, c'est-à-dire dans le jardin des Tuileries ; car ce côté faible, d'une vaste étendue, n'a rien qui s'oppose à l'approche des murs du palais. On entrait dans ce jardin, du côté du nord, par une méchante porte de bois, à-peu-près semblable à une porte cochère d'un hôtel ordinaire de Paris. Là, était un suisse-portier qui l'ouvrait et la fermait selon la volonté de ses chefs. Mais depuis quelque temps cette porte était éternellement ouverte contre la volonté du prince et par décret de l'Assemblée nationale. Des bâtimens très-rapprochés du château empêchaient l'arrivée des voitures, et il y avait à peine un passage pour les hommes de pied qui venaient du Petit-Carrousel, où était l'hôtel de Brionne. En place de la rue de Rivoli étaient les écuries du roi, qui servaient de passage et conduisaient au Manége, où siégeait l'Assemblée nationale.

Enfin, entrons dans le jardin des Tuileries par cette méchante porte de bois. Là, sur la droite, était et est encore la fameuse terrasse des Feuillans, si renommée par les rassemblemens des orateurs ambulans, et des nombreux groupes politiques qui écoutaient les débats de l'Assemblée nationale, dont la salle était située au-delà de la grille qui conduit à la place Vendôme. En longeant cette terrasse du côté de la place de Louis XV, on arrivait à la cour de l'Orangerie, où était encore un vaste bâtiment et de petits corps de logis. Mais par cet endroit on n'entrait dans les Tuileries que par une entrée étroite et montante; deux hommes de front pouvaient à peine y passer. En face des Champs-Elysées était un vaste fossé parallèle à ceux que l'on voit encore aujourd'hui; il faisait la séparation d'avec la place de Louis XV. Un pont

2.   2

tournant en fermait l'entrée. Dans les Tuileries, de chaque côté de ce pont, deux pièces de canon, la bouche tournée vers la route de Neuilly, en défendaient l'approche. Un grand nombre de gardes nationaux et de Suisses y étaient campés. Du côté de la rivière, il y avait la même terrasse que l'on voit aujourd'hui. De nombreux détachemens y étaient en station. Enfin, en arrivant vers le château, en face le Pont-Royal, il y avait encore un vaste fossé de trente pieds de largeur et douze de profondeur, qui séparait le jardin d'avec le quai; un pont tournant en fermait l'entrée; deux pièces de canon y étaient braquées la bouche tournée du côté du Pont-Royal. Telle était la situation et les moyens de défense du côté du jardin. Dans le courant de la nuit, un grand nombre de bataillons de gardes nationaux y étaient entrés sous le commandement de leurs chefs. Jusqu'au moment du départ de Mandat pour l'Hôtel-de-Ville, vers les quatre heures du matin, et dont vous avez vu plus loin la déplorable fin, avait jusque-là pris des mesures pour placer autour du palais tous les bataillons dont le dévouement et l'opinion étaient tout en faveur du roi et de la constitution. Mais malheureusement tout changea bientôt de face : une armée sans chefs à qui on enlève son général peu d'instans avant la bataille par la plus lâche trahison, est bientôt vaincue par son ennemi. Tel fut le sort de toutes les gardes nationales appelées à la défense du palais; on ignora même assez long-temps la fin déplorable de ce chef de toutes les légions. Malgré cette défection, chaque commandant maintint l'ordre et la discipline dans son bataillon : tout fut calme jusqu'à cinq heures du matin, au moment où le roi sortit de son palais pour passer la revue. Mais avant d'entrer dans les détails de cette revue et de ce qui en advint , pénétrons dans le palais du plus malheureux des rois, et voyons ce qui s'y passe.

Louis XVI espérant toujours sur le retour à la délicatesse , à l'honneur , à la justice de ses ennemis , ne cessa de mettre sa confiance entre les mains de Dieu et de la religion de ses pères, et d'adresser à l'Etre suprême des prières ferventes pour qu'il jetât un œil de miséricorde sur sa pénible existence , et sur celle de son infortunée famille, qu'il plaignait plus que lui-même. Au milieu des dangers extrêmes qui le menaçaient de toutes parts , le roi soupa ce-pendant avec le plus grand calme. La reine, ses enfans et sa sœur furent les seuls convives. La majesté royale présida encore à ce repas, qui fut le dernier de la royauté constitutionnelle. Dire que la gaîté accompagna ce repas de fa-mille , ce serait vouloir induire en erreur les âmes sensibles. Ce repas fut court et silencieux ; l'inquiétude et la douleur concentrée des ser-viteurs du monarque s'exprimaient par des larmes que chacun s'efforçait de lui cacher. Après le souper , le roi continua de s'entretenir avec ses ministres et avec les personnes qui lui étaient dévouées. La soirée fut calme , triste. Les nouvelles du dehors se communiquaient avec un secret pressentiment ; mais lorsque le tocsin se fit entendre dans l'éloignement , un mouvement d'effroi se manifesta dans l'âme

2*

des serviteurs comme le feu électrique. Les Suisses pénétrèrent jusque dans les appartemens, pour préserver le roi et sa famille de tout danger. Vers les trois heures du matin, Pétion fut enlevé du palais, par un décret que ses amis venaient d'obtenir de l'Assemblée nationale, qui lui ordonnait de s'y rendre, sous prétexte de donner des renseignemens sur la situation de Paris ; mais ce coup de traîtrise, n'était qu'un moyen de retirer du château le chef des conjurés. Pétion se rend à l'Assemblée, ne dit rien, ou presque rien, et disparaît sans qu'on sache ce qu'il devient pendant trois jours ; mais les conjurés de l'Hôtel-de-Ville n'en étaient pas en peine. Ils l'avaient soustrait à toutes les recherches.

Le jour paraît, quatre heures sonnent. La terrasse qui borde le château se couvre de plusieurs bataillons de gardes nationaux, et ces bataillons étaient ceux des Filles-Saint-Thomas, de la Butte-des-Moulins, de la place Vendôme, des Mathurins et des Petits-Pères, tous dévoués à défendre leur prince. Dans les cours, de l'autre côté du château, même nombre de défenseurs, même zèle. Vers les cinq heures et demie, le roi, accompagné de la reine et de ses enfans, visite tous les postes du château. Partout ils sont reçus avec acclamations. A six heures, le roi descend dans les cours, accompagné de MM. de Boissieu et de Menou, maréchaux-de-camp ; de MM. de Maillardoz et de Bachmann, officiers suisses ; de M. de Lajar, ex-ministre de la guerre ; M. de Sainte-Croix, M. de Iriges et de M. le prince de Poix

qui vint l'y joindre. On battit au champ. Vêtu
d'un simple habit violet uni, le chapeau sous
le bras et l'épée au côté, le roi ressemblait
plutôt à un bon père qui rend visite à sa nombreuse famille rassemblée autour de lui pour
le défendre contre les méchants, qu'à un monarque qu'on qualifiait de tyran. Sa figure et
son maintien étaient celui d'un homme d'honneur, qui a une répugnance invincible de répandre le sang humain. Après la revue des cours
du château, le roi entre dans le jardin des
Tuileries; là, il parcourt toutes les lignes, depuis le palais jusqu'au Pont-Tournant, près de
la place de Louis XV, et revient par la terrasse
du bord de l'eau. Ce prince fut-il également
bien accueilli partout ? Je n'entrerai pas dans
ces détails, ils sont trop affligeans. Reçu avec
acclamations par les uns, improuvé par les autres, il lui fallut supporter bien des désagré-
mens. Les bataillons armés de piques surtout,
et il s'en trouvait un assez grand nombre, mon-
trèrent un esprit d'insubordination des plus
révoltans, en criant *vive la nation ! vive Pétion !* D'autres criaient : *vive le roi ! vive la nation !* Mais la revue de la terrasse du château
fut plus consolante ; ici, les cris de *vive le roi !*
retentissent de tous côtés, au point que le roi
en répandit des larmes. A sept heures, il rentre dans son palais, où il est reçu avec tendresse
par la reine et ses enfans, et attend l'issue des
événemens qui vont bientôt se changer en larmes
de sang. En attendant ce crime inoui et sans
exemple, voyons ce que fait l'Assemblée nationale.

Au premier coup de tocsin de l'Hôtel-de-
Ville, qui avait donné le signal de l'insurrection, et qui se répéta dans presque tous les
quartiers de Paris, les députés sortent précipi-
tamment du lit et se rendirent dans leur salle.
Deux heures entières s'écoulent avant que le
nombre fût complet pour délibérer. Vous croyez
peut-être que l'Assemblée nationale va prendre de grandes mesures pour comprimer le
crime et arrêter les conjurés dans leur projet
d'insurrection? détrompez-vous : cette Assemblée nationale ne fit rien, absolument rien ;
elle resta constamment dans l'attente des événemens terribles qui allaient bouleverser la monarchie et l'anéantir. Ah ! si cette Assemblée
montra jusqu'à son dernier moment sa faiblesse
et sa complicité dans tout ce qui se tramait
contre son roi, elle en fut bien punie par la
suite, comme on le verra. A peine fut-elle
assez nombreuse pour délibérer, qu'elle reçut
à la barre une députation des conjurés, qui demandent à l'Assemblée qu'elle eût à faire appeler le maire Pétion, en déclarant qu'il était
retenu au château par des gardes nationaux
qui prétendent, dit l'orateur de la députation,
le garder en ôtage pour garantir le château des
tentatives du peuple. Mais l'Assemblée nationale, plus dévouée, plus soumise aux ordres de
la faction qui trame la perte de la France, qu'à
celle de son roi, se soumet aussitôt aux ordres
des agens de l'Hôtel-de-Ville, et rend un décret qui mande à sa barre le maire Pétion. En
vertu de ce décret, Pétion fut bientôt enlevé
du milieu de la garde nationale et conduit dans

la salle des députés. Arrivé à la barre, ce maire, avec son flegme de rusé conspirateur, débite ses mensonges ordinaires, en disant qu'il avait pris des mesures pour maintenir la sûreté publique, empêcher, s'il est possible, le tocsin de sonner, et dissoudre les rassemblemens qui commençaient à se former dans les faubourgs. Lorsqu'il eut débité cette fanfaronnade aux représentans de la nation, Pétion se retire avec ses amis qui l'enlèvent comme un homme précieux à la république.

Après la disparution de ce fourbe politique, une seconde députation, puis une troisième se présentent à la barre, avec la même effronterie que la première. Ceux-ci rendent compte aux députés des mouvemens des faubourgs et de la fermentation des esprits, tous déclarent que l'agitation du peuple provient de ce qu'il regarde la cour comme en état de contre-révolution, et qu'il s'irrite lui-même de sa longue patience à supporter la trahison du pouvoir exécutif.

Après avoir débité à l'Assemblée ces mensonges incendiaires, les pétitionnaires se retirèrent, avec menaces, en disant qu'ils reviendraient bientôt. Malgré que le chaos s'organisait d'une manière effrayante, sous les yeux des députés, l'Assemblée reste muette et indifférente sur tout ce qui se passait autour d'elle, s'occupant, avec une criminelle pusillanimité, de choses étrangères à la situation présente. Les colonies devinrent le sujet, déplacé pour le moment, de ces délibérations. Le comité de marine fait un rapport sur l'a-

bolition graduelle de la traite des nègres :
hélas ! c'était une chose bien étrange au débordement de brigands, qui allaient bientôt as-
servir l'Assemblée, et lui faire jouer un rôle
indifférent dans la circonstance déplorable où
se trouvaient la France et son monarque. Enfin, croyant n'avoir rien de mieux à faire,
à quatre heures et demie du matin, l'Assemblée suspend sa séance ; et les députés ne s'occupent plus que de conversations partielles entre
eux. Vers les six heures, la séance est re-
prise, à cause de l'arrivée du ministre de la
justice, qui annonce que les mouvemens de
la capitale deviennent, de plus en plus, in-
quiétans pour le château des Tuileries ; et qu'il
ne voit pas qu'il y ait d'autres moyens de veiller
à la conservation du roi, que de décréter qu'une
députation de l'Assemblée nationale se rendra
auprès de sa personne ; que le roi souhaite que
cette mesure soit prise pour sa sûreté et pour
celle de sa famille.

Ici, Messieurs, vous croyez peut-être que
l'Assemblée va prendre en considération cette
confiance de la bonté du roi envers les représentans du peuple, qui les appelle à son secours ?
détrompez-vous encore. Quelques membres du
côté droit, quoiqu'ils fussent encore, et plus
que jamais, sous les poignards des assassins,
demandent à l'Assemblée les moyens de maintenir la sûreté du roi ; mais à peine eurent-
ils fait quelques propositions, que trois municipaux, du moins ils se qualifiaient tels,
entrent tout-à-coup, et leur coupent la parole. Ils annoncent que des commissaires, nom-

més par les sections, se sont réunis à l'Hôtel-de-Ville ; qu'ils s'y sont constitués, en vertu de pouvoirs que leur a donnés le peuple, en conseil général de la Commune; qu'ils ont décerné un mandat d'arrêt contre le commandant-général de la garde nationale (déjà assassiné); que cette nouvelle municipalité procède en ce moment à l'organisation de l'état-major.

Ces audacieux conjurés, dignes complices d'un nouveau Sylla, après avoir fait connaître aux représentans du peuple les projets de leur criminelle entreprise contre le plus intéressant des rois, se retirèrent avec un regard farouche et menaçant. L'Assemblée nationale, toujours dévouée au bouleversement, renvoie ces détails à la commission extraordinaire des Douze, et reprend, avec sa lenteur accoutumée, la discussion, sur la demande du ministre de la justice, qui fut encore interrompue par l'arrivée d'un officier municipal. Il était huit heures et demie, et cet officier annonça que le roi, la reine, la famille royale, les ministres et les administrateurs du département, demandaient à se présenter à l'Assemblée nationale. Ah ! quel triomphe pour les Jacobins ! La victime va être livrée à ses ennemis ; laissons les députés nommer une députation pour aller au-devant de leurs prisonniers, qu'on leur livre par la plus infâme trahison, et retournons au château des Tuileries en connaître la cause et les motifs.

Après la revue des troupes appelées à la défense du château, le roi rentra dans ses appartemens. Il était sept heures du matin, mais

à peine ce prince fut-il au milieu de sa famille, qui était dans la plus violente impatience de le revoir, que les dangers s'accrois-
sent à chaque instant : point de chefs pour
commander les troupes royales ; point d'ordre
pour la manœuvre, point de plan pour repousser ou attaquer l'ennemi qui marche vers le
château ; et cet ennemi cependant n'avançait que
lentement et en tremblant, comme je le dirai
tout-à-l'heure. Tant que le roi fut au milieu de ses
Suisses et de la garde nationale, l'ordre et la discipline se maintinrent au milieu de ces troupes,
animées de la gloire de le défendre. Si le roi,
en ce moment, eût donné des ordres, et pris
le commandement de sa garde, les choses auraient pris une tournure toute différente ; je
sais, de bonne part, que les chefs de légion
et de bataillon, n'attendaient que l'ordre de
résister à l'ennemi, et de repousser la force
par la force. Mais bientôt, et tout-à-coup, tout
changea de face, et tout fut perdu. A huit
heures, un officier municipal, qui était un
véritable espion de l'Hôtel-de-Ville, et qui,
toute la nuit, eut son entrée libre dans tous
les appartemens, pénètre dans la chambre du
conseil, où se trouvait le roi avec la famille
royale. L'apparition de cet homme, revêtu
de son écharpe, semblable à ces mauvais gé-
nies qui portent avec eux les orages et la désolation, fut un spectacle d'alarme et d'inquiétude pour l'illustre famille. M. de Joly,
garde-des-sceaux, en fut effrayé, et lui demanda : » Eh bien, que veulent-ils ? » — Le
municipal grossier lui répond : « La dé-

chéance. » — Eh bien , lui répondit brusque-
ment M. de Joly, que l'Assemblée la prononce
donc. » La reine, s'adressant au municipal,
lui demande : « *Mais que deviendra le roi ?* »
Le farouche municipal fait une inclination,
sans rien répondre. Ce fut en cet instant que
M. Rœderer entre, en écharpe, à la tête du
département, et s'exprime en ces termes :
« Personne ne doit intervenir entre le roi et
» le département. » S'apercevant que plusieurs individus se disposaient à écouter ce
qu'il allait dire, il leur observe, tout haut,
qu'il avait à parler au roi et à la reine en
particulier : alors, ils passèrent dans l'intérieur. Rœderer, jouant le rôle d'un très-grand
personnage d'alors, à la tête du département
de Paris, déclare à la famille royale que le
danger était à son comble ; qu'il était au-
dessus de toute expression ; que la garde nationale fidèle était en petit nombre ; que les
autres étaient corrompues, et tireraient même
les premières sur le château ; que le roi,
la reine et leurs enfans, et tous ceux qui étaient
auprès d'eux , seraient infailliblement égorgés , si le roi ne prenait sur-le-champ le parti
de se rendre à l'Assemblée nationale. Une
telle déclaration , exagérée, amplifiée et poussée à sa dernière période par Rœderer, si elle
n'était pas celle d'un poltron ou d'un lâche,
on peut la regarder comme une trahison insigne
pour livrer son roi au milieu de ses ennemis;
et, je puis le dire ici avec vérité, c'est que,
excepté les piquiers, plus de vingt bataillons de
gardes nationaux qui entouraient le château , et

les Suisses, avaient chargé leurs armes et n'attendaient que le moment de faire feu sur les
traîtres. S'il y avait des mouvemens, ce n'é-
tait que dans l'éloignement, et du côté de
l'Assemblée nationale, comme je le dirai tout-
à-l'heure. Je le répète encore, et avec douleur, c'est que toutes les troupes appelées à
la défense du roi, n'avaient point de général
en chef. O fatalité sans exemple ! point de
général en chef ! point d'ordres ! Les conjurés
avaient si bien pris leurs mesures, qu'il faut
croire qu'il était écrit dans le ciel que Louis XVI
devait perdre le trône, et bientôt la vie.

Quoique les paroles de Rœderer fussent des
plus alarmantes, elles n'abattirent cependant
point le courage de la fille de Marie-Thérèse.
Pénétrant le système d'isoler le roi et de le
livrer à l'Assemblée, où étaient ses ennemis,
la reine était résolue de s'y opposer, et avait
dit tout haut qu'elle préférerait se faire clouer
aux murs du château, plutôt que d'en sortir.
Elle s'éleva avec beaucoup de force contre la
proposition de Rœderer; mais celui-ci craignant
plutôt pour sa propre vie que pour celle de son
roi, lui répondit : « Madame, vous voulez donc
vous rendre coupable de la mort du roi, de
votre fils, de MADAME, de vous-même et de
toutes les personnes qui sont ici pour vous défendre? » Ah! que ne fait pas une tendre mère
pour sauver ses enfans à l'approche du danger !
Cependant avant d'arriver à ces derniers malheurs, il y avait encore de grandes ressources
et de grands moyens d'éviter les calamités in-
commensurables qui s'ensuivirent par cet en-

traînement dans l'abîme sans fond qui s'entre-
ouvrait de la manière la plus effrayante. Mais
le roi, en ce moment, ne consultant que son
cœur et voulant éviter le carnage qui se préparait d'une manière si funeste pour la monarchie, se jeta dans cet abîme, et tout fut perdu.
Ce prince infortuné suit les conseils de Rœderer,
descend de son château, traverse les Tuileries
au milieu d'environ cent - cinquante Suisses
commandés par le major Bachmann et des grenadiers de la garde nationale, et entre dans sa
première prison. (Je nomme ainsi la salle de
l'Assemblée nationale.) C'est ici le cas de le dire,
quel triomphe pour les Jacobins, dont M. Rœderer lui-même était membre, que d'enlever le
roi de son palais sans coup férir ! Je n'entrerai
pas dans tous les détails qui accompagnèrent et
suivirent le roi à la sortie de son château et pendant son trajet du jardin ; ils sont trop affligeans pour les cœurs sensibles.

En entrant dans la salle, le roi prononça ces
paroles remarquables : « Je suis venu ici pour
éviter un grand crime qui allait se commettre,
et je pense que je ne saurais être plus en sûreté
qu'au milieu de vous, Messieurs. » En sûreté !.... au milieu de ses ennemis !.... Ainsi
fut emprisonné avec toute sa famille, le premier des Français, le plus honnête des Français, enfin le véritable père de son peuple.
Bientôt ce malheureux prince ne sera plus entouré que de l'anarchie la plus complète. Vergniaud, président en l'absence de M. Merlet,
répond : « Vous pouvez, Sire, compter sur la
fermeté de l'Assemblée nationale ; ses membres

ont juré de mourir en soutenant les droits du peuple et les autorités constituées. » Le roi s'assit alors à côté du président. Mais bientôt sur la motion d'un membre, que la constitution interdisait au Corps-Législatif toute délibération en présence du roi, l'Assemblée décide que Leurs Majestés et leur famille se placeraient dans une loge derrière le président. Laissons ce prince au pouvoir de ses ennemis, et allons voir les factieux en marche vers le palais des Tuileries.

Les colonnes des insurgés, sous les ordres de la Commune, après leur jonction vers le Pont-Neuf, où ils furent joints par les Marseillais, filèrent par les quais de l'Ecole et du Louvre, en suivant la rive droite de la Seine. Sur la rive gauche une autre colonne passe sur les quais de Conti et de Voltaire ; mais ces colonnes n'avançaient que lentement et même avec crainte ; car ils appréhendaient de rencontrer les Suisses, qu'ils redoutaient plus que tous les gardes nationaux. De temps à autre, il y avait au milieu de ces colonnes, des disputes assez souvent renouvelées ; marchant à-peu-près comme un troupeau de moutons et en confusion, elles se heurtaient ou marchaient sur les talons des uns et des autres; ce qui faisait regimber celui qui se trouvait en savattes ou en sabots. La colonne de droite, et c'était la plus forte, en tête de laquelle se trouvaient les Marseillais, s'arrêta quelque temps sur le quai de l'Infante. Les chefs s'assemblèrent : Santerre, Fournier et Westermann rejoignirent Danton, qui était à l'arrière-garde, et après un moment de délibéré, ils convinrent

que la colonne se diviserait en deux parties ; que
l'une prendrait le guichet de la rue Froidmanteau , et que l'autre suivrait le quai du Louvre
et arriverait en même temps sur la place du
Carrousel. Il était environ huit heures et demie
du matin. Après un moment d'hésitation,
la colonne reprit sa marche. Fournier, à la tête
des Marseillais, suivit le quai du Louvre ; Westermann longea la rue Froidmanteau, en tournant la place du Palais-Royal, et se joignirent
sur le Carrousel ; cette place qui était déjà couverte de monde, ou pour mieux dire, de curieux, de femmes et d'enfans ; elle devint bientôt encombrée au point qu'il était impossible
de se remuer, tant on était serré les uns contre
les autres. Les Marseillais arrivés, braquèrent
leurs canons devant l'hôtel de Longueville , la
bouche tournée vers le château des Tuileries.
La colonne du quai Voltaire passa le Pont-Royal
et vint se joindre par les guichets à ces masses
énormes. La fermentation devint inexprimable:
on criait de toutes parts les mots chéris de *vive
la nation !* Quand tout fut disposé pour commencer l'attaque , les chefs s'approchèrent de
la porte de la cour royale , qui était en face du
pavillon du milieu, où est situé aujourd'hui
l'arc-de-triomphe ; là , ils prêtèrent l'oreille
pour écouter s'il y avait du mouvement dans
cette cour , et regardèrent par les fentes ; mais
dans la cour et dans le château régnait le plus
grand calme ; rien d'hostile ne se faisait remarquer , tout était dans la position d'un ennemi embusqué qui attend son ennemi. Les
Suisses étaient répartis dans le château et sous

le vestibule du pavillon et sur le grand escalier des appartemens. Les sentinelles seules étaient en dehors.

Enfin, la place du Carrousel et les rues attenantes, encombrées plus que jamais de peuple armé et de soldats fédérés, soi-disant de Marseille, de Brest, et d'un grand nombre de voleurs et de brigands, continuaient de s'agiter en menaçant le palais de nos rois. Mais bientôt cette troupe, avide de butin et de rapine, ne tarda pas à battre en retraite de la manière la plus étonnante. Les chefs Westermann, Fournier, et quelques autres, approchèrent de la porte et frappèrent à coups redoublés, en criant : ouvrez la porte, ouvrez la porte. Le suisse-portier, nommé Bron, placé par sa position entre deux feux, était plus mort que vif ; il ne bougeait pas plus qu'une statue ; ne recevant point d'ordre du château, il n'avait garde d'obéir aux cris de la multitude. Une petite porte latérale, à côté de la grande, et qui servait d'entrée et de sortie pendant la nuit aux personnes attachées au château, fut bientôt enfoncée à coups de hache et de massue. Cette porte n'avait pas plus de trois pieds d'ouverture ; dès qu'elle fut ouverte, une vingtaine de soldats et de peuple armé, pénètrent et ouvrent la grande porte cochère, en forçant le portier de leur donner les clefs. Cette ouverture, beaucoup plus grande que la première, donne une libre entrée à tous les révoltés, qui y pénètrèrent comme la foudre ; mais à quinze pas, cette masse s'arrêta tout court, et s'étendit dans toute la largeur de la cour, qui pouvait avoir deux cents pieds de large. L'apparition des Suisses, retranchés sous le vestibule, inspira aux insurgés une espèce d'effroi qu'ils ne purent vaincre pour le moment. Les deux canons braqués de chaque côté du péristyle ne les effraya pas moins. Les cris de *vive la nation!* et *à bas les Suisses!* se faisaient entendre du milieu de toutes ces masses ; puis un calme apparent règne de tous côtés. Les brigands reprenant une nouvelle fureur, avancent un peu ; puis s'arrêtant encore, ils font entendre de nouveau : *A bas les Suisses! Que les Suisses mettent bas les armes!* Mais, de leur côté, les Suisses ne répondent point à ces cris de révolte, et gardent un profond silence. La colonne des assiégeans, ayant à leur tête les Marseillais, avance encore de quelques pas, puis s'arrêtant, puis avançant encore, peu à peu ils arrivent, mais non sans craindre, jusqu'à dix pas du palais. Là, ils crient encore *à bas les Suisses! Que les Suisses mettent bas les armes!* Ceux-ci gardant toujours le même silence, ne répondent point à cet ordre. Bientôt les insurgés avancent encore et saisissent les sentinelles qu'ils désarment aussitôt. Le signal du massacre des cinq factionnaires, fut donné par Westermann, qui, le pistolet à la main, brûle la cervelle à un de ces malheureux. Les autres aussitôt sont massacrés par les Marseillais. Cet acte de barbarie sans exemple contre le droit de la guerre, fut puni par l'extrême nécessité de repousser la force par la force. Il fallait vaincre ou périr. Le commandement de faire feu sur les brigands est aussitôt ordonné. Une fusillade des plus vives

part de l'intérieur du vestibule, met en déroute
ces fameux Marseillais, qui reculent en désordre ; dans le même moment les Suisses retirés
dans les appartemens, font par les fenêtres un
feu roulant, et jettent le plus grand désordre
au milieu de ces masses d'insurgés, qui prennent la fuite, comme si une armée entière eût
été à leurs trousses. Profitant du désordre et de
la fuite des assiégeans, une centaine de Suisses
sortent du perron, se rangent en bataille devant
le palais, font un feu de file sur la masse des
fuyards, et chaque coup dans la mêlée y fait un
carnage affreux ; secondé par les coups de feu
tirés des fenêtres, le plus grand désordre achève
de se répandre parmi les Marseillais et parmi
les fédérés des faubourgs, pour qui la porte cochère devient trop étroite pour l'écoulement sur
le Carrousel. Peu s'en fallut que les portes ne
fussent emportées sur les épaules des fuyards.
Ce Carrousel, si rempli de monde et si tumultueux un instant auparavant par la fermentation
qui y régnait et par l'avidité de mettre le château au pillage et le trône en poussière, devient
presque désert en moins de quelques minutes.
Les fuyards qui sortent de la cour royale, saisis de terreur, crient en courant : *à la trahison!*
à l'assassinat! Les coups de fusil que les Suisses
leur tirent par derrière, les font courir encore
plus vite ; ils se jetent par terre, puis se relèvent,
et appellent encore une fois leurs jambes à leur
secours. Les rues Saint-Nicaise et de Chartres,
du côté du Palais-Royal, deviennent en ce
moment trop étroites pour donner passage à la
foule des fuyards. Du côté de la rivière, même

désordre, même déroute ; les trois guichets du
Louvre, quoique très-larges, deviennent aussi
trop étroits pour faciliter l'écoulement des
masses populaires, armées et sans armes. L'effroi fut si prodigieux pour les fuyards, qu'un
grand nombre d'entre eux coururent jusqu'à la
Grève sans s'arrêter.

Dès que les premiers coups de fusil se firent
entendre dans la cour royale, les canonniers marseillais acculés devant l'hôtel de Longueville, tirent deux coups de canon à boulet contre le palais
des Tuileries. La foudre passe au - dessus des
têtes et frappe les murs du pavillon du milieu ;
mais n'enlève de la muraille que de petits éclats
et retombe dans la cour ; deux autres coups
de canon sont encore tirés successivement et
avec aussi peu de succès que les premiers. Les
Suisses, après avoir balayé la cour du château,
où il y avait beaucoup de morts et de blessés,
débouchent sur le Carrousel, par la porte d'entrée, se rangent en bataille et mettent encore en fuite les plus hardis qui s'y trouvent,
s'emparent des deux pièces de canon aban-
données et les traînent dans la cour royale.
Tandis que ceux-ci enlèvent les canons, les autres soldats se divisent en deux pelotons, l'un
de droite et l'autre de gauche, jettent une si
grande terreur dans la rue Saint-Nicaise, que
les hommes, les chevaux, les caissons se cul-
butent les uns sur les autres, et que pendant
quelque temps il fut impossible de sortir de
cette confusion, véritable chaos. Ainsi furent
vaincus par une poignée de Suisses ces fameux
Marseillais, peu auparavant si fanfarons, si

3*

arrogans; ils ne parvinrent à se rallier que dans la rue de Rohan, vers le Palais-Royal, où ils restèrent pendant plus d'une heure sans oser se montrer. Un de leurs canonniers, qui probablement se trouvait trop près de l'embouchure d'une pièce lorsque ses camarades y mirent le feu, se trouva enveloppé de flamme de la tête aux pieds, effet de la bourre embrâsée auquel il n'avait pas d'abord pris garde; ce malheureux accourant tout en feu dans la rue Saint-Nicaise, en faisant des cris affreux, n'eut la vie sauve qu'en recevant sur le corps un baquet d'eau, que lui jetta le marchand de vin du coin de la rue de Chartres.

Tel fut le résultat de cette fameuse attaque du palais des Tuileries, du côté de la place du Carrousel, dont je ne vous présente qu'un léger aperçu. Cette place resta déserte pendant plus de deux bonnes heures, sans que les Marseillais osassent se montrer. De l'autre côté du château et dans le jardin, les Suisses enlevèrent les deux pièces de canon qui étaient braquées au bout de la terrasse vers la porte du nord. Ces Suisses vainqueurs de toutes parts, maîtres du château, maîtres des cours et du Carrousel, ne jouirent pas long-temps de leur victoire, qui, immanquablement eût été décisive, si le monarque eût été au milieu d'eux dans son palais. Mais malheureusement le prince n'y était plus! Il était prisonnier! prisonnier! Hélas! oui, prisonnier au milieu des représentans de la nation, qui tous avaient juré, dix mois auparavant, de mourir en défendant le roi et la constitution, et qui en ce moment étaient les geoliers de leur prince et de toute sa famille !

Lorsque le roi entendit le premier coup de canon, son cœur en fut ému ; il donna ordre à M. d'Hervilly, qui était près de lui, de se transporter au palais, de faire cesser le feu, et d'appeller les Suisses auprès de sa personne. L'ordre fut exécuté sur-le-champ ; M. d'Hervilly part ; mais qu'il lui fut difficile de traverser les Tuileries, au milieu des coups de fusil qui se tiraient de toutes parts ! Enfin, il arrive à quelque distance du palais et du plus loin qu'il aperçoit les Suisses, il leur crie, « Messieurs, messieurs, à l'Assemblée nationale, le roi l'ordonne, j'en ai l'ordre. » Si M. d'Hervilly avait l'ordre du roi de faire évacuer le palais, et de faire sortir les Suisses, pour se porter vers l'Assemblée nationale, il faut avouer que cet ordre fut cause de la perte des braves qui périrent tous ou presque tous, en se soumettant à la volonté du monarque, auxquels ils se devouaient d'une manière si généreuse et si héroïque.

Alors plus de sûreté pour ces vaillans défenseurs de la monarchie, plus de clémence pour les fidèles serviteurs de Louis XVI. Dès que les Suisses eurent cessé le feu et rentrés dans l'intérieur du palais, ils ne s'occupèrent plus qu'à obéir aux ordres du roi. Mais comment arriver jusqu'à lui sans livrer mille combats ? C'est ce qui était impossible, vu que les Marseillais et mille autres brigands, après la déroute du Carrousel, s'étaient jetés dans le jardin et les attendaient à leur passage. Enfin,

les Suisses sortirent en partie du château par
détachemens et voulurent se porter vers l'Assemblée ; mais ils ne purent y parvenir ; les fusillades qui leur venaient de tous côtés , les
forcèrent à errer dans le vaste jardin , sans trop
savoir ce qu'ils deviendraient. La plupart périrent dans la traversée , en se dirigeant vers
la place de Louis XV et les Champs-Élysées.

Le palais des Tuileries , après le départ des
généreux défenseurs du trône, fut bientôt la
proie des brigands et de tous les voleurs de
Paris. Les bataillons de gardes nationaux qui,
jusqu'à la dernière extrémité , étaient restés
spectateurs de tant de calamités , qui, comme
je l'ai dit, n'avaient point un chef supérieur pour
les commander , se débandèrent ; et tout fut
à la disposition des brigands. Vainqueurs alors,
si on peut appeler vaincre des hommes qui ne
se défendent plus , puisqu'ils en ont reçu l'ordre de leur souverain , les Marseillais et tous
les brigands qui les accompagnaient, n'eurent
plus d'autres désirs que celui de pénétrer dans
le palais des Tuileries. Ah! quel tableau affreux que cet envahissement ! les portes des
appartemens furent aussitôt enfoncées à coups
de hache, et les brigands y pénétrèrent comme
des furieux , tuant tout ce qui se présentait à
leurs armes meurtrières. Le carnage devint
affreux ; gentilshommes, officiers, valets-de-
chambre , valets de pied , hommes , femmes
de tout rang devinrent la proie des bandits,
très-peu échappèrent à la fureur des Vandales ;
le sang ruisselait de toutes parts, et les cris
des bourreaux et des victimes s'entendaient

jusque dans la place du Carrousel. Après avoir assouvi leur rage sur les hommes et les femmes, les scélérats firent main basse sur tout ce qui appartenait à la famille royale. Toutes les glaces, tous les lustres, et le nombre en était considérable, furent mis en poussière et jetés en morceaux sous les pieds. Les meubles de toute espèce furent brisés, et le pillage devint affreux ; de galeries en galeries, de chambres en chambres, tout ce qui présentait l'ornement et le luxe, fut la proie du vainqueur. Les pendules, les candelabres, les montres, les bijoux, disparurent en moins de rien. On se les arrachait les uns aux autres, sous prétexte de les mettre en lieu de sûreté ; mais bien plutôt pour se les approprier aux risques et périls de ce qu'il pouvait en arriver. Il ne resta pas un fauteuil entier ; le trône de nos rois fut mis en poussière et chacun s'en partagea les lambeaux, comme trophée de leur abominable victoire.

Tandis que les appartemens du château étaient à la merci d'une foule immense de furieux, les cuisines et les caves subirent le même sort. La vaisselle d'or et d'argent, les plats, les assiettes, les couverts, les casseroles, furent enlevés en moins de quelques minutes. Les caves furent vidées aussi en très-peu de temps ; chacun buvait ou emportait les bouteilles pleines et retournait à la charge. Plus de cinquante mille disparurent ou furent mises en morceaux, après en avoir bu la liqueur. Enfin, depuis onze heures du matin jusqu'à la nuit, le palais des Tuileries ne désemplit point d'une foule de populace sale et dégoûtante. Les ap-

partemens ressemblaient à des galetas , encombrés de débris de tout genre. Les corps des
victimes assassinées dans les galeries et dans
les appartemens étaient jetés çà et là , on les
rencontrait à chaque pas dépouillés de leurs
vêtemens. Après avoir ravagé le château, des
caves aux greniers et des greniers aux caves ,
les barbares se jettèrent sur tous les petits corps
de bâtimens qui faisaient les séparations des
cours, les pillèrent, les volèrent et mirent à
mort tous ceux qu'ils y trouvèrent; ni l'âge,
ni le sexe ne furent épargnés , l'enfer était dans
tous les cœurs. Puis, après avoir tout dévasté,
avec une rage sans exemple, ils mirent le feu
dans tous les logemens qui bordaient les cours ;
les casernes des Suisses et de la Garde, devinrent la proie des flammes, les matelas et les lits
de plume furent mis en pièces pour en emporter
la toile ; on marchait, dans les cours, sur la
laine et les plumes.

Transportons-nous maintenant dans l'Assemblée nationale, et voyons ce qui s'y passe.
Vous pensez bien, Messieurs, que si le palais
du souverain 'est au pillage et à la discrétion
des bandits, la salle des représentans de la
nation, où sont les principaux conjurés, ne
doit pas être dans un état de tranquillité. Le
roi y était pour le malheur de la France, pour
le malheur de sa famille et pour lui-même.
Les assassins ne manquèrent pas de s'y rendre
et d'insulter à l'infortune de ce prince, par les
plus violentes invectives. Si jamais un homme,
plongé tout-à-coup dans un sombre cachot,
éprouve les plus violens chagrins en perdant sa

liberté, combien Louis XVI dut en ressentir
en perdant la sienne pour avoir défendu la
cause des lois, et surtout de se voir entouré
de toutes parts de tant d'assassins, et d'entendre les cris des victimes qui mouraient, à
peu de distance, pour avoir pris sa défense,
et qu'il lui était impossible de secourir!

Dès que le roi et la famille royale furent
entrés dans la salle des représentans de la
nation, ils furent aussitôt sequestrés dans une
loge de huit pieds de large, sur six de profondeur. Cette loge, située derrière le fauteuil
du président, était celle du redacteur du journal intitulé le Logographe (1); ce fut dans cette
prison, que le roi et sa famille passèrent d'a-
bord quatorze heures consécutives, sans prendre aucune nourriture, seulement, de temps
à autre, quelques verres d'eau.

Après avoir livré aux représentans de la nation, la famille royale, que ceux - ci attendaient avec une grande anxiété, Rœderer parut
à la barre, et fit le rapport suivant : « Mes-
» sieurs, leur dit-il, nous venons vous rendre
» compte de tout ce qui se passe actuelle-
» ment dans Paris. A minuit, le maire,
» prévenu qu'il se formait des rassemblemens

(1) Le *Logographe* était un journal in-folio à trois
colonnes, un peu plus grand que le *Moniteur*, donnant
chaque jour les séances de l'Assemblée nationale, et
rédigé par Lehodey; il fut supprimé quelques jours après
la journée du 10 août 1792. Il avait obtenu par un décret
un emplacement en face de la tribune, d'où il recueil-
lait avec exactitude toutes les expressions de l'orateur.

» dans plusieurs sections , et qu'on y sonnait
» le tocsin, s'est rendu au château des Tuileries.
» Un devoir commun avec M. le maire, m'ap-
» pelait pareillement au château. M. le maire
» a rendu compte au roi de l'état des choses;
» il est descendu dans les cours ; je suis en-
» suite allé dans le jardin ; alors, l'Assemblée
» ayant ordonné à M. le maire de se rendre
» à la séance, je suis remonté au château.
» Depuis ce moment, la municipalité n'y a
» plus eu que deux membres , MM. Borie
» et J.-J. Leroux; depuis ce temps, nous n'a-
» vons plus eu de nouvelles de ce qui pas-
» sait dans les sections. M. le commandant-
» général s'était transporté au conseil de la
» Commune. Depuis ce moment encore, nous
» n'avons eu aucune relation avec le comman-
» dant-général. On nous a rapporté seulement
» qu'il avait couru de grands risques ; que le
» peuple avait demandé sa tête ; et qu'il était
» en état d'arrestation à la Commune (1). Nous
» avons appris qu'un ordre particulier d'un
» membre de la municipalité , avait dégarni
» le Pont-Neuf , de la force publique des-
» tinée à empêcher la communication des ras-
» semblemens d'au-delà et d'en-deçà de la
» rivière ; nous avons appris que , dès le 4
» août , il avait été délivré plus de quatre
» mille cartouches à balles à des fédérés, en
» se présentant sous le nom seul de fédérés.

(1) M. Rœderer , dans l'état d'anxiété où il était,
n'osa pas avouer que ce commandant avait été assassiné
par ordre des nouveaux membres de la Commune.

» **Nous** avons appris encore qu'il y a une
» **heure**, que la municipalité se trouve dé-
» constituée, désorganisée; qu'il y a de nou-
» veaux représentans de la Commune, en-
» voyés par les sections. Nous venions d'être
» instruits de ces détails affligeans, lorsqu'un
» grand rassemblement s'est formé sur la place
» du Carrousel; des canons y ont été portés
» et tournés contre le château.

» Nous nous sommes avancés vers le rassem-
» blement, et nous avons représenté qu'une si
» grande multitude ne pouvait avoir accès au-
» près du roi, ni de l'Assemblée nationale. Nous
» les avons invités à nommer vingt députés pour
» présenter leur pétition. Nous avons cru de
» notre devoir de parler aux troupes. Je leur
» ai lu l'article 15 de la loi du 3 octobre 1790 :
» Nous ne demandons point, leur ai-je dit, et
» à Dieu ne plaise! nous ne demandons point
» que vous dirigiez vos canons contre vos con-
» citoyens, ni que vous trempiez vos armes
» dans leur sang; mais nous demandons votre
» juste défense: je la requiers au nom de la
» loi, au nom de la sûreté que la loi garantit
» à la maison devant laquelle vous êtes placés.
» La loi vous autorise à maintenir votre poste
» quand vous serez attaqués; vous ne serez
» pas assaillans, à Dieu ne plaise! vous ne
» serez que sur la défensive. Une partie de la
» garde nationale, peu nombreuse, il est vrai,
» m'a bien entendu; mais les canonniers, à qui
» nous demandions de faire bonne contenance,
» pour toute réponse, ont chargé leurs canons.
» Alors nous sommes retournés vers le château.

» L'effervescence était si grande, qu'un homme
» a dit que le rassemblement tout entier voulait
» rester autour de l'Assemblée nationale jusqu'à
» ce qu'elle eût prononcé la déchéance du roi.

» Des bataillons marchaient du côté du fau-
» bourg Saint-Antoine, où nous apprenions que
» les citoyens sortaient en armes de leurs maisons
» pour venir à la suite du rassemblement du
» Carrousel. Vous voyez que la municipalité était
» désorganisée ; le commandant de la garde na-
» tionale n'existait plus pour nous, nous ne nous
» sommes plus sentis en état de garder le dépôt
» qui nous était confié. Nous avons conseillé au
» roi de se transporter avec sa famille dans l'As-
» semblée nationale. L'Assemblée a été elle-
» même au-devant de ce que nous demandions,
» puisqu'elle a envoyé une députation pour le
» chercher, et accompagner le cortége.

» Ici finit le compte que nous devons à l'As-
» semblée, déclare M. Rœderer en tremblant ;
» (car de tous côtés on entendait des cris de dé-
» sordre et d'agitation effrayans); nous n'avons
» rien à ajouter, continua-t-il, sinon que notre
» force étant paralysée, inexistante, nous ne
» pouvons plus en avoir d'autre que celle qu'il
» plaira à l'Assemblée de nous donner. Nous
» désirons rester auprès d'elle, afin d'être plus
» à portée de recevoir ses ordres. — Il ajoute :
» On m'informe en ce moment que le château
» vient d'être forcé, et que le rassemblement se
» propose de le faire tomber à coups de ca-
» non. »

Pendant que M. Rœderer adresse aux députés ses condoléances sur les événemens passés

et présens, et dont il palliait autant que possible les choses et les faits par son ambiguïté, les mouvemens de la guerre civile se succédaient avec une très-grande activité aux alentours de la salle. Les cent cinquante Suisses qui venaient d'accompagner le roi et sa famille à l'Assemblée, ainsi que les grenadiers de la garde nationale, pouvaient à peine contenir la fougue des partis armés qui se présentaient aux portes du sénat et qui voulaient y pénétrer. L'intérieur du couvent des Feuillans retentissait de cris de menaces et de lamentations ; on les entendait jusque dans la salle du Corps-Législatif. La fille Théroigne-Méricourt, commandante d'une troupe d'assassins, y mettait à mort quelques malheureux que des patrouilles avaient arrêtés dans la nuit, sous prétexte qu'ils étaient des royalistes. Au nombre de ces victimes se trouvait l'infortuné Suleau, l'un des rédacteurs des *Actes des Apôtres*, ouvrage satirique et polémique. A ces bruits effrayans, tout tremblait dans la salle des représentans de la nation ; les députés qui avaient conduit leurs victimes sur les bords de l'abîme, prêts à tomber eux-mêmes dans le gouffre avec elle, ne pouvaient plus contenir l'éruption des brigands.

La fusillade commence à se faire entendre. Le commandant du château des Tuileries, effrayé, se présente à la barre, et prie l'Assemblée de lui indiquer la marche qu'il doit tenir. — Je demande, dit Lamarque, que l'Assemblée choisisse dix membres pris dans son sein, pour aller s'opposer aux premiers coups, et je m'offre à marcher à leur tête. — Je propose le

projet de décret suivant, ajoute M. Lejosne:
L'Assemblée nationale met les propriétés et
les personnes sous la sauve-garde du peuple de
Paris, et décrète que vingt-cinq députés seront nommés pour aller porter cette déclaration. — Cette proposition est aussitôt adoptée, et le président Vergniaud nomme la députation; mais un coup de canon qui se fait entendre arrête et comprime cet élan tardif, et
terrifie et le président, et la députation, et l'Assemblée entière, et les tribunes en même temps.
Un silence morne glace tous les cœurs, et para-
lyse toutes les langues; on se regarde les uns les
autres; tous sont effrayés. Puis un second coup
de canon, qui se fait encore entendre, achève
de jeter la consternation dans toute la salle. On
s'alarme, on est inquiet, on tremble; tous les
yeux se portent sur le monarque et sur sa famille, et personne n'élève la voix, tant la
terreur est grande. Le président lui-même,
abattu par la détonation de la foudre, porte
ses regards dans toute l'enceinte, mais ne dit
rien. Cependant la députation nommée pour le
château part au milieu de ce silence glacé. Aussitôt un mouvement se fait sentir dans toute la
salle. Le calme renaît; le président, d'une voix
tremblante, annonce que tous les députés sont
à leur poste et ne l'abandonneront point.

Le roi, en ce moment, annonce à l'Assemblée qu'il vient de faire donner l'ordre aux
Suisses de ne point tirer. Ce prince ignorait que
ses gardes fidèles ne faisaient que défendre leur
propre vie en repoussant la force par la force.
— Deux autres coups de canon se font encore

entendre; ils sont accompagnés de la mousque-
terie. L'effroi redouble dans la salle. La députation de vingt-cinq membres , envoyée au château pour s'opposer à l'invasion, rentre dans le
sénat en désordre, et tout effrayée, « Arrivés
au bout du Manége, dit Lamarque, pâle et
atterré, les commissaires de l'Assemblée ont
été dispersés par la foule, et n'ont pu aller plus
loin; ils ont cru devoir revenir au sein de l'Assemblée. » En rentrant dans la salle, une foule
de peuple armé se présente et veut y pénétrer,
mais plusieurs députés s'y opposent; ils leur
représentent que nul ne doit entrer dans l'Assemblée. Ici nouveau désordre, nouvelle agitation dans toute la salle. Le président se couvre,
le·calme se rétablit, les députés crient tous
vive la nation ! Les hommes armés qui sont entrés dans la salle, violentent, et les députés se
retirent. Vergniaud quitte le fauteuil en tremblant; Guadet le remplace. Bientôt commence
l'introduction à la barre des agens de la Commune, qui, au nom des sections, viennent insulter au malheur d'un prince qui est encore
leur roi.

La première députation qui se présente est
celle de la section des Thermes de Julien , ci-
devant des Mathurins. L'orateur qui n'est qu'un
sicaire des Jacobins, et n'a point l'assentiment
de ses concitoyens, s'exprime en ces termes :
« Tous les citoyens de la capitale sont unis par
les mêmes sentimens, tous ont juré de maintenir la liberté, l'égalité ; tous sont fatigués des
crimes de la cour !... » Ici l'agent des commissaires de la Commune fait une pause et attend les

applaudissemens; puis il continue. « Des citoyens de cette section ont protesté contre la pétition présentée par M. le maire. La section nous charge de ratifier cette pétition. » Alors, cet effronté menteur, élevant la voix, dit aux députés : « Osez jurer tous que vous sauverez l'empire français, et l'empire est sauvé. » Les députés, qui, en ce moment, n'osaient rien dire, se lèvent spontanément devant l'orateur, la main en l'air, crient à haute voix : *Nous le jurons !*

Cette pasquinade fut à peine terminée, qu'une autre députation se présente à la barre avec ce même ton d'ironie. Celle-ci est composée d'un détachement des nouveaux municipes, portant au milieu d'elle trois bannières, avec ces mots; sur la première: *Patrie* ; sur la seconde: *Egalité*, et sur la troisième: *Liberté*. L'orateur, car chaque députation avait son chef, après avoir débité aux législateurs l'expression du vœu de ses collègues de l'Hôtel-de-Ville, pour la déchéance du roi, demande, par manière de condescendance, la permission d'apporter demain sur le bureau le procès-verbal de cette journée, qu'il déclare à jamais mémorable, afin, dit-il, qu'il soit envoyé aux quarante-quatre mille municipalités. Puis il ajoute: MM. Pétion, Manuel et Danton sont toujours nos collègues; Santerre est à la tête de la force armée. — Vous nous avez parlé de Pétion, répond le président; mais Pétion est retenu dans sa maison; il ne peut parler au peuple; vous savez s'il en a le désir. Nous vous invitons à faire lever la consigne qui l'empêche de se montrer à ses concitoyens. La députation, après avoir entendu la réponse soumise et pateline du président, se retire en faisant voir ses bannières, qu'elle élève et tourne de tous côtés, afin que tout le monde aperçoive ses devises révolutionnaires, et va ensuite les promener dans Paris. — Sur la proposition du député Montaut, l'Assemblée décrète qu'il sera fait un appel nominal, et que chaque membre montera à la tribune pour y jurer, au nom de la nation, de maintenir la Liberté, l'Égalité, ou de mourir à son poste.

Ici, de grands mouvemens se font entendre au-dehors du sénat. La plupart des députés ne savent ce qu'ils deviendront dans ce bouleversement, qui s'accroît de moment en moment avec un délire sans exemple. Les débris du palais des Tuileries affluent dans la salle du Corps-Législatif. « Je vous annonce, dit le président, qu'on vient de remettre sur le bureau une boîte de bijoux, trouvée dans l'appartement de la reine, et que le peuple a chargé un citoyen d'apporter à l'Assemblée. » *Bravo! bravo!* s'écrient les tribunes. Un décret rendu aussi vîte que la parole, en ordonne le renvoi à la Maison commune, ainsi que tous les autres effets qu'on y apporte successivement. « Voilà un paquet de lettres trouvé au château, dit l'orateur d'une nouvelle députation. Si l'Assemblée les eût vues ces jours passés, elle n'eût pas sans doute innocenté M. de Lafayette. » — Que l'on en fasse lecture, crient quelques membres. — Oui, oui, répètent les tribunes, qu'on en fasse lecture. Et la lecture est faite,

2. 4

et le paquet est renvoyé au comité de surveillance. Puis arrivent encore à la barre, des voleurs des appartemens du palais des Tuileries. Les uns apportent des boîtes, dont la plupart sont vides, et déclarent que ce n'est pas eux qui en ont enlevé les bijoux. D'autres apportent des montres, des pendules, des porte-feuilles. Ceux-ci, une malle brisée; ils ont fait, disent-ils, tous leurs efforts pour empêcher que rien de ce qu'elle contenait ne fût égaré. Enfin, on voit que le palais est dévalisé entièrement, et les effets deviennent la propriété du plus audacieux et du plus effronté brigand. Dans le nombre des dilapidateurs du palais, il s'en trouve quelques-uns qui cependant sont de bonne foi, et remettent les objets aux autorités; mais le nombre n'en est pas considérable.

Dans ce conflit d'événemens presque incroyables qui se succèdent avec une extrême rapidité, les décrets se rendent avec aussi peu de réflexion et tout aussi vîte que les événemens. Quelques-uns sont seulement remarquables par leur utilité. Sur la proposition de Bazire, l'Assemblée décrète que les Suisses et autres étrangers sont sous la sauve-garde de la loi et des vertus hospitalières du peuple. — Le colonel des Suisses, M. d'Affry, a été enlevé de son domicile, écrit le juge de paix de sa section, et je l'ai fait transférer à l'Abbaye pour le sauver d'une mort certaine.

Les députations arrivent à la barre presque en même temps, et l'Assemblée devient l'écho des tribulations humaines, ou plutôt des meneurs du peuple qui ne veulent plus entendre

la voix de la clémence. Le désordre s'accroît
plus que jamais. « Pour rassurer la France,
dit Duhem, je pense qu'il est nécessaire que
l'Assemblée nationale déclare que les six ministres actuellement en fonctions n'ont plus la
confiance de la nation, et que jusqu'à ce qu'il
en ait été nommé d'autres, le ministre de la
justice soit provisoirement responsable des actes
relatifs à tous les autres départemens du ministère. — Il faut suspendre le départ des couriers,
ajoute Lamarque, pour empêcher que des écrits
mensongers ne jettent l'alarme dans les départemens. Pour cela, j'ai cru que l'Assemblée
devait rédiger une adresse par laquelle elle
assurât au peuple français que ses représentans,
fidèles à leurs sermens, ne négligeraient rien
pour sauver la patrie, pour faire connaître à
tous les habitans des campagnes que l'insurrection de cette journée n'a été que l'effet de la
lassitude du peuple et de la certitude où il était
que depuis le commencement de la révolution,
des intrigans s'agitaient pour le perdre ; qu'enfin, le plus sûr moyen de sauver la France,
dans cette terrible catastrophe, est l'union de
tous les Français. » Lamarque est chargé de
rédiger cette adresse.

De nouvelles déclamations et de nouvelles
insultes se font entendre contre le pouvoir
exécutif, et contre la cour de Louis XVI.
Une douzaine d'individus se présentent à la
barre ; l'un d'eux porte la parole et dit : » Lé-
» gislateurs. (ce mot est prononcé avec force),
» législateurs, un grand attentat vient d'être
» commis contre les citoyens français ; les fils

4*

» pleurent la perte de leurs pères : à qui
» nous en prendrons-nous ? au pouvoir exé-
» cutif. Nous nous sommes présentés, ce ma-
» tin, à la porte du château ; les Suisses
» qui étaient aux fenêtres, baissent leurs ar-
» mes, jettent leurs cartouches et nous in-
» vitent à approcher avec confiance ; à peine
» sommes-nous sous les fenêtres du palais,
» que ces mêmes Suisses nous assaillent de coups
» de fusil ; et moi-même, je ne sais pas com-
» ment j'existe encore. Est-ce-là comme des ci-
» toyens français doivent être reçus au palais
» de leur roi ? Le peuple, depuis long-temps,
» vous demande sa déchéance, et vous n'a-
» vez pas encore prononcé sa suspension ? » Cet
effronté factieux s'arrête tout court en jetant un
regard farouche sur les députés, et continue
ainsi : « Apprenez que le feu est aux Tuileries, et
» que nous ne l'arrêterons qu'après que la ven-
» geance du peuple sera satisfaite. Je suis chargé,
» encore une fois, au nom de ce peuple,
» de vous demander la déchéance du chef du
» pouvoir exécutif ; c'est une justice que nous
» réclamons, nous l'attendons de vous. » En
terminant cette insulte, l'orateur jette sur
Louis XVI des yeux hagards et menaçans. « L'As-
» semblée nationale veille au salut de l'em-
» pire, lui répond le président ; et vous pou-
» vez assurer au peuple qu'elle va prendre à
» l'instant les grandes mesures qu'exige son
» salut. L'Assemblée nationale, continue-t-il,
» vous invite à assister à sa séance, ou plu-
» tôt, à retourner parmi vos concitoyens et les
» inviter à rentrer dans le calme. » Après avoir

entendu les doucereuses paroles du président, les pétitionnaires sortent de la salle en disant, d'un ton furieux : « Nous reviendrons! » Ah! le calme était loin de renaître!

Hélas! bientôt arrivent les grandes mesures qui vont frapper la monarchie et renverser toutes les lois nouvelles et la constitution, que les députés avaient juré de défendre au péril de leur vie. Vergniaud paraît à la tribune, il tient en main le protocole du bouleversement de la monarchie : » Au nom de la com-
» mission extraordinaire, dit-il avec l'accent
» de la douleur; au nom de la commission ex-
» traordinaire, je viens vous présenter une
» mesure bien rigoureuse; mais je m'en rap-
» porte à la douleur dont vous êtes pénétrés,
» pour juger combien il importe au salut de
» la patrie que vous l'adoptiez sur-le-champ. »
Alors il fait lecture en ces termes du décret proposé :

« L'Assemblée nationale, considérant que les dangers de la patrie sont parvenus à leur comble;

» Que c'est, pour le Corps-Législatif, le plus saint des devoirs d'employer tous les moyens de la sauver;

» Qu'il est impossible d'en trouver d'efficaces, tant qu'on ne s'occupera pas de tarir la source de ses maux;

» Considérant que ses maux dérivent principalement des défiances qu'a inspirées la conduite du chef du pouvoir exécutif, dans une guerre, entreprise en son nom, contre la constitution et l'indépendance nationale;

» Que ces défiances ont provoqué, de diverses parties de l'empire, un vœu tendant à la révocation de l'autorité déléguée à Louis XVI;

» Considérant néanmoins que le Corps-Législatif ne doit et ne veut agrandir la sienne par aucune usurpation;

» Que dans les circonstances extraordinaires où l'ont placé des événemens imprévus par toutes les lois, il ne peut concilier ce qu'il doit à sa fidélité inébranlable à la constitution, avec la ferme résolution de s'ensevelir sous les ruines du temple de la Liberté, plutôt que de la laisser périr, qu'en recourant à la souveraineté du peuple, et prenant en même temps les précautions indispensables pour que ce recours ne soit pas rendu illusoire par des trahisons;

» Décrète ce qui suit :

» 1°. Le peuple français est invité à former une Convention nationale ; la commission extraordinaire présentera demain un projet pour indiquer le mode et l'époque de cette Convention.

» 2°. Le chef du pouvoir exécutif est provisoirement suspendu de ses fonctions, jusqu'à ce que la Convention nationale ait prononcé sur les mesures qu'elle croira devoir adopter pour assurer la souveraineté du peuple et le règne de la liberté et de l'égalité.

3°. La commission extraordinaire présentera, également dans le jour, un mode d'organiser un nouveau ministère.

» 4°. Les ministres, actuellement en activité, continueront provisoirement l'exercice de leurs fonctions.

» 5º. La Commission extraordinaire présentera également, dans le jour, un projet de décret sur la nomination du gouverneur du prince royal.

» 6º. Le paiement de la Liste civile demeurera suspendu jusqu'à la décision de la Convention nationale. La commission extraordinaire présentera, dans les vingt-quatre heures, un projet de décret sur le traitement à accorder au roi pendant la suspension.

» 7º. Les registres de la Liste civile seront déposés sur le bureau de l'Assemblée nationale, après avoir été cotés et paraphés par deux commissaires de l'Assemblée, qui se transporteront, à cet effet, chez l'intendant de la Liste civile.

» 8º. Le roi et sa famille demeureront dans l'enceinte du Corps-Législatif, jusqu'à ce que le calme soit rétabli dans Paris.

» 9º. Le département donnera des ordres pour lui faire préparer, dans le jour, un logement au Luxembourg, où ils seront mis sous la sauve-garde des citoyens et de la loi.

» 10º. Tout fonctionnaire public, tout soldat, sous-officier, officier, de tel grade qu'ils soient, et général d'armée, qui, dans les jours d'alarme, abandonnera son poste, est déclaré infâme et traître à la patrie.

» 11º. Le département et la municipalité de Paris feront proclamer, sur-le-champ et solennellement, le présent décret.

» 12º. Il sera envoyé, par des couriers

extraordinaires, aux quatre-vingt-trois départe-
temens, qui seront tenus de le faire parvenir, dans les vingt-quatre heures, aux municipalités de leur ressort, pour y être proclamé
avec solennité. »

Après avoir entendu Vergniaud dans son rapport et son projet de décret sur le bouleyer-
sement de l'empire, Guadet, son collègue et
son compatriote, lui succède à la tribune,
au nom de la même commission extraordinaire,
et présente un autre projet de décret concernant le nouveau ministère.

« Les ministres, dit-il, seront nommés provisoirement, par l'Assemblée nationale, au
scrutin individuel. — Ils seront nommés dans
l'ordre suivant : le ministre de l'intérieur,
le ministre de la guerre, le ministre des con-
tributions publiques, le ministre de la marine,
le ministre des affaires étrangères. — Celui
qui sera nommé le premier aura la signature
de tous les actes qui regardent les cinq autres
départemens, tant qu'ils seront vacans. —
Chaque membre nommera, à haute voix, un
sujet. — Celui qui aura obtenu plus de voix,
sera proclamé ministre — Si personne n'a la
majorité absolue, l'Assemblée déterminera le
choix par assis et levé, et par appel nominal, s'il y a du doute. — Le secrétaire du
conseil, et le gouverneur du prince royal,
seront nommés de la même manière. »

Ce décret est à peine rendu, qu'un autre
décret lui succède : chaque député, au milieu
de la terreur et de l'anarchie (car elle régnait d'une manière affreuse), forgeait des

fers au peuple français. « Je ne crois pas que vous puissiez décréter une nouvelle organisation du ministère, dit Brissot, sans avoir décrété préalablement que ceux qui sont actuellement en activité, n'ont pas la confiance de la nation. Je demande donc qu'ils soient, à l'instant, mis hors de leurs fonctions, et que les scellés soient mis sur leurs papiers. »

Au nom de la commission extraordinaire, Jean Debry propose le projet de décret suivant, — « Les décrets déjà rendus, dit-il, qui n'ont pas encore été sanctionnés, auront force de loi. — Il sera enjoint au ministre de la justice d'y apposer le sceau de l'État, sans qu'il soit besoin de la sanction du roi, et de signer les minutes et expéditions qui doivent être envoyées aux tribunaux.—Les ministres arrêteront et signeront ensemble les adresses et proclamations, et autres actes de même espèce. »

Ensuite le député Choudieu propose de grandes mesures de sûreté générale ; elles sont ainsi conçues : » Je demande, dit-il, qu'il soit fait un camp sous les murs de Paris, camp qui sera composé des citoyens de Paris qui voudront s'y enrôler, et des autres citoyens qui y viendront. — Que les canonniers de Paris puissent faire, comme ils l'avaient d'abord demandé, des esplanades d'artillerie sur les hauteurs de Montmartre. — Que, dès à présent, l'Assemblée est en séance permanente. » Adopté. — » Je demande que l'Assemblée procède, en ce moment, à la nomination des commissaires à l'armée, ajoute Lacroix, afin qu'ils

puisssent partir aujourd'hui. » Adopté. —Jean
Debry, au nom de la commission extraordinaire, propose un projet de décret, qui est
unanimement adopté ainsi qu'il suit (car cette
commission enfantait des décrets aussi vîte
que les discours qui se faisaient à la tribune) :
« l'Assemblée nationale, dit-il, voulant, au
moment où elle a juré solennellement la liberté et l'égalité, consacrer un principe aussi
solennel, décrète qu'à l'avenir, et pour la
prochaine Convention, tout citoyen, étant âgé
de vingt-cinq ans, et vivant du produit de
son travail, sera admis à voter, sans aucune
distinction, dans les assemblées primaires. —
» Il est instant, dit Isnard, que l'Assemblée
s'occupe de la nomination des ministres, puisque trois des anciens avaient emporté les regrets de la nation, nous devons à l'opinion
publique de les réintégrer sur-le-champ. (Oui,
oui, crient les Jacobins, et on applaudit.)
Puis il continue : « et, comme je ne crois pas
qu'il puisse se manifester aucune opposition
dans l'Assemblée, je demande que l'on mette,
sur-le-champ aux voix, par assis et levé. » L'é-
preuve se fait, et l'Assemblée décide que
Roland, Clavière et Servan reprendront leurs
fonctions dans le ministère.

Au milieu de ce flux de décrets qui tombaient les uns sur les autres, suivant la volonté de chaque membre, arrive dans l'Assemblée M. Delaporte, qui dépose sur le bureau les registres de la Liste civile; et, sur la
proposition de Thuriot, un décret ordonne
que les scellés seront, à l'instant, mis sur

tous les papiers de cet administrateur, en présence de deux commissaires de l'Assemblée. — Puis encore, au nom de la commission extraordinaire et du comité militaire réunis, Carnot présente une rédaction du décret qui ordonne l'envoi des commissaires à l'armée, ainsi que l'instruction qui doit diriger leur conduite, chacun dans le ressort qui lui est assigné. — « Je crois qu'il est nécessaire, dit Gensonné, d'investir les commissaires, du pouvoir de destituer les généraux, et même tous les fonctionnaires civils et militaires, de les faire mettre en état d'arrestation, en avertissant le Corps-Législatif. » Ici, on applaudit à outrance, et la proposition de Gensonné est adoptée.

Tandis que l'Assemblée suit l'impulsion de la volonté générale, la nouvelle Commune, poussée au mal, enfante crimes sur crimes, malheurs sur malheurs. Elle enjoint, ou plutôt elle ordonne aux représentans de la nation, de nommer, dans le jour, les ministres qu'elle leur désigne. » Voilà, dit un sicaire ; voilà les patriotes qui doivent gouverner la France, dans ces temps de calamité, et faire triompher la liberté, en dépit de nos ennemis. »

L'Assemblée nationale, en conséquence, adjoint à Roland, à Clavière, à Servan (1), trois autres ministres : ce sont, Danton, chef

(1) Clavière (Étienne), banquier à Genève, où il était né en 1735, en fut chassé en 1782, pour y avoir suscité une révolution. Proscrit comme chef de l'anarchie, il se retira en Angleterre, où il vécut à la solde du gouvernement Anglais. En 1789, il passa en France, et se

des conjurés, au ministère de la justice ; Monge
pour la marine ; et Lebrun pour les affaires
étrangères; puis, Grouvelle secrétaire du conseil. Ainsi fut nommé chef de la justice le fameux Danton : ô ciel ! quelle justice les Français doivent attendre d'un pareil scélérat, qui
ne respecte rien, ni Dieu, ni les hommes.
Suivons, Messieurs, suivons cet ordre et désordre qui renverse tout, détruit tout, amène
tous les fléaux possibles, à l'exception de la
peste.

Le ministère fut à peine recomposé, que
les décrets recommencèrent à pleuvoir comme
la grêle contre toutes les personnes attachées à
la cour de Louis XVI. — « Comme le ministre de la guerre a été, en partie, cause des
malheurs de cette journée, dit Thuriot, pour
n'avoir pas obéi au décret de l'Assemblée,
relatif à l'éloignement des Suisses, je demande contre lui le décret d'accusation; et
le décret est prononcé contre M. Dabancourt.
« Il n'est pas douteux, ajoute encore le farouche
Thuriot, que nous ne soyons en guerre avec
une partie des citoyens du royaume; il faut

rendit près de Necker, qui le protégea, et fut le noyau
des premiers Jacobins emprisonnés à la suite du 3i mai.
Il se donna la mort dans la prison, en se perçant le sein
d'un poignard, en disant : La victime échappera aux bourreaux. Tel fut le destin de ce Génevois.

Servan, ancien avocat-général au parlement de
Grenoble, né à Romans, en 1737, est mort fort heureu-
sement dans son lit en 1807, ayant échappé à tous les
Jacobins de la France.

prendre toutes les mesures pour assurer le
triomphe du patriotisme. Je demande que les
corps administratifs et municipaux soient autorisés à faire chez les particuliers, même en
cas de déclaration, des visites domiciliaires,
pour savoir si les gens suspects n'ont pas de
la poudre et des armes cachées ; et qu'ils soient
autorisés à les faire enlever, en dressant procès-verbal, et laissant reconnaissance des objets. » Cette proscription, digne de ces temps
de désordre, fut adoptée à l'unanimité. Puis,
Guadet, au nom de la commission extraordinaire, propose une instruction pour inviter
les citoyens qui s'occuperont de la formation
de la Convention nationale, à nommer autant
de députés que pour la Législature actuelle.
» Les assemblées primaires, continue-t-il, se
réuniront le 26 août ; tous les citoyens âgés
de vingt-cinq ans auront droit d'y voter. —
Les électeurs se rassembleront le 2 septembre, pour nommer les députés qui se rendront à Paris, le 20 septembre, revêtus de
la confiance illimitée de leurs commettans. »
Après avoir décrété la formation de cette
fameuse Convention qui achèvera le bouleversement de la France, le député Choudieu développe son grand acte de patriotisme : « Vous
avez décrété, ce matin, la formation d'un
camp sous Paris, dit-il ; je demande que, pour
l'accélérer, il soit ouvert un registre où pourront se faire inscrire tous les fédérés et autres citoyens qui voudront y être employés.
Je demande que les fédérés qui sont accourus de leurs départemens pour nous défendre,

et qui nous ont si bien défendus aujourd'hui (1), soient payés des frais de leur voyage, et reçoivent leur solde, à compter du jour de leur arrivée à Paris. » Adopté.

» Nous ne pouvons nous dissimuler la coalition inique, formée entre tous les juges de paix de Paris, déclare Thuriot. Je demande que l'Assemblée considérant que la plupart d'entre eux n'ont pas la confiance du peuple, décrète que les sections procéderont à l'élection de nouveaux juges de paix, avec la faculté de réélire ceux qui n'auront pas démérité. » Adopté. — Il continue : » je demande que, pour hâter la formation d'un camp sous Paris, décrété ce matin, vous nommiez quatre commissaires, pris dans le sein de l'Assemblée. » Et le sénat, tout dévoué aux grandes mesures de sûreté pour elle, charge la commission de nommer demain ces quatre commissaires.

Tels furent, Messieurs, tels furent les décrets rendus dans le courant de cette horrible journée, qui fut, pour le roi et la famille royale, le comble de la douleur et de l'iniquité la plus criante : non, jamais prince n'éprouva une pareille avanie ! La passion de Jésus-Christ peut seule lui être comparée. Louis endura tout ; il souffrit tout, et pas une parole ne sortit de sa bouche pour ré-

(1) Quel langage pour un député qui, par cette motion, lève le coin du rideau pour montrer la part qu'il a prise au renversement de la constitution, qu'il avait juré de défendre jusqu'à son dernier soupir !

pondre à ses ennemis, qui l'insultèrent pendant plus de douze heures consécutives devant les représentans de la nation. A dix heures du soir, le roi et la famille royale sortirent enfin de leur prison, qui, comme je l'ai dit, était derrière le président, et furent sequestrés dans un très-petit appartement dans le couvent des Feuillans, où ils passèrent la nuit sur des lits et sur des matelas jetés par terre : dieu ! quelle nuit que celle du 10 au 11 août !

Comme je n'ai pas voulu interrompre l'ordre des décrets rendus dans cette circonstance déplorable, je vais, Messieurs, vous faire connaître encore quelques mauvaises actions des conjurés. Ils employaient mille moyens pour avilir l'infortuné Louis XVI et rehausser leurs faits et gestes dans cette effrayante catastrophe. Au nombre des députations arrivent à la barre une douzaine de jongleurs ; l'un d'eux tenant un soldat suisse par la main, s'exprime en ces termes: « Le cœur navré de douleur, tout couverts de sang et de poussière, nous venons déposer dans votre sein notre indignation. Depuis long-temps une cour perfide se joue du peuple français ; depuis long-temps elle prépare la catastrophe qui vient d'éclater aujourd'hui. C'est elle que nous accusons, c'est elle qui a fait couler notre sang. Nous n'avons pénétré dans ce palais qu'en marchant sur les cadavres de nos frères massacrés ; nous avons fait prisonniers plusieurs de ces malheureux instrumens de la trahison d'un roi perfide ; plusieurs ont mis bas les armes, et nous ne voulons employer contre eux que celle de la générosité, nous voulons les traiter comme nos frères. » Ici l'orateur joue une scène dramatique, il embrasse avec affection le Suisse qu'il tient par la main, et paraît s'évanouir.... Les députés s'empressent de le secourir, il juge à propos d'avoir l'air de revenir à lui-même. « Je sens renaître mes forces, dit le comédien en se relevant, puis, jetant les yeux sur les députés, d'une voix faible, il leur dit : « Je prie l'Assemblée de permettre que ce malheureux suisse demeure chez moi, et que j'aie l'honneur de l'alimenter. Voilà, ajoute-t-il, la manière dont je veux me venger de lui.» Il emmène son prisonnier. «Décretons, dit le capucin Chabot, décretons que le nom de ce brave citoyen nommé Clément (il lui avait demandé son nom), sera inscrit au procès-verbal, et qu'il sera fait mention honorable de ce trait de générosité. » Et les applaudissemens éclatent de toutes parts.

Bientôt après arrive une autre députation (elles se succédaient l'une à l'autre à chaque instant); celle-ci est composée des canonniers de Saint-Merry, ayant à leur tête un jongleur. Chaque députation avait son chef plus ou moins ridicule dans les sentimens exagérés qu'il affectait. « Nos camarades, dit-il, nous ont chargés de vous déclarer que, s'étant portés ce matin au château des Tuileries pour y protéger la sûreté du premier fonctionnaire public, ils n'ont employé leurs armes qu'après avoir été fusillés de la manière la plus indigne, par les mêmes fenêtres d'où un roi fanatique fusillait lui-même son peuple. Ce jour est le plus beau de notre vie, puisque nous l'avons exposée pour le salut du public. Représentans, ajoute ce jongleur, soyez ferme à votre poste, vous avez l'empire à sauver. Nous jurons, dans cette enceinte, que nous sommes prêts à périr pour le salut de vos personnes, pour le maintien de vos décrets; pour l'extermination de tous les contre-révolutionnaires intérieurs et extérieurs du royaume. »

Enfin, les nouveaux maîtres de Paris, ou, pour mieux dire, les maîtres de toute la France, qui ont pris le titre de membres de la Commune, à une heure après minuit, envoient encore une députation à la barre de l'Assemblée. « Le calme le plus profond règne dans la capitale, déclare l'orateur, non en suppliant, mais en maître. Des patrouilles nombreuses veillent à la sûreté des citoyens et des représentans du peuple. Le commandant-général a donné ordre de faire marcher vers l'Assemblée, vingt hommes par bataillon. » Cet orateur ajoute : « Quant au feu du château, il n'en peut résulter aucun danger, des pompiers y sont établis. » Hélas! Messieurs, ce discours mensonger fut bientôt démenti par les pompiers eux-mêmes. A deux heures du matin, une députation de ce corps se présente à la barre et demande du secours. « Il y a neuf cents toises en feu; disent-ils, et on tire sur eux; on les menace de les jeter dans l'incendie. En vain, Messieurs, en vain Merlin et Lecointre ont représenté au peuple que le château était une propriété nationale. Malgré cette mauvaise réception, continue-t-il, comme ils ne peuvent voir de feu sans chercher à l'éteindre, ils s'y

2.   5

sont portés quatre fois. Si la garde nationale ne
manœuvre pas avec eux, ils ne répondent de
rien. Et si le feu continue et gagne le pavillon
de Marsan, il fera dans la rue Saint-Honoré
les plus affreux ravages. » En ce moment
d'alarme, qui n'était pas fort rassurant pour les
députés, l'Assemblée, toute tremblante, applaudit cependant au zèle des pompiers, en
ordonne la mention honorable, et décrète qu'il
leur sera délivré un extrait du procès-verbal
pour montrer au peuple. Pour moi, Messieurs, je puis dire avec vérité que le feu ne
fut point éteint. Tout les corps de bâtimens
des cours furent consumés jusqu'à la dernière
poutre; le feu brûlait encore le lendemain. Les
pompiers ne purent seulement que garantir le
palais de l'incendie général.

Ainsi se termina cette affreuse journée du
10 août. Au milieu de l'incendie et du massacre, les braves Suisses périrent presque tous
en défendant la monarchie et le meilleur et le
plus humain des rois. Je puis le dire avec
assurance, c'est que, dès que les braves Hel-
vétiens eurent évacués le palais des Tuileries
par ordre du roi, il n'y eut plus de grâce à
espérer, ni pour les soldats, ni pour les officiers. L'anarchie poursuivit ses victimes jusqu'au tombeau. Après leur mort, des monstres
avides de sang assouvirent encore leur rage sur
les cadavres jetés çà et là, épars de tous côtés
et dans les Tuileries, sur la place de Louis XV,
dans les cours et dans le château, et dans
toutes les rues où ces malheureux couraient en
désespérés. Parmi le nombre des victimes er-

rantes et au désespoir, beaucoup d'entre elles
eurent la vie sauve en se jetant dans les maisons;
les bourgeois, à l'envi les uns des autres, bravèrent la mort en les cachant dans l'intérieur
et en leur fournissant des vêtemens pour les
déguiser. Ah! si l'humanité existait dans la
bourgeoisie, qui se dévouait pour les concitoyens et pour leur patrie, combien cette humanité était éloignée du cœur de ces assassins,
qu'on nommait Fédérés, et de tous les brigands
accourus dans cette capitale de tous les coins
de la France, pour y vivre de pillage et de rapine
sous le gouvernement de ces infâmes commissaires, nommés par les sections de Paris, et
qui se dirent représentans de cette grande ville!
Ainsi périt la monarchie et toutes ses attribu-
tions, dans cette horrible journée, qui amena
dans toute la France la guerre civile, la misère,
la famine et la mort de tant d'excellens citoyens
qui furent engloutis dans les hécatombes que
creusèrent les municipes, comme je le démon-
trerai dans la suite de mes tableaux. A trois
heures du matin, l'Assemblée nationale, lasse,
exténuée, et presque endormie dans les horreurs de la guerre civile, et dans les flots de
sang, lève sa séance, ou pour mieux dire la
suspend, et chaque député se retire en tremblant. — En finissant ces mots, j'ajoute : à demain, Messieurs, à demain; ma séance est
aussi levée.

5*

DIXIÈME SÉANCE.

LE vendredi, disent nos bons aïeux, est un jour malheureux ; et l'on dit proverbialement : Tel qui rit le vendredi pleure le dimanche. C'est un jour de tristesse, de jeûne et de pénitence : la joie se change en larmes. Dieu est mort pour nous sur la croix un vendredi ; et le vendredi-saint nous rappelle chaque année cette grande époque qui nous fait célébrer la mémoire de la passion et de la mort de Notre-Seigneur. Aussi voit-on rarement un mariage le vendredi ; on ne traite point d'affaires ce jour-là, ou le moins possible , parce que, dit-on , cela porte malheur. Le voyageur n'aime point à se mettre en route un vendredi, il craint qu'il ne lui arrive facheuse rencontre. Enfin, le vendredi est consacré à de tristes souvenirs. Louis XVI est descendu du trône de ses aïeux un vendredi, et c'est le vendredi qu'a eu lieu la journée du 10 août, dont je viens, Messieurs, de vous retracer les funestes événemens, qui firent répandre tant de larmes. C'est encore un vendredi que la Convention nationale se rassembla, tint sa première séance et acheva l'ouvrage des assassins du 10 août. Ah ! si Dieu est mort sur la croix pour le genre humain, pour le racheter de ses péchés, Louis XVI, à l'exemple de son Dieu, fera le sacrifice de sa vie pour la France, pour apaiser le ciel dans sa colère pour qu'il pardonne à ses ennemis, et jette un œil de miséricorde sur ce peuple égaré, excité à la révolution par des pervers. En prononçant ces mots à mes jeunes amis, qui m'écoutaient avec une grande attention, j'élève la voix et je m'écrie : Suivons, Messieurs, suivons cette vallée de larmes, cette vallée de douleurs où nous ne trouverons à chaque pas que ruines, que débris, enfin que morts et tombeaux ; oui, mes jeunes amis, oui, morts et tombeaux : Paris et la France ne seront plus que de vastes cimetières qui engloutiront vivans, hommes, femmes et enfans, et jusqu'aux brigands eux-mêmes ; car Dieu ne laisse jamais impuni le crime même le plus caché : tôt ou tard l'homme méchant reçoit la juste punition qui lui est due, et tel sera le sort de ces fameux membres de la Commune, qui, en ce moment, bouleversent la France. Je reprends la suite de mes tableaux. Ecoutez les terribles récits qui vont suivre.

Tandis que le peuple dort ou se repose de sa funeste agitation de la journée d'hier, le crime veille, et prépare des fers à ce même peuple qui, en se levant, se portera à de nouveaux excès. Le roi et la famille royale, quoique au sein du repos, ne dorment point, ou s'ils dorment, c'est dans une cruelle agitation. Cette

nuit du 10 au 11 (je me la rappelle d'une manière bien douloureuse), fut le calme d'une
nouvelle irruption de désordres et de nouveaux
malheurs. Le jour paraît, et le jour réveille
les assassins. Les palais, les châteaux et toutes
les maisons des riches excitent la convoïtise
des bandits : ils courent çà et là, et c'est à qui
pénétrera le premier dans ces lieux fortunés ;
mais la plupart déjà ne présentent plus que
ruines, que décombres. Allons, disent les municipaux aux bandits qui attendent leurs ordres,
allons, plus de repos, plus de paix pour les
ennemis de notre chère liberté ; poursuivons-
les jusque dans les entrailles de la terre ; pour-
suivons les amis du trône et tout ce qui tient
à la royauté, et affranchissons-nous de la servitude. Aussitôt dit, aussitôt fait, et dès sept
heures du matin, les bandes courent dans les
places publiques, sur les ponts et sur les quais,
et comme des forcenés se jettent sur les statues
équestres de nos rois. Voyez-les courir à la place
Royale, où est la statue de Louis XIII ; à la
place de Vendôme, où est celle de Louis XIV ;
au bout des Champs-Elysées, où est celle de
Louis XV, et sur le Pont-Neuf, où est Henri-
le-Grand, qui, de dessus son cheval, regarde
fièrement cette canaille furieuse et semble lui
dire : Respecte ton roi, qui fut le père du
peuple, le défenseur du peuple et le père nour-
ricier des Parisiens. Ce prince chéri et tant ré-
véré, semble dire encore à cette canaille qui
ne respecte plus rien : « Souviens-toi que naguère tu faisais arrêter sur le Pont-Neuf les
hommes et les voitures, et forçais les passans à

mettre chapeau bas devant mon effigie , et à crier : *Vive Henri IV !* (1). Ces temps sont donc bien changés ! Malheureux peuple , vois ton in-gratitude , ton inconstance. Bientôt ta fureur se changera en larmes de sang , et ceux qui ex-citent ta colère contre tes rois , te feront bien-tôt mourir de faim. » Mais ce peuple ingrat , indiscipliné , ne reconnaît plus ses devoirs , il crie , il menace et se jette sur Henri IV et sur son cheval comme des furieux : les bandits em-ploient toutes leurs forces pour le renverser ; mais Henri , aussi ferme sur son cheval de bronze qu'il était redoutable à la tête de ses armées , résiste à tous les brigands , et après une lutte de quelques heures , il triomphe en-core de l'ennemi et reste ferme ; mais enfin , comme son petit-fils , il succombe deux jours après , et le vandalisme , par la force des cir-constances , le fait mettre en pièces. La canaille lasse , exténuée , se porte ailleurs pour y exer-cer de nouveaux ravages. Tel fut encore le com-mencement de la journée du 11 août.

Pendant que la furie populaire attaquait les statues équestres et pédestres de nos rois, dans les places publiques de Paris , les brigands organi-sés en compagnies par les municipaux , ainsi que les fédérés de Marseille , recommencèrent

---

(1) En 1789, le peuple de Paris, par excès de ten-dresse pour Henri IV, et par le respect qu'il lui portait encore, força, pendant plusieurs jours, les hommes à ôter le chapeau en passant devant sa statue; les personnes en voiture étaient obligées d'en descendre et de le saluer.

leurs cours d'assassinats. « Allons, dit encore
Danton, et c'était lui qui donnait le branle à
tous les désordres; allons, il faut aujourd'hui
attaquer les palais des princes; il faut aller à
Chantilly. » Oui, oui, répètent les chefs Marseillais, allons à Chantilly. A dix heures du
matin, cinq cents hommes et deux pièces de
canon, sortent des barrières de Paris, et se dirigent vers Chantilly, palais magnifique du
prince de Condé. En sortant la barrière de la
Chapelle, l'armée des Vandales se grossit ; elle
traverse la plaine, arrive à Saint-Denis, où elle
fait halte. Ici, nouveau surcroît de force. On
se met en route; les phalanges de l'insurrection se déploient en criant, *vive la nation !* Puis
on traverse les villages de Pierre-Fitte, Sarcelles
Ecouen, Ménil-Aubry, et on arrive à Luzarches,
à sept lieues de Paris. Luzarches voit entrer dans
ses murs cette troupe de brigands qui, après
avoir jeté l'effroi dans les villages, se disperse dans
toutes les auberges, où le vin leur est prodigué sans bourse délier. Une armée de Mame-
luks n'aurait pas entraîné avec elle plus de désordre, plus d'épouvante, et cependant elle se
recrute encore de tous les bandits qu'elle rencontre dans cette longue route. La municipalité
de Chantilly redoutait l'approche de ces brigands;
elle était instruite de leur marche ; elle recevait
d'heure en heure des vedettes qui lui rendaient
compte de chaque station. La ville de Luzarches
loge cette armée qui y vit à discrétion ; elle y
passe la nuit. Le lendemain, à cinq heures du
matin, le tambour bat le rappel, les bandes se
rassemblent, elles se mettent en route en agi-

tant leurs sabres et roulant leurs canons. A leur approche, la municipalité de Chantilly, redoutant le carnage et la mort, se sauve dans la forêt et ne reparaît plus. A dix heures, les Marseillais qui, lors de leur départ de Paris, étaient environ cinq cents hommes, arrivent à Chantilly au nombre de plus de quinze cents, et se rangent en bataille sur la pelouse, aux cris de *vive la nation! vive la liberté!* et braquent leurs canons sur les écuries du prince de Condé. Comment retracer les horreurs de ce débordement de Vandales? Bientôt le sang ruissèle; une tête est portée au bout d'une pique. Un malheureux meunier, pour avoir dit que les Marseillais étaient des brigands, devient la victime des assassins de Paris. A la vue de ce trophée sanglant, tout tremble, tout frémit dans Chantilly; l'épouvante devient générale; et les Marseillais, ivres, couverts de sang et de poussière, se jettent dans le palais du prince et dans les belles écuries, et font main basse sur tout ce qui leur plaît; ils cassent et ils brisent, et le pillage devient général; rien n'est épargné; pas même la statue de la Renommée du prince de Condé, qui devint la proie du vainqueur, et ils l'emportèrent. Les belles statues que renferme le parc sont brisées, mutilées, tout est renversé, tout est mis en pièces; puis cette troupe, avide de pillage, dévaste les appartemens, brise les glaces, les lustres, les meubles, pille le linge, la vaisselle, dévaste les cuisines; ensuite au milieu de ce dégât affreux et épouvantable, le vin du prince, la basse-cour et le poisson des étangs devient la pâture de tous ces Vandales.

Après deux jours d'orgie la plus désordonnée, les Marseillais revinrent à Paris, montés sur les chevaux du prince, et emportant les dépouilles de son palais. Tel est, Messieurs, le sort qu'éprouva Chantilly, après la journée du 10 août. Beaucoup d'habitans des villages environnans y prirent part. Mais je ne signale personne; ils en furent assez punis peu de temps après, par la misère et la famine qu'ils éprouvèrent, suite ordinaire des révolutions.

Pendant l'expédition de Chantilly, la ville de Paris n'en fut ni plus calme, ni plus rassurée; les municipaux continuent d'exciter le désordre. Les quatre-vingt-huit commissaires qui d'abord ont commandé l'attaque du palais des Tuileries, reçoivent peu-à-peu un accroissement de complices; et cependant le nombre des commissaires municipaux ne se complète que dans les journées des 12, 13, 14 et 15 août; encore ce fut à force de peine. Plusieurs sections refusèrent long-temps de prendre part au renversement de la constitution; mais ils y furent entraînés par la force des circonstances; celle de l'Oratoire, rue Saint-Honoré, ne completta sa députation que le 15, et ce fut à regret qu'elle y envoya ses députés. Laissons-là cette Commune de Paris et ces commissaires, et retournons à l'Assemblée nationale, voir ce qui s'y passe : vous pensez bien, Messieurs, que cette Assemblée ne saurait être ni calme, ni tranquille; les factieux y vont encore paraître et disparaître tour-à-tour, et c'est à qui jouera son rôle avec le plus d'effronterie.

Nous avons laissé la nuit précédente les députés

lever leur séance à trois heures du matin, ou du moins suspendre leurs délibérations pour cause de fatigue et d'accablement. Voyons ce qu'ils vont faire pour le roi et la famille royale, car le sort de ce prince n'est point encore fixé, il n'a pas encore bu la coupe du malheur tout entière, et cependant il va reparaître dans cette Assemblée avec autant de calme et de sérénité que dans la journée d'hier ; il verra de nouveau ses ennemis venir à la barre du sénat, l'insulter avec la même audace et la même insensibilité pour le comble de l'infortune. Ah ! les hommes étaient donc bien changés, ils avaient donc le cœur bien dur, pour porter cette haine insatiable à tout ce qui tenait au gouvernement de nos rois; mais cette haine n'avait pas d'autre but que celui de chasser Louis XVI de son trône, pour se mettre en son lieu et place, sous prétexte de servir le peuple, et à l'aide du nom de la liberté, de cette affreuse liberté qui, avec sa verge de fer, faisait égorger les Français par les Français.

Le 11, dès sept heures du matin, le roi et la famille royale revinrent se placer dans la petite chambre d'angoisse, derrière le président, car c'est ainsi que je nomme cette loge qui plaçait Louis XVI dans la situation d'un homme qui éprouve toutes sortes d'insultes, sans pouvoir répondre à ses ennemis, ni se défendre. L'Assemblée nationale venait de rouvrir sa séance, et la plupart des députés étaient encore presque endormis, et plusieurs d'entre eux, en baillant, semblaient appeler à leur barre les acteurs de la journée du 10, pour les éveiller. Ces acteurs ne tardèrent point à reparaître sur la scène, chacun reprit son rôle. Les envoyés de la Commune débutèrent les premiers, et dès huit heures, ils commencèrent ainsi : « L'agitation diminue, dit un municipal, cependant elle est encore inquiétante. Les représentans provisoires de la Commune ont suspendu les juges-de-paix de leurs fonctions, et en ont revêtu les assemblées générales des sections. Cette disposition, ajoute-t-il, est fondée sur le peu de confiance du peuple dans la plupart des affaires de police; méfiance qui venait de le porter à se faire justice lui-même de plusieurs accusés traduits devant eux. La sortie de la ville de Paris est provisoirement interdite; le commandant-général et les commissaires se sont concertés pour assurer l'emprisonnement des Suisses qui sont détenus dans plusieurs corps-de-garde. » Après avoir prononcé ces mots, les municipaux, tirés de la plus vile populace, se retirent d'un air triomphant. Mais, à peine sont-ils hors de la salle que l'Assemblée nationale, comme hier, redevient l'écho de nouveaux désordres; l'anarchie recommence à promener ses phalanges sanguinaires. Les malheureux Suisses, échappés aux armes meurtrières des assassins, sont sur le point d'être égorgés aux portes du sénat. Enfermés dans une salle du couvent des Feuillans, ces malheureux attendent la fin de leurs jours avec une conscience pure, et, nouveaux holocaustes, ils se résignent à faire le sacrifice de leur vie pour leur roi. Mais, dans cette nouvelle crise, l'Assemblée, sous l'influence du capucin Chabot, ordonne que les Suisses seront envoyés aux prisons de l'Abbaye, vu les dangers extrêmes où ils se trouvent en ce moment; le capucin les fait entrer dans la salle, où ils restent provisoirement parmi les députés en attendant leur transférement.

Au milieu de ce tumulte, paraît à la barre le nouveau commandant de Paris, Santerre, il déclare avoir pris des mesures pour le rétablissement de la tranquillité publique. « Je ne dissimule pas, ajoute ce commandant, marchand de bière, qu'il y ait encore une grande fermentation, et qu'il est convenable que le roi reste encore dans l'enceinte de l'Assemblée. » Une seconde députation succède à Santerre. «Les représentans provisoires de la Commune, dit le perruquier municipal, ont suspendu tous les comités des sections; ils ont également suspendu le directoire et le conseil du département de Paris. » En ce qui concerne la capitale, il ajoute : « La Commune a envoyé des forces au château de Meudon, où ils ont été avertis qu'il en fallait pour empêcher des malheurs. » Il déclare que si jusqu'à présent M. Pétion, maire de Paris, a été retenu, consigné chez lui, c'est que la Commune a la certitude qu'il existait une ligue d'assassins qui en voulait à ses jours. Ces assassins, déclare l'orateur, d'un air piteux et mensonger, s'étaient réunis à Meudon. Ils ont aussi tenu leurs conciliabules en divers autres endroits, qui étaient leur point de ralliement. Dans peu d'instans, ajoute-t-il, M. Pétion sera rendu à son entière liberté. » Après avoir débité aux législateurs ces mensonges ridicules et effrontés, la scène change, et de nou-

veaux acteurs paraissent ; ce sont les nouveaux
ministres, Roland, Clavière, Monge et Danton.
Ils déclarent qu'ils viennent prêter serment de
maintenir la liberté et l'égalité, ou de mourir
à leur poste. (Quel dévouement !) Danton
porte la parole en ces termes : « La nation française, lasse du despotisme, avait fait une révolution ; mais, trop généreuse, elle a transigé
avec des tyrans. L'expérience a prouvé qu'il n'est
aucun retour a espérer des anciens oppresseurs
du peuple. Elle va rentrer dans ses droits. » Le
chef des conjurés fait une pause ; en tournant
audacieusement les yeux du côté de son roi, il
reprend : « Mais, dans tous les temps et surtout
dans les délits particuliers, là où commence
l'action de la justice, là doivent cesser les vengeances populaires. Je prends devant l'Assemblée nationale l'engagement de protéger les
hommes qui sont dans son enceinte ; je marche-
rai à leur tête et je réponds d'eux. » Ici grands
applaudissemens, et Danton se retire. La scène
change encore, et Pétion sorti de sa cachette,
comme l'ours de sa tannière, où il était depuis trente heures, est introduit à la barre par
ses amis, qui lui servent de gardes-du-corps ;
en deux mots, il éclaircit la conscience des députés sur les motifs de sa disparition. « Je saisis
le premier moment de ma liberté, dit le chef
des municipaux, pour venir à l'Assemblée lui
témoigner ma reconnaissance. » Puis il déclare
» que l'effervescence du peuple est grande ;
mais que ses plus grands mouvemens sont pour
qu'on ne manque point à sa dignité. Ce peuple
fait main basse sur les filoux qui se glissent dans

les groupes; je viens d'en arracher un à la mort la plus certaine pour le mettre sous le coup de la loi, je l'ai fait mettre dans ma voiture, le peuple a respecté son magistrat. Maintenant que je suis libre, ajoute-t-il, je désire exercer la surveillance plus particulièrement autour de l'Assemblée. » Ce tour d'un fourbe rusé, assez bien joué par Pétion, lui attire un grand nombre d'applaudissemens, et l'Assemblée, par reconnaissance, lui accorde pour sa sûreté personnelle, la salle du comité de surveillance; mais cet homme avait bien autre chose à faire que de rester auprès des députés. Il disparaît et va jouer un nouveau rôle ailleurs.

Le temps s'écoule; Pétion parcourt Paris : partout il voit des amis, partout il est reçu avec acclamation. C'est un délire général, c'est une frénésie, qu'excite l'apparition de cet homme au milieu des brigands et des assassins, et on n'entend plus dans les rues que ces mots : *vive la nation! vive Pétion!* Après avoir rempli son rôle triomphateur, tant à la Commune que dans tous les lieux publics, ce *grand homme* revient à l'Assemblée nationale tout couvert de lauriers et accompagné d'un grand nombre de municipaux. « Législateurs, dit l'un d'eux en présentant le maire de Paris, les amis du peuple viennent rendre aux amis du peuple, l'ami du peuple. » Cette phrase bizarre reçoit les plus grands applaudissemens; mais les applaudissemens redoublent avec bien plus de force, lorsque Pétion s'avance à la barre de l'Assemblée, revêtu de son costume de chef populaire. Le triomphe de ce dictateur est à son comble; de la main et du geste, il impose silence, et le calme règne dans toute l'enceinte; il prend la parole en ces termes : « Législateurs, nous venons exprimer à l'Assemblée nationale la vive satisfaction que nous avons éprouvée en parcourant la capitale. Partout on vous bénit; partout on bénit vos décrets; partout, c'est au nom de l'Assemblée que nous avons maintenu l'ordre. Les citoyens (il prononce ce mot avec un air gracieux), les citoyens sentent maintenant la nécessité de se reposer sur les lois, et d'attendre d'elles leur vengeance; ils savent que les magistrats leur rendront justice, et ils viennent de donner une preuve de la confiance qu'ils ont en eux. Le peuple s'était saisi d'un individu qui lui avait paru coupable; il l'a amené à l'Hôtel-de la Maison commune, et a dit aux magistrats : Nous savons que la justice punira le coupable. Eh bien, remettez entre ses mains l'individu que nous vous amenons..... »

Il reprend son discours. « On est venu nous dénoncer qu'un grand concours de peuple se formait autour de l'Abbaye; nous nous y sommes transportés; et pour le dissiper, il a suffi de dire : l'Assemblée nationale vient de rendre au peuple un service important; elle a effacé la ligne de démarcation qui distinguait les citoyens. La loi va frapper indistinctement tous les coupables; vous pouvez compter sur elle, et vous devez lui obéir. Aussitôt le peuple, toujours bon, toujours juste, a déclaré qu'il avait confiance en ses magistrats, et qu'il ne souffrirait pas qu'ils fussent calomniés.

» Ainsi, continue-t-il, nous espérons tous

que les Suisses pourront être conduits en sûreté dans le lieu qu'il plaira à l'Assemblée d'indiquer. Je réponds qu'on ne se portera, contre eux, à aucune violence; car le peuple nous l'a promis, et le peuple tiendra sa promesse. Je pense que l'Assemblée nationale peut se dispenser de les faire accompagner par quelques-uns de ses membres, comme elle en avait dessein. Le peuple leur servira de garde ». Pauvre peuple, comme on te flatte pour mieux t'avilir! Que de crimes on commet en ton nom !!!

A la fin de ce discours flatteur pour le peuple, qui leurrait les députés sur la prétendue tranquillité de Paris, un municipal, qui était à côté de Pétion, reprend la parole en ces termes : « C'est à l'ami du peuple, c'est à la pleine confiance que les citoyens ont en lui que nous devons la tranquillité publique. Le peuple sait que la justice qui, auparavant était boiteuse, marche aujourd'hui sur ses deux jambes. » Ici le saltimbanque de municipal s'arrête, pour recevoir les honneurs des applaudissemens. Puis il reprend : « Demain les Suisses en garnison à Versailles, amèneront leurs officiers à Paris, pour les livrer au glaive de la justice; ils seront mis en sûreté, et les coupables seront punis. » — Après avoir entendu ces deux meneurs du peuple, le président leur répond avec douceur, et il en fallait dans ce moment de danger : « Honorés de la confiance du peuple, leur dit-il, justifiez-la en rappelant le peuple, essentiellement bon, au règne des lois. Quel homme de bien n'a pas gémi des désordres qui nous affligent ! Puissent toutes les volontés se réunir

en une seule , l'amour de la liberté , être éclairée par l'amour des lois ! L'assemblée (ajoute
encore le président) vous invite à assister à sa
séance. »

Un second municipal reprend à son tour : « Le
peuple demande à conduire lui-même les Suisses
dans le lieu indiqué , et il regarderait comme
une injure, qu'ils fussent conduits par cinquante
membres de l'Assemblée , parce qu'il croirait
que vous vous défiez de son honnêteté. » Le jongleur reçoit les applaudissemens du peuple des
tribunes, puis il continue : « Mais nous prions
l'Assemblée de ne pas faire transférer les Suisses
dans les prisons de l'Abbaye , parce que leurs
officiers y sont renfermés, et d'indiquer en conséquence un autre lieu. Je proposerais, par
exemple, ajoute le municipal, je proposerais le
Palais-Bourbon. » Cette proposition qui n'est
qu'un ordre de la Commune, est aussitôt adoptée.
Les Suisses , placés sur les bancs des députés ,
se lèvent; le maire, les officiers municipaux et
un grand nombre de gardes nationaux se joi-
gnent à eux et sortent ensemble de l'Assemblée.

Les malheureux Suisses ne sont pas plutôt
hors de la salle, qu'un quatrième municipal paraît encore à la barre, car les municipaux étaient
autant de dictateurs qui décidaient de la vie ou
de la mort de plusieurs individus. Celui-ci, non
moins effronté que ses collègues, vient, au nom
de la Commune, annoncer la décision des nouveaux maîtres de Paris, et s'exprime de la sorte :
« Le conseil municipal de la Commune s'est occupé des mesures à prendre pour la sûreté des
personnes du roi et de sa famille ; il a cru que

le bâtiment du Luxembourg que l'Assemblée lui a destiné pour son logement, n'était pas un lieu sûr; qu'il y avait plusieurs issues dérobées; que les murs qui environnent le jardin étaient trop bas; et qu'il serait difficile aux citoyens auxquels serait confiée la garde du roi et de sa famille, de répondre de leur sûreté; le conseil général a cru que la maison du Temple serait beaucoup plus commode et plus facile à garder, et que le roi y serait beaucoup plus en sûreté que partout ailleurs. »

Ce membre de la Commune n'a pas plutôt parlé aux députés avec cette effronterie qui caractérisait cette troupe d'assassins, que l'Assemblée nationale, sur la motion de Brissot, renvoie sa demande à la commission extraordinaire pour qu'elle lui fasse un rapport sur le lieu fatal qui doit renfermer pour jamais Louis XVI et sa famille. Ce qu'il y a de plus affreux et de plus affligeant, c'est que tout cela se passait sous les yeux du roi qui, avec une constance sans exemple, regardait ses ennemis manœuvrer en tous sens pour lui chercher une prison. Passons, Messieurs, sur ces infamies qui ne peuvent que révolter les âmes sensibles, passons sur mille et une propositions plus ou moins bizarres des municipes savetiers de Paris, qui venaient à la barre du sénat insulter le meilleur, le plus humain des hommes. Ah! je l'ai vu ce prince dans cette position, je l'ai vu répandre des larmes, et ses larmes étaient les seules expressions qu'il opposait à tant de méchancetés!

Quand un factieux avait manœuvré à la barre par ses gestes et par ses discours extravagans

6*

contre son roi, un second factieux le remplaçait, puis un troisième, puis un quatrième. Enfin, parurent les ministres de nouvelle création, installés sur les ruines fumantes du trône. Danton, Clavière, Lebrun, Servan, paraissent et disparaissent comme des baladins sur les tréteaux des boulevards. Clavière faisant les fonctions du ministre de la guerre par *interim*, écrit à l'Assemblée « qu'il vient d'ordonner aux commissaires-auditeurs des guerres, de former dans le jour et sans désemparer, une Cour martiale pour juger les Suisses. » Ah! juger les Suisses! ils étaient donc bien altérés de sang ces nouveaux maîtres de la France! Enfin, les décrets sur toutes les propositions se rendaient presque sans s'entendre, et la journée se passe sans prendre aucune décision sur le sort de l'infortuné monarque. A trois heures du matin, la séance se lève comme la veille, faute d'acteurs, c'est-à-dire faute de représentans qui s'étaient allés coucher. Tel fut le résultat de la journée du samedi 11 août.

Le dimanche arrive, Messieurs, et le dimanche, jour de repos, n'en est point un pour les nouveaux maîtres de Paris, ni pour les assassins qu'on qualifie de peuple; les manœuvres révolutionnaires à la barre de l'Assemblée recommencent, et c'est à qui agira en divers sens pour activer l'emprisonnement de la famille royale. Les arrestations continuent aussi de se faire avec un acharnement inconcevable; toutes les figures humaines qui expriment la douleur et la pitié pour leur roi, sont autant de victimes qu'on sacrifie à la liberté; les prisons regorgent

des malheureux qu'on y entasse ; les municipes,
aussi farouches que le plus despote pacha de
l'Asie, reparaissent à la barre de l'Assemblée ;
elle venait de rouvrir sa séance : le roi y reparaît pour la troisième fois. « Les députés de
la Commune de Paris, dit un émissaire, demandent que le roi soit logé à l'évêché, et qu'a-
lors ils en répondront sur leurs têtes. Paris est
tranquille, ajoute-t-il, et si quelques malveillans
veillent, le peuple et la Commune sont là qui
surveillent. » On applaudit.

Louis XVI, qui, comme les jours précédens,
dès l'ouverture de la séance, avait reparu dans
sa loge, éprouva bientôt de nouveaux outrages
et de nouveaux chagrins. Messieurs de Narbonne et le prince de Poix, qui ne l'avaient
point quitté depuis deux jours, furent signalés
à l'Assemblée par le député Choudieu comme
des hommes dangereux, et furent mandés à la
barre pour rendre compte des motifs de leur
arrivée à Paris. « Nos ennemis sont nombreux,
dit Thuriot ; ils veulent enlever le roi. Dou-
blons la garde » Et le roi fut doublement gardé
par des hommes apostés par la Commune.
Cette surveillance, cette farouche surveillance
était tellement ombrageuse que les municipaux
ne pouvaient trouver un emplacement assez sûr
pour y sequestrer la famille royale. Tandis
que les Jacobins parcouraient les rues de Paris
pour chercher une prison à Louis XVI, Quinette, au nom de la commission extraordinaire, fait un rapport par lequel il fixe l'hôtel
du ministre de la justice à la place Vendôme,
comme seul convenable pour loger la famille

royale. Le décret est aussitôt rendu. Mais la
Commune en décida autrement; car cette Commune de Paris était plus puissante que l'Assemblée nationale tout entière : un ordre de sa
part était plus redoutable, plus respecté que
tous les décrets. Enfin, Manuel, à la tête de
quelques municipaux, dicta l'ordre en ces termes : « Législateurs, dit ce fils d'un portier de
Montargis, la France est libre, parce que le
roi est enfin soumis à la loi. C'est à vous à
donner ce grand exemple à tous les peuples. Il
ne reste plus à Louis XVI que le droit de se
justifier devant le souverain, et ce droit seul
le met sous la sauve-garde de la nation. Le
Temple, ajoute Manuel, le Temple peut servir de demeure au roi et à sa famille. Il sera
gardé par vingt hommes que fourniront chacune des quarante-huit sections ; ce qui fait
neuf cent soixante hommes par jour pour le
garder. Si vous confiez à la nation le roi, sa
femme, son fils et sa sœur, ils y seront conduits demain avec tout le respect dû au malheur. On leur interceptera toute correspondance ; car ils n'ont que des traîtres pour amis.
Les rues qu'ils parcourront seront bordées de
tous les soldats de la révolution, qui les feront
rougir d'avoir cru qu'il y avait parmi eux des
esclaves prêts à soutenir le despotisme ; et leur
plus grand supplice sera d'entendre crier : *vive
la nation ! vive la liberté !* »

Ce furent là, Messieurs, les impertinens so-
phismes que Manuel débita aux législateurs,
avec cet air d'autorité qui accompagnait ses
fonctions de procureur de la Commune, et

auquel il n'y avait pas à répliquer. Cependant il reçut la réponse suivante du président : « L'Assemblée a décrété que l'hôtel du ministre de la justice était fixé pour la demeure du roi. La municipalité, reprend Manuel, se proposait de répondre de la personne du roi ; d'après le décret que vous avez rendu, elle ne peut le faire. Cet hôtel est environné d'un grand nombre de maisons par lesquelles il est très-facile de s'échapper ; au lieu que le Temple est isolé et environné de hautes murailles. Mais comme il n'y avait point de réponse à faire à la réplique de Manuel, l'Assemblée nationale, toute soumise, toute respectueuse pour les mandataires de l'Hôtel-de-Ville, rapporta son décret, et laissa à la Commune de Paris le soin de fixer la prison du roi et de s'en rendre les geoliers.

Ainsi fut fixée la dernière demeure du monarque. Après trois jours et trois nuits d'une insupportable captivité, ce prince, après avoir été insulté, menacé, provoqué, avoir enduré mille angoisses, mille tourmens sans exemple, après une passion de plus de soixante-douze heures, Louis XVI et sa famille furent livrés à discrétion aux conjurés de l'Hôtel-de-Ville de Paris par l'Assemblée nationale, par cette Assemblée qui ne sut ni respecter son roi, ni se respecter elle-même. Louis XVI et sa famille ne furent plus que des holocaustes offerts en sacrifice à cette farouche liberté, qui n'avait plus de frein dans sa puissance monstrueuse. Combien elle fut à plaindre cette auguste famille, abandonnée à tous les malheurs, à toutes les infortunes ! Ainsi fut livré à une troupe de

scélérats sans mœurs, sans foi et sans religion,
le fils, le petit-fils, le descendant de tant de
rois, que Dieu avait comme abandonné à tout
ce qu'il y avait de plus vil et de plus abject
parmi la populace. Ah! si le 10 août fut un
jour de calamité et de désastre pour l'empire
français, la journée du 13 combla la mesure.
A sept heures du matin, le père du peuple fut
enlevé de l'Assemblée nationale par un prétendu
pouvoir du peuple, et conduit dans une, tour
qu'on nommait le Temple; et ce temple n'était
pas celui du Seigneur, mais le temple de l'infortune et de la douleur. Tirons le rideau sur
cette translation qui fit répandre tant de larmes
aux vrais Français. A dix heures du matin, les
portes de cette nouvelle et affreuse prison s'ouvrirent et se fermèrent, et Louis XVI ne fut
plus qu'un captif en proie à toutes les infortunes !!!

. C'est ainsi, mes jeunes amis, que le meilleur des hommes devint le jouet des passions
humaines. En emprisonnant Louis XVI au nom
et pour la liberté, le peuple français perdit la
sienne et ne fut plus que l'esclave d'une poignée
de scélérats qui, au nom du peuple, assassi-
nèrent le peuple; et la France ne fut plus
qu'un vaste champ couvert de prisons et d'é-
chafauds !!!

Après avoir accompli l'œuvre d'iniquité, les
nouveaux souverains de Paris n'eurent plus de
bornes dans leurs pouvoirs. Maîtres de l'Assemblée nationale, maîtres de la France, ils nous
réduisirent tous au plus dur esclavage. Opprimée et opprimante, l'Assemblée nationale se

dévora elle-même, au sein de l'anarchie la plus
effroyable ; elle ne fut plus considérée que comme
une autorité secondaire, soumise, humiliée
par les dernières classes de la populace pari-
sienne ; elle trembla plus d'une fois devant cette
troupe d'assassins, qui effrontément, se présentaient à sa barre, ou y envoyaient leurs sicaires
pour demander telle ou telle loi ; mais ces de-
mandes n'étaient point faites avec le respect que
l'on doit aux représentans de la nation ; elles
étaient dictées, commandées, ordonnées ; enfin
il fallait que l'Assemblée nationale obéît sans
retard et sans réplique, et que les décrets leur
fussent livrés de gré ou de force. Le peuple,
disaient les municipes, le peuple, dans sa volonté, n'entend point qu'on lui résiste ; et ce
mot peuple, dans leur bouche, était un vrai
talisman qui faisait disparaître tous les obstacles,
tous les motifs de politique et d'humanité.

Ce pouvoir souverain, et il l'était dans toute
sa force, après avoir emprisonné le roi, ne fut
point encore satisfait : les féroces municipaux
firent main basse sur toutes les personnes qui,
par état et par devoir, avaient eu des emplois au
château des Tuileries, ou qui étaient connues
pour y avoir eu des relations. Le décret qui ordonnait les visites domiciliaires, s'exécuta avec
une attention tyrannique, dans les nuits des 13,
14, et 15 août, et les visites ne se firent que
la nuit. Les Jacobins, à l'imitation des voleurs,
assiégèrent toutes les maisons où ils soupçon-
naient, disaient-ils, des ennemis cachés. Voyez-
les courir de rue en rue, de porte en porte,
mettre partout des sentinelles ; puis entrer avec

leurs soldats dans les maisons, et réveiller tout le monde. Oh! quelle épouvante! quelle terreur!.... Voyez tous ces commissaires et leurs agens courir de chambre en chambre, de salon en salon, du bas en haut, du haut en bas, et jusque dans les plus petits réduits..... on les voyait même jusque sur les toits des maisons, avec des torches à la main. Que de malheureux furent enlevés des bras de leurs épouses et de leurs enfans éplorés! Que de larmes ils firent répandre dans la plupart des maisons! Non-seulement Paris éprouva cette tyrannie populaire qui n'eut plus de bornes, mais les châteaux, mais tous les villages environnans, furent aussi investis par les agens municipaux. On les voyait sortir de la capitale en foule avec des pouvoirs illimités, et armés comme les bandes de voleurs. Tout tremblait à leur approche. Avec les mots de liberté et d'égalité, qui étaient leur palladium, ils endoctrinaient le peuple imbécille, qui les croyait de bonne foi, et les aidait même dans leurs recherches.

Tous les départemens éprouvèrent cette inquisition; les commissaires se répandirent dans les villes et dans les campagnes : Allez, leur disaient les chefs de la Commune de Paris, en leur délivrant les pouvoirs les plus amples; allez préparer les esprits au nouvel ordre de choses, dites-leur que le peuple de Paris et les représentans de la nation ne veulent plus de roi, et que la souveraineté populaire est la seule légitime, la seule naturelle et unique qui convient au peuple français. Tous ces agens partirent comme des limiers qu'on lâche dans une forêt, et chacun prit sa

direction. Parmi eux figurèrent des comédiens,
des baladins, de mauvais avocats, des procu-
reurs, des hommes enfin, rebut impur de la
société, dont la plupart n'avaient rien à perdre.
Vous dire, Messieurs, que tous ces commissaires furent bien reçus partout avec acclamations,
ce serait m'exposer à faire douter de ma bonne
foi : hués d'un côté, chassés, poursuivis de
l'autre comme des brigands affamés qui révolu-
tionnaient notre pauvre France; il y eut de ces
dangereux agens, comme ils le diront eux-
mêmes à la tribune des Jacobins, qui n'eurent
que le temps de prendre la fuite et de se cacher
dans les bois pour éviter les plus mauvais trai-
temens.

Dans cet état de dissolution et de bouleversement général, les prisons devinrent bientôt trop
petites pour contenir toutes les victimes qui
tombaient dans les mains de ces forcenés révolutionnaires. C'était une désolation universelle:
malheur à celui qui possédait quelque aisance,
de la fortune! Les biens devenaient un crime
presque impardonnable dans cette guerre des
pauvres contre les riches, des brigands contre
les honnêtes gens. Dans ce conflit de destruction
et d'acharnement général, les ambassadeurs des
Cours étrangères, tous les envoyés des rois, des
princes, celui d'Angleterre excepté, crurent que
la prudence exigeait qu'ils s'éloignassent d'un
pays où ne régnait plus la justice et l'honneur.
Ce fut alors que l'émigration devint presque générale. Que d'excellens citoyens abandonnèrent
tout ce qu'ils possédaient pour éviter la mort
qui les poursuivait de toutes parts! combien de

pères de famille se sauvèrent en pays étrangers sans trop savoir ce qu'ils deviendraient, et qui furent par la suite considérés comme ennemis de la France, et comme tels, traités avec la barbarie qu'on déployait à l'égard des émigrés, et punis de mort, si l'amour de la patrie les ramenait dans leurs foyers! Cette perfidie, qui transformait la majorité en dupes et la minorité en victimes, prit un tel accroissement de force dans l'immense capitale, qu'il semblait que le génie du mal régnait dans tous les coins de cette grande ville, naguère si calme, si belle et si florissante.

Enfin, mes jeunes amis, les prisons de Paris, de tout temps destinées aux malfaiteurs et aux assassins, devinrent autant de gouffres pour engloutir les victimes de la liberté. Dans ces repaires du crime, on y entassa des princes, des comtes, des marquis, des barons, enfin des nobles de tout âge et de tout sexe ; plus les victimes disparaissaient de la clarté du jour, plus les factieux prenaient d'importance et d'autorité. Les commissaires des sections, qui se qualifiaient du titre de sans-culottes, étaient autant de tyrans qui n'avaient de respect ni pour père, ni mère, ni pour amis, s'ils ne partageaient point le système des Jacobins. La liberté, disaient ces sicaires du crime, est le plus beau domaine du peuple. Ah ! quel domaine, grand dieu ! quand on saura que ce même peuple fut réduit, pendant plus de trois années, à la misère la plus affreuse, sans argent, sans travail, sans pain et sans ressource, fut l'artisan de ses propres misères, et de toutes les calamités imaginables. Mais n'anticipons pas sur ce que vous allez voir dans mes tableaux et entendre dans mes récits, et revenons à l'Assemblée nationale, où manœuvraient les prétendus amis du peuple, qu'on qualifiait de municipaux, à la tête desquels étaient les Manuel, les Danton, les Camille-Desmoulins, Robespierre, Marat, Billaud-Varennes, Collot-d'Herbois, Panis, Sergent, et autres scélérats de cette trempe.

Pendant que Manuel et sa bande conduisaient, au milieu de la force armée, les victimes royales à leur dernière demeure, Paris et l'Assemblée nationale étaient tourmentés de la manière la plus affreuse par les autres municipes, avides plus que jamais d'arriver à l'accomplissement de leurs œuvres impies. Les deux clubs qu'on nommait Jacobins et Cordeliers, ramas impur des plus vils scélérats de la France et des pays étrangers, car tout était bon dans ces antres du crime, s'agitaient violemment pour activer la punition des royalistes, qu'ils qualifiaient de chevaliers du poignard. Dès neuf heures du matin, les agens des départemens, ou prétendus tels, accoururent en foule à la barre de l'Assemblée nationale, y font entendre des injures et des menaces. De leur côté, les agens des sections, non moins dévoués au renversement de la royauté, y arrivent aussi avec un air imposant et dictatorial; on remarque parmi eux les *sans-culottes* de la section de la Bibliothèque, ci-devant Saint-Thomas. Elle déclare qu'ils ont pris une part active aux événemens du 10 août; que leur section était divisée en deux partis; que le leur était

le bon; que, ne voulant plus porter le nom de
Filles-Saint-Thomas, ils venaient demander à
être *baptisés*. « Le bataillon, dit l'orateur avec
un rire sardonique, demande un nom. Eh bien !
législateurs, soyez les parrains. Nos canonniers,
ajoute-t-il, ont perdu leurs deux canons. Or-
donnez qu'il leur en soit donné de nouveaux. »
Ils sortent après cette belle harangue.

Dès que ceux-ci ont laissé la place vacante,
d'autres hypocrites en révolution entrent à la
barre, et déclarent être des commissaires de
l'Hôtel-de-Ville, et, jouant leur rôle, parlent
en ces termes : « La ville de Paris est tranquille,
grâce à l'infatigable activité des citoyens, dont
plusieurs n'ont pris encore aucun repos depuis
l'heureux moment de notre régénération. Cette
nuit, soixante Suisses ont été conduits au Palais-
Bourbon. — Toutes les presses contre-révolutionnaires sont dispersées ou servent à l'instruction du peuple. (Ici grand applaudissement.)(1)
Il reprend : « La mort de ces folliculaires n'a été
hâtée que de peu de jours, car la suppression de
la Liste civile allait les faire mourir. « Les gendarmes nationaux ont apporté ce matin une dénonciation générale et sans exception de tous

(1) Les journalistes qui avaient pris la défense du
roi et de la constitution, et qui ne pensaient point comme
les révolutionnaires, furent proscrits le lendemain du 10.
Leurs presses et leurs caractères devinrent la proie des
municipaux. Tout fut saccagé, pillé, dévasté; on ne
laissa rien dans leurs imprimeries que les murs. C'est
ainsi qu'on respectait la liberté de la presse dans le bon
temps de licence.

leurs officiers nominativement; le conseil de la
commune a cru devoir les mettre en état d'arrestation. » Bravo! Bravo! crient les tribunes.
Le commissire reprend avec lamentation, car ces
acteurs jouaient fort bien leur rôle : « Les nouvelles alarmes conçues sur la sûreté du père,
de l'ami des citoyens (Tallien), étaient trop
fondées; tous les assassins sont dans les fers.
(Nouveaux applaudissemens.) Une garde de
deux personnes veillera sans cesse sur ses jours.
— Les maisons de jeu et de débauche, continue-
t-il, toutes les retraites des chevaliers du poignard, dont la plupart n'existent plus, sont
détruites. — La Commune est occupée à former
le nouveau tribunal martial. — Elle doit se concerter, à cet effet, avec le comité de législation
de l'Assemblée. (Les commissaires présentent
sur cet objet quelques réflexions préliminaires.)
Puis ces deux saltimbanques, aussi fiers qu'un
pacha à la tête des janissaires, reçoivent les
honneurs de la séance; mais, ayant bien autre
chose à faire que de rester à l'Assemblée, ils
traversent la salle avec une audace révoltante,
en jettant les yeux de droite à gauche, et sortent
au milieu des applaudissemens.

De nouveaux acteurs reparaissent sur la
scène ou plutôt à la barre de l'Assemblée ; on
ne joue pas mieux, et en même temps, la comédie, le drame et la tragédie, et tout cela
devant les représentans de la nation, car cette
assemblée se transformait de temps à autre en
une vraie salle de parade des boulevards. Deux
de ces nouveaux commissaires débitent leur
rôle en ces termes : « Messieurs, les commis-

saires formant la nouvelle Commune de Paris, rendent compte à l'Assemblée nationale de l'état de la ville de Paris : elle est tranquille ; le peuple est dans le calme de la force èt de la liberté. » Messieurs les commissaires continuant leur rapport, rappellent à l'Assemblée qu'elle a institué une cour martiale pour juger les soldats et les Suisses qui ont tenté d'allumer la guerre civile; mais il faut remarquer qu'il serait possible de donner à ce tribunal une telle organisation qu'elle jugerait tous ceux qui voudraient coopérer à la guerre civile.

« Il serait possible, poursuit-il, de prendre pour le jury d'accusation, quarante-huit jurés dans les quarante-huit sections de Paris, et quarante-huit jurés parmi les fédérés des départemens ; il serait pris autant de jurés pour le jury de jugement. Cette haute-cour serait présidée par quatre grands jurés pris dans l'Assemblée nationale, et dèux grands procurateurs y seraient pareillement pris. »

L'Assemblée nationale, après avoir entendu le plan organique d'un tribunal d'assassins, proposé par les nouveaux dictateurs de Paris, renvoie le projet à l'examen des comités, et les commisaires se retirent avec le même air d'importance.

Tandis que des mannequins de la Commune proposent à l'Assemblée un tribunal martial pour juger leurs prisonniers et toutes les victimes du 10 août, les autres commissaires continuent les arrestations et mettent les scellés dans les hôtels, dans les palais, dans les châteaux. Dieu! quel gaspillage, quel désordre

partout! les bandes de Mandrin ou de Car-
touche n'auraient pas organisé le vol et le pillage avec plus de dextérité et avec plus d'acharnement. Le palais de Versailles subit presque
le sort de celui des Tuileries. Tout ce qui
appartenait à la famille royale, soit à Paris
ou ailleurs, devint la proie des agens de la
Commune. Mais arrêtons-nous sur tant de calamités qui sont loin de finir. Voilà, Messieurs,
les résultats et les suites de la journée du 10
août. Ainsi finit celle du 13.

Le lendemain 14, mêmes députations, mêmes
scènes. Dès l'ouverture de la séance de l'Assemblée nationale, les acteurs de la Commune
reparaissent à la barre comme un brûlot lancé
de l'Hôtel-de-Ville, et jettent l'épouvante
parmi les députés. « Nous venons, dit l'orateur d'une députation, nous venons vous demander le mode d'après lequel la cour martiale
doit juger les Suisses et autres coupables de la
journée du 10. » Une demande de cette sorte
ne pouvant être rejetée, vu que la Commune
parlait en maître, l'Assemblée décrète que la
commission extraordinaire présentera, séance
tenante, un projet de décret à cet égard. Mais
une heure s'est à peine écoulée qu'une nouvelle
députation de l'Hôtel-de-Ville reparaît encore
à la barre. « Les commisaires des sections réunis, dit l'orateur, se sont efforcés de rétablir
le calme dans Paris, ils y ont réussi. Les agitateurs, ajoute-t-il, recommencent à paraître; et cherchent à exciter le peuple à violer les
propriétés. Hier, ces agitateurs s'étaient répandus du côté de la maison de Lafayette; on

2.   7.

voulait la faire livrer au pillage. Je m'y suis transporté, j'ai parlé au peuple, et le peuple nous a répondu qu'il la garderait, et qu'il ferait justice de ceux qui l'auraient trompé en les dénonçant. Le nom de Lafayette, continue-t-il, paraissait cause de cette agitation. Le portier nous a priés de faire ôter l'inscription *(Hôtel de Lafayette.)* mise au-dessus de la maison. L'inscription est tombée, et le calme a régné, etc. » Ils sortent d'un air content d'eux-mêmes.

Alors entre en scène le premier acteur des conjurés de la Commune de Paris : c'est Robespierre. Oh! pour celui-là il ne parle jamais en vain : le ton, les manières, le regard, les paroles, tout est pesé. L'oracle de Delphes n'était pas plus respecté chez les Grecs, que Robespierre dans Paris, aux Jacobins et dans toutes les sections où il se présentait. Au nom de la section de la place Vendôme, il adresse impérieusement ces mots aux députés de la nation : « Les citoyens de ma section nous envoient vers vous pour présenter à vos délibérations un objet digne de vous. Nous avons vu tomber la statue d'un despote, et notre première idée a été d'ériger à sa place un monument à la liberté. Les citoyens qui meurent en défendant la patrie sont au second rang; ceux-là sont au premier, qui meurent pour l'affranchir. Les héros dont je parle ne valent-ils pas ceux d'Athènes et de Rome? Sachons, Messieurs, estimer ce que nous valons : hâtez-vous d'honorer les vertus dont nous avons besoin, en immortalisant les martyrs de la liberté.

Ce ne sont pas des honneurs seulement, c'est une apothéose que nous leur devons. Peuple, poursuit-il en élevant la voix et en jetant les yeux sur les tribunes, peuple, quand la tyrannie est couchée par terre, gardez-vous de lui laisser le temps de se relever. » (A ces mots grands applaudissemens.) Il continue : « Nous vous proposons de décréter qu'au lieu où était la statue de Louis XIV , à la place Vendôme, il soit élevé une pyramide aux citoyens morts le 10 août, en combattant pour la liberté. » Il ajoute : « Les citoyens de la section voulaient élever, à leurs frais, ce monument ; mais ils ont pensé qu'à la nation seule il appartenait de le consacrer. »

Aussitôt que Robespierre eut fini son discours adressé aux législateurs et aux tribunes, il se retire accompagné de ses amis et de ses complices. A peine est-il hors la salle, que de nouveaux acteurs paraissent en scène. Ceux-ci sont des fédérés, et le chef adresse ces mots à l'Assemblée : « Nous réclamons l'exécution du décret qui ordonne la formation d'une cour martiale, pour venger le sang de nos frères. » Il se retire après avoir lancé son trait en Parthe : puis encore de nouveaux acteurs. Ceux-ci sont armés ; les canons sont à la porte, la mèche est allumée. L'un des chefs de cette soldatesque prononce ces paroles, en énergumène : « La Commune de Paris nous a chargé de vous présenter cinq cents citoyens, de ces hommes du 14 juillet et du 10 août, qui demandent à former, à leurs frais, le premier bataillon du camp de Paris. » (Une bordée d'applaudissemens

7*.

couvre la voix de l'orateur.) Puis, il reprend :
« La situation de Paris est très-calme ; la Commune vous prie de décréter, sans désemparer,
le tribunal qui doit juger les assassins du peuple. « Il prononce ces mots avec véhémence ;
s'adoucissant ensuite, il ajoute : « Nous avons
cherché à prouver à Louis XVI et à sa famille
tous les égards qu'on doit au malheur, et surtout à un roi; nous avons donné, de concert
avec lui, tous les ordres nécessaires pour qu'il
fût convenablement logé. » (Convenablement
logé ! ! !...)

Cette députation armée, qui n'avait pas d'autre but que celui d'en imposer à l'Assemblée
nationale, et d'obtenir par la force le décret
pour l'organisation d'un tribunal de mort, se
retira, comme les autres députations, mais
sans avoir obtenu de réponse; et fut rendre
compte de sa mission, à l'Hôtel-de-Ville, de
son peu de succès. Aussitôt les commissaires
municipaux délibèrent, et arrêtent que de nouveaux commissaires repartiront de suite pour
l'Assemblée, avec ordre de demander le décret
et de l'attendre. La députation, composée d'une
demi-douzaine de goujats, suivis d'une vingtaine de brigands armés, part, et arrive à la
barre, comme des furieux. L'orateur, qui
n'était rien autre qu'un savetier, s'exprime
en ces termes peu mesurés : « Le conseil de la
Commune nous députe vers vous pour vous demander le décret sur la cour martiale; s'il n'est
pas rendu ce décret, notre mission est de l'attendre. » En disant ces mots, il jette un regard
farouche sur le président, et dans toute l'en-

ceinte. Il se fait un profond silence : le président, comme paralysé dans son fauteuil, ne sait que répondre. Un seul député prend la parole, c'est Gaston : « Les commissaires de la nouvelle Commune, dit-il, ignorent sans doute, les mesures que l'Assemblée nationale a prises relativement à la formation d'une cour martiale; ces expressions, ajoute-t-il, *notre mission est de l'attendre,* est une espèce d'ordre indirect : les commissaires doivent mieux mesurer leurs termes, et se souvenir qu'ils parlent aux représentans d'une grande nation. »

Tel était, mes jeunes amis, la situation du Corps-Législatif, que les commissaires de la Comune regardaient presque comme une autorité secondaire, ou, pour parler plus correctement, comme un moule à décrets, qui, depuis plusieurs jours, en rendait sur toutes les propositions, et sans en peser ni la conséquence, ni l'étendue du mal qu'ils pourraient faire. Cependant l'Assemblée eut assez de courage pour résister à cette troupe de brigands qui commandaient et ordonnaient en maîtres dans Paris. Le savetier-commissaire, après avoir attendu long-temps son décret, qui ne lui fut point livré, parce qu'une cour martiale ne pouvait, en aucune manière, se former dans Paris, et qu'elle ne convenait point dans cette circonstance, qu'elle serait obligée d'absoudre, et c'est ce que ne voulait point le côté gauche de l'Assemblée nationale; d'un autre côté, une cour martiale n'est applicable qu'aux militaires, et nullement aux citoyens. Le commissaire de la Commune, furieux, et débouté de sa demande, s'en retourne à l'Hôtel-de-Ville, cacher sa honte, et exciter ses confrères à prendre des mesures nuisibles.

Ainsi se termina la journée du 14, qui ne fut que l'avant-coureur du développement des ordres sanguinaires des commissaires des sections réunis à la Commune. Quant à l'Assemblée nationale, elle n'est pas au bout de ses tourmens : tout ce que vous avez vu jusque-là, Messieurs, n'est presque rien en comparaison de ce que vous allez voir; car les Jacobins et tous les brigands de Paris vont la violenter de la manière la plus scandaleuse.

La journée du 15 se passa comme les jours précédens ; c'est-à-dire que l'Assemblée nationale voit arriver à sa barre des pétitions de tous les pays et de toutes les couleurs. On aurait dit que le genre humain se décomposait en méchanceté, en brigandage. Les Jacobins, dont les ramifications s'étendaient dans tous les départemens, faisaient arriver à Paris leurs affiliés, ou leur faisaient écrire des lettres les plus révoltantes contre Louis XVI, sa cour et contre les royalistes, qu'ils accusaient de tous les malheurs passés, présens et à venir. La plupart de ces pétitions, écrites dans les cabarets de Paris, approuvaient le renversement du pouvoir exécutif et en demandaient la punition la plus prompte. Et ce qu'il y a de plus étonnant encore, c'était de faire parler des hommes à deux cents lieues, qui avaient à peine connaissance des événemens du 10. Mais que n'imaginait pas cette secte infernale qui régnait déjà sur notre malheureuse France par les crimes les plus épouvantables ! La journée du 15, dis-je, s'écoula tout entière sans que l'Assemblée nationale s'occupât de l'organisation de cette fameuse cour martiale que demandaient à corps et à cris les Jacobins. Les municipaux, comme une meute de lévriers qui attendent leur proie, ne désemparaient ni nuit ni jour de l'Hôtel-de-Ville, où ils donnaient des ordres à tort et à travers pour activer leurs projets de vengeance. Robespierre, comme le plus important des municipes et le plus audacieux quand il n'y avait plus de dangers pour lui, rédigea la pétition suivante, qu'il porta lui-même, à 9 heures du soir, à l'Assemblée nationale, accompagné d'une douzaine de municipaux. Cette pétition, qui n'était pas des plus rassurantes, s'exprimait en ces termes :

« Si la tranquillité publique, et surtout la liberté, tient à la punition des coupables, vous devez en désirer la promptitude, vous devez en assurer les moyens. Depuis le 10, la juste vengeance du peuple n'a pas encore été satisfaite. Je ne sais quels obstacles invincibles semblent s'y opposer. Le décret que vous avez rendu nous semble insuffisant ; et m'arrêtant au préambule, je trouve qu'il ne contient point, qu'il n'explique point la nature, l'étendue des crimes que le peuple doit punir. Il n'y est parlé encore que des crimes commis dans la journée du 10 août, et c'est trop restreindre la vengeance du peuple ; car ces crimes remontent bien au-delà. Les plus coupables des conspirateurs n'ont point paru dans la journée du 10 ; et d'après la loi, il serait impossible de les punir. Ces hommes

qui se sont couverts du masque du patriotisme,
pour tuer le patriotisme ; ces hommes qui affec-
taient le langage des lois pour renverser toutes
les lois ; ce Lafayette, qui n'était peut-être pas
à Paris, mais qui pouvait y être ; ils échappe-
raient donc à la vengeance nationale ? Ne con-
fondons plus les temps : voyons les principes,
voyons la nécessité publique, voyons les efforts
que le peuple a faits pour être libre. Il faut au
peuple un gouvernement digne de lui ; il lui
faut de nouveaux juges créés pour les circonstances ; car si vous redonniez les juges anciens,
vous rétabliriez des juges prévaricateurs, et nous
rentrerions dans ce chaos qui a failli perdre la
nation. Le peuple vous environne de sa confiance ; conservez-la, cette confiance, et ne re-
poussez pas la gloire de sauver la liberté pour
prolonger, sans fruit pour vous-mêmes, aux
dépens de l'égalité, au mépris de la justice, un
état d'orgueil et d'iniquité. Le peuple se repose,
mais il ne dort pas : il veut la punition des coupables ; il a raison. Vous ne devez pas lui donner
des lois contraires à son vœu unanime. Nous
vous prions de nous débarrasser des autorités
constituées, en qui nous n'avons point de confiance, d'effacer ce double degré de jurisdic-
tion qui, en établissant des lenteurs, assure
l'impunité ; nous demandons que les coupables
soient jugés par des commissaires pris dans
chaque section, souverainement et en dernier
ressort. »

Après avoir prononcé cette catilinaire, Robespierre obtint les honneurs de la séance ;
mais qu'est-ce que les honneurs d'une séance

pour un homme comme Robespierre, qui commençait son épouvantable popularité et dont il allait bientôt faire un si cruel usage? Il n'en voulut point, il sortit de l'Assemblée avec cet air d'importance qui lui était si utile pour capter les cœurs de la canaille.

Pour toute réponse aux députations de la Commune sur l'établissement d'une cour martiale, Brissot, au nom de la commission extraordinaire, fait un rapport dans lequel il expose les inconvéniens multipliés qui résulteraient de la création d'un nouveau tribunal suprême demandé par les commissaires de la Commune, et résume les motifs de ce rapport dans un projet d'adresse aux citoyens de Paris. Car ces municipaux, aussi ignares que méchans, n'avaient pas la moindre idée d'une cour martiale, qui ne convient qu'aux militaires, et les militaires seuls en remplissent les fonctions d'accusateurs et de juges; et où prendre ces militaires, puisque toute l'armée était presque en désordre et sans officiers? Ce n'était pas là ce que voulaient les municipaux, puisque eux seuls voulaient être dénonciateurs, accusateurs, juges, jurés et même bourreaux de leurs ennemis vaincus. Mais le mot *martiale* était quelque chose de pompeux pour des savetiers, tailleurs, perruquiers, portiers et autres gens de cette sorte qui composaient le conseil-général de la Commune de Paris. A deux heures du matin, l'Assemblée nationale, dans un état d'assoupissement, lève sa séance; et l'organisation du tribunal reste dans la tête des députés endormis.

Le 16 arrive, Messieurs, et la journée du 16 va définitivement amener l'établissement de ce fameux tribunal demandé tant de fois par les municipaux, et tant de fois refusé par l'Assemblée nationale. Instruits par Merlin de Thionville de la marche des Prussiens du côté de Longwi et de Verdun, les commissaires municipaux, ne se possèdent plus à cette nouvelle affligeante, qui donne bientôt à toute la troupe de l'Hôtel-de-Ville, une fièvre brûlante de vengeance et de carnage. Ils croient déjà voir dans les plaines qui environnent Paris, l'aigle impérial leur annoncer la fin de leur règne. Redoublons de courage, disaient-ils, redoublons d'énergie, en mettant en mouvement notre puissance populaire; épouvantons l'Assemblée nationale et tous les rois de la terre par de grands discours, par de grandes déclamations. Aussitôt les municipaux font jouer tous les ressorts de la machine populaire pour arriver à leur fin. A deux heures après midi, le faubourg Saint-Antoine arrive à la barre; Gonchon, l'orateur, est à leur tête. Ils sont armés. « Voilà, dit-il, les hommes du 14 juillet et du 10 août. » (mots sonores qui seyaient si bien aux brigands de Paris.) Puis il débite à l'Assemblée un long galimathias, terminé par ces mots sur la marche des Prussiens en Lorraine. « Qu'ils viennent relever les murs de la Bastille ! qu'ils viennent ces brigands du nord, ces antropophages couronnés! ils ont promis à leurs soldats le sang et le bien des Français; qu'ils entrent dans les sections de la capitale; si la victoire trahit notre cause, les torches sont prêtes pour incendier

Paris. Ils ne trouveront que des cendres à recueillir et des ossemens à dévorer. »

Tels furent les dernières phrases que ce misérable énergumène prononce à la barre, d'une voix de tonnerre, et qui n'étaient pas rassurantes pour le peuple de Paris. Aussi ne fut-il point applaudi, car cette menace regardait tout le monde, et tout le monde ne voulait pas se faire rôtir dans sa maison pour sauver la vie à une poignée de scélérats, ou perdre jusqu'au dernier sou de sa fortune, parce qu'une armée ennemie arriverait sous les murs de Paris. Ces nouveaux patriotes, à l'imitation des habitans de l'ancienne Sagonte, voulaient, disaient-ils, périr tous pour la liberté, plutôt que de se rendre. Ah! ils étaient trop lâches pour faire un si terrible sacrifice à la liberté qu'ils avilissaient ; car deux choses seules guidaient leur patriotisme, c'étaient le pouvoir suprême et la cupidité. L'orateur Gonchon ne fut pas plus heureux que ces devanciers ; il ne put encore obtenir le décret qui autorisa la Commune de Paris à faire assassiner ses prisonniers. Mais le lendemain il en fut bien autrement. Les municipaux, furieux de tant de démarches infructueuses, et ne se possédant plus, prirent le parti le plus violent ; il fut question d'organiser un massacre général dans toutes les prisons ; mais cette proposition, qui fut exécutée quinze jours après, comme on le verra, fut rejetée alors, et l'on tenta le dernier coup, pour arracher le décret aux comités de l'Assemblée nationale, et voici ce qui en advint. Le 17, à dix heures du matin, un commissaire municipal se présente à la barre ;

il était seul ; la colère était peinte dans ses yeux ;
son regard était farouche ; et, d'un ton menaçant, il débite ces mots terribles et épouvantables : « Comme citoyen, comme magistrat du
peuple, je viens vous annoncer que ce soir, à
minuit, le tocsin sonnera, la générale battra. »
Ici, il fait une pause, puis il reprend : « Le
peuple est las de n'être pas vengé. Craignez qu'il
ne fasse justice lui-même. » Nouvelle pause. Cet
audacieux pétitionnaire jette un regard fou-
droyant sur toute l'Assemblée, puis il continue
par ces terribles mots : « Je demande que,
sans désemparer, vous décrétiez qu'il sera nommé
un citoyen par section, pour former un tribunal criminel. Je demande qu'au château des
Tuileries soit établi ce tribunal. Je demande
que Louis XVI et Marie-Antoinette, si avides
du sang du peuple, soient rassasiés en voyant
couler celui de leurs infâmes satellites. »

Ainsi parlait un membre de la Commune aux
députés de la nation, et qui, comme Satan,
sorti du fond des enfers, venait épouvanter la
capitale et la France entière par les plus terribles
menaces. Deux députés, Choudieu et Thuriot,
veulent, par des discours, arrêter ce plan de
massacre général, qu'eux-mêmes avaient, pour
ainsi dire, organisé par leurs motions incendiaires ; mais il n'était plus temps, quoiqu'ils
déclarassent qu'ils aimeraient mieux se poignarder que de souffrir l'établissement d'un tribunal qui disposerait arbitrairement de la vie des
citoyens. « Nous n'avons qu'une mesure à prendre, dit Thuriot, c'est de nous rallier, c'est
de.....» Un nouveau municipal entre à la barre

comme une bombe, et lui coupe la parole ; ce
scélérat à figure rébarbative, jette les yeux dans
toute l'enceinte, et parle ainsi, d'une voix de
tonnerre, aux députés du Corps-Législatif, qui
n'étaient que des trembleurs : « Je suis député
par le juré d'accusation, dont je suis membre,
pour venir éclairer votre religion, car vous pa-
raissez être dans les ténèbres sur ce qui se passe
dans Paris. Un très-petit nombre de juges du
tribunal criminel jouit de la confiance du peuple, et ceux-là ne sont presque pas connus. Si,
avant deux ou trois heures, le directeur du
jury n'est pas nommé, si les jurés ne sont pas
en état d'agir, de grands malheurs se promèneront dans Paris. » Ici le brigand fait un
geste menaçant de la main et des yeux, puis il
reprend : « Nous vous invitons à ne pas vous
traîner sur les traces de l'ancienne jurispru-
dence. C'est à force de ménagemens que vous
avez mis le peuple dans la nécessité de se lever.
Car, législateurs, c'est par sa seule énergie que
le peuple s'est sauvé. Levez-vous, représentans,
dit le bandit en faisant un geste comme pour
faire signe aux députés de se mettre sur leurs
jambes ; car depuis une heure ils tremblaient de
tous leurs membres ; levez-vous, représentans,
soyez grands comme le peuple, pour mériter
sa confiance. »

Après avoir prononcé cet ordre impératif,
auquel il n'y avait pas à répliquer, le bandit
jette un coup d'œil rapide sur toute l'Assemblée et sur les tribunes, et semble dire aux
députés : « Si vous avez le malheur de ne point
acquiescer à ma demande, de ne pas prononcer

à l'instant la formation du tribunal que nous
vous demandons, vous allez être tous égorgés.»
Le misérable brigand ne désempare point de
la barre; un collègue était à sa gauche, dix à
douze coupe-jarrets étaient par derrière; deux
cents brigands étaient à la porte, en dehors:
pas un député n'ose prendre la parole pour
chasser les bandits, pas un n'ose souffler. Le
président lui-même, épouvanté, reste dans son
fauteuil comme un terme, sans faire de réponse:
tout est dans l'abattement, dans la consternation; tout le monde se regarde en silence, personne n'élève la voix; mais un instant après,
et tout-à-coup la scène change, un mouvement
général se fait sentir dans toute la salle; un
membre des comités entre tout effaré; il monte
à la tribune : c'est Hérault de Séchelles qui tient
à la main la destinée du peuple français. Il va
parler, tout le monde fait silence, tout le
monde écoute; et au nom de la commission
extraordinaire, il présente enfin l'organisation
d'un tribunal extraordinaire pour juger les
vaincus du 10 août, que les commissaires de
la Commune demandent à corps et à cris depuis
quatre jours. Ce décret, en onze articles, et le
préambule qui en est le développement, sont
lus tout d'une traite, à haute et intelligible
voix, sans la moindre interruption; et le décret
de l'Assemblée passe dans le moule, si j'ose
m'exprimer de la sorte, aussi vite qu'une pièce de
monnaie sous le balancier qui lui imprime le
type de sa valeur.

Cette loi, demandée les armes à la main
par la Commune de Paris, est ainsi conçue :

1. Il sera procédé à la formation d'un corps électoral, pour nommer les membres du tribunal criminel destiné à juger les crimes commis dans la journée du 10 août courant, et autres crimes y relatifs, circonstances et dépendances.

2. Ce tribunal sera composé de huit juges, huit suppléans, deux accusateurs publics, quatre greffiers, huit commis-greffiers, deux commissaires nationaux, nommés par le pouvoir exécutif provisoire.

Ce tribunal sera divisé en deux sections, composée chacune de quatre juges, quatre suppléans, un accusateur public, deux greffiers, quatre commis-greffiers et d'un commissaire national. Les deux juges qui auront été élus les premiers, présideront chacune des sections.

3......... Les juges prononceront en dernier ressort, sans qu'il puisse y avoir lieu à recours au tribunal de cassation, etc., etc. »

Ainsi, Messieurs, fut arraché au Corps-Législatif, par les menaces, par la fureur et par la violence, cette loi qui donna aux conjurés du 10 août le droit de juger leurs prisonniers, en vertu d'un décret, et de les envoyer à l'échafaud sans appel à la cour de cassation. Ainsi fut créé ce tribunal, qui prit le titre pompeux d'extraordinaire du 17 août, et qui ne fut composé que de Jacobins et de gens ignobles et imbécilles, qui, dans leur âme et conscience, ne surent jamais distinguer l'innocent d'avec le coupable.

Dès que cette loi sanguinaire eut été rendue, elle fut apportée en triomphe à l'Hôtel-de-Ville par les pétitionnaires, comme un trophée conquis sur l'ennemi. Jamais, non jamais, on n'a vu un pareil acharnement à organiser l'assassinat. Mandrin, chef de contrebandiers, ne mettait pas plus d'acharnement à faire assassiner les malheureux commis aux fermes qui tombaient entre ses mains. Pour donner de l'importance à la formation de ce tribunal inique, et faire accroire au peuple que les juges et les jurés étaient des hommes du peuple, et pris parmi le peuple, les Jacobins imaginèrent le stratagème suivant. Dès le jour même, ils s'occupèrent de nommer cette compagnie d'assassins, ou en firent semblant, car ils étaient nommés d'avance. Lorsque ces juges d'une nouvelle espèce se présentèrent au Palais de Justice, où siégeaient autrefois d'honorables pères de famille, qui composaient la magistrature, ils se rassemblèrent dans la grande salle d'audience ; et là, en présence du peuple, monté sur une estrade, chaque membre dit, en jettant les yeux sur l'auditoire : « Peuple, je suis un tel, de telle profession, demeurant dans tel endroit, exerçant telle profession : avez-vous quelque reproche à me faire ? Jugez-moi avant que j'aie le droit de juger les autres. Ici le Paillasse-juge, perché sur son estrade comme une girouette sur le haut d'un toît, se tourne à droite, à gauche, et laisse voir sa figure sinistre à toute la canaille, qui le fixe bouche béante, et dit tout d'une voix : Non, non, c'est un bon patriote, il marche au pas de charge. (Mots usités parmi les Jacobins, pour désigner un patriote enragé.) Après avoir reçu les applaudissemens de la troupe, le nouveau magistrat, content de son rôle, descend de l'estrade.

et fait place à un second ; celui-ci joue la même
scène, et perché comme son camarade, présente
sa figure au peuple, qui le regarde par devant
et par derrière, et est reçu de même avec acclamations, ainsi des autres. Cette comédie, ou
plutôt ce drame, digne de ces temps de désordre, dura plus de quatre heures, au bruit sinistre d'une rage furibonde ; on aurait dit d'une
troupe de sauvages rassemblée dans un bois,
qui n'attendait que le moment de se partager
les membres de leurs victimes. Telle fut, Messieurs, la manière dont s'organisa le tribunal
extraordinaire du 17 août, en vertu d'une loi.
Deux jours après, M. Danglemont fut la première victime que ces misérables envoyèrent à
la mort sans appel.

Tandis que les Jacobins préparaient les échafauds avec un transport de triomphe, pour les
malheureux qui allaient tomber sous leurs
coups, ne voilà-t-il pas que l'alarme devient
générale dans tout Paris ; dans cette capitale,
il n'est bruit que d'un vaste complot qui va livrer la France au pouvoir de l'ennemi. L'Assemblée nationale, toutes les sections et tous les
clubs sont dans un désordre inconcevable, ils
ne s'entendent plus. Oh ! se dit-on avec une rage
mêlée d'effroi, c'est une infamie, c'est une violation manifeste, c'est une trahison infâme. Les
nouvelles du nord arrivent coup sur coup ; car
c'est dans le nord de la France que le complot
existe, c'est par le nord que la France va être
livrée tout entière au pouvoir des Prussiens et
des Autrichiens. Les courriers qui en arrivent
sont tristes comme les Jacobins ; leurs dépêches

sont des plus alarmantes et n'annoncent rien de
bon. Enfin, voilà que tout-à-coup les nouvelles
se répandent que trois députés de l'Assemblée
nationale, Kersaint, Antonelle et Péraldy, envoyés dans le département des Ardennes, où ils
avaient pénétré avec beaucoup de circonspec-
tion pour arrêter le général Lafayette, sont
arrêtés eux-mêmes, et jetés dans les prisons de
Sedan par ordre du général et de la municipalité, qui n'entendent point raison ; que ce grand
général, avec toute son armée, marche sur
Paris pour punir les traîtres et délivrer le roi et
sa famille des mains des Jacobins ; que les départemens de l'Aisne, du Nord et des Ardennes
font cause commune, et que Paris est dans le
plus grand danger. A ces nouvelles affligeantes,
tous les députés patriotes sont presque devenus
fous de peur ; ils crient, ils tempêtent, c'est à
qui découvrira la vérité, qui n'est pas trop véritable. Au milieu de ce désordre, on court chez
tous les ministres recueillir des nouvelles ; mais
on n'en apprend point.

Le ministre de la guerre, pas plus instruit que
l'Assemblée sur l'arrestation de ses commissaires,
lui adresse une lettre du général Luckner, qui
annonce que toutes les villes du nord seront bientôt assiégées. Le général Dumouriez, commandant dans le nord, écrit une belle lettre à l'Assemblée nationale, du camp de Maulde, le 14
août. Cette lettre, remplie de dévouement et de
patriotisme, ne parle point, non plus, de son
collègue, le général Lafayette, et s'exprime en
ces termes : « Monsieur le Président, j'ai l'hon-
» neur de vous adresser, ainsi qu'au ministre de

» la guerre, copie de ma lettre au général Ar-
» thur Dillon. Les circonstances où nous nous
» trouvons, sont trop importantes, pour admet-
» tre les détours et les ménagemens ; il faut que
» la nation souveraine soit assurée de nos
» principes, de nos sentimens, de notre obéis-
» sance et de notre zèle à pousser la guerre
» vigoureusement.

» Je vous prie, monsieur le président, de vou-
» loir bien assurer l'Assemblée nationale, que
» je mourrai à mon poste avec gloire, ou que je
» concourrai, par des succès et par une fidélité
» à toute épreuve, au salut de la patrie. »

Après avoir pris des renseignemens de tous
côtés, et questionné les arrivans du nord, les
Jacobins apprennent enfin la vérité tout entière. « L'arrestation des commissaires à Sedan,
par ordre du général Lafayette, n'est que trop
certaine, dit Bazire ; ils ont failli être pendus,
le peuple de cette ville criait, de toutes ses forces,
à *la lanterne!* La municipalité de Sedan n'ayant
pas trouvé leur pouvoir légal, a cru, pour plus
de sûreté, devoir les mettre en prison, où ils
sont actuellement. » Puis, Bazire fait une sortie violente contre le général Lafayette, et demande qu'il soit enfin déclaré ennemi de la liberté et de l'égalité. « Que, si le décret d'accusation que vous porterez contre lui, ajoute-t-il,
reste sans effet, il soit permis à tout citoyen de
lui courir sus, et que sa tête soit mise à prix. »

A ces nouvelles extrêmement alarmantes, le
capucin Chabot ne se possède plus, il crie, il
menace, il est furieux. « Le décret qui a absous
M. de Lafayette, dit-il en criant de toutes

8*

ses forces, a appelé l'attention de tous les citoyens; ce décret seul a occasionné l'insurrection qui a eu lieu : oui, continue-t-il (en se
tournant du côté droit), c'est vous autres,
c'est vous qui l'avez faite cette insurrection; c'est
l'absolution de Lafayette qui a fait répandre le
sang français aux Tuileries, et vous me paraîs-
sez couverts du sang de vos concitoyens.... Actuellement, ajoute Chabot, ceux à qui Lafayette
avait su, jusqu'ici, fasciner les yeux, doivent
bien regretter leur erreur, parce qu'il est clair
que c'est un rebelle, qui cherche à faire insurger l'armée nationale. Ce n'est plus le cas de le
décréter d'accusation : ce décret pourrait être
d'une exécution difficile; et l'expérience nous
l'a appris, qu'un décret d'accusation auprès de
la haute-cour nationale, est un brevet d'impunité, puisque tous les accusés en reviennent absous. Mais, reprend-il, j'appuie la motion de
M. Bazire; il faut déclarer Lafayette traître à
la patrie, inviter tous les citoyens à lui courir
sus, comme sur une bête fauve. » Selon Chabot, le général Lafayette est le chef des conspirateurs du palais des Tuileries; c'est lui qui
est l'auteur de la journée du 20 juin, de celle
du 10 août, et de la mort d'un grand nombre
de patriotes. Puis, cet énergumène se dé-
chaîne contre la famille royale, par les plus
grossières invectives, et finit par dire que Lafayette est le plus infâme des conspirateurs. Il
ajoute : « Je demande que vous proclamiez enfin la loi martiale contre l'aristocratie et les
tyrans, comme ils l'avaient promulguée eux-
mêmes contre le peuple; qu'on tire sur les cons-

pirateurs, comme Lafayette avait fait tirer sur nous au Champ-de-Mars. Il est temps, reprend encore Chabot avec fureur, il est temps enfin que le peuple écrase de sa toute-puissance tous les conspirateurs et tous ses ennemis. »

Cet extravagant eut à peine fini sa motion, que les Jacobins arrivèrent à la barre comme des furieux et demandèrent que Lafayette fût déclaré, dès cet instant, traître à la patrie, et qu'il fût permis à tout citoyen, à tout soldat de lui courir sus, et l'amener mort ou vif à Paris. « Le peuple français, continue l'orateur, s'est levé contre l'oppression ; il ne se rassiéra que quand il n'y aura plus d'oppresseurs. »

Dans ces momens de crise, les événemens étaient si rapprochés, les dangers si grands, et l'alarme si générale, que le côté gauche de l'Assemblée nationale ne se possédait plus. Soutenus par les Jacobins et tous les brigands de Paris, ils accablaient le côté droit, qu'ils accusaient de tous les maux présens et futurs. Cependant, quoique double en majorité, le côté droit ne répondait que faiblement à tous ces énergumènes. Hérault de Séchelles, qui faisait cause commune avec le côté gauche, reparaît encore à la tribune, et présente, au nom des comités, le projet de décret suivant, sur le mode de la permanence des séances de l'Assemblée nationale, qui est ainsi conçu et adopté :

« Les séances de l'Assemblée nationale, dit-il, s'ouvriront tous les jours à huit heures du matin et dureront jusqu'à quatre. — Depuis quatre heures jusqu'à six, six membres resteront dans la salle. —Les séances de l'après-midi

s'ouvriront à six heures et dureront jusqu'à
onze. — Depuis onze heures jusqu'au lendemain
matin, trente membres resteront pour recevoir
les députations et les dépêches, et faire avertir,
en cas de besoin, les autres députés. »

Dans ces momens extrêmement critiques, il
fallait bien avoir sur pied un bon nombre de
députés pour répondre de la chose publique ;
car elle était en danger. Des lettres de tous les
points de la France arrivaient coup sur coup,
et aucune d'elles n'était rassurante. Celles du
nord surtout ne présentaient que des dangers.
Tous les généraux cependant écrivaient qu'ils
emploieraient tous leurs moyens pour repousser
l'ennemi partout où il se présenterait. Dumouriez, dévoué aux Jacobins, fut nommé commandant de l'armée des Ardennes en remplacement
du général Lafayette. Mais il fallait s'emparer
de ce dernier général, et il n'était pas homme à
abandonner son armée sans opposer de résistance ; et cette résistance fut bientôt vaincue,
comme on va le voir tout-à-l'heure. Pour rallier la grande famille au nouvel ordre de choses,
les proclamations de l'Assemblée nationale aux
Français, se succédaient rapidement ; et il en
fallait des proclamations pour réconcilier les
partis, tant divisés et tant désunis. Les armées,
de leur côté, recevaient aussi des proclamations
de toutes les mains. Les députés en mission en
faisaient à la tribune. Les généraux publiaient
des ordres du jour, et faisaient prêter serment
sur serment ; il les prêtaient eux-mêmes. Les
couriers portaient des dépêches avec la plus
grande vitesse de tous côtés et en rapportaient

de même. Les routes en étaient couvertes. Celui qui apportait les dépêches de Dumouriez allait toujours ventre à terre. Ce grand général, patriote comme tant d'autres, ne voulait point de lenteur dans toutes ses expéditions ; et voici l'extrait d'une de ces missives :

« J'ai fait serment de vaincre ou de mourir, dit-il, dans sa lettre en réponse à celle du ministre de la guerre, qui le nomme général des armées du nord et des Ardennes. Demain matin, sans perdre de temps (c'était le 18 août), demain matin, je m'occuperai avec Messieurs les commissaires de l'Assemblée nationale, de prendre des mesures les plus promptes pour la délivrance de MM. les commissaires arrêtés à Sedan. Nous vous enverrons un courier avec le résultat de notre travail, et je vous promets de ne pas perdre une minute pour l'exécution des mesures que nous avons prises. Mon sang s'enflamme, ajoute-t-il, quand je pense qu'une municipalité, aveuglée par un intrigant qu'elle a pris pour une idole, ait osé porter une main coupable sur les représentans de la nation, revêtus d'un pouvoir devant lequel tout doit plier.

» Après cette première opération, continue-t-il, je m'occuperai de la noble entreprise de porter nos justes armes et notre liberté dans les provinces frontières qui gémissent sous le despotisme. C'est ainsi que le peuple romain transportait une armée en Afrique pendant qu'Annibal était aux portes de Rome.

» La nation et ses représentans (ajoute-t-il encore en terminant sa lettre toute brûlante du patriotisme à la mode, plus dans le langage que dans le cœur.), la nation et ses représentans peuvent entièrement compter sur mon dévouement et sur celui des braves chefs qui seront chargés de me seconder. Aucun aristocrate n'osera venir se mêler au milieu de nos bataillons patriotiques, et je vous assure que les promotions que je vous proposerai seront toujours le résultat de l'armée entière. »

Dans sa position extrêmement critique, le général Lafayette ne pouvait guère résister à tant de forces dirigées contre sa personne et son armée. L'assemblée nationale venait de le décréter d'accusation; et de nouveaux commissaires venaient d'être envoyés avec pleins pouvoirs pour le saisir mort ou vif. Mais les commissaires n'étaient pas les plus dangereux; car, comme ils l'écrivaient eux-mêmes à leurs collègues à Paris, « il serait de la plus grande imprudence de se rendre à Sedan, où nous tomberions certainement dans les mains des rebelles. » Ils ajoutaient : « nous marcherons avec ciconspection et en sondant le terrain. » Le général Dumouriez était son ennemi le plus redoutable; il était en marche contre lui avec une partie de son armée. De quel côté qu'il se retourne, le général Lafayette ne voyait que des ennemis entre les mains desquels il devait tomber. Prisonnier pour prisonnier, il aima mieux sortir de France, et se jeter entre les bras des Prussiens; et c'est ce qu'il fit avec une partie de son état-major, MM. de Lameth, Latour-Maubourg et Bureau de Puzy. En France, ce général n'avait à espérer que la prison et la mort; au lieu qu'en pays ennemi, la prison seule l'attendait, et l'espérance d'en sortir un jour. Il préféra ce dernier parti. Tel fut le sort de ce grand général, que lui destina cette liberté qu'il aimait comme son enfant chéri; mais malheureusement cet enfant chéri ne fut qu'un ingrat et l'abandonna à tous ses malheurs.

Ah! mes jeunes amis, comment vous peindre la situation de Paris dans ces momens critiques et périlleux! Les Jacobins étaient dans une colère affreuse, ils ne se possédaient point; le nom de Lafayette était dans toutes les bouches, on voulait l'avoir mort ou vif. On lui dressait déjà, en idée, l'échafaud où il devait terminer son illustre carrière. Dans leur délire, les frères et amis coururent comme des fous sur les hauteurs de Montmartre et de Saint-Chaumont, pour voir arriver de loin le cortège des fameux prisonniers. Perchés sur les monts, avec des lunettes d'approche, ils ressemblaient à des antropophages qui guêtent leur proie. Mais tout changea bientôt de face. La fuite du général Lafayette en pays étranger, fut bientôt confirmée et répandue dans Paris. Des émissaires du nord, des soldats en couriers, arrivant dans la capitale, donnaient les nouvelles de mille manières, en vantant le patriotisme de leurs frères. — Dumouriez, dévoué aux frères Jacobins, se mettait en quatre pour saisir son collègue, et prendre sa place; mais son ardeur et son activité furent vaines, les oiseaux étaient dénichés. A peu de distance de Sedan, il s'arrête tout court et apprend la fuite du général Lafayette et de son état-major. Dieu! quel sort affreux

attendait ces généraux, s'ils fussent tombés au
pouvoir des conjurés de l'Hôtel-de-Ville?
L'homme propose et Dieu dispose, dit-on, et
en cette occasion ils prirent le bon parti. Le
général Dumouriez, si empressé à livrer son
collègue à ses ennemis, subira le même sort
dans quelques mois ; car en ces temps de désordre, la popularité était bien chancelante et
bien versatile. Du faîte de la puissance nationale, l'honneur et les dignités vous écrasaient
sous leur poids, en vous précipitant au fond
d'un abîme. Le général Lafayette, si haut élevé
en France, si fêté, si considéré depuis trois ans
à Paris, ne fut plus en Allemagne qu'un conspirateur, et eut pour palais un misérable cachot, et pour couche un grabat. Laissons ce
général subir le sort qui lui est destiné dans la
forteresse d'Olmutz, et suivons les mouvemens
de Paris.

Le tribunal du 17 août, à qui on donna,
avec trop de raison, le surnom de tribunal de
sang, fut organisé et installé en moins de deux
jours, et prit séance le 19, dans la grand-
chambre du Parlement de Paris, présidé par
Lavaux et Pepin-Degrouette. Les victimes leur
furent bientôt livrées à discrétion. M. d'Angle-
mont, comme je l'ai déjà dit, devint la première victime que les Jacobins envoyèrent à
l'échafaud ; condamné à mort le 20 août, il
périt le 21. Deux jours après, M. Delaporte,
intendant de la Liste civile, subit le même sort ;
c'était le 24. Le 25, Durosoy, journaliste, auteur de. *la Gazette de Paris* et poète, fut la
troisième victime, et se félicita d'avoir l'hon-

neur, pour son roi, de mourir le jour de la Saint-Louis.

Au milieu de ces assassinats juridiques, ou plutôt atroces, qui allaient *rondement*, selon l'expression de ces temps de calamité, ne voilà-t-il pas que tout-à-coup le désordre et l'épouvante se mettent dans tout Paris! Dans toute la capitale, le cri *aux armes! aux armes!* retentit de toutes parts. Oui, se dit-on en se lamentant, l'ennemi avance. Il avance, s'écriaient les Jacobins, les Cordeliers et toute la secte infernale, en courant de tous côtés. *Aux armes!* répétaient les commissaires des sections, qui jetaient l'épouvante dans tous les cœurs honnêtes. On craint de nouveaux malheurs et de nouvelles calamités. Bientôt il ne s'agit plus que de prendre de grandes mesures pour sauver la chose publique qui est dans un extrême danger. La prise de Longwi, par l'armée prussienne, annoncée, puis démentie, puis annoncée de nouveau, se confirme enfin. Le ministre de la guerre annonce à l'Assemblée nationale, qu'après un bombardement de quinze heures, le commandant de Longwi, M. de Lavergne, a rendu la place aux Prussiens. Cette nouvelle affligeante donne la fièvre à tous les Jacobins, qui craignent pour leurs têtes, et ils tâchent de prendre de grandes mesures de salut public. Vergniaud, au nom de la commission extraordinaire, après plusieurs considérans, propose, et l'Assemblée nationale décrète, que tout citoyen qui, dans une ville assiégée, parlera de se rendre, sera puni de mort. Hérault de Séchelles, au nom de la même commission, propose, et l'Assemblée adopte la proclamation suivante, si nécessaire dans les circonstances présentes, et qui était intitulée :

» *Aux Français, habitans de Paris, et aux départemens voisins.*

» Citoyens, s'écrie-t-il d'un ton lamentable, après l'avoir lue, citoyens, la place de Longwi vient d'être rendue ou livrée : les ennemis s'avancent. Peut-être se flattent-ils de trouver par-tout des lâches ou des traîtres : ils se trompent ; nos armées s'indignent de cet échec, leur courage s'en irrite. Citoyens, vous partagez leur indignation ; la patrie vous appelle : partez. »

Après la lecture de cette proclamation, qui ranime tous les courages, et en même temps redouble les alarmes, l'Assemblée nationale requiert le département de Paris et les départemens voisins, de fournir, à l'instant, trente mille hommes armés et équipés.

Cette proclamation, affichée le même jour dans Paris, remplit d'une vive inquiétude tous les habitans : on demande partout des armes, et tout le monde veut partir. Allons aux frontières, crient les frères Jacobins, qui sont toujours à la même place, et ne partent jamais. Le malheureux ouvrier, qui n'a pas d'ouvrage, et pas d'espoir de s'en procurer, abandonne femme et enfans, et demande un fusil, veulent des canons, des chevaux ; et les visites domiciliaires sont faites dans tous les hôtels pour s'en procurer. Quel désordre dans cette vaste capitale, que celui occasionné par la patrie en danger ! La tourbe jacobite, enracinée dans les sections, dans les clubs et aux tribunes, braille tous ensemble, comme des fous qui ne s'entendent point ; malheur à celui qui ne paraît point prendre une part active aux dangers dont la patrie est menacée ! sa fortune et sa vie sont bientôt signalées aux brigands.

Ah ! mes jeunes amis, quels tableaux effrayans vont passer devant vos yeux ! Plus l'ennemi fera de progrès sur la frontière, plus les troubles et les dangers seront grands à Paris : ah ! malheureux habitans, combien vous êtes à plaindre d'avoir pour souverains quelques centaines de révolutionnaires, qui, retranchés dans leur antre, ne craignent point de faire égorger les citoyens par leurs satellites qu'ils nomment les héros du 10 août ! Mais avant d'arriver à ces terribles événemens, voyons-les encore manœuvrer dans Paris et à la barre de l'Assemblée nationale, où ils ne respectent plus rien.

La Commune de Paris, toujours plus souveraine que l'Assemblée nationale tout entière, la Commune de Paris, ayant à sa tête les Pétion, les Manuel, les Tallien, Marat, Huguenin, Méhée de Latouche, et autres gens de cette trempe, délibérait, tous les soirs, sur les moyens de tenir le peuple dans une continuelle alarme, et de le pousser au dernier degré d'avilissement. En vrais dilapidateurs de la fortune publique, cette réunion de commissaires prenait arrêtés sur arrêtés ; et ils avaient force de loi, et s'exécutaient comme les décrets de l'Assemblée nationale. Voici, Messieurs , un échantillon de leurs travaux patriotiques. Sur la proposition de Manuel, la Commune ordonne de faire placer l'inscription suivante , sur le frontispice de l'Hôtel-de-Ville : elle consistait en ces quatre vers :

Obéissez au peuple ; écoutez ses décrets......
Il fut des citoyens, avant qu'il fût des maîtres.
Le peuple par les rois fut long-temps abusé ;
Il s'est lassé du sceptre , et le sceptre est brisé.

Cette apostrophe contre les rois était faite pour enflammer les badauds de la populace, qui, en venant sur la place de Grève, lisaient, sans trop le comprendre, cet emblême de destruction. Sur la proposition du même Manuel, qui était le grand faiseur de projets révolutionnaires , la Commune arrête encore, que la cloche d'argent du palais et celle de Saint-Germain-l'Auxerrois seraient enlevées, pour avoir donné le signal de la Saint-Barthélemi. Dans sa colère , la Commune excitée par Manuel , ordonne encore que les Portes de St.-Denis et de St.-Martin seront démolies dans le plus bref délai ; que la statue équestre de Louis XV , dans l'Hôtel-de-Ville , sera jetée à bas ; et elle ordonne de faire disparaître de dessus les murs des maisons, les armes, les fleurs-de-lis, statues, bustes, enfin tous les emblêmes qui rappellent au peuple les signes de la royauté.

Au milieu de cette destruction générale, les deux cent quatre-vingt-huit commissaires municipaux, comme une armée de Vandales, tantôt réunis à l'Hôtel-de-Ville pour délibérer, tantôt dispersés dans les rues de Paris pour y exercer leur influence sur les esprits, pillaient la fortune publique et celle des particuliers; et chacun d'eux individuellement se gorgeait d'or et d'argent qu'ils enlevaient, de la manière la plus scandaleuse, et à main armée. L'un de ces commissaires porta la témérité jusqu'à se transporter au Garde-Meuble de la couronne; et, sous le prétexte de faire des perquisitions chez M. de Pont-Labbé, qui y demeurait, force les portes de ce dépôt immense de pierreries, de perles, et des objets les plus précieux. Dieu! quelle trouvaille pour un municipal, devenu presque roi! Un objet qui frappa le plus la rapacité du municipal, ce fut une couleuvrine d'argent, nommée le canon de Siam. Cet objet précieux, digne de remarque, tenta tellement le commissaire voleur, que, sans plus de façon, il le fait mettre sur un brancard, et l'emporte chez lui, dans la crainte, dit-il au gardien, que des voleurs ne s'en emparassent; mais l'enlèvement de ce *petit bijou*, du poids de plus de deux cent cinquante marcs, et d'une valeur considérable, indigna le pauvre diable de gardien, qui craignit qu'on ne l'accusât de cette spoliation nationale; et en donna avis au ministre de l'intérieur. A cette nouvelle alarmante, le ministre Roland, aussi embarrassé que le gardien, ne savait comment s'y prendre : accuser un municipal de ce vol, la chose était délicate; il en fût effrayé lui-même; cependant il se résolut d'en faire part à l'Assemblée nationale : accuser la Commune de Pa-

ris, de vols, de spoliations, il y avait du danger ;
aussi s'y prit-il avec tous les ménagemens possibles. Le 30 août, le ministre Roland se présente à la barre, et s'exprime en ces termes,
en prenant des détours pour en venir au Garde-
Meuble :

» Dans les circonstances critiques où nous
sommes, il est important de pourvoir aux subsistances de la capitale. J'avais pris des arrange-
mens avec le comité de subsistances de Paris ;
mais le comité en qui je mettais toute ma confiance, vient d'être cassé par les représentans
provisoires de la Commune. Tous ses travaux
sont suspendus par cette désorganisation, et
dans cet état de choses, je ne puis plus répondre
de l'approvisionnement de Paris.

» Il est temps, dit le député Choudieu, d'appeler l'attention du Corps-Législatif sur la conduite de la Municipalité actuelle de Paris, et je
ne craindrai point de parler contre elle, quoique ses membres se prétendent représentans du
peuple. Je dirai franchement que sa conduite
ne mérite pas la confiance publique. Elle dé-
sorganise tout, elle entrave tout ; et déjà plusieurs sections de Paris ont réclamé contre sa
formation qui n'est pas légale ; car elle n'est
composée que de commissaires chargés de se
concerter pour quelques opérations relatives aux
événemens du 10 août seulement. Au contraire,
ils se sont érigés en municipalité ; ils viennent
de suspendre le maire de ses fonctions ; ils se
permettent des actes arbitraires ; ils veulent tout
bouleverser. Je demande que le rapport, dont
la commission extraordinaire est chargée sur

cette municipalité, soit fait aujourd'hui. »

« Il est important, pour fixer l'Assemblée sur ce rapport, reprend Cambon, qu'elle se fasse représenter les pouvoirs qui ont été donnés à ces municipaux provisoires par le peuple ; car ils n'en ont pas : ce sont des usurpateurs ; ils doivent être punis. »

Ici, il se fait un très-grand silence dans la salle, car ces deux propositions étaient bien hardies par le temps qui courait ; et cependant elles étaient justes. Elles sont adoptées à l'unanimité. Le ministre Roland, qui était toujours là et qui écoutait les décisions qu'on allait prendre, reprend la parole et déclare qu'un des commissaires provisoires, nommé Delaunay, a forcé les portes du Garde-Meuble, et enlevé à main armée plusieurs effets nationaux.

Cette déclaration du ministre n'était malheureusement que trop véritable, et ne donnait encore que de faibles éclaircissemens à l'Assemblée nationale. Cambon reprend : « Il importe à la nation que l'Assemblée surveille avec le plus grand soin tous les effets nationaux ; il n'est point permis à une Commune de s'en emparer. Bientôt le peuple serait ruiné, si les administrateurs dilapident ainsi la fortune publique. Je demande que le commissaire dont il s'agit, soit mandé à la barre. »

« Je dois ajouter, déclare Henri Larivière, que l'un de ces commissaires municipaux est actuellement détenu pour avoir soustrait des effets au château des Tuileries. Je cite ce fait pour que le peuple sache qu'il a été trompé dans son choix, et pour qu'on porte l'examen

2.   9

le plus sévère sur ces sortes d'êtres ambulans, qui profitent de cette crise pour usurper les pouvoirs. »

Le despotisme de ces nouveaux rois de **Paris**, quoiqu'ils eussent toujours sur les lèvres les mots de patrie et de liberté, était si arbitraire, qu'ils poursuivirent jusqu'à la dernière rigueur un journaliste, pour avoir dit, dans sa feuille du jour, que les municipaux étaient des ty- rans, des spoliateurs, qui se partageaient les places et recueillaient les fruits de leur dicta- ture, contre leur système d'avilissement du Corps-Législatif. Après l'avoir cherché de tous côtés sans pouvoir le saisir, ni découvrir sa re- traite, les municipaux soupçonnent que ce jour- naliste malencontreux, nommé Girey-Dupré, était caché chez le ministre de la guerre; ils ne balancent point de cerner l'hôtel et de faire perquisition dans tous les bureaux; mais leur démarche fut encore infructueuse. La commis- sion extraordinaire, instruite de cette viola- tion, Gensonné en fit un rapport à l'Assemblée nationale. « Votre commission, dit-il aux dé- putés, m'a chargé de vous rendre compte d'un fait relatif à la Commune provisoire; des hommes armés ont, par son ordre, investi l'hôtel du ministre de la guerre et empêché que personne n'en sortît. Nous avons, ajoute-t-il, écrit au ministre pour lui demander des éclair- cissemens. Il nous a répondu que rien n'était plus vrai, et que tout cela s'était fait sous le prétexte que l'imprimeur du *Patriote français* était dans l'hôtel. »

Après bien des considérans sur la conduite

scandaleuse de la Commune de Paris, Guadet fait rendre un décret qui ordonne le renouvellement de tous les membres, et que les sections nommeront, dans le délai de vingt-quatre heures, chacune deux citoyens ; lesquels réunis formeront provisoirement, et jusqu'à la prochaine élection de la municipalité de Paris, un conseil général de la Commune de Paris, etc. »

Renouveler la Commune de Paris toute entière, la chose était bien difficile, comme on va le voir ; car les municipaux s'embarrassaient fort peu des décrets attentatoires à leur autorité. Enfin, par un autre décret, l'Assemblée nationale fait mander à sa barre l'officier municipal, spoliateur du canon de Siam. Cet officier paraît. Introduit à la barre, il répond aux questions qui lui sont faites, ainsi qu'il suit :

Est-il vrai, lui demande le président, qu'il ait été enlevé un canon au Garde-Meuble, par ordre de la municipalité ?

Depuis la journée du 10, répond le municipal, je suis chargé d'apposer le scellé dans toutes les maisons suspectes. Une dénonciation nous a été faite contre M. de Pont-l'Abbé, qui a son appartement au Garde-Meuble. Je m'y suis transporté ; c'était le 25, jour de la cérémonie funèbre qui a été célébrée aux Tuileries. On m'a assuré qu'il y avait au Garde-Meuble une coulevrine en argent qui n'était pas en sûreté. Pressé par une foule de mes concitoyens, j'ai été obligé de m'y rendre ; j'ai trouvé en effet un petit canon, appelé canon de Siam ;

9*

il eût été difficile d'empêcher la multitude de l'enlever. J'ai cru donc qu'il était prudent de m'en emparer, ce que j'ai fait; mais j'assure que cet effet a été déposé à la section du Louvre, et voici la décharge que m'en a donné le président de la section (il montre un papier). Voilà quels ont été les motifs de ma conduite. J'attends avec sécurité que l'Assemblée me rende justice, et qu'elle efface l'humiliation qu'on éprouve de se voir mander à la barre.

Par quel ordre, Monsieur, a-t-il fait cet enlèvement, lui demande un député?

L'officier municipal. Lorsqu'on me dit que le canon n'était pas en sûreté au Garde-Meuble, et que le peuple me pressait de m'y rendre, je n'ai pas cru qu'il ne fût pas de mon devoir de le transporter en lieu sûr; et cela, sans attendre d'autorisation de personne.

Un député. Je demande si Monsieur a trouvé au Garde-Meuble un commissaire de l'Assemblée nationale?

Le municipal. Si j'eusse vu un membre de cette Assemblée, j'ai trop de respect pour le Corps-Législatif, pour ne lui avoir pas fait part de cet enlèvement.

« Je demande, dit Bazire, que l'Assemblée déclare qu'elle est satisfaite de la conduite de l'officier municipal. — Et moi je m'y oppose, reprend Lacroix; je crois que l'Assemblée ne doit prononcer que lorsque l'officier municipal lui aura mis sous les yeux les procès-verbaux qu'il promet; car, Messieurs, si les commissaires de la Commune s'attribuent une autorité qu'ils n'ont pas, où en sommes-nous? Je dis donc que Monsieur ne pouvait pas enlever cet effet du Garde-Meuble sans être autorisé par la Commune ; si non, la municipalité ne pourrait pas être responsable des effets qu'on enlèverait : d'un autre côté, c'était à la Commune que devait se déposer un effet national, et non dans une section. Je crois donc que l'Assemblée ne peut pas témoigner sa satisfaction avant qu'elle ait sous les yeux les procès-verbaux qui constatent la conduite de l'officier municipal.

Je demande, ajoute Grangeneuve, que la décision soit encore motivée sur ce que l'officier municipal n'avait pouvoir que d'apposer les scellés, et que provisoirement il a enlevé les effets.

Le ministre, reprend un député, nous a dit ce matin que l'officier municipal avait fait forcer les serrures. Je demande à M. l'officier s'il avait avec lui un serrurier ?

Le municipal. Il n'est venu avec moi aucun serrurier d'office, il pouvait y en avoir dans le nombre des citoyens qui se pressaient autour de moi. Je n'en avais pas besoin, puisque le canon était sur l'escalier.

Mais cependant, reprend le président, vous avez fait forcer une armoire appartenant à M. de Pont-l'Abbé ?

Le municipal. Quant à M. de Pont-l'Abbé, c'est une autre affaire. J'avais pour aller chez lui un serrurier, et je croyais que, comme les propriétés de M. de Pont-l'Abbé ne sont pas une propriété nationale, je pouvais faire ouvrir

par un serrurier toutes les portes des appartemens et des armoires que je voulais visiter. »

Ainsi finit l'interrogatoire du municipal, qui
se retire de la barre avec cet air imposant que
prenaient les commissaires de l'Hôtel-de-Ville,
se souciant fort peu des députés, et l'Assemblée renvoie au comité de surveillance pour en
faire un rapport incessamment.

Le lendemain matin, Vergniaud remplit cette
tâche, et fait ce rapport, par lequel l'Assemblée nationale déclare que tous les effets déposés au Garde-Meuble, ceux trouvés aux Tuileries, dans les églises, maisons nationales,
maisons dépendantes de la Liste civile, sont tous
des effets nationaux, et décrète que le ministre de l'intérieur donnera des ordres dans le
jour, pour faire rétablir au Garde-Meuble les
effets qui pourraient en avoir été retirés, ou
pour être transférés dans d'autres dépôts. —
Que le ministre de l'intérieur se fera rendre
compte dans deux jours, par les commissaires
des sections, qui, depuis le 10 de ce mois, ont
formé le conseil de la Commune, de tous les
effets qui ont été trouvés aux Tuileries, dans
les églises, maisons nationales, maisons dépendantes de la Liste civile, et dont la garde a été
confiée à la surveillance des commissaires, et
de tous les effets qui ont été transportés à la
Maison commune.—Qu'aussitôt que ce compte
aura été rendu au ministre, il le fera parvenir à
l'Assemblée nationale, etc.

Après ce décret, qui ne fut pas plus exécuté
que les autres, Vergniaud en fait rendre un

autre, relatif aux actes arbitraires des commissaires municipaux, et ce décret annulle le mandat d'arrêt lancé contre Girey-Dupré par le
conseil de la Commune.—« L'Assemblée nationale, dit-il, considérant qu'il importe de réprimer les attentats portés à la liberté individuelle par quelques autorités constituées que
ce soit, décrète qu'il y a urgence.

L'Assemblée nationale, après avoir décrété
l'urgence, décrète que les mandats d'amener à
la barre et d'arrêt, décernés par le conseil
général de la Commune de Paris, le 30 août,
contre le sieur Girey-Dupré, sont attentatoires à
la liberté individuelle et à la liberté de la presse,
et, en conséquence, les déclare nuls et non
avenus; enjoint à la municipalité de Paris de
se renfermer, à l'égard des mandats d'amener
et d'arrêt, dans les bornes prescrites par la
loi sur la police générale, et sur la sûreté de
l'État. »

Cette mesure, un peu sévère envers les commissaires municipaux, amena bientôt dans l'Assemblée les plus grands orages, fit trembler les
uns, et dire aux autres d'utiles vérités. En
voici, Messieurs, le résultat:

« Je demande le renvoi à la commission
extraordinaire, dit Charlier, afin qu'elle présente à l'Assemblée une simple explication du
décret relatif aux mandats d'amener.

» Il faut que l'Assemblée ne précipite point
sa décision, reprend Thuriot, sans avoir
connu les motifs qui ont dirigé le conseil général de la Commune à lancer le mandat d'amener
contre Girey-Dupré.

» J'observe, déclare Vergniaud, que le président du conseil de la Commune, ayant été
mandé à l'Assemblée, ne s'est point conformé
au décret.

» Je réponds que cet acte n'est point l'effet de la volonté arbitraire du président de la
Commune de Paris, dit Thuriot; mais l'objet
de la délibération du conseil, qu'en conséquence, le président du conseil n'en a pu être
personnellement responsable. Je suis bien d'avis
qu'on doit obéir au décret de l'Assemblée;
mais j'observe que ce décret a pu ne pas lui
être parvenu, et je dois représenter à l'Assemblée que ce décret pourrait peut-être avoir des
inconvéniens dangereux.

» Je demande qu'un membre de l'Assemblée,
qui a peur d'un représentant de la Commune
de Paris, lui répond Marbot, laisse faire ceux
qui ont du cœur et du courage.

» Je suis bien étonné d'entendre un membre
de l'Assemblée prendre la défense d'un mandat
qui persécute un citoyen pour tels mots que je
ne connais pas, ajoute Reboul, lorsque Paris
est placardé d'affiches qui appellent le fer sur
l'Assemblée nationale : elles sont signées *Marat*.
On dit qu'il ne faut pas traiter cette question
dans ce moment-ci : et moi, je dirai à ceux
qui craignent un mouvement dans la capitale,
qu'il s'élèvera un grand mouvement dans les
départemens, qui étouffera celui de Paris. »
(On applaudit.) Mais le peuple de Paris sait
à qui il doit confiance et obéissance : il verra
toujours ses droits là où il verra la garantie de
la liberté et de l'égalité : il sait que la souve-

raineté du peuple n'est pas celle de quelques individus, mais bien celle de la France entière ; que le vœu de la France ne peut s'exprimer que par l'Assemblée de ses représentans. Pourra-t-on lui peindre comme usurpatrice cette Assemblée, qui, dans des momens difficiles, a refusé de s'emparer d'un pouvoir bien flatteur, continue Reboul, puisqu'il était absolu ? qui l'a reporté au peuple en assemblant une Convention ; qui lui a dit : C'est à vous à exprimer de nouveau votre volonté dans cette grande affaire. Oui, si quelques hommes pouvaient accuser l'Assemblée, qui a su respecter le principe de la souveraineté, la division des pouvoirs, le peuple de Paris reconnaîtrait lui-même la justice qui lui est due, et punirait ses calomniateurs. Je demande que la liberté de la presse soit vengée en la personne de M. Girey-Dupré, et que ce citoyen, qui n'a pu être poursuivi que par un ressentiment particulier, et qui n'a point conspiré contre la sûreté de l'Etat, trouve au moins un refuge dans l'Assemblée nationale, dans l'asile de la loi. »

» Je demande si l'Assemblée nationale est en état de faire exécuter ses décrets, reprend Henri Larivière. Je demande aux députés des quatre-vingt-trois départemens s'ils sont encore les représentans de l'empire, et s'ils ont assez d'énergie pour exiger, au nom du peuple entier, le respect et l'obéissance. Je leur demande à ceux qui se flattent d'avoir abattu les tyrannies, s'ils souffriront qu'un nouveau déspotisme s'élève. Je leur demande s'ils seront assez pusillanimes pour souffrir qu'un citoyen, quel qu'il soit, mette sa volonté au-dessus de la volonté générale. . . . . . Vous le savez, hier, fidèles aux principes qui vous ont toujours dirigés, vous ne voulûtes point juger un citoyen sans l'entendre; vous ordonnâtes, en conséquence, que le président de la municipalité provisoire de Paris se rendrait à la barre, pour expliquer les motifs de sa conduite qu'on inculpe. Eh bien, ce citoyen n'a point paru; il refuse d'obéir à la loi!....

» J'ai entendu dire, continue Henri Larivière, qu'il ne fallait point agiter cette question. J'ai entendu dire que le peuple..... Ah! peut-on avilir ainsi les Parisiens à leurs propres yeux? Peut-on ainsi dégrader la dignité nationale, en nous supposant assez lâches pour ne pas réprimer les excès partout où ils se trouvent, et en prêtant aux citoyens de la capitale, des sentimens assez criminels pour s'y opposer? Loin de nous une pareille idée! Je connais ce peuple que l'on calomnie sans cesse; il ne souillera point sa liberté par des actes indignes d'elle : n'en doutons pas, il saura distinguer la franchise de la perfidie, et les coupables caprices d'un seul de la sainte volonté générale. Quant à vous, continue-t-il avec feu, n'écoutez que votre devoir et votre conscience; souvenez-vous de vos commettans; souvenez-vous du compte que vous leur rendrez un jour. Songez qu'ils vous regardent, qu'ils exigent de vous courage et fermeté, et qu'ils veulent surtout que vous fassiez respecter les lois.

» Je demande donc, pour votre honneur et celui de l'empire, et pour la justification même des citoyens de Paris, que celui d'entre eux qui d'abord n'avait été que mandé à la barre, y soit amené séance tenante. »

Ces paroles furent à peine prononcées par Henri Larivière, que la Commune de Paris tout entière arrive à la barre, et coupe la parole à toute l'Assemblée, par un appareil imposant et armé; car c'est ainsi que les commissaires municipaux répondaient aux députés de la nation, qui n'étaient que de très-petits garçons auprès de cette monstrueuse autorité, la plus despote de la terre. Ces municipes, comme un bataillon invincible, à qui rien au monde ne doit résister, marchaient toujours en colonne serrée et ne laissaient jamais enlever un de leurs membres sans faire éprouver une vive résistance.

Dès que cette Commune de Paris fut instruite des délibérations de l'Assemblée nationale sur les moyens de réprimer son autorité et la recomposer de nouveaux membres, elle se réunit en assemblée générale et délibérante sur les dangers qui semblaient menacer le corps tout entier. « Quoi ! s'écrie un municipal en colère et furieux, on ose accuser les membres de notre assemblée ! on ose nous calomnier, nous avilir ! on ose nous mander à la barre de l'Assemblée nationale ! on ose demander que nous rendions compte de notre conduite passée et présente ! nous, mes frères (ils se qualifiaient de ce titre pour exprimer qu'ils ne faisaient qu'une seule et même famille), nous, mes frères, nous mandataires du peuple, de ce bon peuple qui nous voit et nous entend, et pour qui nous fai-

sons tous les sacrifices ! (Ici, l'orateur tourne
la tête du côté des tribunes, remplies de soldats
à moustaches et de Jacobins, et reçoit une
bordée d'applaudissemens.) On nous accuse
d'avoir enlevé le canon d'argent de Siam, et
d'avoir forcé les portes du Garde-Meuble,
d'avoir dilapidé la fortune publique ! Quelle calomnie ! Souffrirons-nous une pareille accusation, nous qui avons tout fait pour donner la
liberté à ce bon peuple et lui avons reconquis
tous ses droits ? Et c'est ainsi qu'on récompense
tant de dévouement, tant de sacrifices ! nous
arrêter dans nos glorieux travaux, nous mander
à la barre de l'Assemblée nationale, nous détruire en détail ! Eh bien, Messieurs, continue
le municipe, rallions-nous, serrons-nous. »

» C'est en masse, dit Tallien, que nous devons
nous présenter à la barre de l'Assemblée nationale ; c'est en masse que nous devons rendre
compte de notre conduite, et avoir cet air imposant, majestueux, qui en impose à la multitude
et nous fait respecter. Je demande, continue
Tallien, je demande que demain à midi, nous
allions en masse à la barre de l'Assemblée nationale, suivis de la force armée. »

On délibère, on prend des arrêtés, et l'on
rédige un compte rendu, ou plutôt une insulte
la plus violente contre le Corps-Législatif ; et
à une heure après midi, le 31 août, le maire
Pétion, Manuel, Tallien et toute la bande des
municipaux, suivis de trois cents soldats armés
de toutes pièces, partent de l'Hôtel-de-Ville
et arrivent à la barre de l'Assemblée pour la
terrorifier.

A deux heures, ce corps constitué de bandits, sans respect pour la représentation nationale, sans respect pour la nation, arrive aux portes du sénat, et entre tout-à-coup à la barre, Pétion en tête, Manuel et Tallien à ses côtés; le bataillon armé reste en dehors. Cette apparition subite qui, comme je l'ai déjà dit, coupe la parole à toute l'Assemblée, rend les députés aussi calmes, aussi effrayés qu'un troupeau de moutons qui se voit entourer d'une bande de loups. Le maire Pétion, jetant les yeux dans toute l'enceinte, où règne le plus morne silence, prend la parole en ces termes : « Messieurs, le conseil-général de la Commune vient vous exposer les motifs de sa conduite, et vous présenter une mesure propre à concilier vos suffrages et l'intérêt public; une mesure qui mettra sur-le-champ l'administration en activité. »

Après avoir prononcé ces mots, Pétion dit à Tallien, qui était à sa gauche, de prendre la parole; et Tallien en recors soumis à son chef, parle en ces termes aux députés tremblans, qui prêtent une attention inquiète :

« Législateurs (ce furieux perroquet n'avait alors pas plus de vingt-six ans), législateurs, les représentans provisoires de la Commune de Paris ont été calomniés; ils ont été jugés sans avoir été entendus; ils viennent vous demander justice. Appelés par le peuple (Ici, Tallien se tourne du côté des tribunes, mais personne ne dit mot.), appelés par le peuple dans la nuit du 9 au 10 août pour sauver la patrie, ils ont dû faire ce qu'ils ont fait. Le peuple n'a pas limité leurs pouvoirs; il leur a dit : allez, agissez en mon nom, et j'approuverai tout ce que vous aurez fait. (En élevant la voix, Tallien s'écrie) : Nous vous le demandons, Messieurs, le Corps-Législatif n'a-t-il pas toujours été environné du respect des citoyens de Paris? Son enceinte n'a été souillée que par la présence du digne descendant de Louis XI et de l'émule de Médicis. Si ces tyrans vivent encore, n'est-ce pas au respect du peuple pour l'Assemblée nationale qu'ils en sont redevables? Vous avez applaudi vous-mêmes à toutes nos mesures.

» Vous êtes remontés par nous à la hauteur des représentans d'un peuple libre; c'est vous-mêmes qui nous avez donné le titre honorable de représentans de la Commune, et vous avez voulu communiquer directement avec nous. Tout ce que nous avons fait, le peuple l'a sanctionné. (Les applaudissemens partent des tribunes et encouragent Tallien dans son impertinence. Il continue). Ce n'est pas quelques factieux, comme on voudrait le faire accroire; c'est un million de citoyens. Interrogez les sur nous, et partout ils vous diront : Ils ont sauvé la patrie ! Si quelques-uns d'entre-nous ont pu prévariquer, nous demandons, au nom de la Commune, leur punition. Nous étions chargés de sauver la patrie ; nous l'avons juré, et nous avons cassé les juges de paix indignes de ce beau titre ; nous avons cassé une municipalité feuillantine. Nous n'avons donné aucun ordre contre la liberté des bons citoyens ; mais nous nous ferons tous gloire d'avoir sequestré les biens des émigrés; nous avons fait arrêter les conspirateurs, et nous les avons mis entre les mains des tribunaux pour leur salut et celui de l'État; nous avons chassé les moines et les religieux, pour mettre en vente les maisons qu'ils occupaient; nous avons proscrit les journaux incendiaires, ils corrompaient l'opinion publique; nous avons fait des visites domiciliaires. Qui nous les avait ordonnées? Vous!.... Les armes saisies chez les gens suspects, nous vous les apporterons pour les remettre entre les mains des défenseurs de la patrie; nous avons fait arrêter les prêtres perturbateurs; ils sont enfermés dans une maison particulière, et sous peu de jours le sol de la liberté sera purgé de leur présence. (Ah! quel terrible pronostic!) On nous accuse d'avoir désorganisé l'administration, et notamment celle des subsistances; mais à qui la faute? Les administrateurs eux-mêmes, où étaient-ils dans les jours de péril? La plupart n'ont point encore reparu à la Maison commune.

» La section des Lombards, continue Tallien, est venue réclamer contre nous, dans votre sein; mais le vœu d'une seule section n'anéantira point celui d'une majorité très-prononcée des autres sections de Paris. Hier, les citoyens, dans nos tribunes, nous ont encore reconnus pour leurs représentans; ils nous ont juré qu'ils nous conservaient leur confiance. Si vous nous frappez, frappez aussi le peuple qui a fait la révolution du 14 juillet, qui l'a consolidée le 10 août, et qui la maintiendra. Il est maintenant en assemblée primaire; il exerce sa

souveraineté; consultez-le, et qu'il prononce
sur notre sort.

» Vous nous avez entendu, dit Tallien en
terminant sa catilinaire et faisant un geste; pro-
noncez, nous sommes là. Les hommes du 10
août ne veulent que la justice, et qu'obéir à la
volonté du peuple. »

Ainsi parla Tallien aux députés de la nation,
avec une audace sans exemple. Mais à peine a-
t-il terminé ses menaces, ses invectives, que
Pétion fait signe à Manuel, qui était à sa droite,
de prendre à son tour la parole. Celui-ci,
homme dévoué à son maître, avance un pas et
dit : « Permettez-moi d'ajouter une seule réflexion : l'Assemblée nationale a rendu hier
deux décrets; par le premier, elle casse la
Commune provisoire; par le second, elle déclare que cette Commune a bien mérité de la
patrie. Les commissaires ont à se plaindre, ou
de l'un ou de l'autre. »

En ce moment, il se fait un silence continu
dans toute la salle. Les députés, d'un air étonné
et les yeux fixés sur Pétion et ses acolytes,
sont tous dans la stupeur, et pas un n'ose prendre la parole pour chasser les brigands; car,
quel autre nom donner à de pareils factieux ?
Cependant le président ne craint point de leur
adresser ces paroles :

« Toutes les autorités dérivent de la même
source. La loi dont elles émanent a fixé leurs
devoirs, leurs fonctions. La formation de la
Commune provisoire de Paris est contraire aux
lois existantes: elle est l'effet d'une crise ex-

traordinaire et nécessaire ; mais quand ces périlleuses circonstances sont passées , l'autorité
provisoire doit cesser avec elles.

» Voudriez-vous , Messieurs, continue le
président Lacroix, d'une voix forte, voudriez-
vous déshonorer la révolution, en donnant tout
l'empire du scandale à une Commune rebelle
à la volonté générale , à la loi? Paris est une
grande cité qui, par sa population et les nombreux établissemens nationaux qu'elle renferme,
réunit le plus d'avantages ; et que dirait la
France, si cette belle cité, investissant un conseil provisoire, d'une autorité dictatoriale, voulait s'isoler du reste de l'empire? si elle voulait
se soustraire aux lois communes à tous, et lut-
ter d'autorité avec l'Assemblée nationale? mais
Paris ne donnera point cet exemple. Un décret
a été rendu hier, l'Assemblée nationale a rempli
ses devoirs, vous remplirez les vôtres.

» Vous demandez le rapport d'un décret,
ajoute Lacroix ; elle examinera votre pétition :
vous devez tout attendre de sa justice. » (Il
quitte le fauteuil à ces mots.) Vergniaud le
remplace. Il est à peine assis dans sa chaise curule, que trois brigands armés entrent à la
barre, comme des furieux. La menace, la vengeance et la férocité sont peintes sur leurs figures ; les yeux hagards et rouges de colère,
l'un d'eux, se plaçant à côté de Pétion, prend
la parole en ces termes :

» Peuple des tribunes , Assemblée nationale, et vous, monsieur le Président, nous venons, au nom du peuple, qui attend à la porte,
demander à défiler dans la salle pour voir les

représentans de la Commune , qui sont ici.
Nous mourrons, ajoute le brigand, nous mourrons , s'il le faut, avec eux. » En prononçant
ces dernières paroles, le bandit jette les yeux
sur Pétion, Manuel et Tallien ; et leur dit :
« Nous sommes là ! nous vous défendrons ! malheur à celui qui oserait attenter à vos jours ,
à ceux des nobles représentans de la Commune
de Paris ! » Le brigand relève sa vue vers les
tribunes, puis porte les yeux sur toute l'Assemblée, avec un regard furieux, qui jette l'effroi parmi tous les députés, tremblans pour
les suites qu'ils redoutent. « Eh ! mon Dieu !
dit un membre avec une voix émue , ils ne sont
pas en danger, les commissaires de la Commune ; vous les voyez calmes comme nous. »
(Ici, le brigand fait un signe de tête , comme
pour remercier de la justice qu'on lui rend.)
Dans cette crise extrêmement alarmante , le
président , qui sait que trois cents autres brigands armés sont à la porte , et prêts à entrer au premier signal des chefs, ne sait que
répondre à ces bandits. Assis dans son fauteuil,
et troublé malgré lui, il promène ses regards
sur tous les députés, semble leur demander ce
qu'il doit dire. Il se fait un silence de quelques minutes. Puis, reprenant courage , il
adresse ces mots aux pétitionnaires , d'une voix
peu assurée : « L'Assemblée nationale défendra
toujours les intérêts du peuple : ils seraient compromis, si l'on manquait de respect pour les
représentans de la nation tout entière. Elle
vous invite à aller dire à vos concitoyens,
qu'elle maintiendra également la liberté du

peuple et le respect dû aux autorités constituées.»

Nouveau silence, nouvelle stupeur, quelques minutes s'écoulent encore, et personne n'ose prendre la parole. Le député Lacroix, plus hardi que ses collègues, leur adresse enfin ces mots : « Nous nous occupons de la vente des biens des émigrés; et il est instant de terminer ce travail ; le peuple, en défilant, nous ferait perdre un temps précieux. Je demande qu'il choisisse vingt personnes seulement, qui auront les honneurs de la séance.

» Quoi! répond le chef des bandits, le peuple est libre, et on lui ôte sa liberté! — Je demande, reprend Lacroix, si nous sommes libres, nous ? » — Les trois bandits, sans rien dire de plus, sortent de la barre et disparaissent. Manuel s'apercevant des menaces qu'ils font en se retirant, quitte la barre aussi, et sort après eux. Quelques instans s'écoulent encore : on ne sait ce que cela va devenir. Un moment après ; Manuel reparaît : « Messieurs, dit-il aux députés, qui s'attendaient à une scène fâcheuse, Messieurs, il était de mon devoir de me transporter à l'endroit où l'on pouvait croire qu'il y avait un rassemblement. Je n'y ai trouvé que les trois ou quatre coupables pétitionnaires qui viennent de paraître à la barre ; je les ai fait mettre en état d'arrestation. »

Cette fanfaronnade de Manuel, qui n'était rien qu'un mensonge le plus adroit pour rassurer les députés, de la terreur panique, fut cependant applaudi à trois reprises ; mais on n'ignorait point que c'était une ruse adroite de ce procureur de la Commune. Ah ! que ne

faisaient point les municipaux pour se perpétuer dans le despotisme ! Enfin, pour terminer
ce drame qui achevait d'avilir le Corps-Législatif, le président répond à Manuel que l'Assemblée nationale était satisfaite de la nouvelle
preuve de zèle qu'il venait de lui donner.

Ainsi se termina la séance de l'Assemblée
nationale du 31 août, à quatre heures après
midi, par la peur des uns, et par la violence
des autres. Les municipaux quittent la salle en
triomphe. Les députés en font de même, et
tout rentre dans l'ordre momentané. Mais,
comme je l'ai dit, de grands malheurs s'amon-
cèlent sur Paris; et, dans deux jours, le sang
des Français ruisselera dans les rues de la capitale. En attendant cette terrible crise, comme
l'Assemblée nationale, je suspens aussi ma
séance.

ONZIÈME SÉANCE.

Je disais hier, Messieurs, en terminant ma séance, je disais que de grands malheurs s'amoncelaient sur Paris, et que dans deux jours le sang français ruisselerait dans la capitale. Hélas! ces jours d'alarmes sont arrivés! ils sont arrivés ces jours affreux, où quelques Français armés contre les Français, vont égorger leurs frères, leurs parens, leurs amis! ils sont arrivés ces jours de désastre, où une Commune rebelle, ramas impur de bandits, sans mœurs et sans foi, malgré les lois du Corps-Législatif, malgré toutes les lois du monde, va perpétuer ses pouvoirs terribles et dictatoriaux! Oui, Messieurs, nous sommes arrivés à ces terribles événemens qui amenèrent la servitude du peuple, par le despotisme de quelques hommes qui se disaient les protecteurs du peuple.

Après avoir menacé, provoqué, insulté l'Assemblée nationale, Pétion, Manuel, Tallien et leur bande, reviennent à l'Hôtel-de-Ville en triomphe où les attend le fameux comité d'insurrection qui aiguise les poignards des brigands. A huit heures du soir, tous les municipaux se

rendent à l'Hôtel-de-Ville ; la séance de leur
Assemblée s'ouvre, on y discute, on délibère
sur les moyens de *sauver la patrie*. «L'ennemi
s'avance vers la Champagne, disent-ils dans
leur fureur; opposons à l'ennemi tout ce que
la France a de force et de moyens pour l'arrêter
dans sa marche. » Le fameux comité d'insurrection où sont réunis les Robespierre, les Marat,
les Danton, Camille-Desmoulins, Manuel,
Tallien et autres chefs, prennent des mesures les
plus terribles pour *déblayer les prisons* et anéantir d'un seul coup les malheureux Français qui y
sont entassés les uns sur les autres. Je n'approfon-
dirai point les projets sinistres de ces chefs de bandes, je ne retracerai point les débats et les propositions qui eurent lieu dans cet antre du crime pour
mettre à exécution leurs projets sanguinaires,
je n'en dirai que deux mots. Marat, l'infame
Marat, était un de ceux qui prêchaient avec plus
de rage la mort des nobles Français qu'il signa-
lait comme les ennemis les plus opposés, disait-
il, à la liberté du peuple. La journée du 31 août
se passe tout entière en délibérations et en discussions orageuses; l'autorité de l'Hôtel-de-
Ville dispute plus que jamais l'autorité à l'Assemblée nationale; si l'une rend des décrets,
l'autre prend des arrêtés; ainsi l'une et l'autre
contre-balancent leurs pouvoirs pour le malheur de la nation.

Enfin arrive le 1er de septembre ; oh ! pour
cette journée, Messieurs, elle sert à préluder
les plus funestes événemens. « De grands malheurs se promèneront dans Paris, a dit un municipal à la barre de l'Assemblée nationale.» —

» Nous avons fait arrêter les prêtres perturbateurs, a déclaré Tallien dans sa catilinaire ; ils
sont enfermés dans une maison particulière, et
sous peu de jours le sol de la liberté sera purgé
de leur présence. » Hélas ! ces pronostics effrayans sont à la veille de leur exécution. Les nouvelles du nord arrivent, elles sont alarmantes ;
on se les raconte avec mystère : Longwi est pris,
Verdun et Thionville sont assiégés. L'ennemi
avance, se dit-on avec effroi, et le silence règne
de toutes parts ; l'inquiétude, la tourmente et
les regards sinistres des chefs de parti glacent
l'âme de tous les citoyens ; il semble qu'un
crêpe funèbre s'étend sur cette grande ville
qu'on nomme Paris. On va, on vient, on se regarde, on se questionne encore, et le silence le
plus profond continue de régner parmi les citoyens. Des bruits sinistres se répandent de nouveau avec mystère : on se les raconte avec inquiétude ; la crainte succède à la crainte. Le citoyen
paisible se retire dans ses foyers ; les femmes,
les enfans, questionnent leur mari, leur père,
et le chef de famille garde le silence.

Dans le cours de la nuit qui précède le bouleversement de Paris, le comité insurrectionnel
discute dans les ténèbres les mesures de carnage
qu'il médite depuis plusieurs mois ; et ces mesures terribles sont ainsi conçues : « La ville de
Longwi est prise, dit Marat, Verdun et Thionville sont peut-être aussi au pouvoir des Prussiens. C'est le moment de combattre nos ennemis, ajoute le maniaque, ils sont aux frontières,
ils sont à Paris. Sauvons la patrie ! répète ce brigand, sauvons nos têtes, elles sont à prix ; point

de délai. » On délibère pendant plus de deux heures ; et le placard suivant, rédigé par Tallien, fait un appel aux assassins. Il est affiché le lendemain matin dans tout Paris, et commence par ces mots ainsi figurés :

» Aux armes !.... citoyens ! .... aux armes ! l'ennemi est à nos portes !

» Le procureur de la Commune ayant annoncé les dangers pressans de la patrie, les trahisons dont nous sommes menacés ; l'état de dénuement de la ville de Verdun, assiégée en ce moment par les ennemis, qui, avant huit jours, sera peut-être en leur pouvoir ;

» Le conseil arrête :

» 1°. Les barrières seront à l'instant fermées.

» 2°. Tous les chevaux en état de servir à ceux qui se rendent aux frontières, seront sur-le-champ arrêtés.

» 3°. Tous les citoyens se tiendront prêts à marcher au premier signal.

» 4°. Tous les citoyens qui, par leur âge ou leurs infirmités, ne peuvent marcher en ce moment, déposeront leurs armes à leur section, et on armera ceux des citoyens peu fortunés qui se destineront à voler sur les frontières.

» 5°. Tous les hommes suspects, ou ceux qui, par leur lâcheté, refuseraient de marcher, seront à l'instant désarmés.

» 6°. Vingt-quatre commissaires se rendront sur-le-champ aux armées pour leur annoncer cette résolution ; et dans les départemens voisins, pour inviter les citoyens à se réunir à leurs frères de Paris, et marcher ensemble à l'ennemi.

» 7°. Le comité militaire sera permanent; il se réunira à la Maison-Commune, dans la salle ci-devant de la reine.

» 8°. Le canon d'alarme sera tiré à l'instant; la générale sera battue dans toutes les sections pour annoncer aux citoyens les dangers de la patrie.

» 9°. L'Assemblée nationale, le pouvoir exécutif provisoire, seront prévenus de cet arrêté.

» 10°. Les membres du conseil-général se rendront sur-le-champ dans leurs sections respectives, y annonceront les dispositions du présent arrêté, y peindront avec énergie à leurs concitoyens les dangers éminens de la patrie, les trahisons dont nous sommes environnés ou menacés; ils leur représenteront avec force la liberté menacée, le territoire français envahi; ils leur feront sentir que le retour à l'esclavage le plus ignominieux est le but de toutes les démarches de nos ennemis, et que nous devons, plutôt que de le souffrir, nous ensevelir sous les ruines de notre patrie, et ne livrer nos villes que lorsqu'elles ne seront plus qu'un monceau de cendres.

» 11°. Le présent arrêté sera sur-le-champ imprimé, publié et affiché. »

Signé HUGUENIN, *président;* TALLIEN, *secrétaire-greffier.*

Ce cri *aux armes*, affiché à sept heures du

matin à tous les coins de rue et sur toutes les
places publiques, donne le signal à tous les assassins : le peuple inquiet se groupe de toutes
parts et lit ce terrible placard ; il croit déjà voir
l'ennemi sur les hauteurs de Montmartre et de
Ménil-Montant. A midi, la terreur devient inexprimable, la générale bat dans les rues, le tocsin sonne dans les églises, le canon d'alarme
se fait entendre, les barrières sont fermées. Puis
on proclame les dangers de la patrie ; mais la
pièce de canon de quarante-huit, tirée dessus
le tertre du Pont-Neuf, achève de remplir de
terreur tous les citoyens de cette ville immense.
On court, on s'agite, on se regarde avec défiance,
l'effroi se fait remarquer sur toutes les figures,
et peu s'en faut qu'on ne se croie à sa dernière
heure. L'ennemi est à nos portes, crient les forcenés révolutionnaires en agitant leurs armes ;
il est à nos portes, répètent d'autres brigands qui
marchent par bandes dans les rues, en menaçant ceux qui refusent de prendre part aux prétendus dangers de la patrie ; dans tous les quartiers de Paris la canaille court, crie et prend
les armes partout où elle en trouve. Dieu ! quelle
agitation ! quel effroi se manifeste ! le citoyen
paisible, la mort dans l'âme, se cache dans ses
foyers et tremble pour sa famille, pour ses amis,
pour lui-même. Tous les mouvemens sinistres
partent de l'Hôtel-de-Ville, comme la foudre
d'un nuage orageux. A deux heures après midi,
les brigands aux gages de la Commune, comme
des loups dévorans altérés de carnage, ivres de
vin et de liqueurs, armés de sabres, de piques,
de pistolets et de baïonnettes, se réunissent

à la place de Grève, en chantant, en hurlant
l'air de la *Marseillaise*, et là reçoivent le signal
du départ, parti d'une voix enrouée ; ils marchent, courent comme des furieux, arrivent aux
prisons et demandent, aux cris de *vive la nation*,
qu'on leur livre les prisonniers, et le massacre
commence !........ Passons sur ces scènes
affreuses qui font frémir l'humanité, et voyons
ce que va faire l'Assemblée nationale et le pouvoir exécutif informés de toutes ces horreurs.

Vous vous attendez, Messieurs, à des
mesures repressives contre les brigands par
les autorités? Oh, détrompez-vous! la Commune de Paris avait mis une barrière si forte
entre elle et l'Assemblée nationale, que rien
au monde ne put rompre cette barrière ; elle
avait déclaré qu'elle voulait sauver la patrie,
et elle fait tout pour la perdre à jamais. Ces
assassinats ayant commencé en plein jour,
et presque sous les yeux des députés, on me
demandera ce que fit le sénat pour arrêter tous
ces crimes? Hélas! Messieurs, le sénat ne fit
rien, absolument rien. La saine partie des législateurs, comme les citoyens de Paris, crurent
aussi être arrivés à leur dernière heure. Mais
que fit le pouvoir exécutif dans cette crise
épouvantable? Hélas! le pouvoir exécutif,
comme l'Assemblée nationale, ne fit rien non
plus? Eh! que fit la force armée? elle fut sans
vigueur, sans énergie, sans recevoir le commandement de prendre les armes. Que firent donc les autorités constituées? elles demeurèrent immobiles
et en silence, comme glacées d'effroi.—Quoi!
Monsieur, me dirent les trois fils de M. de Va-

ricourt, par un mouvement d'horreur, l'Assemblée nationale ne sut donc point arrêter les bras
des assassins et punir les chefs ? c'étaient donc
des hommes sans entrailles que ces députés ? ils
n'avaient donc point de parens, point d'amis,
point de patrie à sauver ? — Vous parlez bien à
votre aise, leur répondis-je, mes jeunes amis,
il faut se reporter à ces temps affreux. L'Assemblée nationale était divisée entre elle par esprit de parti, par opinions diverses ; plusieurs
députés prenaient part à ces actes sanglans du
crime ; les autres n'étaient que des trembleurs,
n'avaient pas assez de courage pour leur résister, et le mal était arrivé au comble. Ecoutez
en frémissant la suite de mes douloureux
récits.

Danton, ministre de la justice, logé dans l'hôtel de la Chancellerie, place Louis-le-Grand, et
appelé à cette place par les conjurés, fut un de
ceux qui mit le plus d'acharnement à faire exécuter le plan des factieux. Comme ministre du
sceau, comme chef de la justice provisoire (car
en ce moment tout n'était que provisoire), il
manda dans son hôtel ses complices de la Commune ; et là, tous réunis, ils arrêtèrent que le
même jour, à la même heure, dans toute la
France, tous les détenus seraient massacrés
comme ennemis de l'Etat. Cet homme immoral,
sans âme et sans entrailles, expédia dans toute
la France, par des couriers extraordinaires,
les arrêtés de la Commune et surtout cette fameuse circulaire qui donna le signal à tous les
brigands.

Pour faciliter à Paris l'exécution de ces actes

monstrueux et d'inhumanité, Danton convoque
à la mairie, les ministres, les présidens de section et les chefs des autorités civiles et militaires, dans l'intention, leur dit-il, de prendre
de grandes mesures et sauver la patrie. Mais
cette réunion des autorités dans un seul et même
lieu, avait un but, et ce but consistait à tenir
en charte privée tous les chefs militaires qui
auraient pu arrêter ou prendre des mesures
contre les brigands. Le 2 septembre à onze heures
du matin, les convoqués se rendent à l'hôtel
de la mairie sur le quai des Orfèvres, aujour-
d'hui le siége de la Préfecture de police. Là,
entourés d'une nombreuse infanterie et de cavalerie avec six pièces de canon qui gardent les issues,
Danton, Marat, Robespierre, Manuel, Tallien,
enfin tous les chefs du comité d'insurrection
s'y rendent et paraissent les uns après les autres
au milieu de cette Assemblée. Danton, comme
l'ange exterminateur, arrive tout-à-coup au milieu de la multitude et leur annonce que la
séance va s'ouvrir. « La patrie est en danger,
leur dit-il d'une voix de tonnerre ; elle est prête
à s'engloutir dans les abîmes, il faut la sauver
du naufrage. »— Oui, oui, répète-t-on de toutes
parts, il faut la sauver. Après son discours, que
j'abrège, il disparaît. Vient ensuite Marat; cet
avorton de la nature, ce monstre à figure humaine déclame de toute la force de ses poumons.
« La patrie est en danger, s'écrie-t-il avec fureur et en gesticulant comme un maniaque, elle
est en danger ! » Et pour la sauver d'une perte
infaillible, il déclare : « Qu'il nous faut cent
mille têtes ! point de quartier à nos ennemis ! »

Après avoir péroré en cannibale pendant plus d'une heure, Marat se retire gonflé d'orgueil et de venin. Manuel lui succède, puis l'infâme Robespierre, puis Tallien, enfin tous les chefs paraissent tour-à-tour et tiennent des discours dignes de la barbarie des peuples les plus sauvages. Quelques heures s'écoulent; et tandis qu'on retient enfermé à la mairie tous les chefs des autorités civiles et militaires, les brigands exécutent les ordres de la Commune. La journée se passe ainsi tout entière sans prendre aucune mesure pour sauver cette malheureuse patrie que tant d'hypocrites, couverts de sang, affectent de vouloir défendre; hélas! elle n'était que trop en danger. A deux heures du matin cette Assemblée se dissout sans avoir rien décidé; la plupart d'entre eux n'apprennent le massacre des prisons qu'à leur sortie. Tels furent les moyens qu'employèrent les chefs de la Commune pour faire égorger leurs ennemis, qui étaient les prêtres et les nobles, dont ils voulaient se débarrasser à tel prix que ce fût..... Mais voyons ce qui se passe à l'Assemblée nationale tandis que le sang coule à longs flots dans Paris. Revenons à la journée du 31 août.

Après avoir été insulté, menacé, provoqué, par une minorité de quelques hommes qui se disent représentans de la Commune et les défenseurs du peuple, le Corps-Législatif n'eut plus qu'à courber sa tête sous le despotisme de ces vils brigands; le président des municipaux, Huguenin, accompagné de Tallien, paraît à la barre pour répondre au décret qui l'y mandait, et dit d'une voix ferme : « Nous n'avons connu

votre décret que par les papiers publics. A l'é-
gard du fait pour lequel nous sommes mandés,
le secrétaire-greffier va vous l'exposer. » Et Tallien prend la parole : « Vous avez ordonné, dit-
il, que les citoyens qui auraient des armes,
marcheraient aux frontières, ou donneraient
leurs armes à ceux qui marcheraient. Eh bien, la
Commune a cru qu'il fallait d'abord ôter celles
des signataires des pétitions anti-populaires (1).
Cette mesure a été traversée par l'éditeur du
Patriote français, qui a dit dans un de ses nu-
méros, qu'on allait faire des visites domiciliaires,
et désarmer les citoyens. La Commune l'a mandé
à sa barre ; il a refusé de s'y rendre, en prétendant
qu'elle n'avait pas le droit de l'y mander. L'intention de la Commune était de s'éclaircir du
fait, afin de poursuivre la calomnie, si c'en était
une, ou de prier l'éditeur de se rectifier, si
c'était une erreur. »

Tels furent les faibles éclaircissemens que
Tallien donna, avec ironie, aux représentans de
la nation, que ceux-ci écoutèrent avec le plus
grand calme, car quel est celui des représentans qui aurait osé prendre la parole pour lui
répondre ? Toute soumise et toute respectueuse,
l'Assemblée, en courbant sa tête, par l'organe
de son président, leur accorde les honneurs de la
séance, que ceux ci ne daignèrent pas accepter.
Tallien faisant une pirouette, entraîne son collègue et se retire. Aussitôt, l'Assemblée lève

_____

(1) C'est-à-dire ceux qui avaient signé les pétitions
des dix mille et vingt mille, en faveur de la constitution et du roi.

sa séance. Ainsi se termina la journée du 31
août, à onze heures du soir.

Le lendemain, 1er septembre, l'Assemblée
nationale retomba encore, et plus que jamais,
dans le chaos. Les nouvelles du nord et de l'est,
qui arrivaient coup sur coup à Paris, redonna
aux Jacobins et à tous les factieux à bonnet
rouge, une rage qu'il était impossible de prévoir. Le calme apparent qui régnait de tous
côtés, les mouvemens qui se manifestaient par
une sombre méfiance, et les regards sinistres
des chefs semblaient, comme je l'ai déjà dit,
annoncer un terrible orage qui allait éclater de
toutes parts. L'Assemblée nationale venait de
rendre un décret par lequel elle déclare que
sitôt que la ville de Longwi serait rentrée au
pouvoir de la nation française, toutes les maisons, à l'exception des maisons et édifices nationaux, seraient détruites et rasées, et ordonne
au pouvoir exécutif de faire traduire devant une
cour martiale le commandant Lavergne, ainsi
que la garnison. Dieu ! quelle étrange mesure
répressive envers des malheureux qui n'avaient
pas pu mourir les armes à la main, ou s'ensevelir sous les décombres de leurs maisons !
Aussi nos Jacobins, gouverneurs de la France,
ne voulaient-ils pas de moindre mesure pour
assurer leurs pouvoirs ; car s'ils succombaient
dans cette terrible lutte, ils appréhendaient l'é-
chafaud qu'ils méritaient si justement.

Les commissaires de l'Assemblée nationale,
ainsi que ceux de la Commune de Paris, répandus sur toutes les frontières, car chacune
d'elles avait ses agens partout, donnaient des

nouvelles peu rassurantes à leurs amis de la capitale. Ceux du département de la Meuse, qui
étaient toujours très-loin derrière les armées,
dans la crainte de s'exposer aux dangers, écrivent qu'ils ont appris le siége de Verdun, et
que cette nouvelle leur a été confirmée par des
gendarmes nationaux qui n'ont pu y pénétrer,
et qui même ont été poursuivis. Cette nouvelle,
ajoute le député, est d'hier 31 août. Comme
vous voyez, elle est d'une fraîche date. D'autres nouvelles non moins affligeantes sont com-
muniquées par le ministre de l'intérieur. Il dit
à l'Assemblée que plusieurs émeutes populaires
ont eu lieu dans beaucoup d'endroits, à cause des
subsistances. « Elles sont, ajoute-t-il, excitées
par des agitateurs qui veulent faire servir le
peuple d'instrument à leurs desseins pervers. »
Mais d'autres commissaires rassurent l'Assemblée par de plus heureuses nouvelles. « Les registres d'inscriptions volontaires ont été ouverts
dans les départemens de l'intérieur, écrivent
Jean Debry et Merlin; ils se remplissent avec
ardeur; ceux qui ne peuvent s'enrôler, contri-
buent pour l'entretien des volontaires inscrits.
Deux vicaires, ajoutent-ils, ont oublié qu'ils
étaient prêtres, pour se souvenir qu'ils étaient
citoyens; ils volent aux frontières. Dans le département de l'Oise, continuent les deux commissaires, on a commandé pour l'armée neuf
cents chevaux de carosse, trois cents voitures
et trois cents conducteurs. Tous les chevaux de
carosse et de selle des émigrés seront employés. Enfin, écrivent d'autres commissaires,
outre les chevaux, les veaux, les vaches et les

moutons, partent aussi pour la frontière. »

Dans ces momens d'alarme et de terreur, les mouvemens dans toute la France deviennent étonnans ; c'est à qui fera les propositions les plus extraordinaires. Les uns demandent la levée, à l'instant, d'une armée de six cent mille hommes ; un autre, que toute la nation se lève en masse et aille combattre l'ennemi ; un autre, qu'on renverse toutes les grilles des palais, des châteaux, et qu'on les convertisse en piques.

« Verdun est assiégé, dit Thuriot avec effroi. Il s'agit de savoir si une armée est là pour empêcher l'ennemi de triompher. Si nos armées ne sont pas assez fortes, il faut prendre des mesures pour que tous les citoyens s'arment et marchent à l'ennemi. Mais afin d'opérer, il faut assurer l'état des corps administratifs. En 1789, les électeurs de Paris étaient de trois cents ; ils n'avaient à s'occuper que des trames du château ; aujourd'hui, la Commune aura des travaux immenses à faire ; il faut donc augmenter la représentation de la ville de Paris ; elle doit être portée à trois cents personnes. La municipalité a bien repris l'exercice de ses fonctions, mais elle est insuffisante ; le conseil-général est également insuffisant. Je pense qu'on pourrait concilier les mesures qu'exigent les besoins avec le décret déjà rendu, en adoptant celui que j'ai l'honneur de vous présenter. »

Après bien des considérans sur les dangers de la patrie, Thuriot expose un projet de décret pour l'augmentation des membres de la Commune de Paris, qu'il porte à 288, non compris les officiers municipaux, le maire, le procureur de la Commune et ses substituts, etc.

A la fin de son projet de décret, Thuriot se
constitue le défenseur des municipaux qui, en
ce moment, jouent l'Assemblée nationale et
la nation tout entière. « On a reproché, dit-il,
aux commissaires de la Commune d'avoir dé-
pensé deux mille francs pour des écharpes ;
mais on n'a pas dit qu'ils avaient décidé de rétablir cette somme en payant chacun son écharpe.
On a osé dire encore que la Commune avait dé-
pensé cent seize millions. Cela est faux, tout
est faux ! crie-t-il de toutes ses forces. Les dépenses, dans les quatre années de la révolution, ont été de soixante millions. Je demande
donc qu'on délibère sur-le-champ sur le projet
de décret que j'ai présenté. »

Bientôt les projets de Thuriot et tous les discours pour et contre les officiers municipaux
sont paralysés par la terreur de ces mêmes officiers municipaux. Dès que la Commune de
Paris eut fait placarder dans toutes les rues son
épouvantable arrêté de massacre, elle vient à
la barre annoncer que des commissaires étaient
chargés de publier à l'instant la proclamation
suivante, conçue en ces termes : (Il en donne
lecture à l'Assemblée nationale.)

« Citoyens, l'ennemi est aux portes de Paris.
Verdun, qui l'arrête, ne peut tenir que huit
jours. Les citoyens qui le défendent ont juré
de mourir plutôt que de se rendre ; c'est vous
dire qu'ils vous font un rempart de leurs corps.
Il est de votre devoir de voler à leur secours.
Citoyens, marchez à l'instant sous vos drapeaux ; allons nous réunir au Champ-de-Mars ;

11*

qu'une armée de soixante mille hommes s'y forme à l'instant. Allons expirer sous les coups de l'ennemi, ou l'exterminer sous les nôtres. »

Tudieu! m'écriai-je en moi-même (j'étais présent à l'Assemblée), tudieu! quelle affectation de courage, me disais-je en entendant la lecture de cette proclamation qui épouvantait tous les députés, toutes les tribunes, tous les Parisiens et jusqu'aux enfans, qui demandaient à leurs mères si les Prussiens allaient les manger; car les rues de Paris étaient si engorgées par la foule, si tumultueuses, qu'on aurait dit que les Prussiens et les Autrichiens étaient aux portes Saint-Martin et de Saint-Denis. Mais, selon le système des municipaux, il fallait bien entraîner tous les Parisiens à courir aux armes pour se porter aux frontières et fortifier les plaines de la Chapelle, de la Villette et de Pantin, et bouleverser toutes les propriétés de ces pauvres habitans, qu'on voulait ruiner sous prétexte de les défendre.

Pour achever de donner l'élan patriotique aux Parisiens, Vergniaud prend la parole et dit avec son éloquence ordinaire, en exposant avec énergie la nécessité d'une mesure grande et décisive : « Combien il est important que Paris se montre dans toute sa grandeur! combien seraient dangereuses en ce moment les terreurs paniques que des émissaires de la contre-révolution voudraient inspirer au peuple! Elles paralyseraient notre force, tandis que si nous marchons avec courage au-devant de l'ennemi, et si nous lui opposons un front menaçant, il se trouvera inévitablement cerné, coupé, taillé en pièces, dès ses premiers pas sur la terre de

la liberté. C'est aujourd'hui que le peuple de
Paris doit montrer pour les combats, l'ardeur
que lui inspiraient naguère ses fêtes civiques.
Où sont les bêches et les pioches qui ont élevé
l'autel de la fédération? Les citoyens ne mon-
treraient-ils pas autant d'empressement à cons-
truire un camp qu'à élever les gradins d'une
fête? Je demande que l'Assemblée nomme
chaque jour douze commissaires, non pour
exhorter les citoyens, mais pour piocher eux-
mêmes, pour concourir aux travaux du camp. »

Ces paroles, qui, en ce moment, n'étaient
pas celles d'un lâche, donnent à toute l'Assemblée et aux tribunes un courage presque invincible, et excitent le plus vif enthousiasme :
tous les députés se lèvent en même temps et
déclarent qu'ils iront, chacun à leur tour, piocher la terre, faire des retranchemens dans la
plaine des Vertus, pour arrêter l'ennemi s'il ose
venir jusque-là : et la motion de Vergniaud est
décrétée.

Les couriers, qui arrivaient d'heure en heure
et n'apportaient que de mauvaises nouvelles,
donnaient aux Parisiens une terreur panique,
qu'il était impossible de surmonter. En ce moment, en arrive un extraordinaire, qui annonce
qu'il avait entendu une canonnade auprès de
Verdun, mais que les habitans des campagnes,
loin de se laisser abattre par le découragement,
s'armaient de fusils, de hâches, etc., et se réu-
nissaient pour marcher à l'ennemi.

De temps à autre, le ministre de la guerre,
qui en sait plus que personne et qui ne veut
pas trop épouvanter les Parisiens, donne aux

députés des bulletins un peu rassurans. Le général Dumouriez, dit-il, s'occupe avec une
grande ardeur de mettre en défense les gorges
du Clermontois. M. de Biron, ajoute-t-il, a envoyé dix mille hommes qui doivent être rendus le 3 septembre à l'armée du général Kellermann, et il organise un second corps de
quinze mille hommes, à la tête duquel il doit
se porter sur Châlons. Enfin, au milieu de tout
cela, l'Assemblée nationale, vivement alarmée,
rend décrets sur décrets ; et sur la proposition
du ministre de la justice, elle décrète la peine
de mort contre toute personne armée qui, re-
quise, ne voudra pas marcher, ou refusera de
donner son fusil à un citoyen pour le remplacer.
— Tous ceux qui apporteront des obstacles directement ou indirectement aux opérations du
pouvoir exécutif national seront punis de la
même peine.

« En vain crions-nous *vive la nation ! vive la
liberté !* dit le député Lasource, en terminant
une motion d'ordre, nous ne sauvons ni l'une
ni l'autre. Agissons, marchons, parlons au
peuple ; il faut battre la générale dans l'opinion
publique. — Oui, oui, dit un autre député,
il faut encourager le peuple par des paroles, et
lui montrer les dangers qui le menacent de
toutes parts, s'il ne prend les armes dans le plus
bref délai. » Il dit, et une députation de la
Commune lui coupe la parole. Deux municipaux entrent à la barre et annoncent que le
tocsin serait sonné à l'instant dans Paris (il était
midi précis), que le canon d'alarme serait
tiré, et on venait d'en entendre la détonation,

car tout était calculé; que tous les citoyens patriotes de Paris et des départemens circonvoi-
sins, étaient invités à se réunir au Champ-de-
Mars pour marcher à l'ennemi; que le conseil
avait en même temps des commissaires sur la
route de Paris à Châlons, pour inviter les citoyens à se réunir à ceux qui partiront de
Paris.

Au bruit du canon d'alarme qui se fait entendre, et qui glace l'âme de tous les Parisiens,
Vergniaud reprend : « C'est aujourd'hui que
Paris doit vraiment se montrer dans toute sa
grandeur. Oui, dit-il avec force, je reconnais
son courage à la démarche qu'il vient de faire ;
et maintenant on peut dire que la patrie est
sauvée. Depuis plusieurs jours l'ennemi a fait
des progrès, et nous n'avons qu'une seule
crainte, c'est que les citoyens de Paris se mon-
trassent, par un zèle mal entendu, plus occupés à faire des motions et des pétitions, qu'à
repousser l'ennemi extérieur. Aujourd'hui ils
ont connu les vrais dangers de la patrie, nous
ne craignons plus rien. Il paraît que le plan de
nos ennemis est de se porter sur Paris en laissant derrière eux les places fortes et nos armées; or, cette marche sera de leur part la
plus insigne folie, et pour nous le projet le plus
salutaire, si Paris exécute les grands projets
qu'il a conçus. » Après avoir déclamé contre les
armées des puissances étrangères, Vergniaud
reprend : « Que Paris déploie donc aujourd'hui
une grande énergie; qu'il résiste à ses terreurs
paniques, et la victoire couronnera bientôt nos
efforts. Les hommes du 14 juillet et du 10 août,

c'est vous que j'invoque; oui, l'Assemblée nationale peut compter sur votre courage!.....
(Puis par exclamation) Pourquoi les retranchemens du camp qui est sous les remparts de cette cité, ne sont-ils pas plus avancés? Où sont les bêches, les pioches et tous les instrumens qui ont élevé l'autel de la fédération, et nivelé le Champ-de-Mars, etc., etc. »

Tous les députés patriotes, à l'envi les uns des autres, font des propositions les plus gigantesques pour électriser toute la nation, et enflammer leur patriotisme, et le porter au plus haut degré d'effervescence. Les ministres arrivent à la barre et présentent des mesures les plus sévères contre les ennemis de l'État. Roland ne voit que des conspirateurs; Servan, que des couriers qui lui apportent de mauvaises nouvelles; Danton, que des Français qu'il faut égorger. « Oui, dit ce bourreau de son pays, en terminant sa harangue, il est bien satisfaisant, Messieurs, pour les ministres du peuple libre, d'avoir à lui annoncer que la patrie va être sauvée. Tout s'émeut, tout s'ébranle, tout brûle de combattre; le tocsin qu'on va sonner n'est point un signal d'alarme, c'est la charge sur les ennemis de la patrie; et, pour les vaincre, Messieurs, il nous faut de l'audace, encore de l'audace, toujours de l'audace, et la France est sauvée. »

Cet homme qui, comme je vous l'ai dit, avait organisé, dès le matin, les mouvemens des bandes assassines; et retenu en charte privée tous les chefs de la garde nationale et les présidens des autorités, qui auraient pu arrêter le carnage, venait, par des discours et des phrases, amuser les députés sur l'élan national, pendant que les municipaux guidaient aux prisons les brigands, les assassins du peuple. Il y avait, Messieurs, plus d'une heure que le sang coulait, lorsque ce misérable se présente à l'Assemblée nationale. Enfin, les députés sont instruits de ce qui se passe aux prisons, par ceux mêmes qui donnent le signal du meurtre. A sept heures du soir, deux officiers de la Commune arrivent à la barre, et annoncent qu'il se fait des rassemblemens autour des prisons, et que le peuple veut en enfoncer les portes. « Nous vous prions, dit l'orateur, de délibérer à l'instant sur cet objet, en observant que le peuple est à la porte, et qu'il attend votre décision. »

« Je demande, dit Bazire, que l'Assemblée envoie des commissaires pris dans son sein, pour parler au peuple et rétablir le calme. » Mais l'abbé Fauchet, qui sait quelque chose de ce qui se passe dans Paris, dit en tremblant que deux cents prêtres viennent d'être égorgés dans l'église des Carmes. Hélas! ce fait, qui n'est malheureusement que trop véritable, quoique les municipaux n'en disent rien, et en savaient plus que personne, répand un frissonnement d'horreur dans toute la salle. L'Assemblée nomme aussitôt des commissaires pacificateurs, et ces commissaires sont, Bazire, Dusaulx, François de Neufchâteau, Isnard, Lequinio et Andrieux. Ils partent aussitôt pour cette mission périlleuse. Les mouvemens d'effroi se communiquent de rue en rue, de maison en maison. Les alentours de l'Assemblée nationale deviennent un port de salut pour les amis de l'humanité, on s'y porte pour sauver sa vie. Mais ce port de salut n'est pas plus rassurant que tout autre. Une demi-heure s'écoule dans le silence, et on attend les nouvelles des missionnaires, qui bientôt reviennent avec la peur et la consternation peintes sur leur figure. « Oui, dit un garde national qui se présente à la barre, les commissaires de l'Assemblée n'ont pu parvenir à calmer le peuple, et déclarent qu'il faut que l'Assemblée prenne une autre mesure. »

Le garde national eut à peine fini de développer ses alarmes, que les commissaires rentrent dans la salle. « Les députés que vous avez envoyés pour calmer le peuple, dit Dusaulx, sont parvenus, avec beaucoup de peine, aux portes de l'Abbaye. Là, nous avons essayé de nous faire entendre; un de nous est monté sur une chaise; mais à peine eut-il prononcé quelques paroles, que sa voix fut couverte par des cris tumultueux. Un autre orateur, M. Bazire, a essayé de se faire entendre par un début adroit; mais, quand le peuple vit qu'il ne parlait pas selon ses vues, il le força de se taire. Chacun de nous parlait à ses voisins, à droite et à gauche; mais les intentions pacifiques de ceux qui nous écoutaient, ne pouvaient se communiquer à des milliers d'hommes rassemblés, nous nous sommes retirés, et les ténèbres ne nous ont pas permis de voir ce qui se passait. »

Ah! mes jeunes amis, si l'humanité commande l'humanité, si l'homme, dans la détresse, appelle à son secours son Dieu, et l'homme son semblable, chacun s'empresse à lui porter

aide et assistance par tous les moyens possibles ;
et souvent on expose sa vie pour arracher son
frère , son ami , son concitoyen , n'importe
quel qu'il soit, des portes du tombeau. Mais ici,
ah ! je n'ose le dire, je n'ose divulguer la lâcheté
d'un grand nombre de députés qui font tout le
contraire de ce qu'exigeait le bien de leur pays; qui
peuvent tout pour arracher à la mort leurs concitoyens ; qui pouvant requérir la force armée,
marcher à leur tête pour chasser les brigands ,
les assassins , ou mourir, s'il faut, pour le bien
de l'humanité, délibèrent froidement sur le
rapport de leurs collègues, passent à l'ordre du
jour , et s'occupent d'autre chose. Qui pourrait
croire à une pareille inhumanité , si tout Paris
n'en eût été témoin ? Six heures s'écoulent encore
dans cette coupable indifférence ; et les cris de
détresse continuent de se faire entendre : le
mal est à son comble, les voûtes de la salle retentissent et s'ébranlent aux accens plaintifs
des victimes qu'on immole pour la liberté. Ah !
périssent la liberté et ceux qui la proclament,
s'il faut élever le trône de cette déesse sur des
monceaux de cadavres humains !

A une heure du matin , la coupable Assemblée nationale , presque endormie au milieu
des cris des malheureux qu'on égorge sans pitié , se réveille enfin , et se contente seulement d'écrire aux municipaux, pour en recevoir des informations précises. A deux heures
et demie , trois ordonnateurs des massacres entrent à la barre , et l'un d'eux s'exprime en
ces termes (c'est le nommé Truchon qui portait la parole) :

» Messieurs, la plupart des prisons sont maintenant vides : environ quatre cents prisonniers ont péri. A la prison de la Force, où je me suis transporté, j'ai cru devoir faire sortir toutes les personnes détenues pour dettes ; j'en ai fait autant à Sainte-Pélagie. Revenu à la Commune, je me suis rappelé que j'avais oublié, à la prison de la Force, la partie où sont enfermées les femmes ; j'en ai fait sortir vingt-quatre. Nous avons principalement mis sous notre protection mademoiselle de Tourzelle et madame Sainte-Brice ; j'observe que cette dernière est enceinte. Pour notre propre sûreté, nous nous sommes retirés, car on nous menaçait aussi. Nous avons conduit ces deux dames à la section des Droits de l'homme, en attendant qu'on les juge (1). »

Après avoir débité aux législateurs cet affreux récit, qui fut écouté dans le plus terrible silence, Truchon se retire de côté. Tallien s'avance, et donne les détails suivans, qui font frémir :

« On s'est d'abord porté à l'Abbaye, dit ce misérable ; le peuple a demandé au gardien les registres. Les prisonniers détenus pour l'affaire du 10 août, et pour cause de fabrication

(1) Pourquoi, misérable, avoir abandonné aux assassins l'infortunée princesse de Lamballe? était-elle plus coupable que les deux dames que tu as enlevées aux brigands? méritait-elle un sort aussi funeste que celui que tu lui destinais? ton cœur de tigre était donc bien altéré de sang humain!.....(Voyez les Mémoires de cette princesse, en deux volumes in-12, qui se trouvent chez Lerouge, libraire.)

de faux assignats, ont péri sur-le-champ. Onze seulement ont été sauvés (2). Le conseil de la Commune a envoyé une députation pour s'opposer au massacre. Le procureur de la Commune (Manuel) s'est présenté le premier, et a employé tous les moyens que lui suggéraient son zèle et son humanité : il ne put rien gagner, et vit tomber à ses pieds plusieurs victimes; lui-même a couru des dangers, et on a été obligé de l'enlever, dans la crainte qu'il ne pérît victime de son zèle. De-là, le peuple s'est porté au Châtelet, où les prisonniers ont été immolés.

« A minuit environ, on s'est porté à la Force; nos commissaires s'y sont transportés, et n'ont pu rien gagner. Des députations se sont succédé, et, lorsque nous sommes partis pour nous rendre ici, une nouvelle députation

(1) M. de Saint-Méard, qui aujourd'hui est plein de santé, est du nombre de ceux qui échappèrent à la mort par le plus grand des hasards. Lorsqu'il parut devant le tribunal des assassins, il montra un courage au-dessus des forces humaines: la mort ne l'épouvanta point; d'un sang froid, et en même temps jovial, la croix de Saint-Louis à sa boutonnière, la tabatière d'or en main, il prend sa prise et en offre à ses bourreaux avec une tranquillité sans exemple. Ce caractère débonnaire désarma presque de suite les brigands. On lui fait des questions; mais ses réponses parurent si hardies et si franches, que l'huissier Maillard, qui présidait, en fut ému; consultant ses camarades, aussitôt ils crient *vive la nation !* Ce mot était le signal de grâce. M. de Saint-Méard obtint sa liberté et fut conduit à son hôtel par les assassins, qui ne le quittèrent que lorsqu'il fut en sûreté.

allait encore s'y rendre. L'ordre a été donné au
commandant-général d'y faire transporter des
détachemens ; mais le service des barrières exige
un si grand nombre d'hommes, qu'il ne reste
point à sa disposition assez de monde pour assurer le bon ordre. Nos commissaires ont fait
ce qu'ils ont pu pour empêcher l'hôtel de la
Force d'être pillé ; mais ils n'ont pu arrêter en
quelque sorte la juste vengeance du peuple :
car, nous devons le dire, ses coups ont tombé
sur des fabricateurs de faux assignats, qui étaient
là depuis fort long-temps. Ce qui a excité la
vengeance, c'est qu'il n'y avait là que des scélérats reconnus. »

Après le féroce Tallien, qui confirme l'attentat des municipaux, un autre commissaire
reprend, et c'est Guiraud : « On est allé à Bicêtre, avec sept pièces de canon, dit-il ; le
peuple, en exerçant sa vengeance, rendait aussi
la justice. Au Châtelet, plusieurs prisonniers
ont été élargis, au milieu des cris de *vive la nation*, et au cliquetis des armes ; les prisons du
palais sont absolument vides, et fort peu de
prisonniers ont échappé à la mort.

» Voici un autre fait important, ajoute Tallien : « Un homme vient de porter à la Commune
cinq louis en or, et quatre-vingt-trois francs
en argent blanc, frappés au nouveau coin. Il y
a un dépôt d'établi pour les divers effets trouvés
sur les prisonniers.

» Le peuple, sur le Pont-au-Change, ajoute
Guiraud, faisait la visite des cadavres, et déposait l'argent et porte-feuilles. Un homme,
pris volant un mouchoir a été tué. J'ai oublié

un fait important pour l'honneur du peuple, ajoute-t-il encore. Le peuple avait organisé, dans les prisons, un tribunal composé de douze personnes. D'après l'écrou, d'après diverses questions faites aux prisonniers ; les juges apposaient les mains sur sa tête, et disaient : « Croyez-vous que, dans notre conscience, nous puissions *élargir* monsieur ? » Ce mot *élargir* était sa condamnation ; quand on disait *oui*, l'accusé était lâché, et allait se précipiter sur les piques ; s'il était jugé innocent, les cris de *vive la nation!* se faisaient entendre, et on rendait à l'accusé sa liberté. »

Voilà les horreurs effroyables que Tallien et ses collègues débitèrent aux députés insensibles, et que ceux-ci écoutèrent, jusqu'à la fin, avec une indifférence révoltante. Tout en détaillant, confirmant, approuvant et justifiant ces assassinats, Tallien et les deux municipaux semblaient, en quelque sorte, avoir porté les premiers coups. Pour achever l'exécution de cette boucherie populaire, des membres de la Commune ne rougirent point de marcher à la tête des bandits. La troupe d'assassins qui se rendit à Bicêtre avec sept pièces de canon, était dirigée par deux hommes vêtus de noir ; arrivés dans la cour de cette prison, ils établissent leur prétendu tribunal sous les arbres ; et là, assis autour d'une table, les registres ouverts, ils appelèrent les prisonniers, les uns après les autres. La première victime qui tomba sous les coups des brigands, fut l'économe de la prison : telle est la conduite des municipaux qui se qualifiaient de représentans de la ville Paris.

Quelle nuit, Messieurs, que celle du 2 au 3
septembre 1792 ! quelle terreur dans Paris
éprouvèrent les honnêtes citoyens, qui, retirés
dans l'intérieur de leurs maisons, entendaient
les cris des victimes, et appréhendaient que les
brigands se portassent dans les demeures particulières qui annonçaient de l'opulence ; et tremblaient pour le Temple, où étaient renfermés
les membres de la famille royale, qui, d'un
moment à l'autre, pouvaient subir le sort des
victimes des prisons !

Enfin, divulguons à tous les peuples de la
terre la coupable indifférence des membres de
l'Assemblée nationale, qui, au milieu des crimes de lèse-majesté, délibèrent froidement, et
sur des objets insignifians ou d'une nature moins
pressante ; et en revenant à leur barre, les députations des assassins, fixent leur attention par
une seule victime : c'est un de leurs collègues, le
député Journeau, détenu à l'Abbaye, pour une
querelle particulière avec un autre député,
M. Grangeneuve. Ils trouvent moyen de l'enlever du milieu des brigands, et l'emmènent au
sénat, en triomphe, (ayant sur la poitrine un
placard, sur lequel était écrit le décret d'inviolabilité). Au bout de trente heures des plus affreuses calamités, c'est-à-dire depuis le dimanche, deux heures après midi, jusqu'au
lendemain huit heures du soir, l'Assemblée
nationale se réveille enfin, et Gensonné, au
nom de la commission extraordinaire, propose,
et l'Assemblée adopte le projet de décret suivant:

« L'Assemblée nationale, considérant que
l'un des plus grands dangers de la patrie est dans

le désordre et la confusion ; que, sûr de résister aux efforts de tous les ennemis qui se sont ligués contre lui, le peuple français ne peut se préparer des revers, qu'en se livrant aux excès du désespoir et aux fureurs de la plus déplorable anarchie ;

» Que l'instant où la sûreté des personnes et des propriétés serait méconnue, serait aussi celui où des haines particulières substituées à l'action de la loi, où l'esprit des factions remplaçant l'amour de la liberté, et la fureur des proscriptions se couvrant du masque d'un faux zèle, allumeraient bientôt, dans tout l'empire, les flambeaux de la guerre civile, nous livreraient sans défense aux attaques des satellites des tyrans, et exposeraient la France entière aux dangers d'une conflagration universelle ;

» Considérant que les représentans du peuple français n'auront pas vainement juré de maintenir la liberté et l'égalité, ou de mourir à leur poste ; qu'ils doivent compte à la nation de tous les efforts qu'ils auraient faits pour la conservation de ce précieux dépôt ; que la confiance générale dont ils sont investis est un sûr garant de l'empressement de tous les bons citoyens à se rallier à leur voix, et à se réunir à eux pour le salut de la patrie ;

» Considérant que l'exécration de la France entière et de la postérité poursuivra tous ceux qui oseraient résister à l'autorité que la nation entière leur a déléguée, et qui, jusqu'à l'époque très-prochaine où la Convention nationale sera réunie, est la première que les hommes libres puissent reconnaître ;

» Considérant que les plus dangereux ennemis sont ceux qui cherchent à l'égarer, à le
livrer à l'excès du désespoir, et à le distraire
des mesures ordonnées pour sa défense, et qui
suffiront à sa sûreté;

» Considérant enfin combien il est urgent de
rappeler le peuple de la capitale à sa dignité,
à son caractère et à ses devoirs;

» Décrète qu'il y a urgence.

» L'Assemblée nationale, après avoir décrété
l'urgence, décrète ce qui suit :

» 1°. La municipalité, le conseil-général de
la Commune et le commandant-général de la
garde nationale de Paris, sont chargés d'employer tous les moyens que la confiance de leurs
concitoyens a mis en leur pouvoir, et de donner chacun, en ce qui le concerne, et sous
sa responsabilité personnelle, tous les ordres
nécessaires, pour que la sûreté des personnes
et des propriétés soit respectée.

» 2°. Tous les bons citoyens sont invités à
se rallier plus que jamais à l'Assemblée nationale et aux autorités constituées, et à concourir, par tous les moyens possibles qui sont
en leur pouvoir, au rétablissement de l'ordre
et de la tranquillité publique.

» 3°. Le pouvoir exécutif rendra compte,
dans le jour, des mesures prises pour accélérer
le départ des troupes qui doivent se rendre aux
différens camps formés en avant de Paris, et
pour fortifier les hauteurs qui couvrent cette
ville.

» 4°. Le maire de Paris rendra compte à
l'Assemblée, tous les jours à l'heure de midi,

de la situation de la ville de Paris, et des mesures prises pour l'exécution du présent décret.

» 5º. La municipalité, le conseil-général de la Commune, les présidens de chaque section, le commandant-général de la garde nationale, les commandans dans les sections, se rendront dans le jour à la barre de l'Assemblée nationale, pour y prêter individuellement le serment de maintenir de tout leur pouvoir la liberté, l'égalité, la sûreté des personnes et des propriétés, et de mourir, s'il le faut, pour l'exécution de la loi.

» 6º. Les présidens de chaque section feront prêter le même serment aux citoyens de leur arrondissement.

» 7º. Dans toute la France, les autorités constituées prêteront le même serment, et le feront prêter par les citoyens.

» 8º. Le présent décret sera proclamé solennellement, et porté dans chacune des quarante-huit sections de Paris, par un commissaire de l'Assemblée nationale. »

Après avoir entendu la lecture de ce décret, qui ne fut qu'un palliatif à tant de malheurs inouis, l'Assemblée nomme les quarante-huit députés pour le porter dans les quarante-huit sections, décret auquel était jointe la proclamation suivante :

« Citoyens, vous marchez à l'ennemi, la victoire vous attend; mais prenez garde aux suggestions perfides: on égare votre zèle, on veut d'avance vous ravir le fruit de vos efforts, le prix de votre sang. On vous divise; on sème

la haine, on veut allumer la guerre civile,
exciter les désordres dans Paris; on se flatte
qu'ils se répandront dans l'empire et dans vos
armées; on se flatte qu'invincibles, si vous êtes
unis, on pourra, par des dissensions intestines,
vous livrer sans défense aux armées étrangères.

» Citoyens, il n'y a plus de force là où il n'y
a plus d'union; il n'y a plus de liberté ni
patrie là où la force prend la place de la loi.

» Citoyens, au nom de la patrie, de l'humanité, de la liberté, redoutez les hommes qui
appellent la discorde et provoquent aux excès;
entendez la voix des représentans de la nation,
qui, les premiers ont juré l'égalité. Combattez
l'Autriche et la Prusse: sous peu de jours, la
Convention va poser les bases de la liberté publique; travaillez à les rendre inébranlables par
des triomphes; instruisez par votre exemple à
respecter la loi. »

Cette proclamation et le décret qui la précède, ne furent (si on ose parler de la sorte)
qu'un coup d'épée dans l'eau. Quoique affichés
et proclamés l'un et l'autre dans tout Paris,
ils ne ramenèrent point le calme dans la capitale. Après le départ tardif des députés pour
leur mission, le ministre de l'intérieur, Roland,
écrit la lettre suivante :

« Monsieur le président, je viens remplir un
devoir sacré, dont l'accomplissement peut me
coûter cher; mais jamais je n'ai capitulé avec
ma conscience, et je serai docile à sa voix,
quoi qu'il puisse arriver.

» Quel est l'état des choses où nous vivons?

quelles suites doit-il avoir? quelles obligations impose-t-il?

» Il est dans la nature des choses et dans celle du cœur humain, que la victoire entraîne à quelques excès. La mer, agitée par un violent orage, mugit encore long-temps après la tempête; mais tout a ses bornes; on doit enfin les voir déterminées.

» Si la désorganisation devient une habitude; si des hommes zélés, mais sans connaissance et sans mesure, prétendent se mêler journellement de l'administration, et entraver sa marche; si, à l'appui de quelques faveurs populaires, obtenues par une grande ardeur, et soutenues par un grand parlage, ils répandent la défiance, sèment les dénonciations, excitent la fureur, dictent les proscriptions, le gouvernement n'est plus qu'une ombre; il n'est rien, et l'homme de bien, commis au timon des affaires, doit se retirer dès qu'il ne peut plus le diriger; car il n'est point placé pour faire image, mais pour agir. La Commune s'abuse par l'exercice continuel d'un pouvoir révolutionnaire, qui ne doit jamais être que momentané, ou il est destructeur; et elle nous prépare de grands maux, si elle tarde encore à se renfermer dans ses justes limites.

» Hier fut un jour sur les événemens duquel il faut peut-être laisser un voile. Je sais que le peuple, terrible dans sa vengeance, y porte encore une sorte de justice, et ne prend pas pour victime tout ce qui se présente à sa fureur; il la dirige sur ceux qu'il croit avoir été épargnés trop long-temps par le glaive de la loi, et que

le péril des circonstances lui persuade devoir
être immolés sans délai. Mais je sais qu'il est
facile à des scélérats, à des traîtres, d'abuser
de cette effervescence, et qu'il faut l'arrêter.
Je sais que nous devons à la France entière
la déclaration que le pouvoir exécutif n'a pu
ni prévoir ni prévenir ces excès; je sais qu'il
est du devoir des autorités constituées d'y
mettre un terme, ou de se regarder comme
anéanties. Je sais encore que cette déclaration
m'expose à la rage de quelques agitateurs. Eh
bien, qu'ils prennent ma vie; je ne veux la
conserver que pour la liberté, l'égalité. Si elles
étaient violées, détruites, soit par le règne des
souverains étrangers, ou par l'égarement d'un
peuple abusé, j'aurais assez vécu : mais jusqu'à
mon dernier soupir j'aurai fait mon devoir;
c'est le seul bien que j'ambitionne et que nulle
personne sur la terre ne saurait m'enlever.

» Le salut de Paris exige que tous les pouvoirs rentrent à l'instant dans leurs bornes respectives. L'approche des ennemis, les grandes
mesures à prendre contre eux nécessitent, je le
répète, une unité d'action, un ensemble qui
ne peuvent se trouver dans le conflit des autorités : c'est à l'Assemblée nationale à se prononcer avec la vigueur que réclament d'aussi
grands intérêts. J'ai dû lui peindre cet état de
choses, afin que sa sagesse prît aussitôt les
déterminations convenables, et que dans la sup-
position affligeante, mais gratuite, que ces déterminations n'eussent pas l'effet désiré, la perte
de la capitale n'entraînât pas celle de l'empire.

» Il est temps encore, mais il n'est plus un

moment à perdre , que les législateurs parlent ,
que le peuple écoute, et que le règne de la loi
s'établisse.

» Je reste à mon poste jusqu'à la mort, si
j'y suis utile et qu'on me juge tel ; je demande
ma démission et je la donne, si quelqu'un est
reconnu pouvoir mieux l'occuper, ou que le
silence des lois m'interdise toute action. »

La déclaration écrite du ministre Roland ,
quoique lue à l'Assemblée nationale et applaudie , ne donnait pas la moindre énergie aux
députés , et ne ramena point non plus la tranquillité dans Paris. Les brigands poussèrent
leur rage furibonde jusqu'à extinction. Ivres et
furieux, couverts du sang de leurs concitoyens,
au nom et à la solde des municipaux , ils con-
tinuèrent leur carnage pendant cinq jours con-
sécutifs. Toute la ville était dans la consternation. Le commandant en chef de la force armée,
Santerre , complice et instigateur de l'anarchie
la plus affreuse , pousse la scélératesse jusqu'à
retenir dans ses foyers la garde nationale , qui
fut totalement paralysée. Le service des barrières , dit Tallien , exige un si grand nombre
d'hommes , qu'il ne reste point à sa disposition
assez de monde pour assurer le bon ordre. Sur
cinquante mille hommes de garde nationale
que renfermait Paris , douze cents environ
étaient aux barrières ; ainsi donc plus de quarante-huit mille restèrent spectateurs de l'assassinat de leurs concitoyens. Cependant , je
puis le dire avec vérité , beaucoup de gardes
nationaux prirent les armes et s'assemblèrent
au lieu du rendez-vous ordinaire ; mais après

plus de quatre ou cinq heures d'attente, ils furent forcés de se retirer, faute d'ordres supérieurs. Mais, comme l'a dit encore Tallien, la vengeance du peuple fut dirigée particulièrement sur les prisonniers détenus pour l'affaire du 10 août et pour cause de fabrication de faux assignats, qui ont péri sur-le-champ. Le nombre de ces derniers n'allait pas à douze; mais les premiers étaient en nombre considérable. C'était sur ceux-ci que l'hydre aux cent têtes avait dirigé tous ses dards. Enfin, le décret et la proclamation de l'Assemblée nationale, affichés dans toutes les rues, et la présence des quarante-huit députés dans les sections, ne produisirent rien, absolument rien. L'autorité de l'Hôtel-de-Ville, dominant partout, trouvait toujours le moyen d'anéantir le courage des honnêtes gens, et les massacres cessèrent, faute de victimes.

Dans cet état des choses, la faible Assemblée nationale, après avoir entendu la lecture de la lettre de Roland, qu'elle a applaudie, et en avoir ordonné l'impression et l'envoi aux quatre-vingt-trois-départemens, ne fait encore rien pour arrêter le crime le plus effroyable. Elle mande, avec un flegme révoltant, à sa barre la Commune de Paris; et les chefs des assassins paraissent. Tout est tranquille, disent les forcenés; et la séance se lève. Ah! tout est tranquille, et les massacres continuent encore pendant trois jours! Quelle atroce dérision! ou plutôt, quelle conduite odieuse de l'Assemblée, de ne plus s'immiscer dans les grands événemens, et qui ferme l'oreille aux cris de tous

les Français demandant vengeance et un prompt
secours! Elle jure, cette Assemblée, de ne point
courber sa tête sous le joug des rois, ni d'aucune autorité suprême ; et dans ce moment,
elle est toute soumise à l'autorité despotique
et barbare qu'on appelait Commune de Paris.
Un de ces municipaux vient encore, par un
excès d'audace, confirmer les actes d'iniquité
et de fureur des bourreaux de l'Hôtel-de-Ville.
« Législateurs, dit ce misérable, les prisons
sont vides ; l'innocence a échappé au glaive de
la vengeance du peuple. Des citoyens innocens
étaient en état d'arrestation, leurs têtes étaient
ménacées ; ils se sont adressés à nous. Nous
avons volé à leur secours ; nous avons dissipé
les baïonnettes, et un ruban tricolore a suffi
pour arrêter un peuple armé. » Quoi ! un faible
ruban tricolore arrête une troupe de brigands,
arrête les assassins ! quel talisman invincible
que ce ruban tricolore ! Ah ! maudit imposteur,
qu'oses-tu dire ? aviez-vous élevé le moindre
obstacle pour protéger d'innocentes victimes ?
n'aviez-vous pas, au contraire, excité la rage
des assassins et contribué vous-mêmes à répandre des flots de sang ? Il faut avouer que les
chefs des assassins avaient des mots d'ordre bien
combinés pour comprimer leurs troupes de brigands avec si peu de chose.

Après quatre jours, et plus, le maire Pétion
vient à son tour à la barre annoncer que *les
prisons sont vides*. C'est le 6 septembre que ce
maire sort de son antre et déclare à la France,
à l'univers que les massacres ont cessé.... Ah !
cessé, faute de victimes ! Ecoutez-le parler avec

autant d'effronterie que d'audace : « Vous avez voulu, dit-il, être instruits chaque jour de la situation de Paris. Permettez-moi de jeter un voile sur le passé ; espérons que ces scènes affligeantes ne se reproduiront plus. Les citoyens les moins éclairés sentent que l'état d'insurrection ne peut être un état habituel ; ils sentent que le règne des lois est aussi celui de la liberté ; ils sentent qu'on fuirait une ville où les propriétés seraient violées. Tout promet l'ordre et la paix : les liens de l'administration vont se resserrer, et l'action de l'administration va avoir de l'unité. Déjà la fraternité reprend son empire, et les passions particulières se calment, les citoyens se pressent pour l'enrôlement, les barrières vont s'ouvrir à l'activité du commerce et à la liberté des citoyens. Comptez sur le zèle du maire de Paris, sur son sincère amour du bien, et sur son dévouement à l'Assemblée nationale. »

Ah ! Messieurs, quelle ironie ! compter sur le dévouement du maire de Paris, compter sur son amour du bien public ! Dieu ! quel dévouement ! Les massacres des prisons ont cessé, dit-il, les barrières vont s'ouvrir ; et ce maire, pendant quatre jours, a laissé les habitans de Paris placés entre la vie et la mort, sans sortir de son domicile pour s'opposer au massacre de ses concitoyens ! Il parle de dévouement, de sauver la patrie de l'abîme où elle se trouve ! Combien les Français étaient loin de jouir de ce calme que promet le maire Pétion ! Après cinq jours de massacres, la ville de Paris retomba bientôt au milieu de nouvelles horreurs.

Dès qu'ils eurent cessé d'égorger les victimes
des prisons, les brigands réclamèrent auprès
des municipaux le prix de leur infâme salaire;
car ces hommes sanguinaires n'avaient immolé
tant de malheureux qu'à condition qu'ils seraient généreusement récompensés. Chaque brigand se rendit aux bureaux établis dans divers
quartiers et reçurent depuis cinq jusqu'à dix
francs par jour.

Ainsi se termina cette crise nationale, l'une
des plus affreuses de la révolution, et qui en
amena successivement bien d'autres, non moins
affreuses, comme je vous le dirai par la suite;
plus de douze cents personnes furent sacrifiées
à la vengeance et à la fureur de quelques chefs
indignes du nom de Français. Parmi les victimes qui tombèrent sous les coups des brigands, on voyait l'archevêque d'Arles, l'évêque
de Beauvais, l'évêque de Saintes, le comte de
Montmorin, le comte de Maillé, de Rohan-
Chabot, de Thierry, de Ville-d'Avray, de la
Rochefoucault, etc. Mais la victime la plus remarquable était la princesse de Lamballe, la
meilleure et la plus belle des femmes de Paris.
Les monstres portèrent la cruauté jusqu'à mettre
sa tête au bout d'une pique et traîner son corps
dans les rues!!! Tel fut le sort réservé aux personnes qui étaient attachées à la famille royale
et aux dignités de l'Eglise.

En ces temps de calamités et de crimes qui
allaient toujours croissant, la ville de Paris était
en butte à toutes les infortunes : les Parisiens
sortaient à peine d'un abîme de malheurs, qu'ils
retombaient dans un nouvel abîme. Enfin, on

ne voyait que des monstres altérés de sang et de carnage. Les massacres eurent à peine cessé que les habitans de Paris essuyèrent encore une crise qui dura trois jours. Les brigands et les voleurs recommencèrent de nouvelles expédi-tions ; ce ne fut plus aux prisons qu'ils portè-rent leurs attaques, mais ce fut dans la capi-tale, oui, Messieurs, dans les rues, dans les places et dans les marchés ; par bandes de trente, quarante et cinquante, ils se promenaient en chantant la *Marseillaise* et arrêtaient les ci-toyens en plein jour, arrachaient aux hommes leurs montres, leurs boucles de souliers, leur argent ; aux femmes, leurs pendans d'oreilles, leurs colliers, leurs bagues et autres bijoux, sous prétexte, disaient-ils, d'en faire offrande à la patrie. Ces bandits en brandissant leurs armes, parcoururent tous les quartiers. On entendait de tous côtés : sauvez-vous, sauvez-vous, voilà les brigands ! et tout le monde de courir et de s'enfermer dans les maisons. Les forêts les plus périlleuses étaient plus sûres que les rues de Paris. Le marchand, le commerçant se trou-vaient à tous les instans du jour à la veille d'être dévalisés sans trouver aucun secours. Les or-fèvres, les joailliers, les bijoutiers, les hor-logers, qui présentaient aux voleurs une mine abondante, fermèrent leurs boutiques. Tandis que les bandits parcouraient les rues de Paris, en jetant la terreur de tous côtés, d'autres voleurs, revêtus d'écharpes tricolores, se trans-portaient dans les maisons particulières, sous prétexte d'y apposer les scellés et y enlevaient les effets les plus précieux. Tel fut, Messieurs,

l'état déplorable et calamiteux des habitans de
Paris, à la suite de la journée du 10 août : tel
est le sort réservé aux peuples de tous les pays
qui se laissent entraîner aux suggestions des
ambitieux, des scélérats ; enfin, de ceux qui
visent au pouvoir suprême, et qui, pour y arriver, sacrifient l'honneur et la patrie, pourvu
qu'ils parviennent à leurs fins , ou qu'ils aient
seulement l'espoir du succès.

Non-seulement Paris se trouva en proie aux
plus déplorables calamités, mais les villes envi-
ronnantes eurent aussi leurs crises de désastres ;
la ville de Versailles fut témoin de nouveaux
holocaustes sacrifiés pour la liberté, à l'atroce
politique de la Commune de Paris ; car, selon
les projets des municipaux de l'Hôtel-de-Ville,
dont le nom ne se rappelle qu'avec horreur, il
fallait entraîner dans la tombe tout ce qui appartenait au parti vaincu. Les malheureux prisonniers, enfermés à Orléans pour être jugés
par la haute-cour nationale, selon les lois d'a-
lors, devinrent aussi une proie du crime dé-
chaîné. Tout en organisant les bandes pour les
prisons de Paris, ils en organisèrent aussi une
pour les prisons d'Orléans , et environ cent cinquante coupe-jarrets, commandés par Fournier l'Américain, sortent de Paris avec deux
pièces de canon, et se dirigent vers cette ville.
Après trois jours et demi de marche, ils arrivent à Orléans, enlèvent les prisonniers, au
nombre d'environ quarante, et les ramènent
vers Paris, entassés dans trois voitures. Il re-
pugne à mon cœur de vous dire, Messieurs,
ce qui se passa sur la route, dans ce convoi

funèbre d'hommes vivans. Leur agonie dura
cinq jours au milieu des cris féroces d'une populace licencieuse et inhumaine, et de l'escorte
sanguinaire qui les environne. En passant à
Étampes, des commissaires de la Commune
de Paris, envoyés exprès au-devant de ces in-
fortunés, s'abouchent avec le commandant, et
décident que le convoi, au lieu de venir directement à Paris, se rendrait à Versailles. Enfin,
ils arrivent dans l'ancien séjour de nos rois pour
y recevoir la mort, après avoir été dépouillés
de tout leur or, leur argent, montres, assignats. A un signal donné par les chefs, le massacre commence, et tous périssent de la manière la plus douloureuse. Ici, Messieurs, je
n'ai pas le courage de vous retracer ces abomi-
nations. Tirons encore le rideau sur ces scènes
affreuses, où périrent en quelques minutes une
quarantaine de victimes, dont quelques-unes
appartenaient aux premières familles du royaume, parmi lesquelles se trouvait un descendant
des Brissac, si connus par leurs belles actions
dans les champs de la gloire. Oublions, Messieurs, oublions, s'il est possible, ces horreurs
qui font frémir la nature, et passons à d'autres
tableaux non moins terribles, qui nous retra-
cent aussi les maux et les crimes attachés aux
révolutions.

Quand les chefs du comité d'insurrection furent à-peu-près rassasiés de carnage, et qu'ils
eurent tout-à-fait déblayé les prisons, ils s'occupèrent alors de l'organisation d'une armée nationale volontaire pour se porter vers Châlons
et arrêter l'enenmi dans cette partie de la Cham-

pagne, car les Prussiens et les Autrichiens avançaient fièrement de ce côté. La ville de Verdun, bombardée et mal défendue, faute d'artillerie, de munitions et d'hommes, ne tint que quelques jours de siège, et se rendit à discrétion. Chaque échec qu'essuyaient les armées françaises sur la frontière, redonnait à Paris des mouvemens et formait autant de commotions plus ou moins effrayantes, et avec cela le cri *aux armes*, qui se faisait toujours entendre, jetait parmi les citoyens une terreur continuelle dont il était impossible de prévoir l'issue. Les municipaux, revêtus de leurs écharpes, couraient de section en section, et là péroraient pour entraîner la jeunesse française à prendre les armes, et marcher à la défense de la patrie.

Les cris d'alarmes, les dangers, qui paraissaient très-pressans dans Paris, forcèrent bientôt tous les marchands, tous les riches, tous les ouvriers à prendre la pelle et la pioche pour former des monticules, des retranchemens autour de la capitale, afin, disaient-ils, d'arrêter l'ennemi, s'il venait jusque-là. Cet entraînement à la défense de la commune patrie, donnait aux Jacobins et à toute la horde des factieux, un pouvoir absolu, que rien au monde ne pouvait arrêter; et dont il était impossible de prévoir la fin. Les assassinats qu'ils venaient de commettre dans les prisons, et la crainte d'en voir recommencer de nouveaux, jetaient parmi les riches et les honnêtes gens, une terreur trop bien fondée. Plutôt que d'attendre un avenir alarmant, on aimait mieux prendre le mous-

quet et aller aux frontières voir son ennemi en
face; car quel espoir de sûreté avait-on dans
l'Assemblée nationale, qui, tout en rendant
décrets sur décrets, n'avait pas, dans Paris, la
moindre autorité? C'était, à proprement parler, une Assemblée pour la forme, qui était
toute soumise aux commissaires des sections de
la capitale. Tant que les dangers ne menaçaient
point cette Assemblée, elle délibérait toujours
et faisait peu d'attention aux malheurs communs; mais ces dangers ne tardèrent pas à la
menacer à son tour, et les factieux se déclarèrent bientôt la guerre entre eux.

Dans cet état de désordre et de confusion,
dis-je à mes jeunes amis et à leurs parens, tout
allait de mal en pire. Vous avez vu, Messieurs,
de quelle manière les dictateurs de la Commune de Paris ont déblayé les prisons de la
capitale; vous avez vu avec quelle ironie criminelle elle a rendu compte de ces actes d'iniquité. Vous avez vu avec quelle audace elle a
envoyé des émissaires dans les départemens,
pour exciter le peuple des provinces à suivre
l'exemple de leurs sicaires de Paris. Voyez actuellement avec quelle hardiesse elle recommence ses forfaits. Son usurpation n'a plus de
bornes; elle va tenter de nouveaux crimes. Elle
lance des mandats d'arrêt contre les citoyens
paisibles qui ont échappé à ses armes meurtrières, et les prisons se remplissent plus que
jamais. Il leur faut de nouvelles victimes; et partout leurs agens se mettent aux aguets pour ap-
provisionner leur tribunal de sang, qui n'a plus
de victimes à expédier dans l'autre monde, sous

des formes juridiques. Mais bientôt les prisons seront pleines, et le ministre Roland vous en dira quelque chose.

Au milieu de cette confusion générale de désordres où le dernier des citoyens veut gouverner à sa guise, et dicter des lois à son pays, la sûreté publique se trouvait de plus en plus en danger. Le ministre Roland, patriote exaspéré, ne sait plus de quel côté tourner la tête. Comme chef de la police intérieure, ses pouvoirs, à chaque instant du jour, sont contrariés et par les commissaires de la Commune et par les sections de Paris; écoutez encore ses doléances adressées à l'Assemblée nationale; c'est à elle qu'il porte ses plaintes, car il est furieusement dans l'embarras. « Chargé, dit-il, par la place qui m'est confiée de la surveillance générale de la police du royaume, j'ai cru devoir approfondir une rumeur répandue dans Paris. Il est question de la liberté naturelle, civile et politique des Français. On a répandu dans Paris que, depuis le cinq du mois, quatre à cinq cents arrestations ont été faites, et que les prisons sont encombrées au moins autant qu'avant la journée du 2 septembre. J'ai voulu vérifier ces faits; mais, dans aucune prison, je n'ai trouvé ni registre, ni écrou. J'ai demandé quelles étaient les personnes qui avaient fait consigner ces prisonniers. Les concierges ont été très-embarrassés de me le dire. J'ai exigé que les ordres me fussent apportés; il résulte en effet de ces ordres que, depuis cette époque, quatre à cinq cents personnes ont été emprisonnées par ordre, soit de la municipalité, soit

2.   13

des sections, soit du peuple, soit même d'individus; quelques-uns de ces ordres sont motivés, la plupart ne le sont pas. Je n'ai examiné ni les personnes ni les choses; j'ai cru devoir apporter à l'Assemblée les ordres mêmes, signés par des particuliers qui les ont donnés, et je les remets sur le bureau, pour que l'Assemblée puisse les examiner, et ordonner ce qu'elle croira convenable. »

Voici encore une missive de Roland; elle fait connaître les pirateries des membres de la Commune de Paris, car ces braves gens, dignes d'être accolés aux voleurs de grandes routes, ne s'en tenaient pas seulement à Paris pour y exercer leur brigandage. « Je crois, dit le ministre, devoir instruire l'Assemblée que des commissaires de la municipalité de Paris, circulent dans les départemens, et y exercent une autorité qui excite de l'inquiétude, et qui ne permet pas de supporter la responsabilité des événemens. Deux de ces commissaires viennent de se transporter dans le château de madame de Louvois, et ont enlevé l'argenterie....... Leurs pouvoirs sont signés de quatre membres de la municipalité, qui s'y qualifient d'administrateurs du salut public; ils sont ainsi conçus : « Nous invitons nos concitoyens armés des villes où passeront MM............, commissaires de la municipalité de Paris, à leur prêter aide et assistance pour exécuter les ordres dont ils sont porteurs. Nous leur ordonnons principalement de se transporter dans la ville d'Ancy-le-Franc, pour s'emparer des personnes suspectes, et des effets précieux qui s'y trouvent, etc. » — D'au-

tres commissaires, ajoute Roland, ont pouvoir
d'examiner la conduite des personnes suspectes.
— Le même comité de salut public, dit-il,
(qu'on peut nommer de destruction publique), a
adressé aux administrateurs généraux des postes,
des réquisitions pour qu'ils aient à fournir à
leurs commissaires, des chevaux, des voitures,
et tout ce dont ils auront besoin pour opérer le
salut public. — A Rouen, à Meaux, ajoute-t-il
encore, d'autres commissaires ont déployé une
autorité qui donne de l'inquiétude aux corps
administratifs, etc. »

Cette troupe de voleurs municipaux, en parcourant la France, n'eut pas aide et assistance
partout où elle se présentait avec leurs pouvoirs
fabriqués par d'autres voleurs de l'Hôtel-de-
Ville de Paris; les châteaux, les palais étaient
particulièrement les points de leur convoitise.
De quel côté qu'on se retournât on ne voyait que
des voleurs revêtus d'écharpe et munis d'ordres.
Vous dire, Messieurs, qu'ils furent reçus partout avec acclamations et soumission, ce serait
manquer à la vérité et vous exposer à croire des
mensonges.

Voici un tour que leur jouèrent les paysans
de la commune de Ris, à quatre lieues de Paris.
Deux de ces commissaires arrivent dans leur
village accompagnés de plusieurs gendarmes; et
s'installent dans le château de M. Duperron:
là en maître qui ne se gêne point chez soi, ils font
ouvrir par le concierge toutes les portes des
appartemens et se mettent à discrétion dans ce
château; bientôt tout ce qui se trouve d'une valeur quelconque, comme effets, bijoux, linge,

chevaux, voitures, sont sequestrés et mis de
côté pour être conduits à Paris. Mais les municipaux de l'endroit, instruits de ce brigandage, font
prendre les armes aux habitans, cernent le château, et demandent aux commissaires de quel
droit ils viennent enlever les effets de M. Duperron et faire des réquisitions dans leur commune. Ceux-ci d'un ton arrogant déploient leurs
pouvoirs et veulent en imposer aux paysans par
les grands mots de patrie, de liberté, et en allé-
guant des besoins qu'a la ville de Paris pour armer le peuple. Mais les paysans qui n'entendent
point raison, et soupçonnant ceux-ci d'être de faux
commissaires, leur déclarent que chacun est
maître chez soi, enferment les deux municipaux
et les gendarmes dans le château sous la garde
de la force armée, et viennent à l'Assemblée
nationale porter leurs plaintes et demander ce
qu'ils doivent faire de ces voleurs.

« Les habitans de la commune de Ris, dit
l'un des chefs de la députation, vous dénoncent
les vexations exercées dans cette commune et
dans d'autres voisines, par des hommes se disant
commissaires de la Commune de Paris. Ils
prennent tous les chevaux, font des visites domiciliaires, et emportent les effets et les armes
des citoyens. La Commune de Paris, continue
l'orateur, n'a pas plus de droits à Ris, que la
commune de Ris n'a de droits à Paris, à moins
qu'elle ne juge de l'étendue de ses pouvoirs par
le nombre de ses habitans. C'est à vous, législateurs, qu'il appartient de réprimer cette licence. Nous venons vous demander ce que nous
devons faire de ces commissaires que nous avons

mis, ainsi que les gendarmes qui les accompagnaient, en prison sous la garde des citoyens. »

La déclaration naïve de ces paysans et le courage opiniâtre qu'ils venaient de montrer par la
résistance à l'exécution des ordres des commissaires de l'Hôtel-de-Ville de Paris, bien supé-
rieure, quoique faibles par eux-mêmes, à celui
de l'Assemblée nationale qui avait toujours flé-
chi devant ces mêmes commissaires, amena dans
toute la salle une bordée d'applaudissemens qui
fut long-temps prolongée, et fit dire à Cambon : « Tant mieux, ils ont bien fait d'arrêter
ces commissaires, ils n'ont maintenant qu'à faire
rendre les chevaux pris aux citoyens à qui ils
appartiennent. » — « A Marly, ajoute un autre
député, des commissaires de la Commune de
Paris ont été aussi arrêtés. »

Ce brigandage d'expropriation dans toute la
France, fut tellement à l'ordre du jour, que des
milliers de petits et de grands voleurs suivirent
l'exemple des municipaux de la bonne ville de
Paris; en voici un exemple. Le Garde-Meuble
de la Couronne, visité tant de fois par les commissaires municipes, et qui tant de fois avait
excité leur convoitise, finit par être à la discrétion des bandits; je ne dis pas tout-à-fait de
ceux qui gouvernaient la France, mais je crois
qu'ils y prirent part. On l'avait déjà dévalisé,
lorsque, par une nuit bien sombre, bien noire,
il tomba tout de bon entre les mains des voleurs
qui enlevèrent tout ce qu'il y avait de précieux
en diamans et d'une valeur considérable. Ecoutez, Messieurs, les doléances du ministre Ro-

land ; c'est lui qui va donner des éclaircissemens sur ce vol national.

« Il a été commis cette nuit (du 16 au 17 septembre) un grand attentat , dit - il d'un air consterné en se présentant à la barre de l'Assemblée ; ce n'est pas d'aujourd'hui qu'on s'en occupe. On a volé au Garde-Meuble les diamans et d'autres.effets précieux ; deux personnes ont été arrêtées ; leurs réponses dénotent des gens qui ont reçu de l'éducation et qui tenaient à ce qu'on appelait autrefois des personnes au-dessus du commun ; j'ai donné des ordres relativement à ce vol. Mais il faut s'occuper de remédier aux abus qui menacent la tranquillité publique. On répand des bruits de grandes victoires et de grandes défaites , ces bruits ne sont aucunement fondés ; nous n'avons ni grands revers , ni grands succès , mais cela sert à agiter les esprits. On déclama hier à la tribune de l'Assemblée électorale contre le pouvoir exécutif ; on veut porter aussi le peuple à la vengeance contre les députés qui ont voté pour Lafayette ; on prépare des affiches pour couvrir les miennes qui ont été lues à l'Assemblée et approuvées par elle. Il y a huit jours que j'ai prié l'Assemblée (et dans les circonstances où nous nous trouvons , les jours sont des siècles), de prendre des mesures pour assurer force à la loi ; sans cela , non-seulement Paris , mais tout le royaume sera bouleversé. »

Cette déclaration , bien faite pour alarmer tous les esprits , dans le pouvoir exécutif et parmi les députés qui avaient voté pour Lafayette , réveilla enfin cette Assemblée de son indifférence sur les malheurs communs. Tant que les dangers n'avaient point menacé son existence politique, et particulièrement les députés, ceux-ci avaient resté, pour ainsi dire, spectateurs passibles des malheurs d'autrui ; mais, dès qu'ils virent leurs personnes menacées, et qu'ils allaient périr comme les autres, alors ils se réunirent, avec véhémence, contre les brigands et contre le torrent qui allait les engloutir presque tous. Le parti Brissotin et les Girondins tonnèrent à la tribune. Cambon fut le premier qui se présenta en lice, et prit la parole en ces termes :

« Nous avons, dit-il, juré de mourir à notre poste : ce serment ne sera pas vain. Nous avons juré d'abattre toutes les autorités despotiques, et nous pourrions renvoyer à des comités, lorsque la souveraineté est usurpée ; et par qui ? par trente ou quarante personnes soudoyées par la nation. On nous a dit souvent que nous n'étions pas en état de nous élever à la hauteur des circonstances ; prouvons que nous sommes dignes de la France entière. On nous a promis de nous soutenir ; il est temps qu'on se lève. Nous avons fait notre devoir ; nous avons appelé une Convention nationale : mourons, s'il le faut, pour sauver la France, et que la France soit sauvée! Aujourd'hui, on publie, on imprime, on affiche que quatre cents députés sont des traîtres ; et nous resterions ici, à nous le dire à l'oreille ? crions : il est temps que tous les citoyens s'arment ; requérons la force armée ; et la force armée écrasera ces esclaves, ces gens de boue, qui veudent la liberté pour de l'or. Je demande que les autorités constituées soient, à l'instant, appelées à la barre, pour que l'Assemblée leur donne connaissance de l'état de la capitale, et leur rappelle leurs sermens.

» Vous avez, reprend Lasource, renvoyé à votre commission l'examen d'une foule d'objets relatifs aux circonstances critiques dans lesquelles nous nous trouvons ; plusieurs rapports étaient prêts lorsqu'elle s'est aperçue que toutes ces mesures partielles étaient inutiles, et qu'il en fallait prendre une grande qui attaquât le mal dans sa racine. On n'a pu enchaîner la France, mais on veut la déshonorer : on fait courir le bruit que les députés à la législature actuelle seront égorgés ; des émissaires répandus dans les départemens accréditent cette calomnie.

» Pour dernière ressource, continue-t-il, on veut piller et incendier Paris. Les bons citoyens veillent sans doute pour déjouer toutes les conspirations : c'est pour les haines individuelles qu'on veut amener cette désorganisation. Que le peuple sache donc que tous ceux qui lui conseillent le crime sont ses véritables ennemis, sont ceux qui veulent détruire la liberté publique, au nom du serment que nous avons prêté, de l'honneur national que nous sommes chargés de maintenir : formons un faisceau de courage que rien ne puisse ébranler. On ne peut trop le répéter, et je le déclare ici : désunis, nous sommes vaincus ; réunis, nous pouvons donner la liberté à l'Europe entière, et sauver nos têtes ; et je déclare encore, et vous ne l'ignorez pas, c'est qu'il y a, dans cette capitale, cinq à six cents hommes soudoyés par l'ennemi ; mais j'annonce qu'on a pris contre eux des mesures sévères, et que bientôt on s'assurera de leurs personnes. »

Actuellement, Messieurs, écoutez le député Vergniaud, qui, dans son discours éloquent, a sauvé la France, le 2 septembre, mais qui, le 17, n'a sauvé que l'Assemblée nationale. — « S'il n'y avait que le peuple à craindre, dit-il, il y aurait tout à espérer ; car le peuple est juste, il abhorre le crime ; mais il y a ici des scélérats soudoyés pour semer la discorde, répandre la consternation, et nous précipiter dans l'anarchie. Ils ont dit : « On veut faire cesser les proscriptions ; on veut nous arracher nos victimes ; on ne veut pas que nous puissions les assassiner dans les bras de leurs femmes et de leurs enfans ; eh bien, ayons recours aux mandats d'arrêt, dénonçons, arrêtons, entassons dans les cachots ceux que nous voulons perdre : nous agiterons ensuite le peuple, nous lâcherons ensuite nos sicaires ; et, dans les prisons, nous établirons une boucherie de chair humaine, où nous pourrons, à notre gré, nous désaltérer de sang. — Et savez-vous, Messieurs (s'adressant aux députés), comment disposent de la liberté des citoyens, ces hommes qui s'imaginent qu'on a fait la révolution pour eux ; qui crient follement qu'on a envoyé Louis XVI au Temple, pour les entrôner eux-mêmes aux Tuileries ? savez-vous comment sont décernés les mandats d'arrêt ? La Commune de Paris s'en repose, à cet égard, sur son

comité de surveillance , par un abus de tous les
principes, ou une confiance bien folle , donne
à des individus le droit de faire arrêter ceux qui
leur paraissent suspects. Ceux-ci le subdélè-
guent encore à d'autres affidés, dont il faut
bien seconder les vengeances, si l'on veut en être
secondé soi-même. Voilà, Messieurs, de quelle
étrange série dépend la liberté et la vie des
citoyens ; voilà entre quelles mains se repose la
sûreté publique. Les Parisiens, aveuglés, osent
se dire libres : ils ne sont plus esclaves des têtes
couronnées; mais ils le sont des hommes les
plus vils , des plus détestables scélérats. Il est
temps de briser ces chaînes honteuses, d'écraser cette nouvelle tyrannie ; il est temps que
ceux qui ont fait trembler les hommes de bien ,
tremblent à leur tour. Je n'ignore pas qu'ils
ont des poignards à leurs ordres; et dans la nuit
du 2 septembre, dans cette nuit de proscription , n'a-t-on pas voulu les diriger contre plusieurs députés et contre moi? ne nous a-t-on
pas dénoncés au peuple comme des traîtres ?
Heureusement c'était en effet le peuple qui était
là , les assassins étaient occupés ailleurs ; la
voix de la calomnie ne produisit aucun effet ;
et la mienne put encore se faire entendre ici ;
et, je vous en atteste , elle tonnera de tout ce
qu'elle a de force, contre les crimes et les tyrans. Eh ! que m'importent des poignards et
des sicaires ? qu'importe la vie aux représentans
du peuple, quand il s'agit de son salut ?

» Lorsque Guillaume Tell ajustait la flèche
qui devait enlever la pomme fatale qu'un monstre
avait placée sur la tête de son fils, il s'écriait :

Périssent mon nom et ma mémoire, pourvu
que la Suisse soit libre ! Et nous aussi, nous
dirons : Périssent l'Assemblée nationale et sa
mémoire, pourvu que la France soit libre ! périssent l'Assemblée nationale et sa mémoire,
si elle épargne un crime qui imprimerait une
tache au nom français, si sa vigueur n'apprend
aux nations de l'Europe que, malgré les calomnies dont on a cherché à flétrir la France,
il est encore, au sein même de l'anarchie mo-
mentanée où des brigands nous ont plongés,
il est encore quelques vertus publiques, et
qu'on y respecte l'humanité ! Périssent l'Assemblée nationale et sa mémoire, si, sur nos
cendres, nos successeurs plus heureux, peuvent
établir l'édifice d'une constitution qui assure
le bonheur de la France, et consolide le règne
de la liberté et de l'égalité ! Je demande, dit-
il en terminant son discours, je demande que
les membres de la Commune répondent sur
leurs têtes de la sûreté des prisonniers. »

Eh quoi ! c'est le 17 que Cambon, Lasource
et Vergniaud se réveillent de leur longue lé-
thargie ! c'est le 17 que les députés osent élever la voix contre la Commune de Paris, qui,
pendant quinze jours entiers, n'a cessé d'immoler des victimes sous les yeux mêmes de cette
Assemblée, sans aucune résistance de sa part !
c'est le 17 que les députés crient à la tyrannie
contre la Commune, parce que, à leur tour, ils
voient les épées et les poignards dirigés contre
leurs personnes ; et c'est le 17 que Vergniaud
s'écrie : Périssent l'Assemblée nationale et sa
mémoire, si elle épargne un crime qui impri-

merait une tache au nom français! Et qu'importe : périssent l'Assemblée nationale et sa mémoire , lorsqu'elle-même laisse , pendant quinze jours , égorger des milliers de Français, sans faire aucune démarche pour arrêter le crime! Et qu'importe que ce soit sur les cendres des députés ou des citoyens que s'établisse l'édifice qui doit écraser le reste de la nation! le crime n'en a pas moins été commis à la honte de ces lâches députés, qui bientôt n'emporteront à leurs commettans que la honte et le mépris de toutes les nations.

Enfin pourtant l'Assemblée nationale, électrisée par la catilinaire, quoique tardive, de Vergniaud, se lève tout entière aux cris de *vive la nation! vive la liberté!* et décrète avec enthousiasme sa proposition. Cet élan énergique semble épouvanter les brigands ; et la Commune de Paris , Pétion à la tête, paraît à la barre et fait sa dernière déclaration à l'Assemblée législative, qui n'a plus que trois jours d'existence, et dit :

« Ma tête a toujours été dévouée à la liberté de mon pays : elle tombera avant que le maire de Paris cesse de remplir son devoir. Je ne suis pas à gémir des excès qui se commettent chaque jour. J'ai souvent désespéré de mon impuissance ; mais j'ai toujours fait ce qui a dépendu de moi pour le maintien de l'ordre et le rétablissement de la tranquillité. Il est temps qu'elle règne, et que Paris devienne la ville sûre pour tous les citoyens. Ce n'est pas le peuple qui se livre à ces excès, ce sont des hommes perfides qui se mêlent au milieu de lui , et sous les

dehors d'un patriotisme exagéré, lui font commettre des horreurs dont il est le premier à
gémir. Aussitôt que vous pouvez l'éclairer,
aussitôt il reconnaît ses torts. Nous avons parmi
nous, personne n'en peut douter, des agens
payés par nos ennemis. J'ai appris qu'il y avait
de la fermentation autour des prisons. Je me
suis rendu à la Conciergerie, et le peuple a
promis que tous les prisonniers seront respec-
tés. Je l'ai conjuré d'arrêter le premier qui
porterait la main sur un prisonnier, et il l'a
promis. Le moment premier, le moment d'insurrection est passé. On persuade au peuple
qu'il est toujours en insurrection. On lui dit
qu'on va faire une constitution, on lui fait accroire qu'il est sans lois ; on lui dit : Vous
allez retomber dans les fers, si vous ne con-
tinuez à déployer votre énergie. C'est par ces
manœuvres abominables qu'on veut faire du
peuple le plus doux, un peuple sanguinaire et
féroce. Ils veulent ceux-là, non pas nous conduire à la liberté, mais nous entraîner à l'esclavage ; car l'anarchie nous aurait bientôt re-
plongés dans les fers. J'ai donné les ordres les
plus précis et les plus vigoureux. M. le commandant-général était absent ; je ne doute point
qu'il ne vienne bientôt vous rendre compte des
mesures qu'il aura prises dans ces momens de
crise ; il importerait que les magistrats fussent
les premiers avertis. Eh bien, je le dis avec
douleur, c'est toujours moi qu'on avertit le
dernier. Les citoyens devraient toujours se porter à la municipalité, ils me trouveraient toujours prêt ; quand on est averti du mal avant

qu'il commence, on le prévient toujours ; mais il est bien difficile de l'arrêter, lorsqu'on n'a pas été prévenu. Vous avez mandé la Commune par un décret (ajoute-t-il en terminant); elle attend vos ordres. »

A ces mots, le président notifie à Pétion les décrets qui venaient d'être rendus, et notamment celui sur la proposition de Vergniaud. — « On a parlé de mandats d'arrêt comme émanés de la Commune, répond Pétion, mais la Commune n'en a aucune connaissance. Ces mandats ont été décernés par un comité de police de sûreté, duquel sont membres quelques représentans de la Commune. — Dans la loi, dit Vergniaud, qui attribue à la Commune de Paris le droit de décerner des mandats d'arrêt, il n'y a pas un seul article qui l'autorise à déléguer ce droit. La Commune, qui a été soustraite à la surveillance de la commission administrative, aurait même dû informer le Corps-Législatif, au moins dans les vingt-quatre heures, des mandats qu'elle aurait pu décerner. Mais enfin, puisque la loi ne s'explique pas à cet égard, il est de son droit et de son devoir rigoureux de se faire rendre compte de ces mandats d'arrêt. — Oui, dit Kersaint, je demande que la Commune soit tenue de nous rendre compte de tous les mandats d'arrêt qu'elle a décernés ou fait décerner, de la quantité de personnes qui ont été arrêtées, et de la nature de délits dont elles sont prévenues. » Cette proposition, quoique décrétée, ne fut pas plus exécutée que tous les autres décrets qui tombaient dans l'oubli.

Ces éclaircissemens , qui ressemblaient assez
à des dialogues entre l'Assemblée nationale et
le maire de Paris, furent à peine achevés, que
le commandant-général, Santerre, comme caché
dans les coulisses, mit fin à ces débats en pa-
raissant tout-à-coup sur la scène, et dit : « Je
viens de recevoir un de vos décrets qui me
mande à la barre, et je m'empresse de m'y
rendre. Qu'il me soit permis de vous assurer
que les désordres dont on nous menace n'auront
point lieu. La garde nationale est active, elle
ne refuse aucun service. Cette nuit, quand j'ai
été instruit du vol, j'ai requis une force nombreuse, et deux heures après toutes les barrières étaient gardées. Je vais encore doubler
la force, c'est un reste d'aristocratie qui expire.»
(C'est ainsi que les municipaux, pour détourner
les yeux du vulgaire sur leurs rapines, en accusaient les nobles.) « Ne craignez rien, dit-il,
en terminant son rôle de jongleur, elle ne pourra
jamais se relever. »

Ainsi, Messieurs, se termina la dernière lutte
entre les chefs assassins du peuple de Paris, et
l'Assemblée nationale, et qui ne donna point
d'éclaircissemens sur le vol du Garde-Meuble.
Le maire Pétion, les municipaux, le commandant-général , et toutes les autorités d'alors,
aussi coupables les uns que les autres, étaient
autant de larrons vivant au milieu du désordre :
comme chefs de l'anarchie , ils se partageaient
toutes les dépouilles des victimes sans jamais
se trahir.

Enfin, ce fut sous ces sanglans auspices que
se firent dans toute la France les nominations

des députés à la Convention nationale. Elles commencèrent par Paris, le 2 septembre, jour d'effroi et de consternation. Malgré les cris de détresse, malgré les cris de désespoir des victimes, qui retentissent jusque dans la salle, les corps électoraux n'en poursuivent pas moins leurs travaux, et nommèrent députés les Danton, les Marat, les deux Robespierre, Osselin, Collot-d'Herbois, Manuel, Billaud-Varennes, Camille-Desmoulins, Lavicomterie, Legendre, Raffron, Panis, Sergent, Robert, Dusaulx, Fréron, Beauvais, Fabre-d'Eglantine, David, Boucher-Saint-Sauveur, Laignelot, Thomas, L.-J. Egalité, tous ou presque tous couverts de crimes, et dont la plupart ont péri de mort violente, accusés par leurs propres complices. Au nombre de ces députés, un seul n'était connu ni de Paris, ni des électeurs, c'était Robespierre jeune, homme borné et sans moyens : il était incapable de remplir aucune place; mais son frère, qui avait besoin d'un appui, commande sa nomination. Maître de tous les suffrages, il aurait, comme Caligula, fait nommer son cheval.

Pour ramener l'ordre et la tranquillité dans Paris, mais qui ne pouvaient et ne devaient point s'y rétablir de long-temps, la Commune jeta au milieu des habitans une espèce de confession générale, par une proclamation qui se termine par ces mots : « Jurons tous, et n'oublions pas ce serment sacré, dit-elle, jurons de maintenir la liberté et l'égalité, la sûreté des personnes et des propriétés, et de protéger de tout notre pouvoir les personnes détenues maintenant en prison, ou de mourir à notre poste. Jurons de respecter l'activité de la loi; jurons, et que ce serment solennel fasse enfin pâlir nos ennemis, en déjouant leurs projets exécrables. »

Ces sermens, et mille autres de ce genre, n'étaient rien autre chose que des paroles qu'on jetait devant des imbécilles, et n'avaient pas plus de durée qu'une pelotte de neige qui fond aux premiers rayons du soleil.

Encore deux jours, et les députés abandonnent à leurs successeurs les pouvoirs qu'ils avaient reçu de leurs commettans, dont ils remplirent les fonctions avec la plus lâche et perfide indifférence. Encore deux jours, et l'Assemblée ne sera plus que l'ombre d'elle-même. Partie de ces députés reste à Paris, pour siéger dans cette nouvelle Convention; partie retourne dans leurs foyers, cacher leur honte et leurs remords, s'ils en sont susceptibles. Cette Assemblée adresse à la nation son dernier acte public, qui ne fit que pallier et même légitimer les plus exécrables forfaits, s'ils n'atteignaient pas la personne de ses membres. J'en ai transcrit quelques phrases, ainsi conçues :

« Des hommes perfides et agitateurs, disent-ils, provoquent les vengeances populaires contre ceux des représentans du peuple qui ont manifesté des opinions qu'ils pouvaient émettre librement, même en les supposant erronées et dangereuses. On annonce que le jour où ils cesseront leurs fonctions, est le jour qui doit éclairer les vengeances.

» L'Assemblée législative est loin de croire qu'un peuple bon et juste ait conçu l'idée d'un

système de désordre et d'assassinat, qui souille-
rait la révolution, qui serait une tache ineffaçable
au nom français, et qui détruirait à jamais la
liberté et l'indépendance nationale........ »
(Ici MM. les députés voudraient faire accroire à la nation entière que les auteurs de ce
projet criminel ne sont autres que les puissances
étrangères, tandis qu'il est prouvé que les vrais
auteurs de tous ces désordres siégent dans l'Assemblée nationale et à la Commune de Paris,
et non ailleurs.)

« Français, toute vengeance populaire, toute
punition, même d'un ennemi public, qui n'est
revêtue des formes légales, est un assassinat. Loin
de servir la cause de la liberté, elle ne peut que
lui nuire; et ceux qui se livrent à ces excès,
trahissent cette cause en croyant la défendre.

« Ce n'est qu'en respectant les lois, les personnes et les propriétés, ce n'est qu'en conser-
vant la tranquillité publique, que vous pourrez
déployer vos forces, triompher de vos nombreux
ennemis; que vous mériterez l'estime des nations, et que vous prouverez à l'Europe que
vous n'êtes pas égarés par des factieux, et divisés par des partis opposés, mais que vous êtes
animés de la volonté ferme de maintenir la
liberté et l'égalité, et de périr en les défendant. »

Ce dernier soupir d'un mourant, fut accompagné d'une belle lettre de Jérôme Pétion,
adressée aux quarante-huit sections de Paris.
Nommé député à la Convention, Pétion avait
besoin d'une espèce de calme pour arriver à la
présidence de cette fameuse Assemblée qui de-

vait ou tenterait d'ébranler tous les trônes du
monde, mais qui ne fit que confirmer ce qu'a-
vait fait leur sœur aînée, en achevant d'écraser
les derniers appuis du trône du malheureux
Louis XVI.

« Citoyens, dit Pétion, qui marchait vers
l'abîme qu'il avait creusé lui-même et où il
allait bientôt être englouti; citoyens, redoublons de zèle et d'activité; rétablissons l'ordre;
éclairons le peuple sur le piége qu'on lui tend.
Ces mouvemens continuels tendent à tout dé-
sorganiser, à faire fuir de nos murs tous les
citoyens paisibles, à empêcher la Convention
nationale d'y fixer son séjour, à ruiner Paris,
à mettre les citoyens en guerre les uns contre
les autres, et à favoriser nos ennemis. Nous
ne pouvons périr que par l'anarchie (c'est ce
qui l'attend dans quelques mois). Évitons-la à
quelque prix que ce soit; que ceux qui veulent
l'ordre se montrent; qu'ils aient le courage de
parler hautement, et cette poignée de perturbateurs qui tremblent tous, restera dans le
néant. Que chacun se fasse un devoir de faire
son service avec exactitude; qu'au premier
coup de tambour il se rende à son poste, et que
la force publique en impose aux hommes sur
qui la raison ne peut rien, et pour qui rien
n'est sacré...... Ceux-là sont donc les ennemis
de leur pays et de tout bien, qui fomentent les
divisions et les partis. Liguons-nous tous contre
eux; étouffons le mal dans sa naissance. Union,
tranquillité, et la France est sauvée. »

Après avoir écrit cette belle lettre aux sections de Paris, le frère Pétion, et c'est ainsi

qu'il se qualifie, ne s'occupa plus qu'à faire disparaître les traces du sang qu'il avait laissé répandre dans Paris, depuis quarante jours, et à
préparer une nouvelle salle pour la Convention
dans le palais des Tuileries, car cette Assemblée,
plus terrible que tout ce qu'on a vu jusqu'alors,
devait dans deux jours, s'asseoir sur le volcan
qui allait engloutir une grande partie de la nation, et s'engloutir elle-même dans les ruines.
En achevant ces mots, je dis : séance levée; à
demain.

DOUZIEME SÉANCE.

Au moment où je parle, Messieurs et mes jeunes amis, dis-je à mon auditoire qui prêtait toujours la plus grande attention à mes récits ; je ne puis vous le dissimuler, placé sur un terrain miné de toutes parts, et entouré de décombres, je ne puis marcher qu'en tremblant dans cette route périlleuse, où les dangers se rencontrent à chaque pas. Quelle digue l'homme de bien peut-il élever pour arrêter le torrent qui menace d'engloutir lui, la France et la population tout entière ! Hélas ! je ne vois qu'abîme sur abîme, et Dieu sait quand cela pourra finir ! Point de lois, point de religion, les mœurs corrompues ; la France se trouvait dans le plus déplorable état ; le roi prisonnier au milieu de Paris, ses serviteurs proscrits, ses amis en fuite ou cachés ; les honnêtes citoyens courbés sous la hache des brigands. Lorsque l'Assemblée législative appela à son secours cette fameuse Convention qui allait achever son ouvrage, la France ressemblait en tout point à un malade qu'on n'ose se flatter de retirer des portes du tombeau. Les quarante jours qui ve-

naient de s'écouler étaient autant de crises plus
ou moins violentes, plus ou moins terribles. La
ville de Paris, tourmentée de mille manières,
était dans la situation la plus alarmante; tous
les yeux des bons Parisiens, tous les cœurs des
Français, se tournaient du côté des nouveaux
législateurs des départemens, et chacun mettait
son salut dans leur prochaine réunion. Mais
combien on était dans l'erreur, et combien on
se trompait, comme on le verra bientôt! Si
quelques-uns de mes tableaux ont été bien
noirs, ceux qui vont leur succéder le seront
encore davantage. C'est, à proprement parler,
de plus fort en plus fort. Les mauvais sujets,
les factieux, les Jacobins, étaient éternellement
dans tous les clubs, dans les assemblées de
sections, à l'Hôtel-de-Ville et dans la Convention nationale, car il s'en faut de beaucoup que
nous soyons au bout de nos maux. Je vais donc
vous représenter le règne de la trop fameuse
Convention nationale, de cette Convention dont
le nom ne se rappelle qu'avec effroi; les événemens terribles qui viennent de se passer jusqu'à
ce moment, ne sont que le prélude de plus
grands malheurs encore. La liberté, dont on a
chanté les victoires, ne sera plus qu'une liberté
de proscription et de mort. En son nom et par
elle on fera toutes les extravagances et les crimes
imaginables; elle aura ses chars, ses autels;
l'encens lui sera prodigué sous le nom de cette
idole chimérique; les hommes de tout état et
de toute condition joueront chacun un rôle plus
ou moins important. Ici, on verra des dénonciateurs; plus loin, des incarcérans; les hommes,

les femmes, et jusqu'aux enfans, figureront
dans ce drame, les uns en héros, les autres en
victimes. Tel qui était dans l'état de détresse
et de misère sous la monarchie, deviendra un
personnage de grande importance sous la république. Vous les verrez tourmenter leurs semblables sans aucun sentiment de pitié; n'ayant
d'égard ni pour l'âge, ni pour le sexe. Tel qui
était dans l'opulence, vivant heureux au sein
de sa famille, sous les lois de son prince et de
son pays, sera malheureux, proscrit; sa fortune seule deviendra pour lui un crime presque irrémissible.

Vous verrez, Messieurs, et je vous en pré-
viens d'avance, des factions nombreuses et violentes; les luttes entre les républicains seront
affreuses et sanglantes. Tel qui triomphera aujourd'hui, périra demain à son tour sur l'échafaud. Tous les élémens du désordre et de la perversité seront à l'ordre du jour. Guerre en dehors, guerre en dedans, tourmentée dans les
départemens, tourmentée à Paris; au milieu de
tout cela, des fêtes bachiques et des réjouis-
sances sans nombre. Tel sera le sujet presque
général de tous mes tableaux mouvans. Mais
avant de vous les représenter selon l'ordre
chronologique des temps, voyons enfin arriver
à Paris cette fameuse Convention nationale, et
son installation dans le Manége, destiné jadis
aux chevaux du prince.

Après avoir fait connaître à toute la France
son dernier acte public, l'Assemblé législative
n'eut plus qu'à attendre, dans le calme, les
membres de la Convention, qui arrivaient à Pa-

ris de tous les départemens. Ces députés, l'espoir de tous les Français, de tous les bons citoyens, y étaient attendus comme la manne du ciel que Dieu envoya aux Israélites dans le désert. Le 21 septembre approchait, et tous les Parisiens se félicitaient du nouvel ordre de choses qui allait bientôt avoir lieu, et ramener au sein de la capitale cette douce paix, désirée avec tant d'impatience. On se disait, et on l'espérait, que l'infortuné Louis XVI sortirait bientôt de sa prison, et que la France serait enfin heureuse, au-dedans et au dehors. Mais le désir des uns, et l'espoir des autres, devinrent des illusions qui s'évanouirent comme un songe. Dès leur arrivée dans la capitale, les députés à la Convention se rassemblèrent dans la salle des Cent-Suisses du palais des Tuileries; et là, chaque membre fit connaître sa nomination et l'acte qui l'appelait à remplir les fonctions de législateur. Cette cérémonie, usitée depuis quelques années, et les pouvoirs vérifiés, tout se termina bientôt; mais la députation de Paris, qui était l'âme de ce grand changement dans l'ordre des choses, dont la plupart étaient couverts du sang de leurs concitoyens, inspira, dès leur premier abord, une espèce d'horreur qui fit frissonner une grande partie de ces nouveaux députés. Laissons ces nouveaux maîtres de la France se féliciter les uns les autres sur leur dignité, qui les appelle à la régénération de la patrie, et allons voir l'Assemblée législative, qui attend sa métamorphose.

Alors je m'écrie: voyez, Messieurs, voyez, c'est ici le tableau de transformation, c'est

l'Assemblée législative qui siége pour la dernière fois. Elle attend les nouveaux députés arrivés des départemens ; regardez ces législateurs,
qui n'ont fait que détruire, bouleverser la
France, qui ont mis leur souverain dans les fers,
proscrit tous ses serviteurs, et laissé le royaume
sans lois, sans sûreté, et au milieu de l'anarchie. Quelques-uns de ces députés sont remplis
de joie et de contentement, parce qu'ils vont
continuer de siéger au sein de cette Convention,
qui doit, selon eux, amener l'heureux temps
de l'âge d'or. Mais les autres aspirent au moment de se débarrasser d'un fardeau qui, depuis long-temps, les accable, sans qu'ils aient
pu faire le bien. Ils espèrent, ces députés, être
plus heureux dans le fond de leurs provinces,
au sein de leur famille. Ah ! comme ils se trompent ! Voyez le président, qui, de la main droite,
impose silence à l'Assemblée, qui est aussi
calme qu'elle était naguères agitée. « Il est neuf
heures, dit-il ; je vous annonce, Messieurs,
que douze commissaires de la Convention demandent à être introduits, pour prévenir qu'elle
est constituée. » A ces mots, quelle agitation !
la salle retentit d'applaudissemens ; les tribunes,
les couloirs, tout s'agite, tout s'ébranle ; on
ne s'entend plus, parce que le peuple, avide
de nouveautés et de l'espoir du mieux, croit
voir dans cette nouvelle législature, la fin de
ses maux.

Voyez d'un côté, les ambitieux, les intrigans, les mauvais Français et les hommes de
boue. Ceux-ci n'aperçoivent que la chute du
trône, qu'ils doivent briser pour s'en partager

les débris. Voyez, de l'autre côté, les bons citoyens, les hommes probes; ils sont dans le
silence et le calme; ils attendent l'installation
du nouveau Corps-Législatif pour affermir leurs
espérances, où pour gémir sur la ruine de leur
liberté. Mais, hélas! de quel espoir doivent-ils
être animés, lorsqu'ils voient qu'une partie des
députés ont extorqué leur nomination, et n'ont
pour confiance publique que l'énergie de leur
crime et le sang qu'ils viennent de répandre!

Le silence continue; les commissaires entrent
dans la salle, et l'abbé Grégoire, évêque de Blois,
porte la parole : « Citoyens, dit-il, la Convention nationale est constituée. Nous venons de
sa part vous annoncer qu'elle va se rendre ici
pour commencer ses séances. » Il dit, et attend
la réponse du président. « Comme président,
répond Cambon, je déclare que je me soumets
à ses décrets, et j'annonce à l'Assemblée législative que ses séances sont terminées. » Aussitôt
toute l'Assemblée se lève, et les députés sortent de leur salle; une partie se rend dans la
salle des Tuileries, au milieu de la Convention
qui les attend. Midi sonne : elle lui remet entre
les mains les rênes du gouvernement, souillées
de sang, que ceux-ci reçoivent avec reconnaissance, promettant, tout bas, de suivre avec
énergie le système de désorganisation que ceux-
ci ont commencé. Après de belles paroles et de
belles promesses, que je ne rapporterai point,
la Convention nationale quitte le palais des Tuileries et se rend dans la salle du Manége, où
elle doit enfanter un nombre prodigieux de
décrets.

Elle arrive cette Convention dans la salle de l'ancienne Assemblée constituante : tout est majestueux, tout est imposant ; c'est un spectacle nouveau pour les Parisiens qu'une nouvelle Assemblée de législateurs qui promettent beaucoup,
mais qui achèveront ce que leurs prédécesseurs
ont commencé. Ici Pétion remplace son roi ; il
joue le rôle de premier personnage de l'empire, il
préside l'Assemblée et s'asseoit dans le fauteuil
témoin de tant d'horreurs. On applaudit à tout
rompre, des milliers d'yeux fixent le grand personnage ; le voilà, se dit-on, cet homme qui
naguère présidait les massacres de septembre,
il préside en ce moment la nation française.
Dieu! quel présage! Condorcet, Brissot, Rabaud-
Saint-Étienne, Vergniaud, Camus, Lasource,
sont assis au bureau des secrétaires ; dans ce
moment point de constitution à présenter aux
députés, point de sermens à faire pour la conservation des lois du royaume, point de roi à
recevoir ; tout est anéanti, tout est foulé aux
pieds. Elle s'asseoit cette Assemblée, au milieu
des décombres et des ruines. L'anarchie préside
de toutes parts! c'est le chaos des siècles barbares
établi dans la première capitale du monde.

« La Convention nationale, dit Jérôme Pétion, désire-t-elle qu'on lui fasse lecture du
procès-verbal des épurations faites dans la journée
d'hier ?—Oui, répond l'Assemblée. Et Camus,
l'archiviste, qui n'a conservé des archives que
son individu au milieu du bouleversement général, placé au centre des députés avec le livre
des inscriptions (c'est tout ce qui lui reste),
fait l'appel nominal. . . . .

Quel mélange de peuple ! dis-je en moi-même,
(car j'étais présent dans un coin de la tribune), j'y vois des vieux, des jeunes, des
sages, des fous et des . . . . . . Voyez-les
tous assis sur les chaises curules de leurs prédécesseurs. — Combien sont-ils, me demande
Adolphe. — Sept cent quarante-huit, lui
répondis-je. Hélas ! que de membres ne feront
point de bien, mais beaucoup de mal ! combien
périront victimes de la jalousie ! Ici l'égalité des
castes est confondue, tout est à l'unisson, point
de titres, point de qualités, c'est la réunion de
tous les états, savoir : des avocats sans cause,
et le nombre en est considérable ; des médecins
sans pratiques, des marchands sans crédit, des
peintres sans talens, des graveurs sans mérite,
puis des baladins sifflés, des cardeurs de laine,
des marchands de sabots, des prêtres apostats,
des accusateurs publics, des juges, des commissaires ; et au milieu de ces députés, les assassins
de septembre ; et le boucher Legendre pour
servir de *bourreau !* (1)

Manuel, si connu dans les annales du crime,
prend la parole en ces termes : « Représentans
du peuple souverain, la mission dont vous êtes
chargés exigerait et la puissance et la sagesse des
dieux. Lorsque Cinéas entra dans le sénat de
Rome, il crut voir une assemblée de rois. Une
pareille comparaison serait pour vous une injure,
il faut voir ici une assemblée de philosophes

(1) Il suffira de citer la proposition qu'il fit au sujet
de Louis XVI.

occupés à préparer le bonheur du monde. Je demande que le président de la France soit logé dans le palais des Tuileries ; que les attributs de la loi et de la force soient toujours à ses côtés ; et que toutes les fois qu'il ouvrira la séance, tous les citoyens se lèvent. Oui, ajouta-t-il, cet hommage rendu à la souveraineté du peuple, nous rappellera sans cesse nos droits et nos devoirs. »

De grands débats s'élèvent sur cette proposition ; les mots de sans-culottes sont prononcés avec respect par plusieurs députés. Point de faste, s'écrient-ils, point de dignités ! « Vous ne pouvez chercher d'autres dignités, dit Chabot, que de vous mêler avec les sans-culottes qui composent la majeure partie de la nation ; et c'est en vous assimilant à vos concitoyens, que vous acquerrez la dignité nécessaire pour faire respecter vos décrets. — Ce n'est pas sans étonnement, reprend Tallien, que j'entends discuter sur un cérémonial. Il ne peut pas être mis en question, si, lors de ses fonctions, le président de la Convention, aura une représentation particulière ; hors de cette salle, il est simple citoyen. Si on veut lui parler, on ira le chercher au troisième, au cinquième, et même plus haut si l'on veut ; c'est-là où loge la vertu. Je demande la question préalable sur la proposition du citoyen Manuel ; elle est indigne des représentans du peuple, et ne doit jamais être reproduite. »

Après de pompeux discours, prononcés par les Couthon, les Bazire, Danton, Cambon et autres députés, sur les sermens, tant de fois prêtés, et tant de fois violés, Manuel demande l'abolition, en France, de la royauté, par ces mots, dignes d'un chef de faction : « Vous venez de consacrer la souveraineté du peuple; mais il faut débarrasser le peuple d'un rival. La première question qu'il faut que vous abordiez, c'est celle de la royauté ; parce qu'il est impossible que vous commenciez une constitution, en présence d'un roi. Je demande, pour la tranquillité du peuple, que vous déclariez que la question de la royauté sera le premier objet de vos travaux. »

Cette proposition, de vouloir affermir l'anarchie au milieu du plus grand empire de la terre, eut tout son effet, quoique le député Quinette s'y opposât fortement. Après une longue discussion sur les impôts qu'on ne voulait pas supprimer comme le titre de roi, mais qu'il fallait conserver intacts, le comédien Collot-d'Herbois se récrie avec véhémence: « Vous venez, dit-il, de prendre une délibération délicate ; mais il en est une que vous ne pouvez remettre à demain, que vous ne pouvez remettre à ce soir, que vous ne pouvez différer d'un seul instant, sans être infidèles au vœu de la nation; c'est l'abolition de la royauté.

» Certes, reprend l'abbé Grégoire, personne de nous ne proposera jamais de conserver en France la race funeste des rois; nous savons trop bien que toutes les dynasties n'ont jamais été que des races dévorantes qui ne vivaient que de chair humaine; mais il faut pleinement rassurer les amis de la liberté; il faut détruire ce talisman, dont la force magique serait propre à stupéfier encore bien des hommes. Je demande donc que, par une loi solennelle, vous consacriez l'abolition de la royauté. »

En ce moment, un bruit confus, pour et contre, se fait entendre dans toute la salle. Les députés se lèvent; mais Bazire, après un préambule, demande que la question soit discutée. « Eh! qu'est-il besoin de discuter, reprend Grégoire, quand tout le monde est d'accord? Les rois, s'écrie le prélat déhonté et sans pudeur, sont dans l'ordre moral ce que les monstres sont dans l'ordre physique. Les cours sont l'atelier des crimes et la tanière des tyrans. L'histoire des rois est le martyrologe des nations. Dès que nous sommes tous également pénétrés de cette vérité, qu'est-il besoin de discuter? Je demande que ma proposition soit mise aux voix, sauf à la rédiger ensuite avec un considérant digne de la solennité de ce décret. »

Ces paroles indignes d'un évêque, et que le dernier des Français eût rougi de prononcer, amènent dans toute la salle le plus profond silence; un seul député prend la parole, c'est Ducos de la Gironde. Après avoir lancé quelques sarcasmes contre Louis XVI, la discussion et les propositions de Manuel, de Collot-d'Herbois et de l'abbé Grégoire, mises aux voies, sont aussitôt adoptées au bruit des plus vifs applaudissemens, ou plutôt au milieu de la démence et de la déraison. Ainsi fut enlevé au plus honnête homme, au meilleur des princes, et en quelques minutes, la couronne que Louis XVI tenait de ses pères, d'une suite de rois depuis

douze siècles, et qu'il portait avec sagesse depuis dix-huit ans. Ainsi fut anéantie la constitution qui avait coûté tant de sang et de larmes
à la France, et que toute la nation avait juré
de défendre ou de mourir plutôt qu'il y fût
porté atteinte.

N'est-ce pas le fruit de l'ineptie la plus révoltante, de l'ambition la plus effrénée, et d'une
rage aveugle, que de transformer par enthousiasme un gouvernement monarchique de tant
de siècles en une république, sans consulter le
vœu général du peuple, sans réfléchir un instant sur les désastres qui menacent la nation
qui passe d'un gouvernement à un autre; et
c'est sur la motion de trois individus, qui ne
voient pas que c'est au milieu de la guerre
civile et de l'anarchie la plus effrayante qu'ils
établissent ce colosse de gouvernement qui
doit bouleverser la France. C'est sur les cadavres
et dans le sang humain que l'évêque Grégoire
prononce ces paroles révoltantes contre son
souverain, et c'est sans regarder autour de lui
les horreurs qui se commettent tous les jours,
depuis que le meilleur des rois a cessé de régner, et que les hommes qui ont gouverné la
France depuis cette époque, ont fait en quarante
jours plus de vols et d'assassinats qu'il n'en a
été commis sous le gouvernement de quarante
rois. C'est encore les mêmes hommes qui vont
siéger à la tête de la Convention, qu'on verra
gouverner la France malheureuse... Mais n'anticipons point sur les désastres à venir, il sera
assez temps de vous les représenter, quand la
perversité des hommes les aura fait naître.

C'est ainsi que la Convention nationale arracha la couronne au monarque français, à la suite des événemens les plus terribles et les plus effroyables. On a pu juger, par cet affreux début, de tous les maux qu'elle préparait à la France. Tenant leur roi prisonnier, rien ne pouvait arrêter ces nouveaux législateurs dans la carrière qu'ils allaient parcourir. C'est à cette époque que les prétendus magistrats du peuple ou membres des comités sectionnaires, ou même de la municipalité, en dressant des inventaires des effets nationaux, étaient accoutumés à confisquer, non pas au profit de la république, mais au leur propre, les effets précieux qui leur convenaient, tels que l'argenterie, sous prétexte que l'écusson des armes de celui à qui elles appartenaient représentait les armoiries qu'il fallait détruire : les jetons, les médailles, parce qu'ils portaient l'effigie du roi : les pendules, parce qu'une des aiguilles était terminée par une fleur-de-lis; tout était bon à ces misérables vampires, qui n'avaient de patriotisme que le masque, et qui, voilant leur ministère odieux du prétexte de l'intérêt public, se gorgeaient de richesses dont ils dépouillaient leurs concitoyens. C'est au nom de la patrie, qui sans cesse était sur leurs lèvres, que ces fripons déhontés volaient impunément; et c'est sous ce nom que les voleurs couvraient leurs infâmes larcins. Chaque membre de ces différentes sections portait toujours sur lui le signe de l'autorité; mais, par un raffinement d'escroquerie, ils s'étaient respectueusement distribué le droit de faire des perquisitions même dans les sections étrangères à la leur; de sorte

que si le propriétaire des effets volés osait, par la
suite des temps, se permettre de venir les réclamer, il ne pouvait trouver les spoliateurs.

Ce fut dans ce temps que ces mêmes hommes
s'avisèrent de proscrire la dénomination de
Monsieur, pour y substituer celle de citoyen,
qu'ils exigèrent impérieusement, et firent un
crime à celui qui se servirait du premier (1).
C'est à cette époque que commence à dater une
partie de ces fortunes scandaleuses, qui sont
aux yeux de l'homme de bien l'opprobre des
misérables qui ne rougirent point d'étaler
depuis le luxe le plus impudent. C'est à cette
époque que l'or, l'argent, les pierreries, les
effets précieux de tout genre, furent enlevés
avec profusion des temples, des monastères, des
palais et des hôtels des particuliers : tous ces
objets, disons-nous, ne tournèrent pas au profit
du gouvernement naissant. C'est à cette époque
que l'homme riche vit bientôt dans l'opulence
l'homme de boue, qui naguère lui avait fait un
titre de proscription de sa fortune. C'est à cette
époque aussi que commence cet agiotage dévo-
rant qui, en épuisant les ressources du gouvernement, engraissa de la substance de la patrie,
des milliers de monopoleurs. C'est à cette
époque que le gouvernement naissant renfermait dans son sein mille germes de destruction

_____

(1) Habitué depuis tant de siècles à prononcer le mot
monsieur, en adressant la parole à quelqu'un, quand
par hasard on s'en servait pour parler à un membre des
comités, il vous reprenait avec un regard farouche, en
vous disant : *Monsieur est à Coblentz.*

qui, au premier coup de tocsin, faisait lever des milliers de soldats, accourant de toutes les provinces, pour protéger une république dont ils ne comprenaient pas même la dénomination ; et que les massacres de septembre, ou plutôt cette boucherie de cannibales, aurait dû armer tous les gens de bien contre les tigres qui avaient commandé ce carnage, produisit un effet contraire ; et les mêmes gens de bien, épouvantés, craignirent que s'ils restaient dans leurs foyers, on ne vînt à les proscrire à leur tour, s'armèrent pour le maintien du nouveau régime, se dirent républicains, se confondirent dans les rangs des soldats, et tout en maudissant en secret un gouvernement qui s'élevait sous d'aussi noirs auspices, marchèrent au combat pour le défendre.

Dès que la métamorphose qui transformait le gouvernement de nos rois en une république, fut connue dans Paris, la barre de l'Assemblée nationale fut bientôt encombrée d'une foule de gens de tout état qui semblaient attendre tout exprès à la porte pour la féliciter de ce grand changement, qu'ils regardaient, disaient-ils, comme l'ouvrage le plus parfait. Les ministres, ainsi que de raison, furent les premiers qui ouvrirent la porte aux félicitations ; admis dans le sénat, ils prennent l'engagement de mourir en dignes républicains. Ce serment fut à peine entendu, qu'une bordée d'applaudissemens retentit de toutes parts. C'est un délire universel. Oh! la belle chose que la nouveauté ! Voyez les députés, ou plutôt les sénateurs, qui s'efforcent d'engager toutes les autorités de Paris et des

15*

départemens à suivre l'exemple des ministres. « Accourez, disent-ils à tous les Français, accourez au sein de la Convention nationale, qui vous attend avec confiance ; venez dans ses bras jurer de défendre le gouvernement républicain, qui commence à marcher ; venez prêter serment de mourir à votre poste, en défendant la république une et indivisible ; tel est le vœu des députés *sans-culottes*. (Ils se donnaient cette qualification ridicule.) Voyez ces députés assis dans leurs chaises curules, qui se pavanent en contemplant quelques bataillons qui, avant de partir pour les frontières, viennent défiler dans la salle, et jurer au milieu de cette Assemblée de défendre le gouvernement qu'ils ne connaissent point. Voyez les sections de Paris qui sont à la file les unes des autres, et attendent leur tour à la porte pour entrer dans la salle, et déclarent aux législateurs qu'ils imiteront les ministres, et mourront comme eux en dignes républicains. Mais aussi, voyez derrière eux la Terreur qui leur dit : Jure, ou si non ! Voyez les Jacobins et les Cordeliers, de toute taille, de toutes couleurs, qui, comme des énergumènes dans leur antre, crient vive la république, la liberté et la sainte égalité ! Car ces trois noms, souvent unis, marchent rarement l'un sans l'autre. C'étaient les trois inséparables.

Aussitôt que les membres de la Convention furent installés dans la salle de leurs prédécesseurs, la discorde troubla bientôt leurs délibérations. Les haines et les vengeances furent mis à l'ordre du jour dans les différentes parties de

la salle. La députation de Paris, couverte de
crimes, se montra dès le premier abord ce qu'elle
avait été depuis six semaines, et ce qu'elle fut
par la suite. Tallien et Danton demandent que
tout citoyen puisse être élu juge, sans qu'il soit
nécessaire d'être inscrit sur le tableau des hommes
de loi. On sait à quelle espèce de magistrats
cette loi dut donner lieu.

Maîtres et souverains de toute la France,
n'ayant plus aucune autorité qui balançât leurs
pouvoirs, les conventionnels, en établissant le
fantôme de république au milieu des ruines de
la monarchie, attaquèrent et détruisirent tout
ce qui tenait, ou avait été créé sous le gouvernement constitutionnel du roi : tous les
hommes en place, soit au civil, soit dans le
militaire, furent renouvelés ; car, disaient-ils,
qu'a-t-on besoin de conserver ce qui a été créé
par le despotisme ? La constitution, sortie des
mains de l'Assemblée constituante, foulée aux
pieds par les Jacobins, n'était plus que dans le
souvenir des gens de bien. Purgeons les administrations, dit un député, tous les membres
qui s'y trouvent y sont gangrenés. — Je demande, dit un autre, le renouvellement des
tribunaux. — Oui, dit Billaud de Varennes, ex-
avocat, je suis d'avis de la réélection des administrations. Mais quant aux tribunaux, je crois
qu'il ne suffit pas d'en réélire les membres, il
faut les supprimer. Les tribunaux, continue-
t-il, n'ont été jusqu'ici qu'une source de désordres ; il n'ont servi qu'à perpétuer les divisions dans les familles ; ils n'ont été que les
suppôts de la tyrannie. Que deux experts soient

les arbitres des différends particuliers. Cette justice sera et plus prompte et plus impartiale et moins dispendieuse ; ils ne dévoreront pas le peuple comme les tribunaux. — Je demande, dit Chassey, que l'opinant soit rappelé à l'ordre ; veut-il nous jeter dans l'anarchie ? — Eh ! mon Dieu, dit un autre, nous y sommes depuis six mois. — Oui, reprend Billaud - Varennes, ce sont les tribunaux qui excitent l'anarchie. » Après quelques légers débats, il est décrété que tous les corps administratifs, municipaux et judiciaires, ainsi que les juges de paix, seront renouvelés et prêteront serment à la république. « Je propose comme article additionnel, ajoute Tallien, qu'il soit décrété que tout citoyen pourra être élu juge sans qu'il soit nécessaire d'être inscrit sur le tableau des hommes de loi. — Certes, reprend Danton, tout citoyen doit être appelé aux fonctions de juge ; il n'est pas besoin d'être homme de loi pour juger les procès ; il ne faut qu'une conscience pure. Remarquez bien, ajoute-t-il, que tous les hommes de loi sont d'une aristocratie révoltante. Si le peuple est forcé de choisir parmi ces hommes, il ne saura où reposer sa confiance. Je pense que si l'on pouvait, au contraire, établir dans les élections un principe d'exclusion, ce devrait être contre les hommes de loi qui, jusqu'ici, se sont arrogé un principe exclusif qui a été une des grandes plaies du genre humain. Que le peuple choisisse à son gré des hommes à talent, qui méritent sa confiance. Il ne se plaindra pas quand il en aura choisi à son gré ; au lieu qu'il aurait sans cesse le droit d'insurger contre les

hommes entachés d'aristocratie que vous l'au-
riez forcé de choisir.

» Elevez-vous, continue Danton en grossis-
sant sa voix de Stentor , élevez-vous à la hauteur des grandes considérations. Le peuple ne
veut point de ses ennemis dans les emplois
publics ; laissez-lui donc la faculté de choisir
ses amis. Ceux qui se sont fait un état de juger
les hommes étaient comme les prêtres ; les uns
et les autres ont éternellement trompé le peuple.
La justice doit se rendre par les simples lois
de la raison. Et moi aussi , dit-il , je connais
les formes ; et si l'on défend l'ancien régime
judiciaire , je prends l'engagement de combattre en détail , pied à pied, ceux qui se mon-
treront les sectateurs de ce régime. »

Je ne rappellerai pas ici, Messieurs, les vifs
débats qui eurent lieu sur de telles propositions, qui se terminèrent par le décret portant
que les juges pourront être choisis indistinctement parmi tous les citoyens. Aussi cette mesure fut une porte ouverte à tous les savetiers
sans savoir , à tous les intrigans sans talens ,
pour arriver à la magistrature, présider et juger
les citoyens révolutionnairement. Plaignons ,
plaignons le peuple qui bientôt sera écrasé par
ceux mêmes qui se disent les défenseurs du
peuple. En vertu de cette loi extravagante dont
je viens de vous parler, on vit une section de
Paris, nommer pour son juge de paix un homme
absolument sourd, au point qu'il ne pouvait
entendre qu'à force de lui crier les mots dans
les oreilles. Ce magistrat de nos temps révolu-

tionnaires ne pouvait pas du moins se laisser séduire par de beaux discours.

Je vous dirai que depuis quarante jours , la France se trouvait à la discrétion d'une bande de voleurs et de brigands qui , au nom de la liberté, la ravageaient sur tous les points. Mais cet état des choses était encore bien loin de finir. La nouvelle assemblée, plus occupée à détruire qu'à recréer , ne prenait que de faibles mesures pour arrêter le torrent des abus vrais ou supposés , qui , au lieu de diminuer , se grossissait de jour en jour. Tout en désorganisant les tribunaux , tout en les mutilant par le renouvellement de nouveaux juges, la France marchait à sa destruction d'une manière sensible. La députation de Paris , l'âme de tous les crimes , n'en continuait pas moins sa dictature avec la même influence. Tout marchait vers l'anarchie la plus hideuse. Les généraux , à la tête des armées , qui sacrifiaient leur existence, leurs veilles , pour défendre la patrie , éprouvaient dans l'intérieur de leur pays les plus violentes et les plus injustes accusations. Faisaient-ils des progrès sur l'ennemi par de savantes manœuvres; on les accusait de s'entendre avec l'étranger, pour mieux perdre la France. Remportaient-ils des victoires ; c'était, disait-on , pour avoir plus d'autorité et remettre le roi sur le trône. Les Jacobins , d'un fanatisme révoltant, digne de leurs principes, faisaient tous leurs efforts pour se débarrasser de tout ce qui appartenait à la caste nobiliaire. Selon leur système , il ne fallait à la tête des armées que des hommes du

peuple. On fomentait l'esprit de révolte et d'insubordination parmi les troupes par mille déclamations ; et les écrivains prétendus patriotes
excitaient la discorde parmi les officiers, qui ne
voyaient dans leurs chefs que des traîtres et
des conspirateurs. Une nuée de commissaires
ad hoc ou de proconsuls sortaient déjà du sein
de la Convention pour parcourir les départemens, afin, disait-on, de rétablir l'ordre et
surveiller les opérations ; mais ces commissaires,
abandonnés à l'arbitraire, couvrirent la France
d'horreurs et de massacres.

Ce système de brigandage, de désordres et
d'assassinats, propagé dans toutes les provinces
par les commissaires du pouvoir exécutif, qui
tous avaient été nommés sous l'influence de
Danton, donnait au ministre Roland les motifs
d'une violente inquiétude. Il ne cessait de dénoncer les excès et les entreprises illégales que
ces commissaires, ou les agens de la Commune,
provoquaient continuellement. Le député Kersaint fut le seul qui osât élever la voix contre
ce débordement effrayant de calomnies qui ali-
mente les défiances et les inquiétudes du peuple
et le porte aux plus cruelles agitations. « Il est
temps, dit-il, d'élever des échafauds pour les
assassins ; il est temps d'en élever pour ceux
qui provoquent les assassinats. La Convention,
en arrivant, a dû faire cesser toutes les défiances. Sans doute vos cœurs ont frémi d'indignation, comme le mien, à l'idée des scènes
d'horreur dont on veut déshonorer le nom français : c'est le dernier complot de nos commis ;
il y a peut-être quelque courage à s'élever contre

les assassins. Je demande que la Convention
s'occupe de faire cesser ce brigandage anarchique, et qu'il soit nommé quatre commissaires pour examiner la situation du royaume
et celle de la capitale, et vous présenter des
mesures nécessaires pour assurer la tranquillité publique et la vengeance des droits de
l'homme. »

Ah! demander la paix dans l'intérieur de la
France, la chose était bien difficile, par les
cruelles circonstances où l'on se trouvait! Qui
est-ce qui la voulait cette paix? qui voulait la
tranquillité de son pays, quand tant de gens
avaient intérêt à détruire la France, à la bouleverser; quand tant de gens avaient en vue
la domination, la dictature, l'envahissement
de la fortune publique? Parler de paix à des
gens qui, après avoir emprisonné leur souverain,
avaient fait égorger ses serviteurs! Ils voulaient
aussi assouvir leur vengeance sur le trop malheureux roi. Enfin, la députation de Paris,
couverte du sang de ses concitoyens, combat la
proposition de Kersaint, et l'on voit les Tallien,
les Bazire, Fabre-d'Eglantine, Sergent et Collot-d'Herbois paraître dans la lice en furieux,
pour repousser les bonnes raisons alléguées par
Kersaint. « Il existe des lois contre les assassins, disent-ils, il n'est besoin que de les faire
exécuter »; et ils déclarent qu'on doit avoir
assez de confiance dans la justice du peuple.
« Ajournez au moins cette loi de sang, disent-
ils dans leurs harangues. » Ainsi parlaient les
auteurs des journées de septembre, en réponse
à Kersaint. Ils parlent de la justice du peuple,

est-ce la justice de celui de la Commune dont ils ont fait un si cruel usage ? L'Assemblée se prononce à la presque unanimité en faveur de Kersaint.

Alors, nouvelle lutte, nouvelle agitation ; un tumulte affreux éclate au milieu de la Convention. Les dangers qu'avaient couru leurs prédécesseurs depuis six semaines au milieu des brigands, firent demander à la Convention une garde départementale. Cette garde est décrétée ; mais bientôt le décret est rapporté. C'est une dictature, c'est le triumvirat qu'on veut établir, disent quelques ombrageux députés. Tous veulent parler en même temps ; la lice est aussitôt ouverte, et de grandes vérités se font connaître. « On a parlé hier, dit Merlin, qu'il fallait que l'Assemblée fût environnée d'une garde formée par des hommes des quatre-vingt-trois départemens de la république ; et moi, je dis : il faut que lorsque nos concitoyens vont combattre les ennemis de la liberté, ils soient certains de combattre partout les individus qui composent et trahissent la république, et non pour les dictateurs ou les triumvirs. Je demande, continue Merlin, que ceux qui connaissent, au sein de cette assemblée, des hommes assez pervers pour demander le triumvirat ou la dictature, m'indiquent ceux que je dois poignarder. J'invite donc Lasource, qui m'a dit hier qu'il existait dans l'Assemblée un parti dictatorial, à me l'indiquer, et je déclare que je suis prêt à poignarder le premier qui voudrait s'arroger un pouvoir de dictateur.

« Il est bien étonnant, répond Lasource,

qu'en m'interpellant, le citoyen Merlin me calomnie. Je ne lui ai point parlé de dictature, ni de triumvirat, c'est-à-dire de pouvoir dictatorial, auquel je voyais tendre quelques hommes habiles dans l'art de l'intrigue, avides de domination. » Après un long discours, Lasource déclame avec force contre les auteurs des massacres de septembre et contre la députation de Paris ; il indique en mots couverts les hommes qui proposent la dictature et celui qui doit être nommé dictateur.

« Voulez-vous faire cesser ces malheureuses dissensions, reprend Osselin, faites que chacun s'explique librement ; et je ne doute pas que chacun de nous ne soit prêt à le faire. J'invite donc tous les membres de la députation de Paris à venir s'expliquer à cette tribune ; car il faudrait être ignare ou scélérat pour prétendre à la dictature. Je demande donc que chacun de nous déclare qu'il ne veut vivre que pour la liberté et l'égalité, et que, comme moi, il veut avoir la république la plus démocratique possible.... Oui, s'écrie-t-il avec feu, oui, je dis qu'il existe un parti dans cette assemblée ; c'est le parti de Robespierre : voilà l'homme que je dénonce. »

« C'est un beau jour pour la nation, déclare Danton, qui croit, par son hypocrisie en ce moment, blanchir son âme noircie de crimes ; c'est un beau jour pour la république, que celui qui amène entre nous une explication fraternelle : s'il y a des coupables, s'il existe un homme pervers, qui veuille dominer despotiquement les représentans du peuple, sa tête

tombera aussitôt qu'il sera démasqué. On parle
de dictature, de triumvirat; dit-il avec une voix
de tonnerre, cette imputation ne doit pas
être une imputation vague et indéterminée; celui qui la fait doit la signer. Je la ferai, moi,
cette imputation, dût-elle faire tomber la tête
de mon meilleur ami. Ce n'est pas la députation
de Paris, prise collectivement, qu'il faut inculper; je ne chercherai pas non plus à justifier chacun de ses membres : je ne suis responsable pour personne, je ne vous parlerai donc
que de moi. » Après avoir parlé beaucoup de lui
et de ses services, Danton accuse formellement
Marat d'être l'auteur du projet de dictature,
et propose une loi de mort contre quiconque
tenterait de diviser la république, ou se dé-
clarerait en faveur de la dictature ou du
triumvirat.

Danton eut à peine fini sa diatribe, que Robespierre paraît dans la lice; il arrive à la tribune, des bésicles sur le nez. Là, avec son air
calin, ses manières pincées, sa tournure, sa démarche, tout indique la conduite d'un traître,
d'un conspirateur, d'un homme enfin qui as-
pire au pouvoir suprême. Après avoir fait l'historique, ou plutôt l'éloge de sa conduite politique, il rappelle les bénédictions du peuple,
qui lui furent, dit-il, tant de fois prodiguées
durant l'Assemblée constituante; l'énergie avec
laquelle il démasqua les hypocrites, et terrassa
les factieux de tous les partis, et.... Ici, le député Osselin l'arrête tout court : « Robespierre
veut-il finir cette longue harangue et nous donner, en quatre mots, une explication franche?

— Réponds à cette question, lui crie Le-
cointre-Puyraveau : dis-nous simplement : As-tu
aspiré à la dictature et au triumvirat ? — On
veut, reprend Robespierre, que je réponde simplement à une question de cette nature : je déclare donc que je ne suis point accusé ; mais
que cette inculpation est un crime ; que ce
crime n'est pas dirigé pour me perdre, mais
pour perdre la chose publique. » (A ces mots,
on murmure, on rit.) — « Président, dit un
député, faites finir Robespierre ; son intention
n'est pas sans doute de nous faire perdre la
séance. — « Je demande, dit Robespierre,
que ceux qui me répondent par des rires, par
des murmures, se réunissent contre moi ; que
ce petit tribunal prononce ma condamnation :
ce sera le jour le plus glorieux de ma vie. » Malgré les rires, malgré les murmures, Robespierre ne se déconcerte pas ; il continue à parler
de lui. Le député Barbaroux prend la parole ;
il aggrave la dénonciation contre Robespierre.
— « Après la journée du 10 août, dit-il, les
Marseillais furent recherchés par les différens
partis qui divisaient alors Paris. Le comité de
surveillance les conduisit chez Robespierre ; et
là, Panis leur désigna nominativement Robespierre comme l'homme vertueux qui devait
être dictateur de la France. » Puis il retrace la
conduite de la Commune de Paris ; lui reproche
l'envoi des commissaires dans les départemens ;
les mandats d'arrêt lancés par elle contre les députés du Corps-Législatif et contre le ministre
Roland ; cette fameuse circulaire, où elle écrit
à toutes les communes de la répnblique, de se

coaliser avec elle, d'approuver tout ce qu'elle
a fait, de reconnaître en elle la réunion des
pouvoirs; enfin, cette opposition l'amène au
décret qui appelle à Paris une garde, prise dans
les quatre-vingt-trois départemens, pour entourer la représentation nationale; tous ces faits
ne prouvent-ils pas l'existence d'une dictature?»

Ici, les conjurés de la journée du 10 août
dévoilent leur trame ourdie contre le gouver-
ment, et font connaître à l'univers leur tacti-
que, leur brigandage et les vols qu'ils ont commis de toutes parts. — « Oui, dit Cambon,
j'atteste tous les faits énoncés contre la Commune; j'ai vu, dit-il, des municipaux fouiller
les papiers dans les dépôts; s'immiscer dans la
comptabilité des caisses publiques, et y mettre
les scellés; je les ai vus encore, aller dans tous les
édifices nationaux, s'emparer de tous les effets
les plus précieux, sans même dresser aucun
procès-verbal de ces enlèvemens. »

A ces imputations si graves, si multipliées,
le député Panis, qui a eu sa bonne part dans
tous ces vols, veut entreprendre de justifier ses
collègues et lui-même; et avoue cependant les
mandats d'arrêt décernés contre les députés;
mais il les rejette sur la nécessité de parer aux
trahisons dont il accuse la cour, dans laquelle
on assurait qu'ils avaient pris part. « C'était
moins, ajoute-t-il, pour notre propre sûreté,
que pour celle de l'Assemblée nationale, qui
était menacée, que nous avons agi ; et l'on
nous fait un crime des moyens que nous avons
pris pour la sauver ! Nous sommes instruits,
déclare-t-il, à la honte de la Commune de Paris,

que les plus riches maisons faisaient exporter leur numéraire et leur argenterie ; nous avons envoyé des hommes, chargés de notre confiance, pour s'en emparer ; et notamment chez Mme. de Louvois, à Ancy-le-Franc, où ils manquèrent d'être égorgés. (Tant mieux ! s'écrie une voix : c'est ainsi qu'on doit traiter les voleurs, les assassins.) Après avoir divulgué à la nation les vols des commissaires de la Commune, Panis finit par dire qu'il n'a point parlé de dictature, et en fait serment.

Mais Marat, l'infâme Marat, plus audacieux encore que ses collègues, monte à la tribune avec toute l'audace d'un scélérat ; il en est d'abord écarté avec horreur, mais l'Assemblée désirant qu'il soit entendu, dans l'espérance d'en tirer quelque éclaircissement, il obtint la parole pour faire frémir l'auditoire, et s'exprime ainsi avec fureur : « Qu'on cesse d'accuser Robespierre, Danton et autres, moi seul ai donné l'idée d'un tribunal du triumvirat, de la dictature, comme il vous plaira, et je ne crains pas que le peuple me désavoue, il connaît mes principes et mon attachement à ses intérêts. Oui, je déclare que, douloureusement affecté des crises violentes dont la patrie était agitée, la voyant prête à s'engloutir sous ses ruines, je n'ai vu qu'un seul moyen de la sauver, la dictature, et je l'ai proposée dans les mains d'un homme probe et fort de caractère, qui pût avec tranquillité et justice faire tomber la tête des coupables. Déjà cent mille patriotes sont morts victimes de la scélératesse : cent mille autres sont encore menacés.

« Peuple ! continue Marat en se tournant vers les tribunes et les interpelant ; peuple ! pourquoi ne m'as-tu pas cru ? si le même jour où la Bastille fut conquise, moins sourd à ma voix, tu avais fait tomber cinq cents têtes de machinateurs, tu aurais imprimé la terreur dans l'âme des autres, et le nouvel ordre de choses n'aurait pas éprouvé tant d'obstacles. »

C'est ainsi que Marat prononça ces paroles horribles, au milieu d'une nombreuse assemblée, et en présence de la nation. Quelle bouche envenimée autre que celle de ce monstre pouvait proférer de telles maximes ? La postérité la plus éloignée reculera d'horreur en lisant l'aveu de pareils forfaits. Eh ! que craignait cet énergumène en faisant gloire de sa rage infernale, prononcée avec toute l'audace d'un monstre sorti de l'enfer ? Tous les sicaires de la Commune et des Jacobins le soutenaient, le protégeaient, l'encourageaient. C'est les armes à la main qu'il prononça de telles monstruosités à la tribune de la Convention. Les cris d'indignation d'une part et les marques bruyantes d'approbation de l'autre, mirent le trouble dans cette séance, qui ne servirent qu'à répandre quelque clarté sur les desseins infernaux que projetaient les auteurs du système d'anarchie qui allait couvrir la France de deuil.

On fait lecture d'un passage du numéro de son odieux journal (*l'Ami du Peuple*); il est ainsi conçu : « Une seule réflexion m'accable, c'est que tous mes efforts pour sauver le peuple n'aboutiront à rien sans une nouvelle insurrection. A voir la trempe de la plupart des députés

2.   16

à la Convention nationale, je désespère du salut public. Si, dans les huit premières semaines, les premières bases de la constitution ne sont pas posées, n'attendez plus rien de vos représentans. Vous êtes anéantis pour toujours, cinquante ans d'anarchie vous attendent, et vous n'en sortirez que par un dictateur, vrai patriote et homme d'état. O peuple babillard, si tu savais agir ! »

Après avoir entendu la lecture de ce passage, un mouvement unanime d'indignation s'empare de l'Assemblée; on crie de toutes parts à l'Abbaye! à l'Abbaye! Marat se lève, il veut parler. Le décret d'accusation, demande-t-on de tous côtés, tandis que d'autres crient, à la barre! Il monte à la tribune avec un grand sang-froid, et là, il avoue cet écrit qu'il dit être fait depuis dix jours, c'est-à-dire à l'époque des nominations. « Alors, dit-il, mon cœur était indigné de voir nommer à la Convention des hommes que j'avais dénoncés comme ennemis publics, de voir triompher cette faction de la Gironde, qui me proscrit aujourd'hui. » Puis il fait lire par un secrétaire le premier numéro d'un journal qu'il publie sous le nom de *Républicain*. Il rappelle dans cet écrit les persécutions qu'il a éprouvées de la part de Lafayette, les services qu'il a rendus à la chose publique, par les dénonciations qu'il a faites et qui se sont vérifiées. Il promet de modérer son indignation à la vue des attentats des ennemis de la liberté. Il invoque l'amour de la patrie, dont il est enflammé, et la pureté de ses intentions. Après cette lecture, qui avait été entendue dans le plus profond silence, il en augure qu'il ne doit plus rester aucun doute sur son compte ; et aussitôt, tirant de sa poche un pistolet qu'il applique sur son front, déclare que si le décret d'accusation eût été lancé contre lui, il se brûlait la cervelle au pied de cette tribune. Ce monstre continue, pour prouver son audace : « Voilà, dit-il, le fruit de trois années de cachot et de tourmens essuyés pour sauver ma patrie ! voilà le fruit de mes veilles, de mes travaux, de ma misère, de mes souffrances, des dangers que j'ai courus. Eh bien, reprend-il en se démenant comme un démoniaque, je resterai parmi vous pour braver vos fureurs.»

A cette bravade, les cris, les murmures partent de tous côtés : A bas le monstre ! qu'on le chasse de la tribune ! Mais Tallien prend la parole et dit : « Je demande que l'ordre du jour fasse trève à ces scandaleuses discussions ; décrétons, décrétons le salut de l'empire, et laissons-là les individus. » Cette réflexion, comme un talisman, fait taire toutes les voix, tout rentre dans le calme, et la Convention passe à l'ordre du jour.

Ainsi se termina cette première crise violente entre les membres de la Convention, qui en amena tant d'autres. Le décret d'accusation demandé contre Marat, contre plusieurs membres de la Commune, et contre quelques députés, fut oublié par la motion de Tallien, qui avait sa bonne part aux crimes qu'on imputait à Robespierre et à Marat. Mais le salut de l'empire et l'astuce des Jacobins, dans cette crise, fit tout oublier, et le parti de la Gironde commença à fléchir contre cette exagération populaire qui allait toujours croissant.

16*

Laissons-là, pour un instant, les querelles
des députés dans la salle de la Convention, et
voyons les mouvemens de Paris. Oh! les mouvemens de Paris! Dieu! quel vaste sujet de tableaux toujours mouvans, toujours agités, et
se succédant les uns aux autres, comme les
vagues de l'Océan poussées par un vent im-
pétueux !

L'armée prussienne qui, après avoir pris Verdun et Longwi, et dirigeant sa marche vers
Châlons, donnait aux Jacobins, à la Commune
et à tous les nouveaux républicains, une terreur panique qui était inexprimable; à chaque
courier entrant dans la capitale, ils croyaient
déjà voir l'ennemi derrière eux, et le cri *aux
armes!* redoublait encore avec plus de force,
afin d'épouvanter les pères, les mères, les filles,
qui encourageaient leurs enfans, leurs frères,
à marcher vers les contrées envahies. Les petites tribunes, élevées depuis quelques jours
dans Paris et en plein air, se multipliaient à
l'infini; non - seulement on les voyait sur les
places publiques et sur les quais, mais encore
presque à tous les coins de rue et dans tous les
carrefours. Les tambours, les fifres, les trompettes, se faisaient entendre de tous côtés. Les
patriotes, perchés sur ces hauteurs, redou-
blaient d'énergie en appelant la jeunesse à la
défense de la patrie. « Nous marchons à votre
tête, disaient-ils avec fanfaronnade, la victoire
nous attend. Allons cueillir des lauriers. » Des
habits, des plumets, des armes, brillaient et
flottaient de tous côtés. « C'est une campagne
de six semaines que nous allons faire, répétaient

ces jongleurs, en promettant à chaque soldat à son retour, six arpens de terre. » Les bataillons, les escadrons; les uns les tambours en tête, les autres des trompettes, circulaient dans les rues, en se dirigeant tous du côté des Tuileries, pour ensuite défiler dans la salle de la Convention. « A Pantin! disaient lès chefs, à Pantin! c'est le premier point du départ, c'est la première halte. » On entendait dans toutes les bouches cette fameuse chanson qui venait de paraître, et commençant par ces mots: *Allons, enfans de la patrie, le jour de gloire est arrivé;* ayant pour refrein : *Marchez, marchons, qu'un sang impur abreuve nos sillons;* ces derniers mots, se répétant en chorus, jetaient dans l'âme des citoyens une impression sinistre et alarmante. On entendait ce chant guerrier, non-seulement dans les rues, dans les cabarets, dans les guinguettes, mais encore dans les assemblées de sections, et dans tous les clubs. C'était un délire que cette chanson, que tout le monde savait déjà par cœur. Il n'y avait pas jusqu'aux enfans qui ne bourdonnassent ce refrein. Le général sans-culottes, après avoir conduit son petit détachement à Pantin, faisait un demi-tour à droite, et revenait à Paris jouer la même parade que la veille, et faisait de nouvelles recrues. La plupart de ces bataillons, vêtus en habit court, portaient, au lieu de fusils, de grandes piques, ornées d'oriflammes, de quinze pieds de haut, qu'ils pouvaient à peine manier, tant elles étaient lourdes et embarrassantes, et dont ils ne purent jamais se servir, parce que les généraux n'en voulurent point. Non-seu-

lement on formait des bataillons d'infanterie
par centaines, mais encore des escadrons de cavalerie, habillés de toutes couleurs. Là, était
des corps de dragons; ici, des corps de hussards,
dont un de ces derniers prit le non de *Hussards
de la mort*. Ils étaient habillés de noir, chamar-
rés de banderolles blanches, et armés jusqu'aux
dents. Leur costume correspondait avec leur
figure. La plupart de ces soldats étaient des
noirs mélangés avec des blancs. Mais ces derniers, pour ne point faire de disparate, se bar-
bouillaient la figure de suie. Cet escadron bizarre, mais bien monté, était commandé par
le fameux Saint-George (1), si connu dans l'art
de l'escrime. Après avoir manœuvré pendant
quelques jours sur le Carrousel, où Saint-
George faisait preuve de son talent, monté sur
un superbe cheval, et caracolant à la tête d'un
corps qu'on aurait pris pour des diables, cette
cavalerie disparut de Paris, au cri de *vive la
liberté!* et partit pour l'armée du Nord.

---

(1) Saint-George (dit le chevalier), né à la Guade-
loupe, d'un fermier-général, M. de Boulogne, entra
d'abord dans les mousquetaires, fut ensuite écuyer de
Mme. de Montesson, duchessse d'Orléans; puis devint
capitaine des gardes-du-corps du duc de Chartres. Son
intimité avec le duc de Chartres, son adresse dans l'art
de l'escrime, des talens pour la musique, contribuérent
à faire de lui un personnage célèbre dans la capitale, à
l'époque de la révolution; il participa à toutes les intrigues
politiques, dont le foyer était au Palais-Royal. Après la
défection de Dumouriez, il quitta l'armée, revint à Paris
et fut emprisonné; il ne sortit de prison que le 27 juillet
1794, le lendemain du 9 thermidor; il mourut en 1801.

A ces corps, armés de toutes manières, qui partaient pour la frontière, succédaient dans les rues de Paris, des bataillons d'ouvriers, armés de pelles et de pioches, le tambour en tête. Ceux-ci n'allaient pas à la Convention, comme les jeunes volontaires, prêter serment de défendre la patrie, mais ils allaient aussi concourir à la défense de leur pays. C'étaient dans les plaines des Vertus et de Saint-Denis, pour y faire des retranchemens, et creuser de grands fossés, comme je vous l'ai déjà dit, pour arrêter tout court l'armée prussienne. Oh! voyez comme tout le monde travaille du matin au soir, et même pendant la nuit, à faire des redoutes, des plates-formes pour y placer un grand nombre de canons, car les dangers devenaient extrêmement pressans, surtout dans l'imagination des peureux.

Voyez les habitans de Pantin, de la Chapelle, de la Villette, et autres propriétaires, qui se désolent de voir détruire leurs récoltes. Ciel! comme tout est bouleversé dans les plaines! Que de montagnes! que de précipices! C'est partout, au-delà de Saint-Denis, même moyen d'arrêter les ennemis. Ah! s'ils viennent jusque-là, disais-je en moi-même, comme ils tourneront Paris et entreront d'un autre côté! Nous en avons eu la preuve depuis.

Mais comme les chefs de la révolution ne comptaient pas beaucoup sur la résistance qu'offriraient les nouvelles troupes françaises aux armées combinées de la Prusse et de l'Autriche, ils employèrent d'autres moyens pour empêcher l'ennemi d'arriver en France ; ils se rendent au-

près de Louis XVI, et le prient d'écrire au
roi de Prusse qu'il eût à se retirer du territoire
français; et ces traîtres promettent à cet infortuné prince, et lui jurent que son existence et
celle de sa famille seront respectées, s'il con-
sent à leur demande. Le monarque prisonnier, toujours bon, toujours compâtissant, ac-
quiesce à leurs désirs. Quelle parole, que celle
des chefs de l'anarchie qui n'avaient de respect
ni pour Dieu, ni pour les hommes!

Tandis que le roi de Prusse marchait vers
Châlons, les Autrichiens de leur côté entraient
en Flandre, et couvraient Lille pour en faire le
siége. Tout cela ne laissait pas d'être fort inquié-
tant. Le maréchal Luckner, qui avait eu carte
blanche du temps de l'Assemblée législative,
venait d'être destitué et mandé à la barre de la
Convention, pour rendre compte de sa conduite,
et ne fut plus aux yeux de la faction qu'un
traître, dont il fallait se défaire, et périt sur
l'échafaud quelques mois après. Le général
Montesquiou commandait l'armée des Alpes;
malgré qu'il fût entré en Savoie et eût pris la
ville de Chambéry, il n'en était pas moins calomnié par les Jacobins, qui le regardaient comme
un traître, et fut forcé d'abandonner son armée
et de passer en Suisse. Le jour où il entrait
dans Chambéry, on le destituait à Paris, et
on préparait son acte d'accusation. Le général
Custines, ne connaissant d'autre devoir que celui
de défendre son prince et son pays, comptant
sur la générosité de la Convention envers son
malheureux roi, faisait tous les sacrifices pour
empêcher l'ennemi d'entrer en France, mar-

chait vers Spire et Worms, et fut bientôt maître
de ces deux places ; mais il n'en fut pas moins
calomnié et dénoneé. Je puis dire avec vérité
que tous les généraux indistinctement avaient
les ennemis au-dehors et dans l'intérieur de la
France. Les uns combattant face à face, il y avait
de l'honneur à leur résister et à les vaincre ;
mais les autres, cachés dans Paris, étaient les
plus traîtres et les plus à craindre ; ils n'atta-
quaient qu'avec les armes de la calomnie ; Dumouriez, Kellermann et Valence, défendant
chaque partie de la Champagne, à la veille
d'être envahie par le roi de Prusse, étaient
aussi en butte aux accusations mensongères des
Jacobins jaloux des succès qui n'étaient pas leur
ouvrage, ou qui pouvaient servir la royauté.

Le comité de surveillance de la Commune de
Paris, furieux de ce que le roi de Prusse marchait à la tête de ses armées, organise une
troupe d'assassins, sous le nom de *tyrannicides*,
pour poignarder, disaient-ils, tous les rois de
la terre ; ils voulaient imiter Mutius-Scævola,
qui sortit de Rome pour assassiner Porsenna,
qui en faisait le siége, et fut arrêté au moment
où il poignardait un de ses lieutenans, croyant
tuer ce prince. Enfin, deux de ces brigands partent de Paris avec pleins pouvoirs, signés Marat,
Panis et Sergent, et se dirigent sur Charleville
et Mézières, et là ils reçoivent les instructions
d'un agent des Jacobins, pour se rendre à Verdun ; ces deux misérables, déguisés en paysans
et armés de grands couteaux à gaîne, traversent les Ardennes. L'un se perd dans sa direction, au milieu de la forêt ; l'autre arrive aux

portes de Verdun, entre dans la ville pour com-, mettre le crime ; mais il n'en eut heureusement, comme nous le dirons plus tard, ni le courage ni l'audace.

Le roi de Prusse, soit qu'il appréhendât qu'en avançant trop promptement vers Paris, les Jacobins ne se portant au désespoir, ne massacrent la famille royale enfermée au Temple ; soit qu'il eût égard à la lettre que Louis XVI venait de lui écrire sous l'influence de ces mêmes Jacobins, ce prince aima mieux abandonner ses conquêtes que d'être cause de la mort de ce trop malheureux roi, et ne s'occupa plus que de se retirer vers la Belgique. Mais, poursuivi par Dumouriez et par le général Kellermann, qui venait de remporter une brillante victoire à Valmy, sa retraite fit répandre dans Paris, par la horde jacobine, les bruits les plus absurdes et les plus invraisemblables. Nous sommes vainqueurs, disent-ils au peuple crédule qui les écoute, nous sommes victorieux sur tous les points. L'armée prussienne a été battue et défaite à Valmy. Les villes de Verdun et de Longwi sont rentrées en notre pouvoir. Pour donner plus de consistance à cette défaite, on fait encore courir le bruit que le roi de Prusse est cerné et même prisonnier. A cette nouvelle mensongère, quel enthousiasme se manifeste dans tous les quartiers de la capitale ! Les nouvelles officielles sont attendues avec un délire inconcevable, et tous les patriotes croient déjà voir le monarque prisonnier, conduit derrière un char, comme faisaient les généraux romains. Dumouriez, comme l'ange tutélaire, arrive à

Paris pour recueillir les lauriers et les applaudissemens de sa grande victoire ; mais malheureusement il n'a point à sa suite l'illustre prisonnier ; il est seul, et au lieu des applaudissemens, il ne reçoit que des reproches des uns ; d'autres l'accusent de trahison d'avoir laissé échapper le roi de Prusse. Bientôt il quitte Paris et s'en retourne à la tête de l'armée, en promettant bien de se venger.

Dans cet état de choses, Paris, divisé en plusieurs factions, ne présente qu'une arène de gladiateurs. Les partis s'observent et n'attendent que le moment de s'attaquer les armes à la main avec le dernier acharnement. Les craintes qu'on avait conçues de l'approche de l'ennemi sur Paris sont presque évanouies. Servan donne sa démission du ministère de la guerre ; Roland en fait autant de celui de l'intérieur, ayant été nommé député par le département de la Somme ; mais Roland, pressé par les conseils et les instances de ses amis les Girondins, qui avaient besoin de lui pour contrebalancer l'influence de leurs adversaires, écrit à l'Assemblée qu'il reste au ministère. Voilà donc le ministère de l'intérieur irrévocablement fixé entre les mains de Roland, qui n'en sortira que pour périr de la manière la plus funeste. Quant au ministre de la guerre, on y vit arriver un homme ignare et patriote comme Marat ; et ce ministère, qui ne peut être occupé que par un homme blanchi sous le casque, et connaissant l'art de conduire les armées, était le fils d'un portier. Pache, qui n'avait jamais été à l'armée, et sans la moindre connaissance de l'art militaire, et qui n'a-

vait vu de généraux que ceux qui entraient et
sortaient de chez M. de Castries, dont son père
gardait la porte de l'hôtel, parvint à ce ministère par l'influence des Jacobins. Aussi, les armées furent-elles dirigées d'une manière déplorable. Quelle gloire pour un valet du dernier
rang qui, de la loge de portier, entre en maître
dans des appartemens dorés, et s'installe dans
le fauteuil d'un maréchal de France! Aussi
tout fut bientôt bouleversé dans ce ministère,
qui demandait un homme du plus grand mérite
dans les circonstances actuelles.

Le ministère de la justice, vacant par la nomination de Danton à la Convention nationale,
fut remplacé par un homme intime avec les Jacobins. Garat jeune, de simple commis, vint
s'asseoir dans le fauteuil du premier magistrat
de la France, dans ce fauteuil autrefois occupé
par le chancelier d'Aguesseau. Mais qu'impor-
tait aux Jacobins qu'un homme eût du talent,
ou n'en eût pas, pourvu qu'il fût patriote? selon l'expression de ce temps-là, qu'on dénature
dans les troubles : avec du patriotisme, disaient
les frères et amis, la machine n'en ira pas
moins.

Une grande place restait encore vacante,
c'était celle de maire de Paris : ah! pour cette
place, comment trouver un homme digne de
représenter le roi? Pétion avait aussi été nommé
député à la Convention. Voilà que tous les patriotes se remuent, s'agitent, s'ébranlent; les
uns veulent celui-ci; les autres celui-là. Dieu!
quelle agitation! on crie, on se bat dans les
sections; on se bat aux Jacobins, aux Corde-

liers ; on se bat presque dans toutes les rues ,
pour se donner un maître : les factions se heur-
tent, se poussent ; et enfin, au milieu de tout
cela , après un mois de crises violentes, treize
mille sept cent quarante-six suffrages donnent
la palme au fameux Pétion, qui , pour la
seconde fois, obtient encore l'honneur d'être
maire de Paris. Mais comme, en ce temps-là ,
on ne voulait pas cumuler les places sur le même
individu , et que chacun voulait sa part au gâ-
teau, Pétion fut obligé d'opter, et préféra la
place de député. Alors on procéda de nouveau à
la nomination de cette place éminente. M. Dormesson, ex-contrôleur des finances, après avoir
été ballotté avec Lullier, accusateur public près
le tribunal criminel, fut nommé maire. Mais
M. Dormesson, regardant cette place comme
trop épineuse, refuse ; et enfin Chambon, homme
peu connu , et d'un caractère faible, après un
nouveau ballottage , obtient cet honneur, à la
pluralité de huit mille quatre cent cinquante-
huit suffrages.

Voilà la situation de Paris, de cette grande
ville, toujours agitée, toujours prête à s'insurger
contre les autorités nouvelles. Laissons-la , pour
un instant, et allons voir la Convention ; car une
violente crise se prépare entre les Girondins et
les Jacobins. Si on se bat aux frontières pour l'in-
tégrité de la république , à Paris on est en présence ; et chacun, placé dans l'arène, est prêt à
se porter les premiers coups. L'armée prussienne,
repoussée de la Champagne, Verdun et Longwi
repris par les Français, les Autrichiens forcés à
lever le siége de Lille , Danton , qui ne voit plus

rien à craindre pour lui et ses amis, demande que la patrie soit déclarée n'être plus en danger. « Lorsque vous l'avez déclarée en danger, dit-il, vous connaissiez le principe de ce péril ; c'était la royauté que vous avez abolie. Certes, il n'est aujourd'hui aucun de nous, qui ne soit convaincu que, loin d'avoir rien à craindre pour notre liberté, nous pouvons la porter chez tous les peuples qui nous entourent, etc. » Mais la question préalable, proposée par Barrère, écarta bientôt cette proposition, qu'il regardait comme aussi dangereuse qu'impolitique. Si la France était menacée par l'ennemi extérieur, elle l'était bien davantage par ceux qui la gouvernaient ; on vit tomber ces fameuses lois contre les émigrés qui avaient abandonné leur pays, pour leur propre sûreté ; et c'était toujours les Girondins qui proposaient ces lois de sang, à la suite de grands discours. Guadet propose, et fait adopter le décret suivant : « La Convention nationale, considérant que l'exécution de la loi relative aux émigrés, pris les armes à la main, ne doit souffrir aucun retardement, décrète ce qui suit :

» En exécution de la loi qui prononce la peine de mort contre les émigrés, ils seront, dans les vingt-quatre heures, livrés à l'exécution de la justice, et mis à mort après qu'il aura été déclaré par une commission militaire, composée de cinq personnes, et nommée par l'état-major de l'armée, qu'ils sont émigrés, et qu'ils ont été pris les armes à la main, ou qu'ils ont servi contre la France. » Ensuite arrive une autre loi qui bannit, à perpétuité, tous les émigrés français, et condamne à la peine de mort ceux qui rentreraient en France.

Non-seulement on poursuivait les émigrés, avec une rigueur extrême, mais aussi on ne ménageait guère les membres de l'Assemblée constituante, qui avaient montré de l'attachement à leur prince, ou fait rendre des lois pour punir ou arrêter les mauvais citoyens qui empiétaient, de jour en jour, sur l'autorité, par mille horreurs. La loi martiale, rendue par cette fameuse Assemblée, fut bientôt effacée du code des lois. Le faubourg St.-Antoine, toujours agité, toujours remuant, arrive à la barre ; et Gonchon, l'orateur éternel des sans-culottes, après un discours ampoulé et d'une longueur infinie, termina sa harangue par ces mots « Venez, législateurs, venez avec les citoyens de Paris ; accourons au Champ-de-Mars, portez-y le livre des décrets ; arrachons-en les feuillets de la loi martiale, et déchirons-le, à l'envi, sur l'autel de la patrie. » Puis il demanda que tous les drapeaux rouges soient brûlés sur l'autel de la patrie, dans tous les départemens.

Bientôt de vifs débats s'engagent entre Marat et Barbaroux, sur une dénonciation contre le ministre de l'intérieur, comme ayant délivré une lettre de cachet... Ah ! une lettre de cachet : dieu ! quel crime aux yeux des gouvernans d'alors ! — « Je demande la parole pour un fait, dit Marat au président. — Si c'est un fait étranger aux délibérations qui sont à l'ordre du jour, lui répond le président, vous n'avez pas la parole. » — C'est indigne, président, répond Marat ; j'ai le droit d'être entendu, comme l'exercent certains membres de l'Assemblée. » — Vous n'avez pas la parole, lui dit encore le président ; je vous rappelle à l'ordre. » — C'est une dénonciation contre le ministre que j'ai à faire, reprend Marat ; c'est un objet qui intéressse le salut public... Oh ! vous m'entendrez, dit-il avec véhémence, et malgré vous. » (Il s'élève des éclats de rire, et après quelques débats, Marat obtient la parole) :

« Les ennemis des nations, de la liberté, de la paix et du repos public, dit-il, ne sont pas quelques citoyens obscurs qui défendent constamment les peuples, quelle que soit la force des expressions qu'ils énoncent dans leurs écrits ; mais ce sont les tyrans sanguinaires et les infâmes courtisans, leurs vils supptôs, les fonctionnaires publics prévaricateurs, les ministres des lois, qui se servent de leur autorité pour couvrir et sauver de puissans coupables ; les infidèles représentans du peuple, qui, à la faveur des manœuvres, réforment les constitutions ; ce sont sur-tout les infâmes ministres qui, sous le prétexte de maintenir la paix, soulèvent en secret le peuple, et qui, pour servir leur ambition, lancent des lettres de cachet contre les citoyens. En voilà une qu'a décernée Roland, il n'y a que quatre jours, *et mon désespoir est qu'il ne soit pas ici pour m'entendre.* (Il jette les yeux vers la barre pour le chercher.) Cet ordre arbitraire a été surpris sur un infâme agent du pouvoir exécutif, dégradé autrefois en place de Grève. »

A peine l'orateur a fini de parler, que Barbaroux dénonce Marat à son tour, comme ayant cherché à corrompre les Marsaillais en les attirant

chez lui à un déjeuner; qu'il va au-devant des
bataillons et cherche à les égarer.—«Il est temps,
dit un député, que les représentans veillent au
salut de la république et la garantissent contre
cet instrument d'une faction que je ne com-
prends pas. Je demande, ajoute-t-il, que
l'on reçoive les déclarations de tous ceux qui
connaissent la conduite de Marat. Je sais qu'un
membre de cette Assemblée a entendu dire à
Marat que, pour avoir la tranquillité, il fallait
que deux cent soixante-dix mille têtes tombas-
sent encore.—Oui, s'écrie Fermont, je déclare
que Marat a tenu ce propos auprès de moi. —
Eh bien oui, répond Marat audacieusement,
c'est mon opinion, je vous le répète.» (Ici un
mouvement d'indignation se manifeste par un
mouvement général.) » Il est atroce, continue
Marat, que ces gens-là parlent de liberté, d'o-
pinion, et ne veulent pas me laisser la mienne....
c'est atroce!... Vous parlez de faction, poursuit-
il, oui, il en existe une, elle n'est que contre
moi. (On rit.) Je suis le seul, puisque personne n'a osé prendre un parti. On a l'atrocité
de convertir en démarche d'état, en dessein politique, des honnêtes patriotes. (Ici les éclats
de rire et les murmures partent de tous côtés.)
Je demande le silence, se récrie Marat, car on
ne peut pas tenir un accusé sous le couteau
comme vous faites.

» Hier, aux Jacobins, continue-t-il, il était
question de la force armée des départemens. Je
voyais qu'on mettait à cette question un peu
trop d'importance. Je suis monté à la tribune,
et voici ce que j'ai dit : J'ai craint long-temps

que les conseils-généraux des départemens fussent chargés de choisir les volontaires, car le
choix aurait été indigne; mais, grâce au ciel,
ce projet n'a pas eu lieu. On nous envoie de
braves sans-culottes. J'ai déjà vu beaucoup de
fédérés, et je les ai trouvés dans de bons sentimens. Voilà mon discours, dit-il en haussant la
voix; j'invoque le ciel, la terre et tous mes ennemis, et je les défie de prouver le contraire,
jamais je n'ai souillé mes lèvres de mensonge...,»
Après avoir entré dans beaucoup de détails pour
sa justification, Marat fait la comparaison suivante : « Le cardinal de Richelieu a dit qu'avec
un *pater* il serait parvenu à faire pendre tous les
saints du paradis; moi je brave tous mes ennemis : on me reproche d'avoir dit qu'il fallait
couper cent ou deux cent mille têtes. Ce propos
a été mal entendu, j'ai dit : Ne croyez pas que
le calme renaisse tant que la république sera
remplie d'oppresseurs du peuple. Vous les faites
inutilement *décaniller* d'un département dans
un autre; tant que vous ne ferez pas tomber
leurs têtes, vous ne serez pas tranquilles. Voilà
ce que j'ai dit, c'est la confession de mon cœur. »

« Et moi, dit Barbaroux, je déclare que la conduite de Roland est conforme à la loi, que la
Commune de Paris et ses commissaires entravent
continuellement les opérations du ministre; que
l'arrestation de la dame Laroche, par le sieur
Decombes-Saint-Genin, était une mesure de
sûreté, parce qu'elle distribuait de faux assignats. » Puis Barbaroux dénonce un arrêté de
la Commune qui ordonne l'impression d'adresses
et de pétitions qui ne sont rien autre que des li-

belles scandaleux. — Je demande, dit un député, que l'Assemblée cesse enfin de se débattre
pour des Don Quichotte tels que Barbaroux et
Marat.... Ici une pétition lui coupe la parole.
« Vos débats, citoyens représentans, dit-elle
après un grand préambule, et les pétitions in-
sensées portées à votre barre par quelques
hommes des sections de Paris, nous ont éveillés
sur de nouveaux dangers qu'on préparait à notre
liberté. Nous avons cru voir le règne municipe
de l'ancienne Rome, faisant effort pour s'établir
dans l'empire français; et à l'instant, parmi
nous, ce cri terrible s'est fait entendre : Aux
armes, citoyens! Ni pachas, ni proconsuls, ni
sultans, ni despotes, sous aucune forme, etc.,
etc., etc...... »

En vérité, disais-je en moi-même, dans
un coin de la tribune, en voyant tous ces fré-
nétiques insensés, est-ce que la discorde va continuellement présider la république ? Cette riche
France avait tant de maîtres, tant de maîtres,
qu'on ne savait plus à qui obéir, ni à qui parler.
La municipalité de Paris, toujours rivalisant
de pouvoirs avec l'Assemblée nationale, et faisant circuler dans tous les départemens ses
arrêtés, donnait aux quarante-quatre mille
autres municipalités le droit d'imiter sa toute
puissance. Les circulaires passaient de l'une
à l'autre avec une promptitude inconcevable.
Les Jacobins, ou plutôt la société-mère de
la rue Saint-Honoré, qui avait tant d'enfans
répandus sur la surface de l'empire, faisaient
feu et flammes dans les quatre coins du royaume,
pour faire mouvoir tous les rouages de la ré-

publique, qui avaient une peine infinie à marcher sur ses leviers, tant elle était pesante;
Barbaroux, Charlier, Buzot, Saint-André et
Royer criaient à la tribune contre tous les amis
du nouveau régime, qui ne voulaient rien entendre. Tout cela n'était pas trop édifiant pour
les bons Français, qui ne voyaient de tous côtés
que des fous et des furieux. « Il existe une loi,
dit Barbaroux, qui défend aux conseils-généraux des communes de faire des dépenses sans
l'autorisation des directoires de département,
et cette loi vient d'être violée par la Commune
de Paris. «La Commune de Paris, continue-t-il,
ne peut pas plus que toutes les autres communes
faire circuler dans la république ses arrêtés;
et où en serions-nous si quarante-quatre mille
municipalités de la république se permettaient
aussi d'ordonner, aux frais du peuple, l'impression de leurs arrêtés et l'envoi dans chacune
des municipalités? Je demande que toutes ces
dilapidations cessent enfin; que la Convention
casse l'arrêté de la Commune, et déclare ceux
qui y ont concouru, responsables des dépenses
d'impression et d'envoi aux municipalités. »
Ces débats scandaleux furent à peine termi-
nés que les chefs des deux factions entrèrent
dans l'arène pour se livrer le combat. Roland,
Louvet, Rebecqui, Barbaroux, Lasource et
Buzot, du côté de la Gironde; Robespierre,
Danton, Merlin et autres, du côté des Jacobins. Roland commence l'attaque, il est à la
barre : « C'est le tableau de la situation de
Paris, dit-il à l'Assemblée, que je viens présenter à la Convention, conformément au dé-

cret qui me l'ordonne. Si ma poitrine était aussi
forte que mon courage, je lirais moi-même ce
mémoire ; comme je ne pourrais me faire entendre, je prie un des secrétaires d'en faire la
lecture. » Alors règne un profond silence, tout
le monde écoute avec la plus grande attention
ce mémoire d'une longueur extraordinaire, mais
rempli de choses vraies. En voici le résumé :
« Le ministre examine successivement l'état
des autorités publiques de Paris ; les obstacles
opposés, soit par le conseil-général de la Commune, soit dans les sections, à l'exécution des
lois ; l'irrégularité du service militaire. Il se
résume ainsi en peu de mots : « Corps administratifs sans pouvoirs ; Commune despote,
peuple bon, mais trompé ; force publique ex-
cellente, mais mal commandée : voilà Paris.
Faiblesse du Corps-Législatif qui vous a pré-
cédé ; délai de la part de la Convention dans
quelques dispositions fermes et nécessaires : voilà
les causes du mal.

» Le rapport que je viens de faire, reprend
Roland, me jettera sans doute dans une grande
défaveur ; mais j'ai dû préférer la vérité à ma
propre sûreté. » Puis il déclare qu'il joint à son
mémoire quelques pièces justificatives, et notamment une lettre qui prouvera, dit-il, qu'on
me comprenait dans une liste de proscription
dénoncée au tribunal criminel. L'impression
du mémoire de Roland est demandée.

« Je demande, dit Robespierre, la parole
sur le rapport du ministre de l'intérieur et sur
le fait qui m'est personnel, qui a été lu à la
suite du rapport ; je veux dire sur cette insi-

nuation dangereuse jetée au milieu de cette
assemblée. » Grand bruit, grande rumeur.
« Président, dit Danton, maintenez la parole
à l'orateur. Et moi aussi, dit-il, je la demande
après ; il est temps que tout cela s'éclaircisse.
— Vous n'avez la parole que sur la proposition
qui est faite d'ordonner l'impression du mémoire du ministre, dit le président à Robespierre ; car il ne s'agit pas encore du fond de
la question. — Je n'ai pas besoin de vos offi-
cieuses instructions, répond Robespierre. (Il
est interrompu par une grande rumeur.) J'invoque ici la justice de l'Assemblée, j'invoque
pour un représentant du peuple la même attention, la même impartialité avec lesquelles
on a écouté un ministre. J'observe que plus
les intérêts qui en dépendent sont grands, plus
elle doit se faire un devoir d'écouter toutes les
opinions, tous les hommes avec une parfaite
impartialité. (Au fait! au fait! lui crient plusieurs voix. — Parlez-vous contre l'impression ?
lui demande le président.) Lorsque je vous
demande la parole, reprend Robespierre, pour
vous entretenir des choses qu'il vous importe
le plus de connaître, ces choses ne consistas-
sent-elles qu'à écarter un système d'oppression
de dessus la tête d'un grand nombre de citoyens, et même de représentans du peuple,
qui n'ont pas mérité de perdre ni votre confiance,
ni celle de la nation, me serait-il possible de
remplir cette tâche, si, au moment où je monte
à la tribune, je me trouve tellement environné
des préventions que je veux combattre, que ma
voix fût étouffée, et si un président s'occu-

pait de circonscrire tellement les vérités que
j'ai à dire , que ma justification dût se réduire
à une misérable question d'impression ? (Robespierre est encore interrompu par des murmures qui partent de tous côtés.) Robespierre,
dit le président, si vous ne parlez pas contre
l'impression , je vais la mettre aux voix. —
Au moins écoutez ce que je veux dire, répond-
il. — Nous ne voulons rien savoir, s'écrient
plusieurs voix. — D'autres redemandent l'impression. — Comment ! reprend Robespierre ,
je n'aurai pas le droit de vous dire que les
rapports que l'on vous fait de temps à autre
sont toujours dirigés vers un but unique , et
que ce but est d'opprimer les patriotes qui déplaisent. (Grand bruit, grande rumeur : les
tribunes s'en mêlent. — A l'ordre ! s'écrie le
président. Silence !) Si les choses qui vous
déplaisent , reprend Robespierre , sont une
raison pour m'interrompre , et si le président,
au lieu de faire respecter la liberté des suffrages et tous les principes, emploie lui-même
des prétextes spécieux... — A l'ordre ! crie-t-on
de tous côtés ; que Robespierre soit rappelé à
l'ordre comme ayant insulté le président. —
C'est une calomnie que je prie l'Assemblée de
me permettre de pardonner , répond le président.

« Depuis que je parle, reprend Robespierre,
je n'ai cessé d'entendre autour de moi les clameurs de la malveillance. Je réduis la question
à un point bien simple. Je vois qu'avec des in-
sinuations perfides, on s'applique à désigner,
sous le nom de faction, des hommes qui ont

bien mérité de la patrie ; et quoique je n'aie
pas cet honneur , on me fait cependant celui
de m'y comprendre. Il me semble que la première règle de la justice est que , dans les mêmes
lieux , devant les mêmes hommes qui ont entendu une accusation , la défense soit écoutée
avec la même indulgence. Je ne vois aucune
raison pour qu'un représentant du peuple ne
puisse être écouté comme celui qui l'inculpe ,
quel que soit le titre de ce dernier. S'il en était
autrement , pour perdre le meilleur citoyen,
il suffirait de l'inculper aux yeux de la France
entière , de jeter sur lui des soupçons vagues,
liés à un système suivi d'accusation , de faire
envoyer ces calomnies dans toutes les parties
de la répuplique , avec le sceau de l'autorité
de l'Assemblée nationale ; et si les clameurs de
la prévention empêchaient l'accusé de se faire
entendre , quelle serait alors la ressource de
l'innocence opprimée ? Ne serait-il pas évident
qu'on pourrait vous accuser d'avoir foulé aux
pieds toutes les règles de la justice ? Il suffirait donc que quelques intrigans qui seraient dans
votre sein , abusassent de votre confiance pour
que nous nous trouvassions accablés de toute
l'immensité du pouvoir dont vous êtes investis.
Je fais ici des observations générales , qui nous
seront utiles dans la suite. Qu'y a-t-il dans ces
principes qui ne soit pas dans vos cœurs, et que
vous puissiez désavouer ? Et s'il était ici des
hommes qui , applaudissant à toutes les accusations , étouffant par des clameurs atroces les
cris de ceux qui voudraient se justifier , entraî-
neraient ainsi l'Assemblée , qui se trouverait,

sans le savoir, menée par une faction d'intrigans, n'en résulterait-il pas que l'Assemblée
nationale réaliserait le plus dangereux et le plus
cruel système de persécution; et l'intérêt de
la chose publique n'est-il pas compromis par
les éternels murmures dont on nous accable ?
Est-ce que la réputation et le droit de voter
d'une partie des représentans du peuple, ne fait
pas partie de l'intérêt national ? Peut-on, sans
porter atteinte aux droits du peuple, détruire
d'avance leurs suffrages et les soumettre à des
vengeances atroces, préparées de longue main ?
Quoi ! lorsqu'ici il n'est pas un homme qui osât
m'accuser en face, en articulant des faits po-
sitifs contre moi; lorsqu'il n'en est pas un qui
osât monter à cette tribune, et ouvrir avec moi
une discussion calme et sérieuse. »

Robespierre n'eut pas plutôt prononcé ces
dernières paroles, que Louvet demande la parole au président pour l'accuser. « Et nous
aussi, nous allons l'accuser, dirent Barbaroux
et Rebecqui. — Je demande que les accusateurs
de mon frère, reprend Robespierre jeune,
soient entendus avant lui. — Et moi, président,
dit Merlin, je demande que vous mettiez aux
voix l'impression du mémoire du ministre; ce
n'est pas ici le lieu d'entendre des disputes
entre Robespierre et des hommes tels que Rebecqui et Louvet. » Mais Robespierre n'écoutant ni les uns ni les autres, continue sa motion.
« Je réclame, dit-il, la liberté de mon opinion. Oh ! ce n'est pas ici une querelle particulière; car si le système que je viens de développer pouvait prévaloir, le succès des plus

grandes conséquences serait assuré d'avance, et la liberté bientôt compromise par l'oppression d'une partie de ses défenseurs. » Après avoir déclamé de grandes jérémiades pour sa justi-fication, accusé le ministre et ses partisans, Robespierre s'oppose à l'envoi du mémoire de Roland, et finit par dire : « Puisqu'un membre de l'Assemblée s'est présenté pour m'accuser, je demande qu'il soit entendu ; mais qu'on m'entende à mon tour. » Tallien et Albite demandent que la discussion sur le rapport du ministre soit ajournée à jour fixe. « Je de-mande à combattre cette proposition, dit Buzot. — Et moi, dit Danton, je demande à l'appuyer. J'ai peine à concevoir comment l'Assemblée hésiterait à fixer décidément à un jour pro-chain la discussion que nécessite le rapport du ministre. Il est temps enfin que nous sachions de qui nous sommes collègues, s'écrie Danton de toute sa force ; il est temps que nos collègues sachent ce qu'ils doivent penser de nous. On ne peut se dissimuler qu'il existe dans l'Assem-blée un grand germe de défiance entre ceux qui la composent. . . . . . Si j'ai dit une vérité que vous sentez tous, laissez-m'en donc tirer une conséquence. Eh bien, ces défiances, il faut qu'elles cessent, et s'il y a un coupable parmi nous, il faut que vous en fassiez justice. — Oui, oui, crie-t-on de tous côtés, il faut que justice soit faite. — Je déclare à la nation et à la nation tout entière, reprend Danton, que je n'aime point Marat. Je dis avec franchise que j'ai fait l'expérience de son tempérament ; non-seulement il est volcanique et acariâtre,

mais insociable. Après un tel aveu, qu'il me
soit permis de dire que moi aussi je suis sans
parti et sans faction. Si quelqu'un peut prouver
que je tiens à une faction, qu'il me confonde
à l'instant..... Si, au contraire, il est vrai
que ma pensée soit à moi, que je suis fortement décidé à mourir plutôt que d'être cause
d'un déchirement ou d'une tendance à un déchirement dans la république, je demande à
énoncer ma pensée tout entière sur notre situation politique. »

Ici, Danton attaque fortement le ministre
Roland, et s'étend sur les malheurs qu'en-
traînent les révolutions et les partis qui s'y
forment. « Si chacun de nous continue-t-il,
si tout républicain a le droit d'invoquer la justice contre ceux qui n'auraient excité des mouvemens révolutionnaires que pour assouvir des
vengeances particulières, je dis qu'on ne peut
pas se dissimuler non plus que jamais trône n'a
été fracassé sans que les éclats blessassent quelques bons citoyens; que jamais révolution complète n'a été opérée sans que cette vaste démo-
lition de l'ordre des choses existant, n'ait été
funeste à quelqu'un; qu'il ne faut donc pas
imputer ni à la cité de Paris, ni à celles qui
auraient pu présenter les mêmes désastres, ce
qui est peut-être l'effet de quelque vengeance
particulière, dont je ne nie pas l'existence;
mais ce qui est bien plus probablement la suite
de cette commotion générale, de cette fièvre
nationale qui a produit les miracles dont s'é-
tonnera la postérité. » En prenant la défense
de Robespierre, Danton demande : « Où sont

donc ces hommes qu'on accuse comme des conjurés, comme des prétendans à la dictature ou
au triumvirat? qu'on les nomme. « Il finit par
demander que la discussion sur le mémoire du
ministre soit ajournée à jour fixe, parce qu'il
désire que les faits soient approfondis, et que
la Convention nationale prenne des mesures
contre ceux qui peuvent être coupables. »

Après quelques débats assez violens entre les
députés, Louvet monte à la tribune, et accuse
Robespierre. En cet instant, comme on voit, c'est
le crime qui accuse le crime devant la nation.

« Une grande conspiration publique, dit
Louvet, avait un instant menacé de peser sur
toute la France, et avait trop long-temps pesé
sur la ville de Paris. Vous arrivâtes; nous crû-
mes que votre présence réprimerait toutes les
menaces criminelles, et déjouerait toutes ces
trames. L'état dans lequel nous sommes depuis
que vous êtes ici, annonce qu'elles ne furent
qu'un instant interrompues, et qu'on les poursuit avec une ardeur nouvelle. Quand vous arrivâtes, l'autorité nationale, représentée par
l'Assemblée législative, était indignement méconnue, avilie, foulée aux pieds; aujourd'hui
on s'attache de même à décrier cette Assemblée;
on emploie les mêmes moyens pour l'avilir. Que
dis-je! dans les lieux publics, aux Tuileries,
au palais de la Révolution (Palais-Royal), et
ailleurs, on prêche continuellement l'insurrection contre la Convention nationale. Il est temps
de savoir s'il existe une faction, ou dans sept à
huit membres de cette Assemblée, ou dans les
sept cent trente autres qui la combattent. Il

faut que de cette lutte insolente vous sortiez
vainqueurs ou avilis. Il faut que vous rendiez
compte à la France des raisons qui vous font
conserver dans votre sein cet homme sur lequel
l'opinion publique se développe avec horreur.
Il faut, ou que par un décret solennel vous
reconnaissiez son innocence, ou que vous nous
purgiez de sa présence; il faut que vous pre-
niez des mesures contre cette Commune désor-
ganisatrice qui prolonge une autorité usurpée,
et contre les agitateurs, qui sèment le trouble
par leurs écrits et par leurs placards. En vain
prodigueriez - vous des mesures partielles, si
vous n'attaquez pas le mal; je ne dis pas dans
le mal même, mais dans les hommes qui en
sont les auteurs; et c'est ici que l'on sent combien est fausse la maxime que l'on a eu soin de
jeter à l'avance dans cette discussion. On vous
a dit qu'il faut s'occuper des choses et non pas
des personnes; mais dans une conjuration publique, les choses et les hommes sont intime-
ment liés, et je défie qu'on puisse dénoncer une
conjuration, sans dénoncer les conjurés. C'est
aussi le moment de relever une autre absur-
dité qui a été avancée; c'est que, dans une république, il ne peut exister des factieux, tandis que l'expérience des siècles atteste que les
factions sont presque les maladies périodiques
des républiques. On vous a dit qu'il ne fallait
pas accuser la ville de Paris. Un sentiment
contraire m'anime. Ceux - là ont calomnié le
peuple de Paris, qui lui ont attribué les horreurs commises par quelques personnes couvertes du masque du patriotisme. Je vais dé-

noncer leurs complots, parce que le salut public exige instamment qu'ils soient déjoués. »

Ici, Louvet demande qu'on lui prête une
grande attention, et qu'on ne l'interrompe
point. « Je tâcherai d'être court, dit-il, veuil-
lez me soutenir, car dès que je toucherai le mal
on criera. J'ai à dire des vérités que rien ne
doit empêcher maintenant d'entendre, et qui
déplairont mortellement à quelques-uns. » Il
déclare qu'il faut soigneusement séparer la révolution du 10 août d'avec celle du 2 septembre,
et qu'il va reprendre les choses un peu plus
haut. « C'est de l'ensemble des actions, dit-il,
et de la conduite des acteurs, que va sortir son
accusation.

» Ce fut dès le mois de janvier dernier, que
dans un lieu où se rassemblaient mille à quinze
cents hommes, jugés les meilleurs ou les plus
ardens patriotes de Paris ; dans un lieu dont je
ne parle qu'avec un certain respect qu'il faut
porter encore pour d'immenses services rendus
anciennement à la patrie ; dans un lieu que je
vous prie de ne pas m'obliger de nommer. —
Nommez-le, s'écrient plusieurs voix. — Je demande qu'il soit permis à Louvet de toucher le
mal, dit Danton, et de mettre le doigt dans la
blessure ; cela est important. — Oui, Danton,
reprend Louvet, je vais le toucher ; mais ne
criez donc pas d'avance.

» Ce fut dès le mois de janvier dernier, qu'on
a dû remarquer aux Jacobins un parti faible de
moyens et de nombre, mais fort d'audace et de
toute espèce d'immoralité ; parti qui s'était venu
jeter au milieu de nous pour couvrir de notre

nom glorieux, son nom justement suspect;
pour s'emparer du bien que nous avions fait, et
se l'attribuer ; pour propager dans notre local,
plus avantageux que le sien, une doctrine qu'il
disait la nôtre ; pour pervertir notre institution
à son profit, et contre nous-mêmes ; pour fati-
guer, persécuter, inquiéter quiconque essayait
de ramener à sa pureté primitive cet établissement, maintenant si misérable, qu'il ne lui
reste, en vérité, que son titre, dont les usurpateurs abusent pour y retenir, y faire entrer encore quelques gens de bien cruellement trom-
pés. » Grande agitation dans une partie de la
salle. Silence aux Jacobins, crie-t-on d'un côté.
Après quelque agitation, le calme se rétablit,
et Louvet reprend : « C'est au mois de janvier
qu'on vit succéder aux discussions profondes
ou brillantes, qui nous avaient honorées ou ser-
vies dans l'Europe, ces misérables débats qui
faillirent nous perdre. C'est alors qu'à travers les inculpations infiniment justes dont
on poursuivait la cour, on finit par jeter les inculpations les plus atroces contre l'excellent
côté gauche de l'Assemblée législative ; inculpations dont le germe devait se développer ter-
riblement, quand le moment de la calomnie
directe serait arrivé. Quoique personne ne dût
avoir de priviléges, on vit un homme vouloir
toujours parler, parler sans cesse, exclusive-
ment parler, non pour éclairer les membres
de l'aggrégation, mais pour jeter entre eux des
divisions sans cesse renaissantes, et surtout pour
être entendu de quelques centaines de spectateurs, dont on voulait obtenir les applaudisse-

mens à tel prix que ce fût. Il était convenu que
des affidés se rèleveraient pour présenter tel ou
tel décret, tel ou tel membre du côté gauche,
à l'animadversion des spectateurs crédules ; et,
au contraire, pour présenter à leur admiration
un homme dont quelques parieurs fougueux,
faisaient constamment le plus fastueux éloge,
à moins qu'il ne le fît lui-même.

» Après la fameuse journée du 10 mars,
Delessart ayant été frappé d'accusation, et des
patriotes s'étant saisis des rênes du gouvernement, quelles furent ma surprise, ma douleur,
d'entendre ces hommes déclamer contre un ministre jacobin avec plus de force cent fois qu'ils
n'en avaient mis à attaquer les conspirateurs ! Mais
passons au 10 août et au commencement de
septembre. C'est alors que l'on vit cet homme
qui dirigeait les Jacobins, et ensuite l'Assemblée
électorale, déclamer contre tel philosophe,
contre tel écrivain, contre tel orateur patriote ;
c'est alors qu'on vit des intrigans subalternes,
déclarer que Robespierre était le seul homme
vertueux en France, et qu'on ne devait confier
le salut de la patrie qu'à celui qui prodiguait
les plus basses flatteries à quelques centaines
de citoyens, d'abord qualifiés de peuple de
Paris, ensuite seulement le peuple, ensuite le
souverain ; à cet homme qu'on n'entendait parler que de son mérite, des perfections de
vertus sans nombre dont il était pourvu ; qui,
après avoir vanté la puissance, la souveraineté
du peuple, ne manquait jamais d'ajouter qu'il
était le peuple lui-même ; ruse aussi grossière
que coupable, ruse dont se sont toujours ser-

vis les principaux usurpateurs, depuis César jusqu'à Cromwel, depuis Sylla jusqu'à Machiaviel.
Alors tous ceux qui ne voulurent pas rester dans
l'aveuglement, durent voir. Il devint impossible
à des hommes tou jours plus insolens dans leurs
calomnieuses perquisitions, plus rampans dans
leur populacière flagornerie, plus impudens
dans leur ridicule apothéose; il lui devint impossible de se masquer plus long-temps. »

Ici Louvet retrace aux députés la part qu'il a
pris lui-même, avec ses amis les Jacobins, à révolutionner le peuple pour frapper la cour, et
de conserver, dit-il, la confiance que méritaient,
à juste titre, par leur caractère et leur conduite, deux cents députes du côté gauche de
l'Assemblée législative. »

« Deux jours après la journée du 10 août,
journée glorieuse, continue Louvet, qui sauva la
France (ou plutôt la perdit), je siégeais dans
le conseil-général provisoire de la Commune,
dont je me trouvais membre. Un homme entre,
il se fait un grand mouvement; j'en crois à peine
mes yeux : c'était Robespierre lui-même; il vient
s'asseoir au milieu de nous; je me trompe, il
était déjà allé à la place prééminente qu'il s'était
lui-même choisie au bureau; et moi, plongé
dans une stupéfaction profonde, je m'interroge
sur les événemens. Quoi! Robespierre! l'incorruptible Robespierre, qui, dans les jours de
péril avait quitté son poste où la confiance de
ses concitoyens l'avait appelé! qui depuis avait
pris vingt fois l'engagement solennel de n'accepter aucune fonction publique; qui seulement
avait une fois devant quinze cents personnes,

témoigné le désir de devenir conseiller du peuple, pourvu que le peuple parût le désirer, Robespierre se compromettait au point de devenir avec nous officier municipal ! Dès lors, il me fut clair que le conseil-général devait sans doute exécuter de grandes choses, et que plusieurs de ses membres étaient appelés à de hautes destinées.

» Mais reportons-nous à la journée du 10 août, poursuit Louvet ; vous savez qu'il s'en attribue l'honneur ; et certes, je m'étonne que ceux qui se disent les défenseurs du peuple et qui sans cesse vantent sa prudence et sa force, osent prétendre aujourd'hui que, sans leur faible appui, le peuple serait abattu. La révolution est l'ouvrage de tous ; elle appartient aux faubourgs qui se sont levés tout entiers ; à ces braves fédérés que, dans le temps, il n'avait pas tenu à certains hommes qu'on ne reçût pas à Paris : on se rappelle que dans le temps, Robespierre parla contre la réunion de ces fédérés ; elle appartient à ces courageux députés qui, là même, au bruit des décharges de l'artillerie, votèrent le décret de suspension de Louis XVI, renouvelèrent le ministère, et portèrent beaucoup d'autres décrets tous préparés à l'avance ; elle appartient aux généreux guerriers de Brest, à l'intrépidité des enfans de Marseille (1). Mais celle du 2 sep-

(1) Les prétendus guerriers de Brest et de Marseille, dont parle Louvet, n'étaient rien autre qu'un ramas de bandits, enrôlés dans le midi de la France et dans l'ouest ; ils n'appartenaient à aucune des deux villes, quoiqu'ils s'en donnassent les qualités.

tembre........ Conjurés barbares! elle est à
vous, elle n'est qu'à vous. Eux-mêmes s'en glo-
rifient; eux-mêmes, avec un mépris féroce, ne
nous désignent que comme des patriotes du
10 août, se réservant le titre de patriotes du
2 septembre. Ah! qu'elle reste cette distinction
digne en effet de l'espèce de courage qui leur est
propre! qu'elle reste, et pour notre justification
durable et pour leur long opprobre!

» Nous voici donc arrivés à l'époque fatale,
poursuit Louvet, où les précédens amis du
peuple, ont voulu rejeter sur le peuple les horreurs dont cette semaine fatale est marquée; ils
lui ont fait le plus mortel outrage. Je connais
le peuple, j'ai vécu avec lui : il est grand; mais,
comme les braves, il est bon et généreux; il
supporte difficilement l'injure ; mais, après la
victoire, il est magnanime. (Quelle flatterie! et
c'est ainsi que les révolutionnaires encensaient
le peuple dans leurs discours pour capter la popularité!) Je n'entends pas parler ici de cette
portion de peuple qu'on égare, mais de l'immense majorité des citoyens de Paris, quand
on les abandonne à leur heureux naturel. Ce
peuple sait combattre, mais point assassiner.
Il est vrai, ajoute Louvet, qu'on le vit tout entier dans le château des Tuileries, dans la
journée du 10 août (c'est-à-dire la canaille,
les brigands et les voleurs); il est faux qu'on le
le vit devant les prisons dans l'horrible journée
du 2 septembre, et dans l'intérieur des prisons.
Combien y avait-il de spectateurs retenus
par une curiosité vraiment inconcevable? pas le
double, et si vous avez quelques doutes, inter-

18*

rogez sur ces faits un homme vertueux : Pétion, c'est lui-même qui me les a attestés. Mais attendez, s'il n'a point participé à ces meurtres : pourquoi ne les a t-il point empêchés ? pourquoi ? parce que l'autorité titulaire de Paris était enchaînée, parce que Roland parlait en vain, parce que le ministre de la justice d'alors (Danton) ne parlait pas , parce que les présidens des quarante-huit sections , tous prêts à réprimer ces désordres, attendaient une réquisition que le commandant-général ne donna pas ; parce que les officiers municipaux, couverts de leurs écharpes , présidaient à ces atroces persécutions (1).

» Mais l'Assemblée législative, dit-on, que ne les a t-elle empêchés ? L'Assemblée législative ! l'impuissance où elle était alors réduite se trouve à travers tous les crimes que je vous dénonce, le plus grand des crimes que les conjurés aient commis. Son autorité était méconnue, avilie, par un insolent démagogue qui venait à sa barre lui ordonner des décrets ; qui ne retournait au conseil-général que pour la dénoncer ; qui revenait jusque dans la commission des vingt-un la menacer de faire sonner le tocsin. »

(1) Pourquoi Louvet, qui était aussi officier municipal, ne s'opposait-il point à ces horreurs, et plus humain que ses collègues, il devait au moins mourir pour l'humanité outragée ? Mais Louvet, comme les révolutionnaires de ces temps malheureux, ne criait après les excès qu'après les avoir excités, ou qu'ils les menaçaient eux-mêmes.

A ces mots, Billaud-Varennes interrompt Louvet ; tous les yeux se tournent du côté de Robespierre.—«Misérable ! s'écrie Cambon, lui montrant le poing, voilà, voilà l'arrêt de mort des dictateurs. » — Je demande la parole, réplique Robespierre, qui court vers la tribune. — Non, non ! à bas de la tribune le tyran, le dictateur ! — « Louvet continue : Robespierre accusait les représentans du peuple d'avoir vendu la France à Brunswick ; et c'est la veille du jour des assassinats, qu'il répandait ces calomnies ; il faisait fermer les barrières de Paris, malgré un décret contraire de l'Assemblée législative ; c'est ainsi que déjà ce despote approchait du but qu'il s'était proposé, en attendant qu'il pût entièrement anéantir la représentation nationale. En même temps, par l'intermédiaire du trop célèbre comité de surveillance de la ville, les conjurés couvraient la France de cette lettre, où toutes les communes de la république étaient invitées à l'assassinat des individus ; et, ce qui est plus horrible encore, à l'assassinat de la liberté, puisqu'il n'était question de rien moins que d'obtenir une coalition entre la municipalité et leur réunion à celle de Paris, qui devait être le centre de l'autorité commune ; ce qui renversait de fond en comble la forme du gouvernement existant. Tel a été le système des conjurés ; c'est le plan qu'ils ont en partie exécuté ; et, si vous en doutez encore, rappelez-vous que, dans le même moment, on vit tous les murs de Paris, souillés de placards d'un genre inconnu, du genre le plus féroce dont on ait jamais vu d'exemple :

que d'affreuses calomnies étaient propagées par ces écrits de sang contre les patriotes les plus purs, visiblement destinés à une mort violente!

» C'est encore dans ces placards, que l'on désignait comme des traîtres tous les ministres; un seul excepté; un seul, et toujours le même: et puisses-tu, Danton, te justifier de cette exception devant la postérité! C'est donc alors, qu'on vit avec effroi reparaître sur l'horizon un homme unique, jusqu'ici, dans les fastes des crimes; et ne croyez pas nous donner le change en désavouant aujourd'hui cet enfant perdu de l'assassinat. S'il n'appartenait plus à la faction, comment se ferait-il que le monstre sortît vivant du sépulcre, où il s'était lui-même condamné, si vous ne l'inspiriez pas, ni le protégiez? Qui lui donnait cette espèce de consistance qu'il a tout-à-coup acquise? à lui, dont l'existence était jusqu'alors un problème? à lui, qui fit lui-même l'aveu de sa misère extrême, quand il vint demander les quinze mille livres, que Roland lui refusa? Qui eût fait alors la dépense de ces nombreux placards? dépenses assurément exorbitantes pour lui, s'il n'eût pas été initié à ces projets d'oppression; et si son dévouement à vous servir ne lui eût pas mérité quelques récompenses de votre part?

» Robespierre, continue Louvet, dominait l'assemblée électorale, et fit nommer Marat comme candidat, par son discours qu'il y prononça. Il se faisait toujours acompagner par une garde armée de gros bâtons à sabre, qui le suivait partout, et menaçait ceux qui lui opposaient de la résistence; moi-même, je faillis être assassiné : Avant peu, me dit l'un de ces gardes-du-corps, tu y passeras. Revenons à l'examen de la conduite des conjurés, pris ensemble.

» Par quelle voie espéraient-ils leur suprême destinée ? par celle à travers laquelle ils s'avançaient. Déjà cruellement énorgueillis par de nouveaux massacres, il leur fallait encore, pour que la terreur fût complète, et pour écarter ceux qui, dans ces jours de subversion, plus attachés à la liberté qu'à la vie, auraient tenté quelque résistance à l'autorité qu'ils voulaient exercer. On vit des listes où se pressaient les signatures d'un grand nombre de patriotes, qui n'avaient été que momentanément égarés ; et déjà l'on convoitait les biens et le sang d'une innombrable foule de proscrits. Alors la consternation fut générale pendant quarante-huit heures ; et trente mille familles désolées l'attesteront : chacun tremblait pour l'objet de ses affections les plus chères ; des épouses, des enfans en pleurs venaient nous conjurer d'épargner la vie de leurs époux, de leurs pères. Hélas ! nous demander d'empêcher les assassinats à commettre, c'était nous reprocher ceux qui avaient déjà été commis ! »

Après avoir retracé la conduite barbare de Robespierre et de ses complices, devant l'Assemblée, Louvet reprend : « Robespierre, dit-il, je t'accuse d'avoir long-temps calomnié les plus purs patriotes : je t'en accuse ; car je pense que l'honneur d'un citoyen, et sur-tout d'un représentant du peuple, ne t'appartient pas : je t'accuse d'avoir calomnié les mêmes hommes, dans les affreuses journées de septembre, c'est-

à-dire dans un temps où les calomnies étaient
de véritables proscriptions : je t'accuse d'avoir ,
autant qu'il était en toi, méconnu, avili, per-
sécuté les représentans, et fait méconnaître et
avilir leur autorité : je t'accuse de t'être continuellement produit comme un objet d'idolâtrie ;
d'avoir souffert que, devant toi, on te désignât
comme le seul homme vertueux en France , qui
pût sauver le peuple; et de l'avoir fait entendre
toi-même : je t'accuse d'avoir tyrannisé, par
tous les moyens d'intrigues et d'effroi, l'assemblée électorale du département de Paris : je
t'accuse enfin, d'avoir évidemment marché au
suprême pouvoir ; ce qui est démontré par les
faits que j'ai indiqués, et par toute ta conduite;
qui peut t'accuser, parlera plus haut que toi. »
Louvet termine par demander que la conduite
de Robespierre soit envoyée à un comité, pour
y être examinée.

» Mais, au milieu de vous, continue Louvet,
est un autre homme dont le nom ne souillera
plus ma bouche ; que je n'ai pas besoin d'accuser, car il s'est accusé lui-même, et il n'a pas
craint de vous dire que son opinion est qu'il
faut faire tomber encore deux cent mille têtes ;
lui-même a avoué avoir provoqué une subversion dans le gouvernement ; cet homme est encore au milieu de vous ; la France s'en indigne,
et l'Europe s'étonne de votre longue faiblesse.
Je demande que vous rendiez, contre Marat,
un décret d'accusation, et que le comité de sûreté générale soit chargé d'examiner la conduite
de Robespierre et de quelques autres. Je demande que vous ajoutiez à ces mesures géné-

rales, car c'est en matière de conjuration, une mesure générale que celle qui frappe les chefs ; quelques mesures, particulières à la situation où vous êtes ; leurs complots ne sont que pour un instant ajournés ; ils veulent vous observer ; ils ont pris votre indulgence pour de la faiblesse.

» Vous êtes forts ; vous sentez que nos ennemis extérieurs ne désirent rien tant que de vous diviser ; vous devez donc arrêter l'anarchie et les guerres civiles qui en seraient la suite ; vous devez étouffer à sa naissance cet esprit de faction qui se répand dans les sections de Paris, aux Jacobins, et qui, même sur les places publiques, prêche ouvertement l'insurrection contre l'autorité représentative de la nation. Je demande que vous vous occupiez incessamment du projet de loi contre les provocateurs au meurtre, et que le ministre de l'intérieur soit autorisé, en cas de troubles à Paris, à requérir toute la force publique qui se trouve dans le département, à la charge.....". » Ici, le côté gauche coupe la parole à Louvet par de violens murmures. — « Je demande, dit Billaud-Varennes, que Louvet soit rappelé à l'ordre pour avoir proposé de transformer Roland en dictateur. — On aurait dû, avant de m'interrompre, répond Louvet, me laisser terminer ma phrase. Je demande que ce ne soit qu'à la charge d'en donner avis sur-le-champ à la Convention nationale, qui en délibérera ; mais j'insiste pour que tout-à-l'heure vous rendiez le décret d'accusation contre un homme dont les crimes sont prouvés ; et croyez-moi, pour votre honneur, pour le salut de la patrie, ne vous séparez pas sans l'avoir jugé. »

Là se termine l'accusation portée contre Robespierre par Louvet; là, est un monument de scandale qui fait connaître aux Français en quelles mains ils ont mis les rênes du gouvernement. Louvet, presque aussi coupable que celui qu'il accuse, descend de la tribune au milieu des applaudissemens, et l'Assemblée ordonne l'impression de son discours; mais Robespierre, aussi rassuré que peut l'être un chef de parti entouré de brigands armés pour le défendre, demande avec un calme imperturbable à être entendu. Huit jours lui sont accordés pour présenter ses moyens de défense. En attendant cette grande réponse, qui s'évanouira comme un nuage de poussière, voyons les mouvemens de Paris, voyons les brigands dresser leurs batteries et braquer leurs canons sur l'Assemblée, si elle ose frapper le chef de l'anarchie. Comment oser attaquer le fils aîné de la mère jacobite? Dieu! quelle hardiesse! et tous les petits frères qui sont là, armés de torches et de poignards, prêts à mourir pour sa défense!

Tandis que Robespierre s'enferme dans sa chambre pour rédiger le dévolu du scandale des conjurés de la journée du 10 août, Paris devient dans une fermentation affreuse. Les ennemis en présence, redoutent leurs amis et se redoutent eux-mêmes. La liberté, qui est plus que jamais le *palladium* des brigands, leur fait faire des promenades armés dans les rues

de la capitale. Les Marseillais, toujours là,
prêts à frapper les victimes qu'on leur signale,
attendent les ordres de Barbaroux et de ses
amis. Les Jacobins, dans leur caverne, crient
comme des forcenés. La Commune de Paris,
repaire de voleurs et de brises-scellés, entourée
de soldats, qu'on appelle *vainqueurs de la Bastille*, prépare des comptes que lui demande la
Convention nationale, mais qu'elle ne rendra
jamais. Pour détourner le coup qui la menace,
elle fait faire dans tout Paris des attroupe-
mens plus ou moins nombreux. Là, on déclame contre les députés qui veulent l'ordre
des choses et la paix dans toute la France; plus
loin, on motionne contre Louis XVI et sa famille. Des bruits circulent qu'on a enlevé ce
malheureux prince de sa prison, et qu'il est
passé en pays étranger. Mais ces bruits et ces
motions ne sont autres que des motifs pour le
resserrer avec encore plus de rigueur dans la
tour du Temple, et provoquer son jugement.

Le peuple *souverain*, à qui on fait croire qu'il
est seul et unique souverain de la France, n'est
cependant pas toujours maître de ses volontés.
Il use cependant de sa souveraineté dans certaine occasion. Ne voilà-t-il pas qu'un beau jour
il apperçoit un de ses membres, nommé d'Hoté,
exposé en place de Grève, sur un échafaud,
avec un grand placard, portant ces mots : « Condamné à l'exposition, aux galères pour dix
années. » A cette vue, le peuple souverain ne
se contient plus. « Quoi! disent les amis du pa-
tient, on enverra aux galères un pauvre diable,
pour des babioles, tandis que les grands vo-

leurs restent impunis! » On parle, on s'agite, on crie à l'injustice, et bientôt le peuple souverain use de tous ses droits. Il chasse les gendarmes, monte sur l'échafaud, renverse le tabouret, brise le poteau, déchire le placard, et enlève d'Hoté qui se sauve au plus vite. Ah ! Messieurs, il fallait voir comme il courait à toutes jambes en criant *vive la liberté!*... Comme on sait, en ce temps-là, la liberté était la sauvegarde des voleurs; il y en avait un nombre prodigieux.

Cette petite scène populaire en amena bientôt une autre beaucoup plus sérieuse, presque au même moment. L'insurrection se met dans le camp, sous Paris, où dix mille ouvriers, à dix-huit et vingt sous par jour, travaillaient depuis six heures du matin jusqu'à huit heures du soir, à faire des retranchemens. Dieu! quelle somme pour nourrir femme et enfans! On s'assemble, on crie, on motionne contre cette chétive paie; on fait une pétition, et tout le monde la signe pour la présenter à la Convention nationale. A cette nouvelle du désordre, les commissaires arrivent au milieu du camp, et veulent ramener le calme en interposant leur autorité; ils donnent ordre d'arrêter les plus mutins. « Point de commissaires! crie-t-on de tous côtés, à bas les commissaires! » A ce signal, le tumulte augmente, l'agitation est à son comble: qu'on pende les commissaires, crie-t-on de toutes parts. Ceux-ci, forts de leur autorité, résistent à la foule mutinée, et déploient leurs écharpes; mais, dans ces momens critiques où personne ne s'entend, on ne respecte ni l'é-

charpe, ni celui qui la porte, et les commissaires sont traînés au village de la Chapelle,
pour être pendus. Heureusement que la force
armée arrive à temps, enlève les victimes, qui
échappent à la pendaison par le plus grand des
hasards; et c'est ainsi que le peuple se rendait
justice lui-même, quand on ne voulait pas la
lui rendre.

L'agitation était toujours permanente ; on
voyait les fédérés de Marseilles parcourir les
rues en chantant ce refrein : *les têtes de Marat,
Robespierre et Danton, et tous ceux qui les dé-
fendront.* D'autres chantaient, *vive Roland !*
Le Palais-Royal, le Carrousel et les Tuileries
deviennent des champs de provocations; sur la
terrasse des Feuillans, on se pousse, on se menace, on provoque le meurtre contre Guadet,
contre Lasource, Gensonné, et contre tout le
parti de la Gironde. Barbaroux crie et déclame
contre la Commune de Paris, qu'il accuse d'en-
freindre les décrets, et propose la cassation de
la municipalité et du conseil-général, et leur
remplacement par des commissaires nommés
par le directoire du département; la cassation
de la permanence des sections, et la formation
de la Convention en cour de justice pour le jugement des conspirateurs. Mais toutes ces propositions sont écartées par l'ascendant des hommes mixtes, et l'on se borne à mander à la
barre le conseil-général de la Commune, qui
vient, par l'organe de Chaumette, s'excuser et
promettre de dénoncer lui-même les provocateurs au meurtre qui pourraient se trouver dans
son sein. Pour perpétuer leurs pouvoirs, les mu-

nicipaux, aidés des Jacobins, emploient d'autres moyens à eux bien connus ; leurs commissaires parcourent les sections ; les font assem-
bler pour savoir s'ils ont démérité de la patrie,
et demandent s'ils ont encore leur confiance.
Ah ! démérité de la patrie ! Non, non, disent
ceux-ci, qui s'entendent comme larrons en
foire, et veulent perpétuer la guerre civile, faire
main basse sur tous les riches, et mettre la capitale au pillage.

Enfin, Messieurs, au milieu de toutes ces
agitations, arrive le jour désiré, où il s'agit d'entendre le chef des Jacobins. Il paraît à la tribune
de la Convention. Tous les yeux se portent sur
lui. Tout le monde fixe Robespierre, qui est
aussi calme que l'homme le plus innocent. La
salle, les tribunes, les couloirs, tout est rempli
d'une foule immense. Tous les environs de l'Assemblée sont encombrés de peuple qui attend
l'issue de ce grand procès, qui achèvera de faire
connaître à la France ses plus cruels ennemis.
Louvet, Barbaroux, Rebecqui, tous les Girondins et Brissotins sont là pour disputer au cham-
pion la palme que celui-ci ne manquera pas de
remporter. Robespierre prend la parole, tout
le monde écoute, et le silence règne de toutes
parts.

« Une accusation, si non très-redoutable, au
moins très-grave et très-solennelle, dit Robespierre en jetant les yeux sur les tribunes, a
été intentée contre moi, devant la Convention
nationale. J'y répondrai, parce que je ne dois
pas consulter ce qui me convient le mieux à
moi-même ; mais, citoyens, tout mandataire du

peuple se doit à l'intérêt public; j'y répondrai,
parce qu'il faut qu'en un moment disparaisse ce
monstrueux ouvrage de la calomnie, si labo-
rieusement élevé pendant plusieurs années, peut-
être parce qu'il peut bannir du sanctuaire des
lois les préventions et les défiances, pour y rappeler les principes et la concorde. Citoyens, vous
avez entendu l'immense plaidoyer de mon ad-
versaire, vous l'avez même rendu public par la
voie de l'impression; vous trouverez sans doute
équitable d'accorder à la défense la même attention que vous avez donnée à l'accusation.

» Le jour est enfin arrivé où je dois me justifier, dit Robespierre en promenant les yeux
sur les tribunes et en élevant la voix : de quoi
suis-je accusé? d'avoir conspiré pour parvenir à
la dictature ou au triumvirat, ou au tribunat.
L'opinion de mes adversaires ne me paraît pas
bien fixe sur ces points. Traduisons toutes ces
idées romaines un peu disparates, par le mot
de pouvoir suprême, que mon accusateur a employé ailleurs. Or, on conviendra d'abord que
si un pareil projet était criminel, il était encore
plus hardi; car, pour l'exécuter, il fallait non-
seulement renverser le trône, mais anéantir la
législature, et empêcher surtout encore qu'elle
ne fût remplacée par une Convention nationale,
etc. . . . . . Pour parvenir à la dictature, où sont
mes trésors, où sont mes armées et les grandes
places dont je suis pourvu? Mais, venons aux
preuves positives : l'un des reproches, le plus
redoutable qu'on m'avait fait, je ne dissimule
point, c'est d'être l'ami de Marat. Je vous dirai
donc franchement quels ont été mes rapports

avec lui. Au commencement de l'été 1791,
Marat vint me voir. Jusque-là je n'avais eu avec
lui aucune espèce de relation directe ni indirecte.
La conversation roula sur les affaires publiques,
dont il me parla avec désespoir. Je lui observai que
ses propositions continuelles d'abattre cinq ou
six cents têtes coupables, portaient obstacle aux
vérités utiles développées dans ses écrits, et ré-
voltaient autant les amis de la liberté que les
partisans de l'aristocratie. Il annonça, peu de
temps après, dans une de ses feuilles, que je
n'avais ni les vues ni l'audace d'un homme d'état.

» D'après cette première et unique visite de
Marat, je l'ai trouvé à l'Assemblée électorale.
Ici se trouve M. Louvet, qui m'accuse d'avoir
désigné Marat pour député, d'avoir mal parlé
de Priestley, enfin d'avoir dominé le corps
électoral par l'intrigue et par l'effroi; aux déclamations les plus absurdes et les plus atroces,
aux suppositions les plus romanesques et les plus
hautement démenties par la notoriété publique,
je ne réponds que par les faits. » Ici Robespierre
retrace l'esprit d'intrigue et de domination qui
régna dans cette Assemblée pour la nomination
des députés.

» Aux Jacobins, si l'on en croit Louvet,
j'exerçais un despotisme d'opinion. Qu'est-ce
donc qu'un despotisme d'opinion dans une société d'hommes libres, à moins que ce ne soit
l'empire naturel des principes? A quoi se rédui-
sent au fonds tous ces griefs à cet égard? La majorité des Jacobins rejetait vos opinions; elle
avait tort, sans doute : le public ne vous était
pas favorable. Direz-vous que je lui prodiguais

des trésors que je n'avais pas? De quel droit
voulez-vous faire servir la Convention nationale
elle-même à venger les disgrâces de votre amour-
propre ou de votre système? Je ne chercherai
point à vous rappeler aux sentimens des âmes
républicaines; mais soyez au moins aussi généreux qu'un roi, imitez Louis XII, et que le législateur oublie les injures de M. Louvet.

» On me fait un crime d'avoir abdiqué la place
d'accusateur public, pour accepter ensuite celle
d'officier municipal. Je réponds que j'ai abdiqué, au mois de janvier 1792, une place lucra-
tive et nullement périlleuse, quoi qu'on en ait
dit, et que j'ai accepté les fonctions de commissaire de la commune, le 10 août 1792. On me
reproche d'avoir dirigé mes pas vers le bureau;
j'étais loin de prévoir que je serais obligé d'informer la Convention nationale que je n'avais été
au bureau que pour faire vérifier mes pouvoirs.

» Que me reproche-t-on? des arrestations
illégales. Est-ce donc le code criminel à la main
qu'il faut apprécier les précautions salutaires
qu'exige le salut public dans les temps de crise
amenées par l'impuissance des lois? Que ne
vous reprochez-vous aussi d'avoir consigné les
conspirateurs aux portes de cette cité, d'avoir
désarmé les citoyens suspects? que ne faites-
vous le procès à la municipalité et au corps-
électoral, et aux sections de Paris, et aux assemblées primaires des cantons, et à tous ceux
qui nous ont imité? car toutes ces choses étaient
illégales, aussi illégales que la révolution, que
la chute du trône et de la Bastille; aussi illégales que la liberté même. Vouliez-vous une

révolution sans révolution? quel est cet esprit
de persécution qui est venu reviser, pour ainsi
dire, celle qui a brisé nos fers?

» On vous a parlé bien souvent des événemens
du 2 septembre; ceux qui ont dit que j'avais
eu la moindre part à ces événemens, sont des
hommes ou excessivement crédules, ou excessivement pervers. Quant à l'homme qui, comptant sur le succès de sa diffamation, dont il
avait d'avance ourdi la trame, a cru pouvoir
imprimer impunément que je les avais dirigés;
je me contenterais de l'abandonner aux remords,
s'il était digne encore de ce supplice; mais je
dirai pour ceux que l'imposture aurait pu égarer,
qu'avant l'époque où ils sont arrivés, j'avais
cessé de fréquenter le conseil-général de la
Commune; que l'assemblée électorale, dont
j'étais membre, avait commencé ses séances. »

Ici, Robespierre fait l'historique des causes
qui ont amené les malheurs de septembre, et
les effets qu'ils ont produits. Après ce tableau,
dans lequel il s'efforce de pallier ces terribles
journées, il dit: « Je pourrais citer ici, contre
les déclamations de Louvet, un témoignage non
suspect; c'est celui du ministre de l'intérieur,
qui, en blâmant ces exécutions populaires, n'a
pas craint de parler de l'esprit de prudence et
de générosité que le peuple, c'est son expression, avait montré jusque dans cette conduite
illégale: que dis-je! je pourrais citer Louvet lui-
même, qui commençait l'une de ses affiches
de la Sentinelle par ces mots: *Honneur au conseil-général de la Commune, il a fait sonner le
tocsin! il a sauvé la patrie!*

» Vous vous tourmentez depuis long-temps pour arracher à la Convention nationale une loi contre les provocateurs au meurtre; qu'elle soit portée; ne voyez-vous pas que la première victime qu'elle doit frapper, c'est vous-même? n'avez-vous pas dit calomnieusement, ridiculement, que j'aspirais à la tyrannie? n'avez-vous pas juré par Brutus d'assassiner le tyran? Vous voilà donc convaincus, par votre propre aveu, d'avoir provoqué tous les citoyens à m'assassiner; n'ai-je pas déjà entendu à cette tribune des cris de fureur répondre à vos exhortations; et les promenades de gens armés, qui bravent au milieu de vous l'autorité des lois, des magistrats, et les cris qui demandent la tête de quelques représentans du peuple; qui mêlent des imprécations contre moi, à vos louanges et à l'apologie de Louis XVI? qui les a appelés? qui les égare, qui les excite? Et vous parlez de lois, de vertus, d'agitateurs et d'assassins! »

Enfin, Robespierre termine sa justification par ces mots: « Que me reste-t-il à dire contre des accusateurs qui s'accusent eux-mêmes? Ensevelissons, s'il est possible, ces misérables machinations dans un éternel oubli: puissions-nous dérober aux regards de la postérité ces jours honteux de notre histoire, où les représentans, égarés par de misérables intrigues, ont paru oublier les grandes destinées, auxquelles ils étaient appelés. Pour moi, je ne prendrai aucune conclusion qui me soit personnelles; j'ai renoncé au facile avantage de répondre aux calomnies de mes adversaires par

19*

des dénonciations plus redoutables. J'ai voulu supprimer la partie offensive de ma justification. Je renonce à la juste vengeance que j'aurais le droit de poursuivre contre mes calomniateurs; je n'en demande point d'autre que le retour de la paix et le triomphe de la liberté. »

Cette dernière phrase fut un coup de foudre pour les adveraires de Robespierre. Les Jacobins, qui étaient par milliers dans la salle, à ces mots, la firent retentir d'applaudissemens, qui se prolongèrent en trois reprises; et aussitôt Robespierre descend de la tribune, gonflé d'orgueil et de vanité. Mais Louvet et Barbaroux, furieux, courent à la tribune et veulent parler en même temps; ils ne peuvent se faire entendre; les cris l'ordre du jour retentissent de toutes parts, et dans l'Assemblée et dans les tribunes; car celles-ci délibéraient souvent avec les députés, et influençaient presque toujours les délibérations par leurs cris. « Eh ! que signifient aux yeux d'un législateur politique, dit Barrère, toutes ces accusations de dictature, d'ambition, du pouvoir suprême, et les ridicules projets de triumvirat? Ne donnons pas de l'importance à des hommes que l'opinion générale saura mieux que nous remettre à leur place; ne faisons pas des piédestaux à des pygmées. Des hommes du jour, de petits entrepreneurs de révolutions, ne sont pas faits pour occuper le temps précieux que vous devez aux grands travaux dont le peuple vous a chargés, etc. Barrère finit par demander l'ordre du jour. « Je ne veux pas de votre ordre du jour, s'écrie Robespierre, si vous mettez un préambule qui me soit injurieux. » L'ordre du jour, pur et simple, est décrété à la presque unanimité.

Ainsi se termina cette accusation, dressée avec tant d'appareil, dont ses auteurs se promettaient, sans doute, une autre issue, et dont le résultat, au contraire, fut de les couvrir de ridicule, et d'augmenter le crédit et la faveur populaire de celui qui en était l'objet. Robespierre, après avoir remporté la palme sur ses adversaires, dans la salle de la Convention, devint, le même soir, aux Jacobins, le motif d'une joie délirante. Tous ses frères et amis le reçurent dans leur sein, aux cris de *vive la liberté! vive Robespierre!* Admiré, fêté, on le presse, on le flatte, et c'est à qui approchera de plus près de sa personne pour lui témoigner de l'admiration. Enfin, l'exaltation y fut portée à son comble par tous les membres. Il n'y eut pas, jusqu'au fameux Barrère, qui, le matin, avait traité Robespierre avec dédain et mépris, qui se mêla dans la foule, et en fait aussi son éloge. Tel est le sort de l'homme dans l'état de prospérité : chacun s'empresse à le flatter, à le caresser, par cela seul qu'il paraît grand et opulent, au sein des richesses ; mais quand l'adversité le poursuit, tout le monde l'abandonne, et il n'est plus que le jouet du mépris général.

Robespierre, triomphant de ses ennemis, imita en tout point un grand général qui, après plusieurs jours de combat opiniâtre, remporte la victoire et va dormir sur ses lauriers : il en fit autant. Des Jacobins, Robespierre fut conduit à sa demeure par ses frères et amis, et il ajourna sa vengeance à un temps plus reculé ;

mais ce temps ne fut que de quelques mois ;
car auparavant un grand crime devait se commettre et par lui et par ses ennemis ; et c'est ce
dont, Messieurs, je vais m'occuper à vous rendre
compte. Mais en attendant que je vous retrace
ces scènes douloureuses, faisons comme Robespierre, allons aussi prendre du repos.

TREIZIÈME SÉANCE.

En commençant ma treizième séance, je dis aux fils de M. de Varicourt avec un serrement de cœur : Ah ! mes jeunes amis, nous allons entrer dans des détails qui vont être bien affligeans et bien terribles. Un grand crime se prépare ; et ce crime affreux étonna et fit frémir toute l'Europe. C'est en présence d'une grande nation, éclairée par les sciences et la philosophie, que des hommes appelés à faire des lois et rien que des réglemens salutaires, vont, sans consulter cette même nation, sans obtenir son vœu, se constituer dénonciateurs, accusateurs, juges et jurés. Il ne leur manquera plus que d'être eux-mêmes les exécuteurs de leur jugement. Témoin oculaire de toutes les trames ourdies par les conjurés pour faire le procès au meilleur des rois, procès qui ne fut autre chose qu'un assassinat, je ne cacherai rien de toutes les scènes de ce drame épouvantable. Il faut que les actions des scélérats soient transmises d'âge en âge, afin qu'elles servent de leçon aux personnes vertueuses, et leur apprennent à se garantir des complots du

crime. Il s'en faut de beaucoup que tous les
Français aient contribué à l'attentat commis sur
la personne de Louis XVI; non, il fut préparé
et exécuté par quelques monstres qui n'avaient
point de patrie, et dont on ne prononce les
noms qu'avec horreur. Il s'était mêlé parmi
eux d'infâmes étrangers qui partagèrent leur
fureur, ou contribuèrent à les pervertir. Je
veux parler d'un Marat, d'un Clavière, d'un
Clootz, un Gusman, un Lajowski, un Ro-
tondo, un Grève, et autres misérables réfugiés
de la Suisse, de la Prusse, de l'Espagne, de
l'Italie, d'Angleterre, de l'Allemagne, de la
Pologne, même de l'Amérique. Ces étrangers
avaient été reçus à Paris par d'autres étrangers;
car ces misérables, qui étaient les meneurs,
n'étaient point de la capitale : la plupart, tous
mauvais citoyens, étaient venus à Paris pour y
chercher fortune.

Après la querelle politique si hautement sus-
citée par le parti de la Gironde à Robespierre,
et si promptement repoussée par leurs adversaires et par les hommes mixtes, il ne fut plus
question que de s'occuper du sort de Louis XVI.
Ce prince, gardé à vue avec la plus grande rigueur par ceux mêmes qui conjuraient sa perte,
était le sujet éternel des plus violens débats
dans les réunions patriotiques, et surtout dans
deux clubs, les plus audacieux de tous. Le
nom des rois et des princes ne sortaient de la
bouche de leurs affidés qu'avec un redouble-
ment de fureur. A mesure que les dangers
s'éloignaient de Paris, par l'avantage que nos
généraux avaient sur l'ennemi, les Jacobins et

tous les révolutionnaires en général juraient au nom du ciel que la liberté ferait le tour du monde, et que partout elle serait inaugurée comme étant la seule divinité qui convenait aux hommes.

Pour donner à cette divinité toute la prépondérance dont elle avait besoin, ils se partagèrent toutes les places dans les administrations. L'Assemblée électorale de Paris, après avoir nommé les députés à la Convention, s'occupa ensuite de nommer toutes les autorités quelconques; et vous pensez, mes jeunes amis, que ces places ne furent pas données à des citoyens qui ne pensaient pas comme ces grands patriotes. Voici comme ils se les partagèrent : Tous les matins, avant l'ouverture de l'Assemblée électorale, des déjeûners splendides avaient lieu partiellement entre les membres; et là, le verre en main, on délibérait sur les places à nommer. Moi, disait l'un des convives, je désire celle-ci; un autre : Moi, celle-là; un troisième, un quatrième désignaient celles qui leur convenaient; ainsi des autres. Je te proposerai, disait l'un en désignant un convive; toi, tu m'appuieras; vous autres, vous nous soutiendrez. Et c'est de cette manière qu'on arrivait à de grands emplois. Ces intrus eurent tout le succès qu'ils s'en étaient promis; aussi, vit-on des hommes de boue, des crieurs de journaux, membres du département de Paris, administrateurs des postes, etc. Aussi les affaires allèrent-elles comme on doit se l'imaginer.

Tous ces chefs, ennemis des hommes de bien,

remuèrent ciel et terre pour faire disparaître
tout ce qui tenait au gouvernement monarchique, ou qui s'opposait au nouveau régime;
mais, pour achever leur ouvrage, il ne fut plus
question que de préparer les esprits au crime
inoui qu'on voulait commettre ; dans les clubs,
dans les sections, des orateurs grossiers et féroces y braillaient, à force de crier; la tribune
ne désemplissait point, et ces auditeurs imbécilles applaudissaient, sans trop savoir pourquoi;
et se disaient entre eux : « Ah ! qu'il a bien
parlé ! » Les choses les plus ridicules, les plus
absurdes, passaient pour des vérités incontes-
tables. On osa même avouer, à la tribune, que
les royalistes et les aristocrates (c'est ainsi qu'ils
appelaient la classe la plus distinguée de la nation), avaient eux-mêmes organisé les massacres
de septembre; que les nobles des départemens
avaient mis le feu dans leurs châteaux, afin d'a-
voir le prétexte, disaient-ils, d'émigrer et de
s'enfuir en pays étranger, pour faire cause commune avec ces mêmes puissances, et rentrer
ensuite, à main armée, et rétablir le plus dur
esclavage, celui de la monarchie : comme s'il
était possible que des hommes malheureux, ex-
patriés, excitassent les brigands à égorger leurs
parens, leurs amis. D'un autre côté, arrivait-il
une émeute, une révolte, dans les provinces,
contre les autorités qui tyrannisaient le peuple
par des réquisitions, par des enlèvemens de chevaux, de charrettes, que ceux-ci ne payèrent
jamais; c'étaient encore les royalistes qui en
étaient les auteurs. Je puis assurer que plus de
vingt mille voitures attelées de trois chevaux,

avec leurs harnais, furent enlevées aux cultiva-
teurs par les agens de la Commune de Paris,
par le Directoire exécutif et par les commissaires de la Convention, sans avoir donné une
obole aux propriétaires.

Tout en accusant la Commune de Paris et
ses agens d'entraver la marche du ministère,
Roland faisait, de son côté, les plus scrupuleuses recherches dans le château des Tuileries,
pour y découvrir des coins obscurs et secrets,
des cachettes qu'il soupçonnait renfermer des
papiers très-importans; mais toutes recherches
furent long-temps infructueuses, quoiqu'il in-
terrogeât tous ceux qui avaient eu le bonheur
d'échapper à la journée du 10 août. Un seul
frappa son attention; ce fut un nommé Durey,
homme de confiance, et attaché au château pour
le service de l'intérieur. Cet homme n'avait évité
la mort qu'en se cachant dans une cheminée,
au moment où les brigands y entrèrent en furieux, baissa la soupape, et y resta trois jours,
sans pouvoir en sortir; et n'en fut retiré que par
le plus grand des hasards (1). Roland se l'at-

_____

(1) Au moment où les brigands brisèrent les portes
du palais, tous les serviteurs du roi, qui y étaient renfermés, cherchèrent à se sauver par toutes les issues;
mais la plupart d'entre eux perdirent la tête; les uns
passèrent dans la galerie du Louvre; les autres, dans
des coins, où ils espéraient n'être point aperçus. Durey
prit le parti de lever la soupape d'une cheminée des
appartemens, s'y enfonce et la rabaisse sous ses pieds;
invulnérable aux yeux des brigands, dans cette cachette,
il entend bientôt les cris des victimes qu'on égorge de
toutes parts; il tremble d'être découvert; appuyé sur

tache et lui donne un emploi : chaque jour il
l'interroge sur ce qu'il avait vu, et quelles
étaient les personnes qui venaient le plus souvent auprès du roi. Tout fut employé pour corrompre ce domestique ; des places lui furent of-
fertes ; enfin une grande récompense lui fut
promise, s'il voulait donner des renseignemens
sur une cachette que Roland soupçonnait. Ce
domestique, qui avait obtenu la confiance du roi,
et l'avait servi fidèlement durant tout le temps
de son séjour dans le palais des Tuileries, se
laissa corrompre, et finit par trahir son maître
et son prince. Il indiqua, d'après la déclaration
qui en avait été faite par le traître Gamin, serrurier de Versailles, la fameuse armoire de fer,

cette trappe, il ôtait par-là tout moyen de l'ouvrir,
quoiqu'elle fût plusieurs fois visitée par les assassins.
Trois jours se passent dans cet état, sans qu'il soit découvert, et sans qu'il puisse en sortir ; mais la faim se
fait sentir, et le besoin de prendre l'air ; il entend parler
avec calme dans l'appartement. Durey n'hésite plus à se
faireentendre ; il crie, il appelle à son secours. Cette voix
lamentable vient aux oreilles des parleurs ; ils écoutent,
bientôt la voix se fait entendre de nouveau. — Où êtes-
vous caché, demande l'un d'eux en regardant de tous
côtés ? — Dans la cheminée, répond la voix, dans la cheminée ; ils approchent, ils regardent, mais la cheminée
était bouchée ; ils ne savent comment il y est entré, et
comment l'en retirer. — Durey, montant un peu, leur
crie de lever la soupape ; il la lève, et le prisonnier
descend dans un état difficile à exprimer, noir comme
un ramoneur, et d'une faiblesse extrême. Dans la position où se trouvait ce citoyen, ne pouvant monter par le
haut de la cheminée, ni descendre par en bas, sans le
secours de quelqu'un, il eût péri immanquablement de
faim.

où étaient renfermés quelques cartons remplis de papiers que le vertueux roi voulait soustraire à ses ennemis, et dans la crainte de compromettre qui que ce fût. Cette armoire, si bien cachée, fut bientôt à la discrétion de Roland, qui, après avoir visité tous ces cartons, en retira les pièces les plus importantes et les porta, d'un air de triomphe, à la Convention. Ces papiers firent connaître les personnes les plus attachées au monarque. Le Corps-Législatif ne tarda pas à lancer des décrets contre eux.

Ce fut de cette manière que le ministre *patriote,* ce traître, parvint à découvrir un dépôt secret, qui ne contenait rien autre chose que la liste des pensions que le bon roi faisait aux personnes qui l'avaient servi, et aux pauvres qui vivaient de ses bienfaits. Aussi Roland fut-il bien mal récompensé : tout le monde jeta contre lui des cris d'indignation. Les uns lui reprochèrent d'avoir procédé à l'ouverture de l'armoire, sans être accompagné de commissaires de la Convention ; les Jacobins, les municipaux, les sections, et jusqu'à ses propres agens, le dénoncèrent, et en vinrent jusqu'à l'accuser.

Les comités de la Convention, de leur côté, faisaient aussi les plus scrupuleuses recherches pour rassembler des matériaux qui appuyassent les délits qu'on voulait imputer à l'auguste prisonnier du Temple ; ils organisèrent des bureaux dans le palais des Tuileries ; et des commis salariés visitèrent tous les appartemens, toutes les chambres, tous les cabinets ; et, pour cet effet, ils font ouvrir les armoires, les secrétaires, même ceux des personnes attachées au château, que l'on soupçonnait renfermer quelque chose d'intéressant. Tandis que les uns bouleversent tout dans les bureaux de la Liste civile, les conventionnels frappent les citoyens par des lois acerbes et barbares. Thuriot fait décréter la peine de mort contre ceux qui proposeraient ou tenteraient de rompre l'unité de la république, et de rétablir la royauté. Buzot, du parti de la Gironde, propose le décret qui expulse l'illustre famille des Bourbons, du territoire français, à l'exception du roi qu'ils tenaient renfermé dans la tour du Temple; et c'est au milieu d'un tumulte affreux, qui dura huit jours, que ce décret fut rendu. Il n'y eut pas, jusqu'à l'Être-Suprême, que quelques députés osèrent attaquer: en voulant s'occuper d'organiser l'instruction publique, ils demandèrent à exclure de leur plan d'éducation tous principes religieux; et quelques-uns d'entre eux osèrent professer publiquement, et à la tribune, les maximes d'athéisme. — « La Nature et la Raison, s'écrie Dupont, ancien doctrinaire, et membre du Corps-Législatif, voilà les dieux de l'homme; voilà mes dieux: oui, dit-il, je l'avoue de bonne foi à la Convention, je suis athée. » Ce langage révoltant amena cependant, dans l'Assemblée, de violens murmures; mais ces murmures furent étouffés par les applaudissemens du plus grand nombre des membres, et par les tribunes. De pareilles maximes, préconisées à la tribune, amenèrent bientôt la désorganisation du corps social, en lui ôtant une des bases les plus essentielles à son repos et à son bonheur.

Quel exemple frappant de lâcheté de la part
d'un législateur qui, au milieu d'une Assemblée nationale, ose nier l'existence d'un Dieu !
Que dira la postérité ? apprendra-t-elle sans
frémir que dans une réunion d'hommes appelés
pour régénérer un grand empire, l'athéisme y
fût préconisé, applaudi ? N'est-ce pas être assassin de son propre pays que d'être le hideux
blasphémateur de sa religion et de son Dieu ?
Quel affreux scandale pour un peuple élevé
dans la religion de ses pères, qui voit des législateurs lui annoncer publiquement la non existence d'un Être-Suprême ! et c'est au milieu
d'une enceinte où siégent plus de six cents
membres, qu'un d'entre eux ose professer l'a-
théisme, et qu'on applaudit à cette impiété délirante ! Ah ! malheureux, que de maux vont
inonder ta patrie ! que de crimes découleront
de ces principes monstrueux ! Lorsqu'on a per-
suadé à l'homme qu'il n'est point de justice di-
vine, quel frein peut le retenir ?

C'est à partir de cette époque, Messieurs,
et d'après une telle déclaration portée par les
journaux stipendiés dans toute l'étendue de
l'empire, que cette doctrine impie parvint jusque sous le chaume. C'est à partir de cette
époque funeste que les ministres du culte furent
avilis, et que la morale qu'ils professaient devint la risée d'une foule d'insensés. Les bandits
et les hommes sans mœurs se jetèrent dans les
départemens en y prêchant l'intolérance et le
libertinage ; et la religion ne fut plus qu'une
chimère aux yeux de la jeunesse, qui ne connut
plus de frein, en oubliant le respect et l'obéis-

sance qu'elle doit aux auteurs de ses jours. C'est à partir de cette époque que tous les temples furent fermés dans toute l'étendue de la république, que les autels furent renversés, le Dieu des Chrétiens blasphémé, et les ministres du Seigneur malheureux et proscrits; et c'est à cette époque que tous les jongleurs et les hommes à carmagnole, à la suite de leurs orgies scandaleuses, ivres de vin, montaient en chaire dans les temples pour y débiter leurs maximes destructives et irréligieuses, et que leurs sentimens monstrueux furent exaltés à un tel point qu'ils promettaient aux jeunes vierges qu'elles seraient récompensées, si elles donnaient des défenseurs à la patrie.

La ville de Paris fut la première qui donna l'exemple de ce renversement de la Religion. Les membres de la Commune, qui n'avaient d'autre religion que celle de la rapine et du pillage, attaquèrent les premiers les temples consacrés au culte; et c'est sur l'église de Notre-Dame qu'ils firent preuve de leur sacrilége. Cette église, d'une magnificence extrême, éprouva tous les outrages : on renversa toutes les statues qui ornaient le portail; placées dans de petites niches, elles en furent précipitées sur le pavé. Les reliques que renfermait cette cathédrale devinrent aussi la proie de leur brigandage. La châsse de S. Marcel, fabriquée par S. Eloi, patron des orfèvres, et qui était en vermeil, enrichie d'un grand nombre de pierreries, objet précieux et que les chanoines gardaient avec vénération depuis plus de six cents ans, fut enlevée par ces rénégats, il n'y eut pas jusqu'aux grilles qu'ils arrachèrent pour s'en approprier le fer. Plus tard ils renversèrent les autels et la croix du Christ, comme je le dirai en son temps; mais ils avaient pour le moment bien autre chose à faire ; car une grande victime réveillait toute leur fureur.

Tandis que la plupart des législateurs nient l'existence d'un Dieu et prêchent l'athéisme dans le sein de la Convention, les jeunes guerriers partis pour la défense de la patrie, font preuve de leur courage sur la frontière en combattant l'ennemi; Dumouriez, après avoir repoussé les Prussiens de la Champagne et forcé les Autrichiens à lever le siége de Lille et de Thionville, pénètre dans la Belgique. La ville de Mons est la première place vers laquelle il dirige toutes ses forces. Après avoir gagné la bataille de Jemmape presque sous les murs de cette place, il force les Autrichiens à battre en retraite, et la ville tombe en son pouvoir. Là, en vainqueur il se dispose à révolutionner la Belgique, en lançant ses fameuses proclamation : tout lui réussit, et la victoire est la compagne fidèle de ses drapeaux. Après la prise de Mons, il dirige toutes ses forces du côté de Bruxelles, gagne la bataille d'Anderlecht, et bientôt la ville est en son pouvoir. Tournay, Gand, Ypres, Furnes et Bruges ouvrent leurs portes au général Labourdonnaie. Charleroi et Namur reçoivent le général Valence. Lamarlier s'empare de la ville d'Anvers. De succès en succès, après la prise de Bruxelles et Tirlemont, Dumouriez marche sur Liége et prend cette ville presque sans coup férir. Du côté du

Rhin , mêmes succès , mêmes triomphes. Le
général Custines , après la reddition de Spire
et Worms, s'empare de Mayence et de Franc-
fort, et tout cela en moins de deux mois. Tant
de victoires remportées , tant de villes soumises
aux armées françaises donnèrent aux révolutionnaires de Paris une fierté , une insolence
qu'il est impossible d'exprimer : ils croient déjà
gouverner toute la terre et planter l'arbre de
la liberté dans tous les royaumes ; mais, comme
dit le proverbe , l'homme propose et Dieu dispose. Toutes ces villes si rapidement conquises
ne furent pas très-disposées au régime des Français , qui les accablèrent de réquisitions en
blasphémant leur Dieu et en faisant main basse
sur les reliques de leurs églises. Ce n'était pas
les soldats qui commettaient ces sacriléges ;
c'était cette nuée de commissaires *ad hoc* qui
suivaient les armées et qui n'étaient rien autre
qu'une troupe de voleurs. Comme ma narra-
tion n'est point destinée à vous retracer les victoires et conquêts de nos troupes , laissons les
armées françaises étendre leurs succès en pays
ennemi , et voyons à Paris ce qui se trame
contre leur infortuné roi. Hélas ! ces guerriers
sont loin de penser que leurs lauriers seront
arrosés du sang de leur monarque !

La ville de Paris, toujours dans la même situation, et toujours dans le même désordre,
ne donnait pas au peuple cette tranquillité si
nécessaire à son bonheur. La plus grande partie
des ouvriers n'avaient rien à faire, et vivaient
on ne sait comment. Mais heureusement pour
ses habitans, que la monnaie de papier, qui per-

dait déjà beaucoup de sa valeur, ne se resser-
rait pas dans les coffres comme les écus, circu-
lait avec une rapidité inconcevable ; alors tout
le monde trouvait le moyen de s'en procurer.
D'un autre côté, les vivres n'étaient pas en
grande abondance dans cette bonne ville; car
elle était toujours le reflux de toutes les provinces; ses provisions n'allaient pas au-delà
de trois jours; les commissaires de la Commune, sans cesse en course, à vingt ou trente
lieues à la ronde, faisaient des enlèvemens qui
effrayaient les habitans des campagnes, et ame-
naient une hausse si progressive que de temps
à autre on jetait les hauts cris contre les ac-
caparateurs. Un jour, dans le pays chartrain,
on faillit pendre et les commissaires et les agens ;
et le peuple armé ne veut plus d'assignats. La
révolte se communique de village en village et
effraie la ville de Chartres et ses administrations. Les députés en mission y sont méconnus ;
ils veulent interposer leur autorité ; mais rien
n'arrête l'élan de la révolte ; ils sont forcés de
taxer les grains, le beurre et le fromage. Ces
nouvelles alarmantes arrivant à Paris, n'inspirent pas une grande sécurité à nos législateurs,
qui rejetaient ces désordres sur le parti roya-
liste. « Ce sont les prêtres, disaient-ils ; ce sont
les nobles qui suscitent l'insurrection, pour
avoir le prétexte d'empêcher le jugement du
roi ; et ajoutent : ils veulent le rétablir sur le
trône par tous les moyens possibles. » L'un
d'eux a l'effronterie de dire à la tribune, que
le monarque conspire du fond de sa prison. Je
ne rapporterai pas, Messieurs, les mille et une

20*

horreurs que débitaient les députés, dont la plupart étaient des furieux. Dans plusieurs provinces, même désordre, même agitation. La ville de Lyon donnait aussi aux députés des craintes sur sa soumission au nouvel ordre de choses, une insurrection se formait peu-à-peu, et devait bientôt éclater dans ses murs.

L'existence du monarque dans sa prison, était de jour en jour des plus tristes, et la surveillance des impitoyables geoliers, enflammait ses ennemis d'une soif ardente de son sang. Pour préparer les esprits à entendre parler du procès de Louis XVI, les Jacobins organisèrent dans Paris une troupe de gens sans aveu, sans entrailles, dispersés dans les différens quartiers, sur les places et aux coins des rues, qui, montés sur des tréteaux, attiraient autour d'eux la multitude, par le son de leur trompette. Là, deux quidams entamaient un dialogue; l'un faisait des questions, et l'autre y répondait. Les questions et les réponses roulaient sur le règne des rois, des reines, des papes et des empereurs. Tout ce que la méchanceté avait d'horrible, se débitait en plein air et devant une multitude groupée autour de ces jongleurs. Qu'est-ce qu'un roi? demandait l'un des quidams; qu'est-ce qu'une reine? qu'est-ce que le pape? Et le partenaire répondait par les plus grossières invectives; après avoir débité un tissu d'horreurs contre les souverains, puisées dans les écrits d'un misérable nommé Lavicomterie, ils continuaient leur dialogue sur Louis XVI, sur la reine et sur la famille royale. Les réponses du quidam étaient toujours des infamies qu'on

rougissait d'entendre ; et la fin de leur dialogue
se terminait par déclarer qu'il fallait que la
tête du roi tombât pour l'affermissement de la
liberté. Le soir, d'autres brigands, le sabre à la
main, hurlaient dans les rues et au Palais-Royal,
en demandant son jugement. C'est ainsi, Messieurs, que s'organisèrent dans les rues de Paris,
des bandes qui animaient la classe industrieuse
et pauvre à ressentir une haine violente contre
leur roi malheureux, et préparaient la catastrophe sanglante qu'ils méditaient.

Non-seulement on employait ces moyens pour
arriver au dénouement de la tragédie, mais encore on voyait des hommes proscrits de leur
province, vivant à Paris de vols et de rapines,
se succéder à la barre de la Convention, et parler au nom de leur département, dont ils n'a-
vaient aucune mission, et faisaient la même demande sacrilége. Les sociétés populaires des
provinces écrivent à la Convention pour la pres-
ser de faire le procès à Louis XVI ; des hommes
qui se disent avoir été blessés à la journée du
10 août, défilent dans la salle du sénat, sur
des brancards, en criant *vengeance !* Des orateurs de sections affluent à la barre, et demandent une sentence contre le roi, et ensuite dé-
clament hautement contre les rois et contre les
ministres des autels. Des brochures infâmes se
répandent avec profusion dans les cafés, dans
les maisons, dans les lieux publics. Des placards
sont affichés aux coins des rues, et un quidam
aposté exprès, en fait lecture à haute voix, à
ceux qui ne savent pas lire. Tel était l'orage qui
se préparait contre le meilleur des princes,

contre le plus tendre des époux et des pères, qui, enfermé dans le Temple, ignorait ce conflit d'astuces et de scélératesse. Ah! quels hommes que ces patriotes, qui ne veulent anéantir leur monarque, la royauté et les grands, que pour devenir grands eux-mêmes, fouler le peuple en prenant un masque populaire, et se revêtir de quelques lambeaux de l'autorité, qu'ils ont presque morcelée!

Au milieu de ce conflit d'agitation, les deux partis, toujours en présence, se heurtaient continuellement par des apostrophes les moins ménagées. « On nous conduit à l'anarchie, dit un jour Pétion, à la tribune de l'Assemblée (il avait abandonné le parti de Robespierre et des Jacobins); et l'anarchie veut nous précipiter dans le despotisme. Nous n'avons plus que nous à craindre; et c'est nous qui nous déchirons de nos propres mains. » Les fédérés de Marseille, qui étaient toujours à Paris pour appuyer le parti de Roland, de Barbaroux et de la Gironde, devenaient un motif continuel de querelles interminables. Les uns demandent que ces indisciplinés sortent de Paris, et partent pour les frontières; les autres s'y opposent, comme ayant besoin de cette troupe de brigands armés pour faire le procès au roi. « Ah! dit encore Pétion, les agitations qui nous déchirent sont extrêmement affligeantes; nous donnons au public, qui nous écoute, un spectacle, j'ose dire, vraiment scandaleux; et remarquez, ajoute-t-il, que non-seulement la France nous écoute, mais que les étrangers sont témoins de nos débats, et s'en réjouissent. » Enfin Pétion, pour écraser

tout-à-fait le parti des Jacobins, qu'il avait abandonné, révèle, à la Convention et à tout l'univers, de terribles vérités, qui achèvent de peindre Robespierre, Marat, Danton, les membres
du corps municipal, et le commandant de Paris,
Santerre; et ces vérités, qu'il publie par la
voie de l'impression, sont ainsi conçues; elles
font frémir, et glacent l'âme :

« Citoyens, je m'étais promis de garder le silence le plus absolu sur les événemens qui se
sont passés depuis le 10 août : des motifs de délicatesse et de bien public me déterminaient à
user de cette réserve; mais il est impossible de
me taire plus long-temps. De l'une et de l'autre
part, on invoque mon témoignage, chacun me
presse de dire mon opinion : je vais dire, avec
franchise, ce que je sais sur quelques hommes,
ce que je pense sur les choses.

» J'ai vu de près les scènes de la révolution ;
j'ai vu les cabales, les intrigues ; ces luttes orageuses entre la tyrannie et la liberté, entre le
vice et la vertu. Quand le jeu des passions humaines paraît à découvert, quand on aperçoit
les ressorts secrets qui ont dirigé les opérations
les plus importantes ; quand on rapproche les
événemens de leurs causes ; quand on connaît
tous les périls que la liberté a courus ; quand on
pénétre dans l'abîme de corruption, qui menaçait, à chaque instant, de nous engloutir, on
se demande, avec étonnement, par quelle suite
de prodiges nous sommes arrivés au point où
nous nous trouvons aujourd'hui.

» Les révolutions veulent être vues de loin ;
ce prestige leur est bien nécessaire : les siècles

effacent les taches qui les obscurcissent ; la postérité n'aperçoit que les résultats. Nos neveux
nous croiront grands : rendons-les meilleurs
que nous.»

Pétion déclare qu'il laisse en arrière les faits
antérieurs à la journée du 10 août, et que les
hommes qui se sont attribué la gloire de cette
journée, sont les hommes à qui elle appartenait le moins. « Elle est due aux fédérés et à
leur directoire secret, qui concertait, depuis
long-temps, le plan de l'insurrection; elle est
due au peuple; elle est due enfin au génie tutélaire qui préside constamment aux destins de
la France, depuis la première assemblée de ses
représentans. »

Après avoir retracé la part qu'il a prise à l'insurrection du 10, qu'il attribue à l'ancien conseil de la Commune, comme l'ayant préparée et
machinée; et que cette journée aurait également
eu lieu, sans le concours des commissaires de
plusieurs sections, réunis à la Maison-Commune ; et que les membres de l'ancienne municipalité, qui n'avaient pas désemparé pendant toute la nuit, étaient encore en séance à
neuf heures et demie du matin. Ici, Pétion déclare qu'un moment le succès fut incertain....
En faisant le tableau de la conduite du nouveau
conseil, dans la journée du 10, et après cette
journée, que Pétion peint comme une autorité
où régnait le plus grand désordre, et où chacun
se croyait investi de pleins pouvoirs pour discuter les grands intérêts de l'État : « J'ai conservé
ma place, dit-il, mais elle n'était plus qu'un
vain titre : j'en cherchai inutilement les fonc-

tions ; elles étaient éparses dans toutes les mains,
et chacun les exerçait. Enfin, continue-t-il, je
me rendis, les premiers jours, au conseil ; je fus
effrayé du désordre qui régnait dans cette assemblée, et sur-tout de l'esprit qui les dominait.
Ce n'était plus un corps administratif délibérant
sur les affaires communales, c'était une assemblée politique, se croyant investie de pleins pouvoirs, discutant les grands intérêts de l'État,
examinant les lois faites, et en promulguant de
nouvelles. On ne parlait que de complots contre
la liberté publique ; on y dénonçait des citoyens,
on les appelait à la barre, on les attendait publiquement, on les jugeait, on les renvoyait
absous ou on les retenait. Les règles ordinaires
avaient disparu ; l'effervescence des esprits était
telle, qu'il était impossible de retenir ce torrent : toutes les délibérations s'emportaient avec
l'impétuosité de l'enthousiasme ; elles se succédaient avec une rapidité effrayante ; le jour, la
nuit, sans aucune interruption, le conseil était
toujours en séance. »

Après avoir peint Robespierre comme l'âme
de cette assemblée, et la dirigeant par des discours les plus révolutionnaires, Marat la bou-
leversant par des cris de fureur, le comité de
surveillance comme remplissant les prisons par
des mandats d'arrêt, etc., etc., arrive enfin le
premier de septembre. Pétion en fait le tableau
le plus affreux : on ne le croirait pas, si lui-
même n'eût point écrit, de sa propre main,
ce qui va suivre :

« Le 2 septembre arrive, dit-il, le canon
d'alarme tire, le tocsin sonne : ô jour de deuil !

A ce son lugubre et alarmant, on se rassemble,
on se précipite dans les prisons ; on égorge, on
assassine. Manuel, plusieurs députés de l'Assemblée nationale se rendent dans ces lieux de
carnage : leurs efforts sont inutiles , on immole
les victimes jusque dans leurs bras ! (On connaît déjà ce prétendu dévouement, qui n'était
que simulé.) Eh bien , j'étais dans une fausse
sécurité ; j'ignorais ces cruautés : depuis quelque temps on ne me parlait de rien. Je les ap-
prends enfin , et comment ? d'une manière vague, indirecte, défigurée ; on ajoute, en même
temps, que tout est fini. Les détails les plus
déchirans me parviennent ensuite ; mais j'étais
dans la conviction la plus intime que le jour qui
avait éclairé ces scènes sanglantes ne reparaî-
trait plus : cependant elles continuent. J'écris
au commandant - général , Santerre, je le requiers de porter des forces aux prisons ; il ne
me répond pas d'abord : j'écris de nouveau, il
me dit qu'il a donné des ordres ; rien n'annonce
que ces ordres s'exécutent : cependant elles
continuent encore Je vais au conseil de la Commune ; je me rends à l'hôtel de la Force, avec
plusieurs de mes collègues : des hommes, assez
paisibles, obstruaient la rue qui conduit à cette
prison ; une très-faible garde était à la porte.
J'entre !... Non , jamais ce spectacle ne s'effa-
cera de mon cœur ! Je vois deux officiers municipaux , revêtus de leurs écharpes ; je vois
trois hommes, tranquillement assis devant une
table, les registres d'écrou ouverts, et sous leurs
yeux, faisant l'appel des prisonniers ; d'autres
hommes, les interrogeant ; d'autres hommes,

faisant les fonctions de jurés et de juges ; une demi-douzaine de bourreaux , les bras nus, couverts de sang , les uns avec des massues, les autres avec des sabres et coutelas qui en dégouttaient, exécutant, à l'instant même, les jugemens. Des hommes attendaient , au dehors , ces jugemens, avec impatience, gardant le plus morne silence aux arrêts de mort, jetant des cris de joie aux arrêts d'absolution.

» Et les hommes qui jugeaient, et les hommes qui exécutaient, avaient la même sécurité que si la loi les eût appelés à remplir ces fonctions. Ils me vantaient leur justice , leur attention à distinguer les innocens des coupables ; les services qu'ils avaient rendus ; ils demandaient , pourrait-on le croire ! ils demandaient à être payés du temps qu'ils avaient passé. J'étais réellement confondu de les entendre : je leur parlai avec le sentiment de l'indignation profonde dont j'étais pénétré. Je les fis sortir tous devant moi : j'étais à peine sorti, qu'ils y rentrèrent ; je fus, de nouveau, sur les lieux pour les en chasser. La nuit ils achevèrent cette horrible boucherie....

» Ces assassinats, ajoute Pétion, furent-ils commandés ? furent-ils dirigés par quelques hommes ? J'ai eu des listes sous les yeux, j'ai reçu des rapports, j'ai recueilli quelques faits ; si j'avais à prononcer, comme juge, je ne pourrais pas dire : Voilà le coupable. »

Puis, Pétion parle de ses querelles avec Robespierre , soit à la Commune, soit à la Mairie ; et de l'emportement qu'il manifestait contre Roland et contre Brissot. Il peint Robespierre comme un homme bilieux, rempli d'humeur, sombre, impérieux dans son avis, n'écoutant que lui, ne supportant pas la moindre contrainte, et ne pardonnant jamais à celui qui a pu blesser son amour-propre, et ne connaissant jamais ses torts; dénonçant, avec légéreté, et s'irritant du plus léger soupçon, croyant toujours qu'on parle de lui pour le persécuter, vantant ses services, et parlant de lui avec peu de réserve; ne connaissant point les convenances; et nuisant, par cela même, aux causes qu'il défend, voulant, par-dessus tout, les faveurs du peuple, lui faisant, sans cesse, la cour, et cherchant, avec affectation, ses applaudissemens. Pétion parle ensuite des querelles de Danton avec Marat qui, après les plus vifs débats, et prêts à se frapper l'un et l'autre, finissent par s'embrasser, en jurant de tout oublier. Puis il parle sur la dispersion des membres du conseil de la Commune, remplissant des missions dans les départemens. Enfin, son discours est une peinture assez véridique du débordement de la ligue des conjurés, qui bientôt s'écraseront eux-mêmes.

Expulsé des Jacobins, Pétion en fait ensuite un tableau le plus frappant, par une lettre qu'il leur écrit. « J'ai sauvé cette société lors de la fameuse scission, dit-il; j'ai vu un instant où elle était composée de trois membres de l'Assemblée nationale, et de vingt à trente autres citoyens: la terreur avait dissipé le reste, elle avait dissipé plusieurs des hommes qui y jouent aujourd'hui les plus grands rôles. Des trois membres de l'Assemblée nationale, l'un était peu connu; Robespierre, qui avait une réputation faite de patriotisme, ne jouissait cependant pas de ce genre de considération que donnent la sagesse et la mesure dans la conduite des affaires publiques. J'ai vu Robespierre voulant fuir, j'ai vu Robespierre, n'osant se montrer à l'Assemblée.... Demandez-lui si je tremblais ? J'ai sauvé Robespierre lui-même de la persécution, en m'attachant à son sort lorsque tout le monde l'abandonnait. J'ai sauvé, plus d'une fois, Paris, et j'ai épargné le sang du peuple ; je n'ai pas peu contribué à amener la journée du 10 août. Après avoir traité quelques-uns des Jacobins, de fanfarons de liberté, il dit : « Quant à moi, je suis aujourd'hui ce que j'ai toujours été, inébranlable dans mes principes ; je réponds que, quelque chose qui arrive, je mourrai libre.... » Ah ! mourir libre ! que dis-tu, Pétion ? quel sort affreux t'attend : tu mourras de faim dans un champ, mangé par les bêtes (1). Tel est, à peu de chose près, le sort qu'éprouvèrent les chefs du complot de la journée du 10 août : ainsi Dieu punit les méchans.

A partir de cette époque, Pétion ne fut plus aux yeux de Robespierre qu'un monstre dont il fallait se débarrasser par un grand coup d'autorité ; car, révéler à la nation les crimes des Jacobins, qui la gouvernaient par la plus affreuse tyrannie, et dont la plupart méritaient l'échafaud, si justice eût été rendue, était une accusation hardie dans ces temps de proscription et de meurtre. Ah ! ce fut entre les mains de ces hommes féroces que la destinée du bon roi était placée. Aussi nous allons voir tout-à-

(1) Le fait est vrai. On verra les détails dans le volume suivant.

l'heure cette rage du crime se développer par les plus éloquens comme les plus étranges discours.

Les papiers trouvés dans l'armoire de fer, ceux enlevés de chez M. de Laporte, intendant de la Liste civile, de chez M. de Septeuil, trésorier du roi, et enlevés des bureaux des ministres, devinrent entre les mains de ces ennemis acharnés, des listes de proscription pour ceux qui avaient écrit au roi ou à ses ministres, ou avaient obtenu des pensions ou des secours, dont le monarque était si prodigue envers les malheureux. Enfin, la commission des vingt-quatre (ainsi se nommait la réunion de vingt-quatre représentans chargés par la Convention d'inventorier ces papiers pour lui en faire un rapport), après avoir pris des peines infinies à chercher des délits qui n'existaient point, ils annoncent à la Convention qu'ils vont faire leur rapport; et Valazé, remplissant les fonctions d'accusateur, développe ce grand travail dans un discours qui dure plus de deux heures. Présent moi-même à cette œuvre d'iniquité, j'écoute avec attention et avec douleur. Valazé commence ainsi par ce préambule :

« Représentans du peuple, je viens, au nom de la commission des vingt-quatre, vous exposer les faits qu'elle a recueillis, concernant le ci-devant roi. Vous allez entendre avec attention; oui, vous allez entendre avec attention; car ceux au nom de qui je parle, et moi, nous sommes en quelque sorte les témoins qui déposons dans cette grande affaire. Les preuves que nous avons acquises étaient éparses au mi-

lieu d'un chaos de titres, les uns, pour la plupart, insignifians, les autres étrangers à l'homme
dont il s'agit : tout a été vu, tout a été lu, et
le chaos a disparu. Pour y parvenir, il fallait se
mettre à un travail long, opiniâtre et rebu-
tant ; mais vous l'aviez ordonné, et rien ne
nous a plus été difficile. »

Après avoir voulu persuader que son travail
est très-imparfait, qu'il n'offre point toute la
noirceur des vues de l'ennemi commun, qu'il
est facile de soupçonner davantage, et que
tout ce qu'il a à présenter il ne le doit qu'au
hasard, Valazé ouvre la boîte de Pandore, c'est
le porte-feuille de M. de Septeuil. « C'est là,
dit-il en le montrant, c'est là où nous avons
puisé le plus de renseignemens. Nous en avons
fait plusieurs liasses. » Là, j'ouvre de grands
yeux, et je vois Valazé retirer de ce porte-
feuille une lettre qu'il dit être de M. de Bouillé,
datée de Mayence, le 15 décembre 1791 ; mais
cette lettre n'a point de suscription. « N'importe, dit-il, d'après le contenu, elle ne peut
être adressée qu'au roi. » Après l'avoir tournée
et retournée en tous sens, il en donne lecture.
Tout le monde écoute, et je prête aussi la
plus grande attention ; mais cette lettre n'est
rien autre chose qu'un reçu d'une somme
à lui payée dans le temps pour le service des
troupes, et ne dit pas pour quelle troupe. Après
l'avoir commentée, Valazé déclare que la plupart des noms qui figurent dans la répartition
de ces fonds y sont défigurés, et qu'il ne les
connaît pas. Puis, fouillant de nouveau dans les
liasses, il en retire plusieurs quittances de

sommes payées à des malheureux. Celle-ci,
dit-il en la montrant, est de la veuve Favras,
mille francs payés en juin dernier pour le quart
de sa pension. Puis deux autres quittances; celles-ci sont de deux vieux curés de Versailles,
dont un se nomme Jacob : 800 francs de pension à chacun par an. « Voilà, dit-il, le secret
sur lequel le despote recommandait le secret le
plus profond : il ne voulait pas qu'on connût
ses prodigalités!!! » Ici, Valazé lance contre
son roi des sarcasmes, parce que ce prince fait
des charités aux pauvres. Enfin, toutes les quittances des sommes payées par M. de Septeuil,
sont exposées les unes après les autres. « Voici,
dit Valazé, une note d'une grande importance;
c'est le cautionnement au nom du prince, d'une
somme d'un million pour soutenir les libraires
de Paris. » Ici, nouveaux commentaires. Puis
il donne lecture d'une lettre de M. Delaporte
à M. de Septeuil, qu'il croit très-importante,
et ajoute qu'il est difficile d'en exprimer le
sens, ce qui est bien malheureux. Puis il s'écrie
par exclamation : « Bon peuple! à quel piége
tu as su te dérober! » Valazé, après avoir feuil-
leté les liasses, déclare qu'une somme de quinze
cent mille francs a été payée pour obtenir un
décret; mais, dit-il, nous n'avons pu trouver
aucune trace ni de l'époque, ni de ses subor-
nés. Ainsi ce crime reste tout entier à la charge
du tyran. Il le traite de parjure, et cherche de
nouveau dans les liasses. « Oh! ce n'est pas
tout, dit Valazé en se redressant, je vous le
dénonce comme accapareur de blé, de sucre
et de café. » Et il déclare que c'était Septeuil

qui était chargé de cette opération ; il ajoute :
« Vous concevez bien, représentans du peuple,
qu'on a couvert de toutes les ombres du mystère l'odieux commerce que je viens de vous
dénoncer. » Mais comme Valazé n'a que des
données vagues sur ce genre de commerce qu'il
soupçonne, il déclare qu'on n'employait que
des noms empruntés, et qu'il se faisait à Ham-
bourg et à Londres.

» Pour donner quelque relâche à l'attention
et vous faire participer à nos délassemens, continue Valazé en souriant à la manière des tigres,
permettez, législateurs, que nous vous entre-
tenions du moyen puéril inventé par la cour
pour s'assurer des partisans. » Puis prenant le
porte-feuille du ministre Bertrand de Molle-
ville, qui était devant lui, il l'ouvre et en retire une note qui, dit-il, atteste l'établissement
d'un nouvel ordre de chevalerie sous le nom
de la Reine. « Voyez, voyez la médaille sus-
pendue par un ruban ponceau. » Et la montrant à tous les députés, la regardant lui-
même, elle offre d'un côté le portrait de la
reine et son nom ; de l'autre côté, cette lé-
gende : *Magnum reginæ nomen obumbrat.* A
cette vue, quelques députés du côté gauche se
récrient : oh ! c'est affreux ! et je vois des montagnards faire la grimace, des contorsions,
comme si c'eût été l'effet d'un talisman. « Ce
n'est pas tout, ajoute encore Valazé, voilà le
brevet, ou la patente, comme on voudra. (Il
ne sait pas trop quel nom lui appliquer.) Ce
brevet porte en tête cette épigraphe : *Dux fe-*
mina facti partoque ibit regina triumpho.

Après cette futilité, dont rien ne prouve que la reine en fût l'auteur, Valazé continue à dépouiller le fatras de paperasses qu'il dit avoir été trouvé dans les porte-feuilles. « Revenons, dit-il, à des choses plus graves. Le nommé Gilles, dont nous n'avons pu retrouver de traces et qui a déjà figuré comme receveur et distributeur de fonds attribués au *Postillon de la guerre* et au *Logographe* ; cet homme, dis-je, était chargé de l'organisation d'une troupe de soixante hommes ; et que pour cette grande armée il a déjà reçu soixante-douze mille francs. » Mais Valazé déclare ne connaître ni les chefs ni les soldats, et se récrie : « Que veut dire cette troupe mystérieuse ? Cependant, ajoute-t-il, la législature n'avait aucune connaissance de l'existence de cette troupe ; son établissement est donc un crime ; elle était salariée par la liste civile ; son existence prouve donc des projets hostiles. » Après avoir voulu prouver qu'on enrôlait secrètement pour le roi, Valazé entre dans l'annonce d'un projet d'une vaste conspiration, dont il n'a ni le commencement, ni la fin de la trame. C'est une déclaration qui paraît véritable, quoiqu'elle ne soit à la charge de personne. Elle est datée du 31 juillet. Elle porte que depuis trois semaines ou environ (le fait n'est pas précisé), il y a à la pointe de l'île de Saint-Louis deux bateaux chargés de trois cent vingts barils de biscayens, de cent quatre-vingts bombes et d'une grande quantité de boulets. « Les déclarans, ajoute-t-il, ont remis à la mairie un de ces biscayens trouvé dans un vieux baril défoncé, et ils ont

dit que les bateaux n'étaient surveillés par personne. Il est certain , ajoute Valazé, mais il
n'en est pas sûr, que les bateaux contenaient les
munitions dont je viens de parler; il est hors
de doute qu'ils appartenaient à quelqu'un, et
que ces munitions avaient été apportées à dessein. »

Il s'efforce ensuite de prouver que le roi était
en correspondance suivie avec les émigrés; qu'il
avait reçu au château des Tuileries, et nuitam-
ment, MM. de Vioménil, le général Bouillé et
Desprémenil, et il n'en a pour preuve qu'une
simple carte d'entrée au château, derrière laquelle est inscrit le nom de Desprémenil, trouvée on ne sait où (il ne le dit pas), et sans date.
Puis il ajoute qu'un nommé d'Ogny était l'agent
à Paris, qui recevait toutes les lettres et les
portait à leur adresse; mais ce d'Ogny, on ne
sait ce qu'il est devenu; il est invisible aux yeux
d'Argus des comités et de leurs agens. Valazé,
enfin, termine son rapport par dire que le roi
pensionnait les gardes-du-corps, et même quelque gardes-françaises; qu'il pensionnait aussi
un grand nombre d'émigrés au-delà du Rhin et
des Alpes. Tel est, dit Valazé, le tableau fidèle
des crimes dont le ci-devant roi est convaincu
par les pièces qui ont été soumises à votre examen. Nous ne doutons pas que l'on puisse trouver
dans d'autres dépôts, de nouvelles preuves et
de nouveaux faits. Néanmoins, nous n'avons
dû vous entretenir que du résultat de l'inven-
taire dont vous nous avez chargé. » Valazé se
retire alors, en reportant tous les porte-feuilles.

21*

Après avoir entendu la lecture de ce fatras de
pièces, accompagnée de réflexions les plus absurdes, les plus dépourvues de preuves, je me
dis en moi-même : dieu ! quelle misérable accusation, que de mensonges pitoyables et odieux !
Quand même ils seraient vrais, il n'y a pas de
quoi à fonder la moindre plainte. Mais nos conventionnels, juges et accusateurs, ne pensaient
pas ainsi ; selon leur manière de voir, il fallait
employer tous les moyens possibles pour se débarrasser du monarque ; car ces hommes farouches avaient peur de leur ombre, ils tremblaient au nom seul du roi. J'en excepte cependant plus d'un tiers, qui ne pensaient pas
de la sorte ; mais ils laissaient faire le mal ! ! !

Toutes les pièces que Valazé venait de produire au nom de la commission des 24, n'étaient
pas suffisantes pour dresser l'acte d'accusation
contre Louis XVI ; Barbaroux sut bien en indiquer d'autres. « Il existe dans votre comité
de surveillance de Paris, dit-il, dans votre comité de sûreté générale, au greffe du tribunal
du 17 août, et dans celui de la haute-cour
nationale, un grand nombre de pièces qui viendront à l'appui. Je demande que toutes ces
pièces soient déposées au comité de sûreté générale pour en faire le triage. — Et les archives
du parlement, ajoute Sergent, l'un des principaux conjurés ; là, vous trouverez les protes-
tations du roi. Ainsi donc, je demande qu'on
fasse inventorier ces archives. — Ensuite, Pétion et Danton, comme des cannibales qui n'attendent que le moment de se jeter sur leur

victime, se battent les flancs pour indiquer
d'autres cachettes. Laissons-les fureter partout,
et voyons quel en sera le résultat.

Ici je puis dire avec vérité qu'une centaine
de députés étaient plus acharnés à poursuivre
leur vertueux roi qu'à s'occuper du bonheur
du peuple. J'ai vu ces hommes, ces oracles du
jour, qui, avec de grands mots, de grandes
phrases, imitaient, en tout point, les Marius,
les Sylla, les Antoine, les Octave. Les proscriptions et les accusations tombaient les unes
sur les autres, comme la misère sur le peuple
qui, de jour en jour, l'accablait, et le condui-
sait à la famine la plus affreuse. Je ne rapporterai aucun de leurs discours ; ils sont si obscurs
ou si révoltans, que plusieurs députés désho-
noraient et leur pays et le peuple dont ils se
disaient les mandataires ; l'un d'eux ose prononcer à la tribune ces terribles paroles : « La
meilleure manière, dit-il, de juger un roi, et
c'est la plus courte, consiste à imiter Brutus. »
Puis il demande que le procès de Louis soit
réduit à un simple interrogatoire, suivi de sa
condamnation, etc. Ah ! le nommerai-je, ce
frénétique, cet assassin, qui n'a que quatre
lettres dans son nom ? Caligula n'était pas plus
cruel. Si tu vis encore, malheureux, l'enfer
doit être encore dans ton cœur ulcéré.

Les jours s'écoulaient. Dieu ! quelle lenteur !
quel accablement pour l'homme juste, qui attend l'issue de ce grand attentat ! Après Valazé,
parut à la tribune le député Mailhe, au nom
du comité de législation : le premier avait produit les pièces pour accuser son roi ; le second

demande s'il sera jugé, et par qui? l'un monta
à la tribune le 6 novembre; l'autre le 7, et
s'exprima ainsi : « Louis XVI est-il jugeable
pour les crimes qu'on lui impute d'avoir commis sur le trône constitutionnel? par qui doit-
il être jugé? sera-t-il traduit devant les tribunaux ordinaires comme tout autre citoyen accusé de crime d'État? déléguerez-vous le droit
de le juger à un tribunal formé par les assemblées électorales des quatre-vingt-trois départemens? n'est-il pas plus naturel que la Convention le juge elle-même? Est-il nécessaire, ou
convenable, de soumettre le jugement à la ra-
tification de tous les membres de la république,
réunis en assemblées de Communes, ou en assemblées primaires? Voilà les questions que votre
comité de législation a long-temps et profondément agitées. — La première, poursuit Mailhe,
est la plus simple de toutes, et cependant c'est
celle qui demande la plus mûre discussion; non
pas pour vous, non pas pour cette grande majorité du peuple français, qui a mesuré toute
l'étendue de la souveraineté, mais pour le
petit nombre de ceux qui croient entrevoir dans
la constitution l'impunité de Louis XVI, et qui
attendent la solution de leurs doutes; mais pour
les nations qui sont encore gouvernées par les
rois, et que vous devez instruire; mais pour
l'universalité du genre humain qui nous con-
temple, qui s'agite entre le besoin et la crainte
de punir ses tyrans, et qui ne se déterminera
peut-être que d'après l'opinion qu'il aura de
votre justice. »

Mailhe ouvre alors la constitution, qui n'est

plus qu'en lambeaux, il y trouve que la personne du roi est inviolable et sacrée ; il ouvre le Contrat social de J.-J. Rousseau, il le consulte ; puis il parcourt le monde, et va en Grèce ; arrivé à Sparte, il consulte les lois de ces peuples anciens, et trouve que les rois y étaient soumis à des tribunaux populaires ; que leur dépendance, leur jugement, et leur condamnation, bien loin de nuire à la liberté, en étaient l'unique garant. Après cette découverte, reprenant la constitution, Mailhe la parcourt de nouveau, la commente du milieu à la fin, de la fin au commencement. Mais il ne s'en tient point là, il feuillette le code pénal, les lois anciennes et modernes de tous les peuples de la terre ; il remonte chez les Celtes nos ancêtres ; puis il quitte la France, et va en Castille ; là, il trouve que don Henri fut jugé par les États. Il va en Italie pour savoir ce que devient Jeanne de Naples, poursuivie criminellement comme meurtrière de son époux. Après avoir fait des comparaisons, il les abandonne bientôt pour courir en Portugal, et découvre que don Alponse fut jugé par les États : il oublie de dire pourquoi. Ensuite il quitte le Portugal, traverse la France et le Nord, et s'arrête en Suède ; il y trouve que le fils de Gustave Wasa fut aussi jugé par les États, et privé du trône et de la liberté. Après un moment de réflexion sur la destinée des princes, il abandonne la Suède, et traverse les mers et arrive en Angleterre. En parcourant les annales sanglantes de ce royaume, il trouve que les Anglais, par ordre de Cromwel, assas-

sinèrent Charles Ier, et qu'après cet assassinat public, Cromwel monta sur le trône de
sa victime. Après avoir fait encore des comparaisons entre les rois et les peuples, présentant
le droit de l'un et le droit de l'autre, il se demande qui a enfreint la constitution française?
qui l'a mutilée? qui l'a mise en lambeaux? Il
n'ose pas dire que ce sont les représentans du
peuple, que ce sont les Jacobins, les Cordeliers ; que ce sont des factieux, les meneurs des
sections de Paris ; enfin, toute la horde de conjurés qui en ce moment sont maîtres de la France,
et siégent dans la Convention. Après ces lourdes
recherches, Mailhe retourne à Sparte, où il
fait encore des comparaisons sur les lois de ces
peuples, qui ont été éternellement en révolution, et se sont ensevelis sous leurs propres
ruines. Rome est aussi un vaste empire qu'il
parcourt; mais il n'y trouve rien de bon; il y
voit seulement des rois, des empereurs et des
républiques qui s'écrasent, et tombent les uns
sur les autres. Enfin, Mailhe termine son très-
long rapport par observer qu'il n'a rien dit de
Marie-Antoinette, et qu'elle n'est point dans
le décret qui a commandé le rapport que je
vous fais, dit-il, au nom du comité. Elle ne
devait, ni ne pouvait y être. Quand vous vous
occuperez d'elle, vous examinerez s'il y a lieu
de la décréter d'accusation, et ce n'est que devant les tribunaux ordinaires que votre décret
pourra être envoyé; puis il ajoute : « Je n'ai
pas non plus parlé de Louis-Charles. Cet enfant
n'est pas encore coupable. »

Enfin arrive ce fameux et terrible décret qui est ainsi conçu :

» 1. Louis XVI peut être jugé.

» 2. Il sera jugé par la Convention nationale.

» 3. Trois commissaires, pris dans l'Assemblée, seront chargés de recueillir toutes les pièces, renseignemens et preuves relatifs aux délits imputés à Louis XVI.

» 4. Les commissaires termineront le rapport par un acte énonciatif des délits dont Louis XVI se trouvera prévenu.

» 5. Si cet acte est adopté, il sera imprimé, communiqué à Louis XVI et à ses défenseurs, s'il juge à propos d'en choisir.

» 6. Les originaux des mêmes pièces, si Louis XVI en demande la communication, seront portés au Temple, après qu'il en aura été fait, pour rester aux archives, des copies collationnées, et ensuite rapportées aux archives nationales par douze commissaires de l'Assemblée, qui ne pourront s'en dessaisir, ni les perdre de vue.

» 7. La Convention nationale fixera le jour auquel Louis XVI comparaîtra devant elle.

» 8. Louis XVI, soit par lui, soit par ses conseils, présentera sa défense par écrit, signée de lui, ou verbalement.

» 9. La Convention nationale portera son jugement par appel nominal. »

Tel était, Messieurs et jeunes amis, la situation de Louis XVI au milieu de son peuple, de ce peuple qui tant de fois l'avait béni, en le proclamant le restaurateur de la liberté. Ah ! les temps étaient bien changés, et les cœurs bien

corrompus ! Hélas ! quel sort funeste attend ce
malheureux prince, qui se voit réduit à se justifier devant ceux mêmes qui l'accusent et l'ont
mis dans les fers ; devant ceux mêmes qui le
poursuivent avec toute la rigueur du plus affreux despotisme ! Ils parlent de liberté, ces
grands du jour, ils ne la veulent que pour eux ;
et se détruiront en se disputant le pouvoir qu'ils
envient tant et les uns et les autres. En jetant
les yeux sur cette masse de députés, qui de législateurs se transformaient en dénonciateurs et
en juges, je me dis: Voilà donc les hommes auxquels appartient la destinée de leur roi, et qui
vont se couvrir d'opprobres ! J'en vois un grand
nombre calme et silencieux et n'osant élever la
voix ; d'autres nagent entre les partis et suivent
le cours du torrent. Mais il en est environ cent
vingt, qui, la figure enflammée d'une rage furibonde, ne cachent point leurs desseins criminels. J'y vois un homme . . . . . Je n'ose le nommer ! . . . . . L'égalité est le mot d'ordre des
conjurés. Ah ! ils veulent, non la mort d'un
coupable, ils veulent celle de leur roi, qui les
avait comblés de bienfaits.

   Après ce long rapport, où Mailhe a cherché
les moyens d'imiter Cromwel, un décret fut
rendu, et porte que ce rapport sera imprimé et
traduit dans toutes les langues, dans tous les
idiomes, envoyé aux départemens, aux municipalités et aux armées ; et que chaque membre
de l'Assemblée en aura dix exemplaires. Mais
comme il fallait s'assurer si Paris était calme
au milieu de cette crise qui se préparait avec
tant d'appareil, Santerre, le brasseur de bière,

métamorphosé en commandant - général , écrit à l'Assemblée que la capitale est parfaitement tranquille , que le service de la force publique se fait avec le plus grand zèle et la plus grande exactitude. Bon , dirent quelques montagnards, nous pouvons avec sécurité marcher dans le sentier du crime. Cependant ils n'étaient pas toujours très-rassurés , car le monarque infortuné avait des amis pour le défendre, et le nombre en était considérable malgré la terreur.

Ce fut au milieu de ces violens débats que le tribunal du 17 août , après cent jours d'assassinats prétendus juridiques , fut supprimé enfin le 1er décembre ; en vertu d'un décret il reçut ordre de cesser ses fonctions. Ce tribunal, dans le cours de sa longue période d'assassinats , fut plus cruel que les massacreurs de septembre ; il eut la scélératesse d'envoyer à la mort le vieux Cazotte , âgé de quatre-vingts ans , qui avait été acquitté par les bourreaux des prisons et rendu à sa fille aux cris de vive la nation , vive la liberté. Tel était le sort réservé aux citoyens qui avaient pris la défense de leur roi. S'ils obtenaient la liberté d'un côté, ils étaient repris de l'autre , et perdaient la vie sur l'échafaud.

Cependant plus la crise approchait pour la mise en jugement de Louis XVI, plus la terreur prenait de consistance dans Paris. Des hommes courageux la bravaient par tous les moyens possibles. M. Malouet fut le premier qui s'offrit de défendre son roi. Il était à Londres , et la lettre qu'il écrivit à ce sujet amena la plus violente agitation dans l'Assemblée. C'est un émigré , s'écriait le capucin Chabot, il faut le traiter comme

émigré. A la suite de cette offre généreuse, il
s'engage dans la Convention la plus pitoyable
scène qu'il soit possible d'imaginer; elle est digne
d'une troupe de forcenés qui ne s'entendent point.
Mais comme il faut achever de faire connaître
à la postérité les hommes entre les mains desquels la destinée du roi se trouvait, je vais retracer ici leur farouche tyrannie qui était quelquefois burlesque, le plus souvent sanglante.

Le député Chabot, connu par son acharnement à poursuivre toutes les personnes qui ne
pensaient pas comme lui, et à les dénoncer,
soit à la Convention, soit au comité de surveíl-
lance, ou au club des Jacobins, trouva chez son
portier une lettre ayant pour inscription : au président de la Convention, avec recommandation
de la lui remettre; Chabot, curieux comme
l'étaient tous les démagogues de ce temps-là,
ne balance point de l'ouvrir et d'en lire le contenu. C'était l'offre supposée de quatre personnes
venant de Londres à Paris, pour défendre le roi
devant la Convention. Chabot en lisant les signatures, dit en lui-même : voilà des émigrés,
il faut les faire arrêter. Aussitôt il rassemble
chez lui plusieurs députés de son parti, à l'effet
de s'entendre, et de saisir sa proie. Ce furent Marat, Tallien, Ruamps, Thuriot, Merlin, Bazire, etc. Mais comme les deux partis épiaient
leurs actions mutuelles, celui de Roland ne
tarda point à connaître ce rassemblement chez
Chabot.—« Je vous dénonce un fait, dit Grangeneuve à la Convention ; ce matin il a été déposé sur le bureau du comité de surveillance,
un ordre signé Bazire, ayant pour objet de con-

voquer certains membres pour une affaire importante ; en sorte qu'il serait très-possible, si
on laissait subsister cet abus, que les affaires
s'arrangeassent par la minorité du comité. —
Je demande que le fait soit examiné, reprend
Lindon, afin que nous prenions un parti sur ce
comité de sûreté générale, parce qu'il faut que
personne ne dirige à son gré nos délibérations.
— Et moi, dit Tallien, je demande la parole
pour répondre à cette importante dénonciation.
— Voulez vous savoir pourquoi il a été fait une
convocation de certains membres, pour s'as-
sembler chez Chabot ? interrompt Ruamps.
C'était pour manger un dindon. — Voilà l'importante affaire, ajoute Tallien en riant. — Oui,
dit Ruamps, voilà ce grand comité secret. Oh !
ce n'est pas de celui-là que partent les couriers
de Dumouriez, qui vont à Londres : là ne
viennent pas les agens de Roland. — Le billet
de convocation, reprend Grangeneuve, portait
ces mots : *pour entendre la dénonciation d'une
affaire importante.* » — Marat et Chabot courent
à la tribune comme deux furieux ; Marat, très-
animé s'écrie : « cela est indigne, M. le président,
je vous demande la parole. — Et moi, dit Biroteau, je la demande aussi pour dénoncer ces
Messieurs. » — Grangeneuve dénonce Marat,
qui, dans sa feuille, prend le titre insolent
d'ami du peuple. Après quelques débats entre
les dénonciateurs et les accusateurs, Lindon demande à connaître ce grand secret. — « Si la Convention me l'ordonne, reprend Chabot, je le
lirai. — Non, non, crient quelques députés, et
l'Assemblée ordonne la lecture par un secré-

taire, et Fermont lit le rapport d'un nommé
Achille Viard, (1) chargé par le ministre des
affaires étrangères Lebrun, d'une mission à
Londres, pour espionner les émigrés. Mais cette
pièce n'était pas la plus importante. Merlin, qui
connaît le secret de Chabot, demande le plus
grand calme, et que l'on entende la lecture des
autres pièces que Chabot a entre les mains. —
Cela ne vaut rien, Merlin, dit Legendre, elles
ne doivent pas être lues. » — La lecture est vivement réclamée. — « Je demande à être entendu, déclare Fauchet. — Je demande le renvoi
à la commission des douze, ajoute Chambon. —
Non pas, Monsieur, répond Marat, c'est du
ressort du comité de surveillance..... *à part*,
ah ! ces petits Messieurs veulent exclure des affaires les membres patriotes. — Je demande que
Viard soit traduit à la barre, ajoute Ferreau,
c'est au milieu de l'Assemblée que cet outrage
ténébreux doit être dévoilé. » Mais à cette proposition, Marat se précipite à la tribune : «Cela
n'a pas le sens commun, dit-il, comment ! cet
homme vient vous faire une dénonciation offi-
cielle, une révélation civique, et vous voulez le
faire arrêter comme un scélérat. » On demande
que le ministre soit mandé à la barre pour répondre à la partie de la dénonciation qui le concerne, et ensuite on veut la lecture des pièces
annoncées par Chabot. Fermont prend la parole

(1) Condamné à mort depuis par le tribunal révolutionnaire, le 28 mai 1794, comme complice de la faction de l'étranger, du prétendu soulèvement des prisons
et de l'assassinat de Collot-d'Herbois.

pour les lire, Chabot s'y oppose. — Je demande
à exposer un fait, déclare Lacase ; c'est que des
personnes sûres m'ont attesté que depuis huit
jours une partie des membres du comité de sûreté générale préparaient une dénonciation contre
Roland ; je ne suis pas étonné de cette trame, je
suis seulement surpris que le procès-verbal ne
soit signé que d'aujourd'hui. — Quelle folie !
reprend vivement Marat, peut-on dire qu'une
dénonciation se trame ? — Président, s'écrient
plusieurs voix, faites donc taire ce Marat qui
interrompt perpétuellement. — Le seul moyen
de rétablir le silence, répond Barrère (président),
est de faire avancer la délibération ; Chabot,
ajoute-t-il, lisez la pièce que vous avez annoncée. — Oui, reprend Chabot, si la Convention
nationale juge que certaines mesures que nous
avons prises pour faire arrêter des conspirateurs
qui sont maintenant à Paris ; si elle juge qu'il
est nécessaire de ne pas préjudicier par trop de
précipitation à l'exécution de ces mesures, je ne
lirai pas la lettre ; cependant, si elle l'ordonne...
— Je m'y oppose au nom du salut public, s'é-
crie Marat. Ne voyez-vous pas que c'est pour
faire échapper leurs complices qu'ils ont demandé cette lecture..... Parbleu, ils sont
malins. — Je m'oppose à la lecture, ajoute Legendre, on vient de m'annoncer que quelques
personnes sont à la poursuite des conspirateurs.
Je connais cette affaire (ici rire général.) Je
déclare, reprend-il, qu'on a presque la main
sur le chef de la conspiration. (Il fait un mouvement démonstratif.) Si la lettre est lue, la
chose est manquée. — Marat revient à la tri-

bune, il insiste pour que l'affaire soit renvoyée au comité de surveillance. — Pendant cette comédie, Fermont jette un coup-d'œil sur la lettre. « Je l'ai parcourue, dit-il, j'ai vu qu'elle porte les signatures d'hommes bien coupables, mais j'ai vu qu'elle est adressée au président, et non à Chabot ; qu'il s'agit d'une admission à la barre pour défendre Louis XVI. — Je puis lire actuellement, dit Chabot, Fermont a tout dit.— C'est une perfidie, déclare Marat, c'est une trahison. — Oh oui, ajoute Montaut, tout est perdu, les scélérats vont s'échapper.—Et moi, s'écrie Merlin, nous allions arrêter Narbonne et Malouet qui sont à Paris. Enfin, Fermont lit ces terribles secrets de Chabot, que voici :

Paris, 6 décembre, l'an IV *de là liberté.*

» Citoyen président, n'ayant point l'honneur de vous connaître et ne connaissant aucun député à la Convention, un de mes amis m'a donné votre adresse. Je vous prie de lire la lettre ci-jointe à votre assemblée. (*Point de signature.*)

Autre lettre de la même écriture.

Paris, 6 décembre.

Citoyen président, les citoyens Narbonne, Malouet, John Waris et Williams demandent à la Convention d'être les défenseurs officieux

de Louis XVI ; vous avez décrété qu'il paraîtrait à la barre ; nous l'y accompagnerons avec
une garde de douze mille hommes, bons républicains qui ne veulent pas la mort de
Louis XVI. »

Ici, la lettre est interrompue par des cris
qui partent de tous côtés : L'ordre du jour !
l'ordre du jour ! — Il est inconcevable, reprend
Chabot en colère, qu'on ne veuille pas attendre
jusqu'à la fin. — Eh ! Messieurs, dit Fermont,
il n'y a plus que les signatures, et j'y vois :
Narbonne, Malouet, John Waris, et Wil-
liam. Je connais, dit-il, la signature de Malouet ; et Malouet n'est pas assez bête pour
avoir écrit une lettre de ce genre ; c'est pour
cela que j'ai demandé qu'elle fût lue, afin que
l'on connût qu'il y a des gens qui trompent
nos collègues, qui veulent tromper la Convention, qui veulent l'avilir, et par-là, exciter le
peuple contre elle. » Après cette déclaration,
le silence règne de toutes parts, et chacun se
presse à la tribune pour vérifier les signatures
qui sont déclarées fausses.

Ainsi finit cette espèce de comédie ; tout le
monde tomba sur Chabot, sur Marat et sur le comité. Pourquoi cette lettre adressée au président
de la Convention est-elle entre les mains de Chabot? pourquoi l'a-t-il ouverte dans son comité? De
violens débats s'élèvent dans l'Assemblée. On
accuse Chabot et Marat d'amener continuellement des troubles dans la Convention ; Marat
y répond tantôt en colère, tantôt en riant, et
finit par dire : « Les imbécilles ! ils nous font
des contes à endormir les enfans. »

En voyant de pareilles scènes dans ce sénat, je me dis : Voilà donc les hommes qui vont prononcer sur le sort de leur roi, qui se disent ses juges, qui se disent représentans du peuple ! Ah ! quels représentans ! le peuple aurait dû les chasser comme moteurs de troubles. Mais non, Dieu en avait décidé autrement : il était écrit dans le ciel que ces méchans hommes, après avoir assassiné leur roi, s'entre-dévoreraient eux-mêmes.

Ce fut, Messieurs, quatre jours après ces honteux débats que Louis XVI parut à la barre de la Convention : c'était le 11 décembre de l'année 1792; et ce jour fut un moment de tristesse pour une grande partie de la nation. Les Français revirent encore leur roi, mais ce n'est plus dans la splendeur de sa toute-puissance, ce n'est plus au milieu des cris d'allégresse et de la joie générale que ce prince revoit son peuple ; c'est dans le calme douloureux de la compression et de la tristesse ; c'est dans l'abattemement d'une douleur commune, je dis d'une douleur commune ; les méchans, tout méchans qu'ils étaient, ne manifestèrent cependant point à sa vue ces sentimens de haine qui avaient ulcéré leurs cœurs; ils gardaient un silence farouche, comme s'ils avaient été déjà susceptibles de remords.

Le jour paraît, les tambours ont donné le signal de prendre les armes. Paris, en peu d'instans, se couvre de soldats, les rues se remplissent de peuple : cinq cent mille âmes, hommes, femmes et enfans, se portent sur le passage que doit parcourir l'auguste et prétendu

criminel : les boulevards du nord , jusqu'aux
Tuileries , bordés d'une double haie de gens
armés , sont remplis d'une foule innombrable
de spectateurs qui attendent, le cœur palpitant
et la larme à l'œil , le commencement d'une
sanglante tragédie. L'homme juste , le héros
infortuné de ce drame déchirant , calme dans
sa prison , attend avec la même tranquillité
l'heure qui va précéder celle de sa mort : il est
instruit qu'il va paraître devant l'odieux sénat,
où siége une partie des conjurés du 10 août.

Outre le nombreux armement qui se porte
sur le passage de la royale victime, Paris est
gardé par une nombreuse artillerie ; tous les
postes sont doublés , les canons sont braqués
sur les ponts, les quais et les places ; toutes
les armes sont chargées. Le brasseur de bière,
Santerre, commande cet armement formidable ;
il le commande, tout obéit à l'anarchie, tout
marche sous les ordres de cette nuée de commissaires de la Commune ; et cependant une
heureuse révolution pourrait dans un instant
changer la face des choses.

A ces préparatifs effrayans , je cours au
Temple. Dieu! quelle masse d'hommes armés!
Le Temple est inabordable. Je vais sur les boulevards , même encombrement , même force
armée et menaçante. Je m'y arrête néanmoins,
et j'attends le nombreux cortége qui va passer.
Un gros de cavalerie ouvre la marche ; elle
est suivie de trois pièces de canon ; et les ar-
tilleurs tiennent en main la mèche allumée ;
après vient une simple voiture , traînée par
deux chevaux. J'ouvre les yeux pour voir le

22*

prétendu grand coupable, je regarde, et je ne
vois rien ; mes yeux sont obscurcis par les
larmes.. Trois canons suivent la triste voiture,
et un gros de cavalerie ferme la marche. Santerre est en avant, ayant à ses ordres une
troupe de brigands ; ce sont les Marseillais et
les vainqueurs de la Bastille. Le convoi passe
au milieu de la double haie de fusils, de piques
et de sabres. Je rentre dans Paris, je cours, en
peu de temps j'arrive à la Convention, et je me
place en face du président. Là, dis-je en moi-
même, je verrai Louis XVI, ce prince qu'on
accuse, qu'on dit si coupable et qu'on poursuit avec tant d'acharnement. Bientôt il va paraître au milieu du sénat, de ce sénat où je
vois quelques hommes qui figureraient mieux
dans les bagnes que dans l'aréopage français.
Là, je vois des pervers qui ne rougissent point
de la conduite qu'ils ont tenue depuis quelques
mois; là, je vois Panis, qui, mandé il y a
peu de jours au conseil-général de la Commune
pour y rendre compte de son administration,
répond ces mots : « Eh bien, lorsque je serai
monté à la tribune, je n'en sortirai qu'après
avoir renversé tous mes adversaires, comme on
renverse des capucins de cartes. On nous accuse
d'avoir volé, quoi? les tours de Notre-Dame. »
Là, je vois Bazire qui a dit à la tribune de
l'Assemblée, que les assassins de septembre
étaient des royalistes, et qu'eux-mêmes avaient
massacré les prisonniers pour sauver leurs amis;
et ajoute encore avec effronterie que les prisonniers d'Orléans assassinés à Versailles, l'a-
vaient été de même par les royalistes, pour le

plaisir d'en accuser le peuple !... (Des calomnies sont en usage dans tous les temps.) J'y
vois tous les conjurés du 10 août et les septem-
briseurs qui, après avoir mis dans les fers leur
victime et volé le château des Tuileries, se
déclarent juges de leur propre victime. En
voyant ces conspirateurs et leur air audacieux,
je me dis : Quoi ! est-ce là ce siècle de lumière
qu'on vante tant ? est-ce là ce siècle de liberté
dont on prône les bienfaits ? Non, dis-je en dé-
tournant la vue de cet ensemble révoltant, c'est
le siècle des brigands, c'est le siècle des hommes
pervers.

Appuyé sur une des tribunes et dominant
cet abominable aréopage, je jette les yeux dans
toutes les parties de cette vaste salle ; triste et
rêveur, ma vue se porte sur le côté gauche,
et j'y vois un monstre blotti sur sa chaise curule,
ne s'y montrant qu'avec une espèce d'embarras.
Voilà un des hommes, me dis-je en le fixant,
cause de tant de malheurs. Ah ! ma patrie ! à
quelle extrémité es-tu réduite ! Tout est calme
dans cette enceinte. On discute froidement sur
l'importance de la majesté nationale, qui doit
se montrer grande et silencieuse lors de l'apparition de l'illustre prisonnier, et l'on se demande encore, avons-nous toutes les pièces ?
sommes-nous prêts à les produire ? Depuis deux
jours on lit et relit cette grande accusation. —
« Voici un fait omis, dit Rewbel ; il est important de le rappeler. — En voici un autre,
ajoute Drouet. — Je rappelle celui-ci, déclare
Carpentier. — Et moi, celui-là, dit Tallien ;
il est palpable. — Il ne suffit pas que nous ayons

la conviction intime , dit Tavau ; il faut des preuves pour convaincre l'Europe tout entière : en conséquence , je m'oppose à l'insertion de ces faits dans l'acte énonciatif. » Puis on entend Gorsas , Rulh , Amar , Dubois-de-Crancé , Marat , Osselin , Sergent , Prieur , Manuel , Pétion , Bancal et autres montagnards. Tous rappellent dans leurs âmes et consciences les plus petits faits à l'appui de ce monument d'iniquité ; ils remontent presque jusqu'à la naissance de leur roi. En écoutant ces diverses motions , je me dis : hélas ! je ne vois point dans cette enceinte de défenseurs !... Un bruit sourd se fait entendre dans toute la salle ; tous les yeux se portent du côté de la barre. « Messieurs , dit le président Barrère, j'avertis l'Assemblée que Louis est à la porte des Feuillans. (Un mouvement circule dans l'Assemblée comme pour applaudir ; mais ce mouvement est retenu par une impression qu'il serait difficile de définir.) Représentans , reprend Barrère avec son accent gascon , vous allez exercer le droit de justice nationale ; vous répondez à tous les citoyens de la république de la conduite ferme et sage que vous allez tenir dans cette occasion importante. L'Europe vous observe ; l'histoire recueille vos pensées, vos actions ; l'incorruptible postérité vous jugera avec une sévérité inflexible. Que votre attitude soit conforme aux nouvelles fonctions que vous allez remplir. L'impartialité et le silence le plus profond conviennent à des juges. La dignité de votre séance doit répondre à la majesté du peuple français. » Puis levant les yeux et s'adressant à la galerie :

« Citoyens des tribunes, leur dit-il, vous êtes associés à la gloire et à la liberté de la nation dont vous faites partie. Vous savez que la justice ne préside qu'aux délibérations tranquilles. La Convention se repose sur votre entier dévouement à la postérité, sur votre respect pour la représentation du peuple. » En cet instant, nouveau mouvement du côté de la barre. Santerre entre aussitôt, coupe la parole à Barrère, et dit : « J'ai l'honneur de vous prévenir que j'ai mis à exécution votre décret. Louis attend vos ordres. » A ces mots, une commotion générale se manifeste de toutes parts; un bourdonnement silencieux devient l'expression de la multitude. Santerre sort. Un calme inexprimable, même incompréhensible, se prolonge pendant cinq minutes; il semble que tout le monde ose à peine respirer, tant on est avide de revoir le roi, si célèbre par sa bonté et par ses malheurs. Il paraît vêtu d'une simple lévite couleur noisette. D'un pas ferme et d'une marche imposante et fière, il parcourt la distance en jetant la vue sur cette masse de députés. Son port, son regard, tout est majestueux. Ses traits ne sont point altérés; il est le même que du temps de sa puissance : rien en lui n'annonce un coupable. La majesté royale est encore empreinte dans toute sa personne. En contemplant avec des yeux remplis de larmes ce prince au comble de l'infortune, je me dis : Non, ce prince n'est point criminel; les coupables sont dans cette enceinte. Le roi arrive devant le président; le maire de Paris, Chambon, deux officiers municipaux, Santerre et le

général Witinkof le suivent. La force armée
est à la porte. Le plus profond silence continue
dans l'immense salle. « Louis, dit Barrère les
yeux fixés sur son roi, la nation française vous
accuse. L'Assemblée nationale a décrété, le 3
décembre, que vous seriez jugé par elle ; le 6
elle a décrété que vous seriez traduit à sa barre.
On va lire l'acte énonciatif des délits qui vous
sont imputés. Vous pouvez vous asseoir. » Et
le roi s'assied dans un fauteuil placé à cet effet
devant le président. Un secrétaire lit à haute
voix cet acte dressé par le crime contre la vertu.
Je prête la plus grande attention ; tout le monde
en fait autant. Le roi, toujours calme et silencieux, écoute avec la plus parfaite tranquillité;
seulement de temps en temps, il lève les épaules
en signe d'improbation. Après la lecture de cette
accusation, la plus injuste du monde, Barrère,
au nom et comme président de l'Assemblée ;
reprend chaque article et interpelle Louis XVI
de répondre aux différentes charges qu'il contient, et l'interroge en ces mots : « Louis, le
peuple français vous accuse, etc. » et le roi répond
à chaque question d'une manière précise, mais
juste. Je ne rappellerai point cette nomenclature
odieuse de prétendus délits (1). Trois heures s'é-
coulent dans cette fluctuation par les paroles in-
solentes et audacieuses, qui couvrira éternellement de honte ceux qui l'avaient occasionnée.
Une seule question que je vais rapporter achè-

(1) Les personnes qui voudront connaître cet acte d'accusation, peuvent le lire en entier dans le procès des
Bourbons, 2 vol. in-8°.

vera de les démasquer. En présentant un journal écrit de la main du roi, portant les pensions
qu'il a accordées sur sa cassette depuis 1776
jusqu'en 1792, parmi lesquelles on remarque
des gratifications faites à M. Acloque pour le
faubourg Saint-Marceau : « Je reconnais celui-
là, dit le roi, ce sont des charités que j'ai
faites (1). Après quatre heures de tourmens
sans exemple, Barrère finit enfin ses questions.
« Louis, dit-il, je vous invite à vous retirer
dans la salle des conférences. L'Assemblée va
prendre une délibération. » A ces mots, le roi
se lève, et sans manifester ni humeur, ni inquiétude, dit : « J'ai demandé un conseil. » Il
sort. Le maire de Paris, les deux officiers municipaux et les généraux populaires le suivent.
Il retourne dans la prison du Temple, au milieu de la force armée. Il était cinq heures.

Resté à la même place, je me dis : Voyons
ce que va faire l'Assemblée. Après le profond
silence qui a régné pendant la présence du roi,
sûrement on délibérera avec la même tranquillité. Mais quel changement s'opère en quelques
minutes dans cette vaste salle ! Je me crois au
milieu d'une armée qui va s'entre-égorger. Les
cris, le tumulte devient effrayant, on est prêt
à se frapper les uns les autres. Les députés

(1) Quel siècle barbare que celui où l'on fait un crime
à l'homme de bien de faire des charités aux pauvres, en
lui supposant de mauvaises intentions! M. Acloque, chargé
par le roi d'en faire la répartition aux vieillards de son
faubourg, n'en fit point mauvais usage, on connaît le
dévouement qu'il portait à son prince.

Duhem, Châles, Billaud-Varennes, Tallien, Robespierre jeune, Marat, etc., deviennent furieux. En voici le sujet : Treilhard ayant proposé le décret par lequel Louis peut se choisir un ou plusieurs conseils : « Oh ! cette question, dit Albite, est trop importante pour qu'on la décide dans le moment. Si on ne la rejette pas, je demande l'ajournement. » Il est appuyé par les montagnards. Le côté droit s'y oppose. Ici la lutte devient affreuse. Le président se couvre. Le calme se rétablit. On délibère de nouveau; l'agitation recommence. Le président se couvre une seconde fois. Je me dis : quoi ! on refuserait au roi seul un conseil, tandis qu'un misérable assassin traduit devant un tribunal en obtient deux, s'il le demande ! Indigné de cette tyrannie, de cette injustice révoltante, je me demande : veulent-ils juger leur roi sans l'entendre ? Après une longue agitation, le calme se rétablit. « Je demande à faire une motion d'ordre, dit Pétion. » Il est écouté. « Il est surprenant qu'une question aussi simple excite autant d'aigreur et de divisions. De quoi s'agit-il ? de donner au ci-devant roi un conseil. Je dis que personne ne peut le lui refuser, à moins d'attaquer à-la-fois tous les principes d'humanité. Mais les lois l'autorisent à prendre deux défenseurs. Il a demandé un conseil ; ce conseil peut, d'après la loi, être composé d'un ou de deux : c'est son affaire. Eh bien, que cette question très-simple : Louis pourra-t-il prendre un conseil ? soit mise aux voix. Je ne vois pas quelles sont les difficultés qu'on pourrait lui opposer. » Enfin, cette question mise aux voix, il est décrété que Louis XVI pourra se choisir un conseil.

En voyant ces hommes prêts à se frapper, pour ainsi dire, sur la simple question de savoir s'il serait accordé au monarque un défenseur, je me dis encore : Sont-ce là des juges ou des bourreaux ? Ils veulent juger leur roi sans l'entendre ; ils lui refusent un conseil ; ils l'accusent, et ils ne veulent pas lui donner les moyens de se justifier, de présenter à la nation ces grandes vérités que réclame l'infortune, et que réclame le roi devant son peuple ! Ah ! périsse cet infâme tribunal et ceux qui le composent ! Après plus de onze heures de délibéré, cette séance, qui a commencé à neuf heures du matin, ne se termine qu'après huit heures du soir. Ainsi se termina cette première comparution de Louis XVI à la barre de la Convention nationale, cet odieux aréopage, qui donnait au peuple français un si affreux exemple de désordre et de fureur. Malgré cela, cependant, la tranquillité ne fut point troublée dans la ville, et chacun, le cœur serré, rentra au sein de sa famille en attendant ce qu'il en adviendrait. Moi aussi, Messieurs, je rentre dans ma famille. Je termine ici ma séance. Demain, je vous présenterai le dénouement de cette sanglante tragédie.

QUATORZIÈME SÉANCE.

Il se passe dans le monde des choses si extraordinaires et si inconcevables, Messieurs et jeunes
amis, que l'homme avec tout son génie conçoit
à peine les événemens qui se succèdent dans
les différentes périodes de la vie. Un orage
succède à un orage, une tempête à une tempête : tout cela se voit assez communément et
ne dure que quelques heures, sans rien changer
dans l'ordre de la nature. Un tremblement de
terre ébranle le monde, il l'épouvante, il le
bouleverse; mais au bout de quelques secondes
la terre se raffermit sur ses bases et reste inébranlable. Mais il n'en est pas de même dans
nos événemens politiques : à l'époque dont il
s'agit ils cessent, ils recommencent et ne finissent qu'au bout d'un long intervalle !..... Revenons au drame terrible que, pour ainsi dire,
joue toute la France.

Louis XVI retourne dans sa prison avec le
même calme, la même sérénité que s'il eût
marché vers son palais, au milieu de la pompe
des grandeurs : tout en lui est grand et sublime :
il semble qu'un Dieu tutélaire l'accompagne et

lui donne encore cette force de caractère qu'il lui a refusé pour repousser l'audace de ses vils ennemis.

Malgré les nombreux délits dont ose l'accuser le génie du mal ; malgré l'amas de tant de pièces accumulées pour le perdre et dont la plupart sont fausses, le roi ne s'en effraie point. Il conçoit bien que la méchanceté de quelques hommes emploie toutes sortes de moyens contre lui ; mais sa grande âme ne s'en étonne point. Après avoir été abreuvé de questions révoltantes pendant plus de trois heures, le prince arriva enfin dans sa prison, à plus de six heures du soir, sans avoir pris aucune nourriture : il était à jeûn.

Quelle était cette prison formidable, Messieurs ? quelle était cette forteresse où Louis XVI et sa famille n'eurent pas la plus petite liberté ? c'était un palais antique bâti par les chevaliers militaires des Templiers, au milieu d'un vaste terrein entouré de murs. Ce palais occupé depuis de longues années par le grand-prieur de France, était situé dans le quartier du Marais, rue du Temple. Mais ce palais fut converti en un fort redoutable. Les murs de dix pieds qui l'entourent sont élevés jusqu'à quarante de haut ; des fossés de vingt pieds de large et de quinze de profondeur en empêchent l'approche ; toutes les fenêtres sont à moitié bouchées et garnies de gros barreaux de fer ; des abat-jours en obstruent la lumière : corps-de-garde sur corps-de-garde, sentinelles en dehors, sentinelles en dedans, il y en avait jusqu'à la porte des appartemens et dans tous les escaliers. Outre cette force armée, cinq ou six misérables qu'on nommait officiers municipaux étaient les geoliers de ce terrible manoir et ne quittaient leur roi, pour ainsi dire, ni jour ni nuit. Détournons la vue de ce lieu d'angoisses, où la tyrannie des brigands exerce le plus effroyable despotisme.

A partir du 12 décembre jusqu'au 21 janvier, Paris ne présente que des tableaux extrêmement alarmans. Je vais tâcher, Messieurs, de vous les représenter; ils sont encore présens à ma mémoire comme s'ils se fussent passés depuis deux jours. D'un côté on aperçoit le calme, l'inquiétude, la crainte, l'appréhension et la méfiance; de l'autre, l'intrigue, le trouble, l'agitation, la rage et la fureur. Les partis sont éternellement en présence : l'un veut sauver son roi; l'autre veut le faire périr. Ce dernier ne ménage rien : tout ce que peut inventer l'homme pervers et cruel est rassemblé avec fureur contre son roi : les pamphlets circulent, les placards incendiaires couvrent les murs; la cabale s'agite, les menaces se provoquent, l'insulte se manifeste : quiconque prend la défense de son prince est menacé, poursuivi; quiconque se déclare contre est prôné, caressé, encouragé, fêté. Les chefs des Jacobins, qui, comme une nuée de vautours, prennent leur vol vers tous les coins de la capitale, pérorent la multitude; le soir ils se jettent dans les sections, dans les clubs, et y débitent mensonges sur mensonges contre le roi et sa famille et contre ses fidèles serviteurs.

Malgré ces terreurs qu'inspirent les chefs de

parti aux citoyens qui prennent part au malheur de leur roi, il s'en trouve cependant qui
bravent toutes les menaces de ces hommes de
sang ; ils écrivent, ils publient des Mémoires
qui s'enlèvent avec rapidité : tels furent ceux
de M. Dugour, homme de lettres et simple citoyen, qui se vendirent en quelques heures,
au nombre de plusieurs milliers ; et je puis dire
avec vérité qu'aucun écrit ne frappe avec plus
de vérité et les hommes qui commandent le
désordre et ceux qui le commettent ; ces Mémoires intéressans se communiquent de main
en main ; on les lit en société, on s'encourage
pour en publier de nouveaux. Je vais citer quelques passages de celui de M. Dugour. « Un
crime atroce, dit-il, est sur le point d'être
commis au nom de la nation française ; et cette
nation, ne serait-il pas possible de la ramener
à son caractère primitif et de la sauver de l'opprobre éternel dont elle va se couvrir ? Sans
doute la masse du peuple ne verra qu'avec la
plus profonde douleur son roi périr sur l'échafaud avec l'appareil de la justice ; un petit
nombre d'individus seront les coupables ; mais
la honte, mais le remords, pour qui seront-ils ?
pour tous les citoyens. On n'est pas innocent,
si l'on n'empêche point le mal quand on le
peut. Voyez les Anglais, une stupide consternation s'empara d'eux aux approches de la mort
de Charles Ier; pas un citoyen n'ose murmurer ;
pas un n'eut le courage de représenter l'atrocité
du crime, de faire entendre sa voix pour l'accusé. Le glaive de Cromwel menaçait toutes les
bouches ; et cependant l'Europe entière a re-

gardé toute la nation comme complice de l'attentat du tyran ; et la nation elle-même sortie de son état de stupeur, a gémi comme l'Europe d'avoir participé par un lâche silence à l'assassinat de son roi, et donne encore tous les ans des preuves publiques de ses regrets et de sa douleur.

» La nation française, continue M. Dugour, se trouve dans des circonstances à-peu-près semblables, peut-être sont-elles plus difficiles, et alors il y a plus de gloire à les surmonter. Ce n'est pas un seul tyran qui l'opprime ; elle les compte par milliers. Une association infernale dirigée par des chefs ambitieux, tient captive dans tous les cœurs toutes les douleurs et toutes les plaintes : elle répand dans toutes les villes des émissaires qui se constituent les geoliers en même temps que les interprètes de la pensée de tous, et le vœu qu'ils émettent est censé le vœu général. Les délations, les emprisonnemens arbitraires, les menaces, les incursions des patriotes, la calomnie, l'insulte, la plus abjecte cruauté, voilà leurs moyens. Ils règnent depuis quatre ans, et depuis quatre ans la terreur plane sur toutes les têtes. Une seule fois le docile Parisien a voulu déjouer leurs complots. Vingt mille citoyens ont demandé paisiblement que les lois prissent la place de l'anarchie, et ces vingt mille citoyens ont manqué d'être enveloppés dans le massacre général. »

(Après avoir parlé des dangers qu'encoure un citoyen en prenant la défense de Louis XVI) : « Je sens bien, dit-il, que parmi tant d'opinions extravagantes, débitées avec emphase à la tribune de la Convention et dans les clubs, adoptées ensuite par le peuple avec autant d'irréflexion que de légèreté, je ne conserve pas un grand espoir de me faire entendre. Mais si je fais seulement revenir un esprit sur le compte de Louis XVI, je n'aurai pas perdu mon temps, et mon cœur sera satisfait. Que tous les bons citoyens fassent comme moi, la patrie n'aura pas à gémir d'une horrible catastrophe, dont les fastes du monde ne présentent que deux exemples : l'une dans la personne de Charles Ier, l'autre dans celle d'Agis, roi de Lacédémone.

» Après avoir commenté chaque article de l'accusation du roi, et prouvé que tous les griefs qu'on lui impute ne sont autre que des calomnies, des méchancetés inventées par ceux qui l'ont rédigée ; que les vrais coupables, les conspirateurs contre la patrie sont dans la Convention ; que toutes les pièces produites dans ce grand procès sont fausses, inventées par ceux mêmes qui les produisent à l'appui de leur projet de vengeance ; en leur prouvant que ce sont eux qui sont les vrais conspirateurs, les machinateurs de la journée du 20 juin et du 10 août ; que ce sont eux qui ont fait battre la générale, sonner le tocsin, tirer le canon d'alarme ; que ce sont eux qui ont armé les brigands et la canaille des faubourgs Saint-Antoine et Saint-Marceau pour marcher contre le château des Tuileries ; que ce sont eux qui ont assassiné M. Mandat, commandant-général de la garde nationale ; sous prétexte qu'il avait un ordre de laisser avancer

2.   23

le peuple, de le fusiller par derrière, en même
temps que les canons du château le silloneraient
en tête : cessez au reste de nous faire voir la
nation où il vous plaît. La souveraineté ne se
compose pas des caprices et des passions de
ceux qui·se mêlent de la diriger. Est-ce la
nation qui avait préparé les décrets que vous
avez rendus à cette époque? est-ce la nation
qui, par un mouvement spontané, a demandé la
république? Non, non, la nation n'a absolument rien fait, rien voté contre la monarchie.
Les bouleversemens et les atrocités dont nous
sommes témoins n'ont été que le produit de
votre volonté arbitraire; et si pourtant où une
volonté arbitraire peut commander, il n'y a
plus de liberté, vous avez donc plongé la nation dans l'esclavage le plus humiliant. Je dis
humiliant, car à quels hommes obéit-elle?
quels sont ceux parmi vous qui n'ont pas été
antérieurement flétris par les lois ? en est-il
beaucoup qui puissent dire : ma conscience ne
me reproche rien : j'ai toujours obtenu par ma
probité l'estime de mes compatriotes? Il serait
vraiment curieux le tableau moral des individus
qui ont l'audace de tyranniser vingt-cinq millions de citoyens et de régenter tous les po-
tentats de l'Europe. On y verrait des moines
apostats, des prêtres sans mœurs, des magistrats prévaricateurs, des négocians sans bonne
foi, des écrivains sans morale, et.... qu'il m'en
coûte de le dire!... de vrais assassins, des scélérats qui ont égorgé des vieillards, des enfans,
des femmes enceintes... Lorsqu'un peuple est
parvenu à un tel degré de corruption qu'il se

laisse représenter par de tels monstres, ce peuple est indigne de la liberté, il faut qu'il subisse le joug de la tyrannie pendant des siècles.

» A présent, dit M. Dugour en terminant son mémoire en faveur de son roi, quels sont les provocateurs de la journée du 10 août ? quels sont ceux qui sont coupables du sang qui y fut versé ? C'est vous, c'est vous-mêmes qui ne rougissez pas de vous en faire des titres de gloire, et qui avez encore l'impudence d'en charger Louis XVI; qui, sur cette accusation, lui avez ravi sa couronne, et vous vous disposez à lui faire porter sa tête sur l'échafaud. C'est à vous que la nation doit demander compte de son roi et des victimes immolées à vos fureurs et à votre ambition. Car vous êtes les vrais perfides et les seuls qui vous soyez fait un jeu cruel de son repos et de sa fortune. Le roi ne voulait point la guerre ; vous l'y avez forcé, et les mânes de deux cent mille citoyens massacrés sur les frontières crient vengeance.....

» Que doit-on conclure des faits authentiques rappelés dans ce mémoire ? C'est que Louis XVI a été un roi, un ami et bienfaiteur de son peuple ; c'est qu'il est innocent des crimes dont on l'accuse; c'est que ces crimes sont ceux de ses propres accusateurs; c'est que sa déchéance est une injustice criante, un forfait abominable; et sa mort, si la Convention la prononce, un assassinat juridique tel que les fastes du monde n'en offrent point d'exemple. »

Telles furent, Messieurs, les choses dures, mais véridiques que M. Dugour osa publier sous le fer des poignards suspendus sur sa tête, et sur

23*

celle de tout bon Français, qui, à son exemple
avaient eu le courage de prendre la défense de
Louis XVI. D'autres écrits furent encore publiés ; et le nombre en fut considérable, mais ils
étaient loin de parler avec autant d'énergie et
de hardiesse.

La Convention cependant accorda au Monarque deux défenseurs, pour lui présenter les
moyens de défense. Et vous avez vu, Messieurs,
comment ils lui furent accordés. Mais que signifient des défenseurs, lorsque le jugement est
prononcé d'avance ? Dix jours seulement sont
accordés à Louis XVI, pour se choisir des défenseurs et présenter ses moyens de défense.
Quoi, dix jours !!!... mais, misérables gouvernans, pensez donc que dans une telle situation,
pour l'homme vertueux, les heures sont des
minutes, et les jours des heures. Le monarque
désigne deux avocats célèbres pour conseil. L'un
accepte, et l'autre refuse, et les deux avocats
étaient Tronchet et Target. Ce dernier n'eut
ni le courage ni la force de défendre son roi ; et
ce Target, qui avait figuré d'une manière si pom-
peuse dans le barreau, refuse de prêter son
ministère à son prince. Avait-il jamais eu une
plus belle cause et plus solennelle à défendre ?
Ah ! si cet homme montre de la crainte ou de
l'indifférence pour son prince, un autre plus
loyal, le vertueux de Malesherbes, est celui qui
brave l'orage, et généreusement il s'offre de
défendre son souverain. Voyez quel courage
montre cet estimable vieillard septuagénaire,
qui ne craint pas les fureurs de ces hommes qui
envoient les meilleurs Français à l'échafaud !

Mais n'importe, il ne redoute rien. Il retrouve
la force de la jeunesse pour une si belle cause :
aussi le nom du vertueux Malesherbes restera
éternellemennt gravé dans tous les cœurs. Ce
généreux vieillard écrit à la Convention. Sa lettre
est lue, il est accepté par les gouvernans. Plein
de courage, il court au Temple, il entre et va
se jetter aux pieds de son roi, et lui annonce
son ministère. Quelle scène attendrissante se
passe entre deux cœurs aussi vertueux! les larmes du bon et courageux Malesherbes, sont
les seules expressions de ses sentimens héroïques
et de son loyal dévouement. Louis attendri,
relève son défenseur, son ami, et le serre étroi-
tement dans ses bras. L'avocat Tronchet, présent à cette scène si touchante, en est ému lui-
même. Il n'est pas jusqu'aux commissaires de
la Commune qui en sont presque attendris. Il
est des momens où l'homme barbare éprouve
quelquefois des remords. Mais si peu de délai
pour rédiger le mémoire justificatif du roi,
effraie M. de Malesherbes ; il demande à la Convention qu'on lui adjoigne M. de Sèze, et M.
de Sèze est accepté.

Je ne rappellerai pas ici, Messieurs, une scène
de cruauté, tant elle est affreuse, humiliante
pour l'espèce humaine ; elle appartient tout
entière aux officiers municipaux et aux infâmes
commissaires du Temple. Elle a rapport à l'entrée des défenseurs du roi dans le Temple,
qu'ils fouillèrent jusqu'à la chemise : je la laisse
dans les ténèbres si elle pouvait y être engloutie
comme ceux qui l'ont dictée.

Voyez les défenseurs du monarque qui, jour

et nuit, avec un dévouement sans exemple , se rendent auprès de leur roi pour dépouiller la nombreuse collection de pièces absurdes, et ce tissu de méchancetés inventées par les gouvernans juges et parties. Ah! que de peine, que de tourment ils éprouvent à lire et à répondre à cette masse de papiers et d'accusations ! Il faut ménager les accusateurs , il faut les prendre par les sentimens, par la délicatesse de leur conscience. Mais, que dis-je! de la conscience? ils n'en ont point ces gouvernans ; ce sont des hommes sans entrailles , une partie de ces juges est des pères dénaturés , de mauvais époux. Toutes les heures du jour et de la nuit, sont employées par les défenseurs à rédiger le mémoire qu'ils doivent lire à cette assemblée qui n'est appelée, comme je l'ai déjà dit, qu'à faire des lois, et non pour juger des causes criminelles. Louis XVI, toujours grand, a la générosité de faire adoucir des phrases qui pourraient irriter ses bourreaux.

Enfin, le jour arrive où Louis XVI doit paraître pour la seconde fois à la barre de la Convention. Ses défenseurs doivent l'accompagner. Ils en ont le droit, la justice le commande , mais les municipes en décident autrement. Les sbires sont nommés, et Louis est conduit seul à la barre du prétendu aréopage, le 26 décembre comme le 11, avec le même attirail militaire et avec les mêmes mesures de terreur. Au moment de monter dans le carosse du maire , le roi demande ses défenseurs pour l'accompagner ; mais les commissaires lui font cette réponse grossière : Ils s'y rendront à pied, s'ils le veulent.

A cette réponse inconvenante, le roi garde le silence, et monte en voiture. M. de Malesherbes, qui avait fait la même demande et éprouvé le même refus, se rend à pied à la Convention avec MM. de Sèze et Tronchet. Ils arrivent quelques instans ayant le roi. Quelle consolation pour le prince, en descendant de voiture, de retrouver ses intrépides défenseurs qui l'attendaient dans une salle attenante à celle de la Convention ! Les durs sbires sont toujours présens. Le commandant Santerre entoure la Convention de sa force armée, place des détachemens à toutes les issues, à toutes les portes. Le peuple s'étant porté en foule sur le passage du roi, afflue aux Tuileries et se presse aux environs de la salle ; un bruit sourd, mêlé d'inquiétude, se fait entendre de tous côtés. On se regarde, on se parle, mais avec méfiance. Les Jacobins y sont par milliers, ils écoutent, ils observent les mouvemens.

Placé dans la salle de la Convention, comme le 11 décembre, et en face du président, je reste dans l'attitude d'un homme méditant profondément sur les destinées humaines. A dix heures précises, le président annonce que le roi va bientôt paraître ; il recommande le plus grand silence, et défend surtout aucun signe d'approbation ou d'improbation. Pendant cet intervalle, l'Assemblée s'occupe de choses indifférentes : tout-à-coup un mouvement se fait sentir dans cette enceinte, parmi les députés et dans toutes les tribunes. Le roi arrive, se dit-on, tout bas ; et au même instant, tous les yeux se portent du côté où Louis va pénétrer dans la

salle. A cet instant, on n'a jamais vu un plus
grand calme, mêlé d'inquiétude et de crainte.
Le roi, qui était resté dans la salle des conférences avec ses conseils, est invité à se rendre
à l'Assemblée; et le prince, accompagné de ses
trois défenseurs, entre d'un pas ferme, et toujours avec cet air majestueux et imposant qu'il
avait conservé, et dirige ses pas vers le président. Son maintien, son courage et ses traits
ne sont point altérés: tout en lui annonce la
contenance d'un homme qui n'est point coupable; aussitôt le président invite le roi et ses
conseils à s'asseoir. M. de Sèze, dans toute la
force de la jeunesse, plein de courage et de
dévouement pour une cause aussi belle à défendre, et surtout celle de son roi, est chargé,
au nom de ses collègues, MM. de Malesherbes
et Tronchet, de porter la parole. Si, dans le
temple de Thémis, sa mâle éloquence a quelquefois brillé dans tout son éclat, que ne fait-
il pas pour son prince, qui est à ses côtés, et
qu'une poignée de mauvais Français accuse!
Tous les yeux sont fixés sur Louis et sur ses défenseurs, et le silence le plus grand continue
de régner. Je ne chercherai point à peindre les
figures de tout l'auditoire; les uns sont ravis
de joie, et en même temps de colère et de rage;
ils voudraient dévorer des yeux leur victime;
les autres, et le nombre en est considérable,
sont dans la crainte et l'inquiétude; mais aussi
ils mettent toute leur confiance dans le courage et le dévouement des célèbres conseils
qui vont porter la parole dans cette cause mémorable, à laquelle l'Europe est attentive.

Après un instant de repos, et toujours dans un très-grand calme, M. de Sèze, avec cette tranquillité qui lui est commune, et ses grâces touchantes et aimables, se lève, au nom de ses collègues, commence son plaidoyer. Je n'entreprenderai pas de retracer ici l'extrait de ce chef-d'œuvre d'éloquence. Toutes ses paroles sont prononcées avec un calme imperturbable. Son organe clair, sonore, retentit dans toute la salle. Il réfute l'acte d'accusation sur tous les points, et en prouve la fausseté. Pendant plus de deux heures que dure son plaidoyer, M. de Sèze met tant de chaleur et d'éloquence à défendre son roi, que son visage ruissèle de sueur. Il y avait par momens des murmures d'approbation, mais surtout lorsqu'il dit : « Je cherche parmi vous des juges, et je n'y vois que des accusateurs. » Je vais, Messieurs et amis, vous citer quelques passages les plus marquans de cet admirable plaidoyer.

« Vous voulez, dit-il, prononcer sur le sort de Louis, et c'est vous qui l'accusez ! — Vous voulez prononcer sur le sort de Louis, et vous avez déjà émis votre vœu ! — Vous semblez prononcer sur le sort de Louis, et vos opinions parcourent l'Europe ! — Louis sera donc le seul Français pour lequel il n'existera aucune loi, ni aucune forme ?

» . . . . On est allé jusqu'à lui faire un crime d'avoir placé des troupes dans son château ; mais fallait-il donc qu'il se laissât forcer par la multitude ? Le pouvoir qu'il tenait de la constitution, n'était-il pas dans ses mains ? — Citoyens, si dans ce moment, l'on vous disait qu'une multitude abusée et armée marche vers vous; que sans respect pour votre caractère sacré de législateurs, elle veut vous arracher de ce sanctuaire, que feriez-vous?

» On a imputé à Louis le dessein d'aggression funeste; et qui donc ignore aujourd'hui que, long-temps avant la journée du 10 août, l'on préparait cette journée? que l'on méditait, qu'on la nourrissait en silence, qu'on avait cru sentir la nécessité de l'insurrection contre Louis; que cette insurrection avait ses agens, ses moteurs, son cabinet, son directoire? — Qu'est-ce qui ignore qu'il a été combiné des plans, formé des ligues, signé des traités? Qu'est-ce qui ignore que tout a été conduit, arrangé et exécuté pour l'accomplissement d'un grand dessein qui devait amener pour la France les destinées dont elle jouit?

» Ce ne sont pas là, législateurs, des faits qu'on puisse désavouer; ils sont publics; ils ont retenti dans la France entière; ils se sont passés au milieu de vous; dans cette salle même où je parle, on s'est disputé la gloire de la journée du 10 août. Je ne viens point contester cette gloire à ceux qui se la sont décernée, je dis seulement, que puisque l'insurrection a existé bien antérieurement au 10 août, qu'elle est avouée; il est impossible, il est démontré, que Louis n'est pas l'aggresseur.

» Vous l'accusez pourtant! — Vous lui reprochez le sang répandu! — Vous voulez que ce sang crie vengeance contre lui!....— Contre lui qui, à cette époque-là même, n'était venu se confier à l'Assemblée nationale que pour

empêcher qu'il ne fût versé! contre lui qui,
de sa vie, n'a donné un ordre sanguinaire!
contre lui qui, le 6 octobre, empêcha à Versailles ses propres gardes de se défendre! contre
lui qui, à Varennes, a préféré de revenir
captif plutôt que de s'exposer à occasionner la
mort d'un seul homme! contre lui qui, le 20
juin, refusa tous les secours qui lui étaient
offerts, et voulut rester seul au milieu du
peuple!

» Et vous lui imputez le sang répandu! et
c'est lui que vous accusez! . . . .
Entendez d'avance l'histoire qui dira, à la renommée : Louis était monté sur le trône à
vingt ans; il donna sur le trône l'exemple des
mœurs; il n'y porta aucune faiblesse coupable,
ni aucune passion corruptrice; il fut économe,
juste, sévère, il s'y montra toujours l'ami cons-
tant du peuple. Le peuple désirait la destruction d'un impôt désastreux qui pesait sur lui,
il le détruisit; le peuple demandait l'abolition
de la servitude, il commença par l'abolir lui-
même dans ses domaines; le peuple sollicitait
des réformes dans la législation criminelle,
pour l'adoucissement du sort des accusés, il
fit ces réformes; le peuple voulut que des milliers de Français, que la rigueur de nos usages
avait privés jusqu'alors des droits qui appartiennent aux citoyens, acquissent ces droits,
ou les recouvrassent, il les fit jouir par ses lois;
le peuple voulut la liberté, il la lui donna (1).

(1) Cette phrase ayant été prononcée par M. de Sèze,
et rayée depuis sur son manuscrit, la Convention a
ordonné qu'elle serait rétablie.

Il vint lui-même au-devant du peuple par ses sacrifices; et cependant c'est au nom de ce même
peuple qu'on demande aujourd'hui.......
citoyens, je n'achève pas!............
je m'arrête devant l'histoire; songez qu'elle
jugera votre jugement, et que le sien sera celui
des siècles. »

Ici finit le plaidoyer de M. de Sèze, qui fut
écouté dans le plus grand silence; il excita par
momens des sensations dans les uns, et des contorsions dans les autres. Les figures disparates
des députés étaient par momens un contraste
frappant: il me semble les voir encore. Les montagnards rugissaient tout bas; mais tous étaient
retenus par la loi qui défendait aucun signe
d'approbation ou d'improbation.

Le roi adressa quelques paroles aux législateurs, qu'il prononça avec une tranquillité admirable: «On vient de vous exposer mes moyens
de défense, dit-il, je ne les renouvellerai point:
en vous parlant peut-être pour la dernière fois,
je vous déclare que ma conscience ne me reproche rien, et que mes défenseurs ne vous
ont dit que la vérité. Je n'ai jamais craint que ma
conduite fût examinée publiquement; mais mon
cœur est déchiré de trouver dans l'acte d'accusation, l'imputation d'avoir voulu faire répandre le sang du peuple, et surtout que les
malheurs du 10 août me soient attribués.
J'avoue que les preuves multipliées que j'avais
données dans tous les temps de mon amour
pour le peuple, et la manière dont je m'étais
toujours conduit, me paraissaient devoir prouver que je craignais peu de m'exposer pour

épargner son sang, et éloigner à jamais de moi
une pareille imputation. » Il dit, et le monarque se retire de l'Assemblée avec la même
tranquillité et le même calme que lors de son
entrée; ses trois défenseurs l'accompagnent
jusque dans la salle des conférences, et de là,
il monte en voiture, sans manifester la moindre
crainte ni la moindre humeur; tout en lui dé-
montrait la conduite d'un saint, qui endure
tout sans se plaindre.

Tant que le roi resta au milieu de ses accusateurs le silence régna dans cette enceinte. On
se regardait, mais on n'osait se parler dans la
crainte d'exciter le moindre tumulte. Mais ce
prince fut à peine hors de l'Assemblée pour retourner dans sa prison, que les partis se déclarèrent. Le trouble, la discorde, l'animosité,
la crainte et la fureur devinrent effroyables.
Cette réunion de députés ne présentait plus
qu'une troupe de cannibales luttant les uns contre
les autres pour dévorer leur victime. Les Jacobins, du haut de la montagne, tonnaient avec
force. Au milieu de leurs cris et de leurs déclamations, on entendait des horreurs qu'ils
lançaient contre le monarque. Les Duhem, les
Duquesnoy, les Billaud-Varennes, et autres
députés farouches, demandaient que le sort de
leur victime fût décidé séance tenante. Si cette
assemblée était remplie de cannibales, il se
trouvait parmi eux des hommes courageux qui
bravèrent leur fureur : tel fut M. Lanjuinais,
qui, malgré les vociférations, les menaces, les
injures et les imprécations, s'opposa de toutes
ses forces au décret de l'Assemblée, qui en

une minute s'était déclarée juge de Louis XVI.
« Non, dit-il aux montagnards, non, vous ne
pouvez rester juges de l'homme désarmé, duquel plusieurs d'entre vous ont été les ennemis
directs et personnels, puisqu'ils ont tramé l'invasion de son domicile et s'en sont vantés. Vous
ne pouvez pas rester juges, applicateurs de la
loi, accusateurs, jurés d'accusation, jurés de
jugement, ayant tous ou presque tous ouvert
vos avis, l'ayant fait quelques-uns de vous avec
une férocité scandaleuse. Suivons une loi simple,
naturelle, imprescriptible, positive : elle veut
que tout accusé soit jugé avec les avantages que
la loi du pays lui assure. Moi et plusieurs de
mes collègues aimons mieux mourir que de
condamner à mort avec la violation des formes,
même le tyran le plus abominable. »

Un député, de sa place, veut parler dans
le même sens; il n'est pas écouté. Pétion, qui
naguère était si puissant et que le peuple portait aux nues, veut parler et réclame quelques
formes équitables : Pétion est baffoué, honni,
vilipendé; on l'appelle le petit Pétion, le roi
Jérôme; il est obligé de se taire pour cacher
sa confusion.

Aussitôt que le député Lanjuinais eut fait
cette sortie violente et sublime contre les factieux qui voulaient immoler leur prince sans
aucun ménagement et sans aucune forme, du
haut de leur montagne, les Jacobins comme
un torrent s'élancent contre le parti qui s'oppose à leur barbarie; ils en viennent presque
aux mains. Des monstres sortis des clubs et
qui s'étaient dispersés dans différens endroits

des tribunes, s'agitent comme des furieux. Les cris et les mugissemens deviennent effroyables : on ne s'entend plus ; on se montre le poing, on s'avance l'un contre l'autre. La sonnette du président, qui était agitée, vainement fait chorus avec les cris des athlètes, qui n'ont de courage que pour élever la voix et pour s'agiter en démoniaques. Les figures contournées des Jacobins sont effrayantes : ce sont des lions rugissans. Le parti que l'on désignait sous le nom de Gironde fait une contenance ferme et obtient enfin un décret qui déclare que la discussion était ouverte sur le jugement de Louis XVI, et qu'elle serait continuée, toute autre affaire cessante, jusqu'à la prononciation de son jugement. Cette scène, digne des enfers, ne cesse qu'au moment où l'on vient annoncer que le roi était rendu au Temple, et que sa marche avait été tranquille. Hélas ! peut-on appeler une situation tranquille, lorsque des hommes apostés le long des boulevards, de distance en distance, l'insultaient de paroles ; et ces gens, il faut le dire, n'étaient pas de la classe du bas peuple ; car ils étaient bien vêtus.

Ainsi finit cette séance de la Convention, qui parut si calme dans son commencement, qui le fut tant que le roi et ses défenseurs furent au milieu de cette assemblée, et qui fût agitée d'une manière si terrible lors de l'absence du prince, ne se termina qu'avec la vengeance dans le cœur, comme on va le voir par la suite.

Je vais, Messieurs, vous donner actuellement, et jour par jour, à partir du 26 décembre jusqu'au 20 janvier suivant, qui couvrit la France d'un voile funèbre, le tableau mouvant de la situation de Paris; et ces tableaux seront du plus grand intérêt pour la postérité; ils feront connaître combien l'homme est méchant quand il s'abandonne à des passions de haine et de fureur.

La journée du 26 décembre est une époque des plus remarquables dans les annales du crime. Cette journée est funeste à l'honneur d'une grande nation. L'on y vit traîner son roi devant une assemblée dont les membres osèrent se dire ses juges. Si cette journée parut tranquille dans son commencement, troublée dans son milieu, agitée vers sa fin, et qui, dans la soirée, ne fut plus qu'un mouvement continuel de désordres, d'agitation, de menaces et de provocations; si cette soirée fut le comble de la méchanceté de quelques législateurs; d'un autre côté, en présence d'une grande population que renferme Paris, des bandes de brigands armés font des promenades nocturnes en chantant et blasphémant le nom de leur roi. A la suite de ces promenades révolutionnaires, ces bandes se jettent dans les cafés, insultent et provoquent les citoyens paisibles qui composent ces réunions. D'après tous ces faits, que doit-on espérer pour le salut de la France et pour celui de son roi, qui en était le motif?

La journée du 27 décembre fut comme celle qui succède ordinairement à une grande tempête : l'orage affreux qui menace la contrée qu'il parcourt, ne cesse qu'avec le jour : le peuple se retire dans ses foyers avec l'inquiétude et l'appréhension. Mais la secte barbare

qui menace le monarque ne se calme point dans
l'ombre de la nuit. La réunion de ces hommes
dans les tavernes fut encore celle des lions rugissans. La matinée du 27 fut calme, tranquille. A onze heures du matin, la Convention
ouvre sa séance ; quelques groupes se forment
peu-à-peu aux environs de l'Assemblée, et les
conversations roulent sur le tumulte de la veille;
mais point d'agitation. Le premier député qui
ouvre la discussion sur le sort de Louis XVI,
est un jeune homme à peine âgé de 25 ans :
Saint-Just est son nom. Son début contre le
monarque est un tissu de méchanceté et d'horreur. Je ne citerai aucune de ses phrases ; elles
sont dignes d'un ennemi de son roi. A Saint-Just
succèdent les députés Rouzet, Salle, Serres,
Barbaroux et autres députés. Salle, dans son
discours, se récrie avec force contre l'influence
qu'ont les tribunes dans les délibérations de
l'Assemblée nationale, et contre le silence coupable de cette Assemblée envers les tribunes.
Ces mots, prononcés avec énergie par cet orateur, furent le signal de la révolte : il fut à
l'instant, conspué, honni, hué par ces mêmes
tribunes ; et la salle de l'Assemblée ne paraissait plus en ce moment qu'une salle de spectacle où règne le tumulte et la confusion. Après
ce désordre affreux, humiliant et pour les députés et pour la nation, le calme renaît. Barbaroux émet son opinion sur son roi; elle est
dans le sens des révolutionnaires. Mais le député Serres s'oppose aux projets des montagnards : « Nos relations politiques, dit-il, nous
défendent la mort de Louis. » Cette opinion

2.   24

ne fut point écoutée avec faveur. Lequinio, qui lui succède, tonne contre les députés qui veulent renvoyer le jugement du roi aux assemblées primaires, et veulent par-là, dit-il, allumer la guerre civile dans toute la France. Au mot de guerre civile, les députés montagnards se lèvent en masse et présentent un soulèvement général contre la majorité. Ici, les tribunes faisant chorus, le tumulte devient effrayant. Eh! mon Dieu, m'écriai-je en voyant ces furieux et sans que personne pût m'entendre au milieu du bruit, en quelles mains est placé le sort de Louis XVI? et voilà des hommes qui se disent ses juges! Bentabole ayant donné le signal à ses collègues et aux tribunes dans ce soulèvement, est accusé de cette insurrection. On demande qu'il soit envoyé à l'Abbaye. Après avoir entendu Barrère, Buzot, Couthon et Vergniaud sur l'ordre à établir dans l'Assemblée et sur l'influence des tribunes, on se contente seulement de censurer Bentabole. Enfin, la séance se lève, comme celle d'hier, dans l'agitation et le désordre. La soirée de ce jour fut agitée : il y eut des groupes au Palais-Royal, dans les cafés et même sur les places publiques. Mais les clubs surtout, et les sections imitèrent la Convention : les meneurs s'y rendirent en grand nombre; et soutenus par leurs partisans, ils déclamèrent sans ménagement contre le prince qui fut leur roi. La séance des Jacobins ne fut pas moins bruyante par le genre révoltant de leurs discours. À l'Hôtel-de-Ville, même désordre, même agitation. Cette assemblée était le point central d'où partaient tous les ordres sanguinaires : tout agissait en son nom.

Le 28, calme dans Paris. Pendant le cours de la matinée, la circulation du peuple dans les rues est la même que la veille ; à onze heures du matin, la Convention ouvre sa séance. Le roi d'Espagne, par l'organe de son ambassadeur, fait une déclaration à l'Assemblée sur la neutralité de ce royaume avec la France ; mais il la fonde sur la manière dont la nation française en usera envers l'infortuné Louis et sa famille. Ce prince, qui croit traiter avec des chefs dignes de gouverner une grande nation, ne s'adresse qu'à une Assemblée qui ne fait que détruire, et qui menace déjà tous les souverains de l'Europe. Sa déclaration n'est pas écoutée. Thuriot, Châles et Carra, font passer à l'ordre du jour. Aussitôt on reprend la discussion sur le jugement du roi. Lequinio, Buzot, Faure, Rabaud, Robespierre, Duchâtel, etc., sont entendus. Les uns demandent la détention ou le bannissement, les autres la peine capitale. Robespierre surtout, dans son discours anarchique, déclame contre les députés qui ne sont pas de son opinion. Il fait connaître l'influence terrible qu'il doit avoir dans cette Assemblée ; il s'oppose au renvoi des assemblées primaires du jugement que doit rendre la Convention ; enfin la séance se lève sans bruit (chose surprenante dans l'état où étaient les esprits). Mais les sections de Paris sont toujours agitées. Celles du Luxembourg et des Cordeliers se déclarent en insurrection. Un placard horrible que les meneurs ont rédigé et qui s'affiche partout dans les rues, est aussitôt déchiré par les bons citoyens.

Le 29, l'Assemblée reprend la discussion sur le jugement du roi. — Biroteau ouvre les opinions. Morison, Prost et autres députés se succèdent. Les discours des uns sont incertains, peu fermes ; la crainte et les menaces des chefs de la tyrannie, les effraient ; d'autres, tels que Prost, regardent l'inviolabilité, comme absurde, et un obstacle que la Convention doit franchir. Un autre déclare que la mort de Louis XVI, amènera la dissolution intestine de la société et tous les maux qui accablent déjà la république. La soirée, comme celle de la veille, est tumultueuse. Quelques meneurs se disant le peuple, agissent et parlent en son nom.

Le 30... Oh! pour cette journée, Messieurs, elle est digne de remarque par le développement des passions haineuses des hommes du jour ; elle présente le tableau le plus affreux que puissent inventer les méchans. Depuis deux jours il ne fut question que d'influencer les opinions des députés par une scène des plus désagréables : c'était de faire défiler dans la salle de la Convention, les prétendus blessés dans la journée du 10 août, qu'on aurait pris parmi tous les mutilés et les éclopés de Paris, et de les exposer aux yeux du public. Le 17 précédent, une députation du faubourg Saint-Antoine, à la tête de laquelle était l'orateur Gonchon, avait déjà joué cette scène burlesque et affligeante en présentant un de ces héros, et il n'avait rien produit sur l'esprit du peuple. Mais le 30, on employa tous ce que la méchanceté a d'adresse et de perfidie. On ramasse de tous côtés, dans la ville et dans les faubourgs, des éclopés, qui, sur les ponts et dans les rues étalent aux yeux du public leurs misères et leurs plaies, pour inspirer la commisération des passans, et en recevoir des aumônes. Puis on gagne, à force d'argent, un homme d'une forte taille, à qui on applique sur le corps, sur les bras et sur les jambes, des caustiques, qui le lendemain, forment de grandes plaies saignantes. Mutilé de cette manière, c'est-à-dire en apparence, on place sur un brancard ce moribond prétendu, entouré de tous les gueux infirmes; on se présente ainsi à la porte de la Convention, et on demande à être introduit. Les députés de la montagne qui en savent quelque chose, demandent que la députation soit introduite. Elle entre, et on voit sur un brancard le cadavre gissant, que les porteurs déposent au milieu de la salle, devant le bureau des secrétaires. Là, les plaies à découvert, un orateur prend la parole et prononce un discours analogue à la circonstance, et cherche à appitoyer les députés et les hommes des tribunes; ensuite il déclame avec fureur contre Louis XVI. Après sa déclamation infâme, les porteurs aussi hideux que le cadavre même, l'enlèvent sur le brancard, le transportent lentement, et le déposent à l'un des bouts de la salle, où ils restent en station pendant quelques instans, pour être mieux remarqués de tous les députés, ainsi que des hommes des tribunes, et s'écrient d'une voix lugubre, voyez!... voyez!... Cette scène d'horreur, dont on n'a jamais vu d'exemple, se passe dans le plus grand silence. Après avoir traversé deux fois la salle à pas lents et s'arrêtant presque à chaque pas, ils enlèvent enfin le misérable couvert de

fausses blessures, et le convoi dégoûtant se retire
et va parcourir Paris afin d'irriter les esprits
contre l'infortuné monarque. On déposait l'espèce de cadavre dans tous les quartiers, et on
déclamait toujours contre le roi en montrant
au public ce brigand mutilé: mais on n'était pas
dupe de cette perfidie (1).

Le 31. Autant la journée d'hier fut agitée par
la ruse de la méchanceté, celle de ce jour paraît calme et tranquille en apparence. La séance
de la Convention est moins bruyante. On entend
les discours et les opinions des députés, ils ne
sont pas insultés par les tribunes. Marat, Vergniaud, Dubois-de-Crancé, parlent successivement. On passe à l'ordre du jour sur la motion
de Marat, mais Vergniaud est entendu dans le
silence. Son discours lumineux, prononcé avec la
facilité qu'il avait à manier la parole, peint avec
art les tableaux des scélérats qu'il avait à dévoi-

(1) Ce cadavre ambulant ayant été déposé au corps-
de-garde de la Butte-des-Moulins, des personnes de
bonne foi coururent chercher le chirurgien de la section,
M. Demarest, pour lui donner des secours et lui panser
ses plaies; mais le chirurgien, qui savait distinguer les
blessures réelles d'avec les fausses, après avoir examiné
le moribond, déclare que cela ne serait rien. Dans quelques jours, dit-il aux personnes qui l'entouraient, il se
portera comme vous et moi. Le bon M. de Malesherbes,
ayant su que le prétendu blessé avait été visité par un
chirurgien, le fit appeler, et M. Demarest lui déclara
que l'homme en question n'avait les plaies que depuis
trois ou quatre jours, qu'elles n'étaient point réelles, et
qu'il avait reçu 3000 francs pour se faire martyriser de
la sorte. (Je tiens ce fait de la bouche du chirurgien, qui
vit encore, et demeure actuellement à Lagny.)

ler ; et leur adresse de ces terribles vérités que
ceux-ci ont l'air d'écouter sans impatience. Il
termine son discours très-long sur la prétendue
souveraineté du peuple, en disant aux monta-
gnard : *Allez-vous disputer dans les carrières,
les membres de ceux que vous y avez précipités?*
La soirée est sombre, nébuleuse, dans Paris.
Les factieux paraissent tranquilles; mais on peut
dire, c'est le sommeil du lion, ou le pronostic d'un grand orage.

1.er janvier 1793. Si, depuis des siècles le premier de l'an est une fête de famille, une fête
que les enfans désirent avec ardeur pour rendre
des visites à leurs parens, et pour en recevoir des
étrennes, il faut dire ici, qu'en France cette
journée fut plutôt un jour de deuil. Peu de
personnes osèrent se rendre des visites, ou s'ils
en firent, ce fut en secret, à cause de la surveillance terrible qui pesait sur les actions des
citoyens, car le voile funèbre qui s'étendait peu-
à-peu, devait bientôt couvrir le royaume dans
toute son étendue. Les membres de la Convention ne rendirent point de visites, mais en re-
vanche ils en recevaient de bien tristes par les
plaintes des opprimés qui parvenaient jusqu'à
eux. La Convention ouvrit sa séance comme les
jours précédens, et quelques membres émirent
leurs opinions sur le roi. Jambon-Saint-André,
parla le premier; son discours est digne de figurer
à côté de celui de Robespierre. Petit et Briot, qui
lui succèdent, demandent renvoi du jugement
aux assemblées primaires. Paris dans la soirée
fut encore agité par quelques mouvemens et
par les meneurs. Dans les cafés, on y déclame

avec véhémence. Le peuple écoute, se retire, et la nuit ramène la tranquillité.

Le 2, continuation de la discussion sur la peine que l'on veut infliger à Louis XVI. Guillemardet, Carra et Gensonné sont entendus. Le premier demande la détention; le second fait un jeu de mots sur la peine qui doit être, dit-il, infligée au monarque. Cet homme, qui a l'audace de plaisanter sur la mort de son prince, est fort éloigné de croire que l'échafaud l'attend dans quelques mois. Gensonné qui lui succède, tonne contre les factieux qui caressent le peuple pour se rendre l'arbitre de ses destinées, et signale particulièrement Robespierre, comme en étant le chef. « Vous craignez, dit-il, la guerre civile, et vous la proclamez! vous opposez le pauvre au riche; vous semez dans tous vos discours les sombres défiances, les noires calomnies, les discordes et les haines. Vous faites comme le vieux de la montagne, vous avez à vos ordres, une horde de brigands qui, répandus sur la surface de la république, provoquent l'insurrection de la minorité contre la majorité en se décorant du titre fastueux d'amis du peuple.

Dans la journée, une bande de brigands se jette dans le faubourg Saint-Antoine, crie aux armes, provoque les citoyens et les excite à la révolte. Un malheureux devient la victime de leur fureur, et périt comme ayant été attaché à Louis XVI. Mais il ne purent parvenir à organiser une insurrection, et Paris resta calme au milieu de cet essaim de brigands.

Le 3. Si la journée du 3 janvier est un jour de fête pour la ville de Paris, en l'honneur de

Sainte-Géneviève, sa patrone , celle-ci n'en fut point une pour les habitans ; elle fut marquée par un désordre épouvantable qui eut lieu au dehors et dans l'intérieur de la salle de la Convention. Depuis le 27 décembre , le décret qui défendait toute influence des tribunes, fut de nouveau violé par les Jacobins. Les montagnards recommencèrent leur attaque contre la majorité. Le renouvellement des comités en fut le prétexte. Marat et Gasparin se disputèrent la tribune , et cette séance fut le sujet des dénonciations les plus cruelles qui se prolongèrent jusqu'à sept heures et demie du soir. Au milieu de ce désordre affeux , Kersaint monte à la tribune et appelle les députés montagnards , une horde de cannibales. Le tumulte devient encore plus effrayant. Le sujet de tant d'acharnement fut particulièrement l'arrestation du peintre Boze , par ordre de Tallien , Chabot , Lavicomterie et Ingrand. Ce fut au milieu de ces scènes bruyantes que Dartigoyte et Pétion parlèrent sur le jugement du roi.

Le 4. Barrère, si connu par ses *carmagnoles*, développe son plaidoyer contre son roi ; il déclare que la procédure dirigée contre Louis devait être une exception aux jugemens ordinaires, et qu'il était nécessaire que la Convention liât le peuple entier à la décision qu'elle allait rendre. Il soutient que le scrutin à haute voix devait être adopté, comme étant le plus solennel et le plus imposant. Il fait sentir quelle espèce de peine devait être infligée à Louis XVI. Il ne prend à cet égard aucune conclusion. Pour donner plus de poids à sa déclamation, il s'indigne que la

Convention si puissante, qui exerçait déjà le
pouvoir révolutionaire dans la Belgique, n'osât
user du même droit dans son propre pays. Mais
à peine a-t-il fini son discours, que les Jacobins
font introduire à la barre trois ou quatre misérables, qui se disent députés de la ville de
Mâcon. Ces pétitionnaires qui n'avaient aucune
mission, se présentent à propos pour appuyer
Barrère, et paraissent étonnés de ce que le glaive
n'avait pas encore frappé le monarque ; et demandent ensuite que la Convention jugeât aussi
la reine. Le soir, aux Jacobins, Robespierre, avec
son air hypocrite, à la suite d'un discours très-
long, invite les citoyens à la paix, en disant
qu'une nouvelle insurrection perdrait le peuple.
Un autre furibond, L.-F. Bourdon, déclare au
même club que le décret de l'appel au peuple
serait l'arrêt de mort de ceux qui l'auraient
porté, et qu'on saurait bien se défaire de ces
ennemis comme au 2 septembre.

Le 5. La municipalité de Paris paraît à la
barre de la Convention ; sa présence devient le
signal de nouveaux troubles. Une telle démarche est une provocation au grand coup qu'elle
médite, au crime qu'elle projette. Elle vient,
dit-elle, présenter la situation de la ville de
Paris. Mais dès son début, elle parle d'une fermentation dans les esprits, d'une agitation parmi les citoyens, dont la cause, ajoute-t-elle, est
la fin du procès du roi dont on attend l'issue.
Dans sa déclamation, elle indique la peine à infliger au monarque. Cette municipalité révolutionnaire finit par dire qu'elle est calomniée,
malgré qu'il n'est point de sacrifices qu'elle n'ait

faits pour le bonheur commun. Cette démarche,
provoquée par le parti de la montagne, tendait
à faire croire à la nation que la municipalité
parle au nom du peuple, dont elle n'a ni con-
sulté, ni l'opinion, ni le vœu. A peine a-t-elle
fini son rapport, que le tumulte dans la Convention se manifeste comme les jours précédens
par des agitations et des menaces.

Le 6. Malheur au pays, qui, à l'époque d'une
révolution, possédera une assemblée nationale,
comme celle de France, dite de la Convention
nationale, où il n'y avait ni honneur, ni bonne
foi! La journée du 6 fut le comble de la révolte
entre les deux partis; et c'est au milieu de cette
réunion d'hommes que le sort du monarque
allait être décidé. Voici le sujet de ce nouveau
tumulte. Le conseil-général du Finistère dénonce à l'Assemblée les factieux qui dominent
la ville de Paris. Il signale comme chefs, Robespierre, Marat, Chabot, Bazire, Merlin et leurs
partisans. La lecture de cette dénonciation excite
des applaudissemens d'une part; et aussitôt Ri-
chou demande la suppression de la permanence
des sections de Paris, du conseil-général du département, et de la Commune. Cette demande, ac-
cueillie par la majorité, est attaquée par la minorité avec une telle fureur qu'il ne fut plus possible
de s'entendre. Qu'on se représente pendant la violence d'un orage, les vents et la foudre se croi-
sant, se précipitant en sens contraire des deux
bouts de l'horizon, on aura le tableau des débats et
des mouvemens qui suivirent cette motion. Robespierre, traité de scélérat, d'assassin, fut soutenu
par les tribunes qui s'insurgèrent contre la Con-

vention. Thuriot, Dubois-de-Crancé, Marat, Choudieu, au milieu de cette lutte, furent les héros de la montagne. Le même soir, dans les sections, dans les clubs, à la Commune, les factieux imitèrent la Convention. On aurait dit que tous les brigands de l'univers étaient rassemblés dans la ville de Paris pour la bouleverser.

Le 7. La discussion est fermée sur le procès de Louis. Depuis le 26 décembre jusqu'à ce jour, les séances de la Convention n'ont été qu'un tableau affreux de l'anarchie, pour préparer l'assassinat projeté, scènes douleureuses, et dont je n'ai donné qu'un faible aperçu. L'Assemblée ne voulut plus entendre d'orateurs. Enfin, pour aigrir les cœurs et agiter les esprits, à la Convention on dénonçait, à la Commune on dénonçait, aux sections, aux clubs et partout on dénonçait avec fureur le roi qui avait tant désiré d'être le père de ses sujets.

Les 8, 9, 10 et 11 janvier furent dans une apparence de calme, mais ce calme ressemblait à une mer agitée qui ne cesse ses fureurs que parce que les vents déchaînés cessent de souffler. Le 10, trouble au Théâtre-Français au sujet d'un drame intitulé l'*Ami des lois*. Des lois! disaient les honnêtes citoyens, il n'y en a plus. Du sang et non des lois! s'écriaient les factieux. — Il nous faut du sang, répétait Marat; oui, quatre-vingt mille têtes cimenteront la république. Merlin de Thionville, proconsul à Mayence, écrit le 11, à la Convention, pour demander la mort de son roi.

Le 12. L'agitation et les provocations se manifestent d'une manière alarmante dans les clubs et dans les sections. On menace les députés qui ne prononceront pas dans le sens des montagnards. Les rassemblemens deviennent nombreux dans les Tuileries ; les groupes se forment autour de la Convention. Le temps couvert et nébuleux, semble prendre part au deuil qui se prépare.

Le 13. Le club des Jacobins, l'âme de tous les désordres, après avoir discuté long-temps sur la destinée du monarque, se déclare en insurrection ouverte. Cette insurrection, provoquée par le président Forestier, du Puy-de-Dôme, fait prendre un arrêté par lequel il est dit que chaque membre s'armerait d'un poignard et qu'il serait toujours prêt à le plonger dans le cœur du premier aristocrate, ou Rolandin, ou Girondin qui se présenterait à sa vue. La section des Gravilliers, plus sanguinaire encore, se met ouvertement au-dessus des lois ; elle prend la résolution d'établir un jury central préposé pour juger les membres mêmes de la Convention, et de faire fermer les barrières. Dans son arrêté, elle déclare que chaque section nommerait dans son sein deux membres qui, réunis et au nombre de quatre-vingt-seize, formeraient un comité central, secret, permanent et de surveillance ; que les membres de ce comité s'occuperaient des dénonciations qui leur seraient faites, de lancer des mandats d'arrêt et de traduire vingt-quatre heures après, au comité de sûreté générale de la Convention, les hommes dénoncés ; qu'une commission de police parcourerait les lieux publics, censurerait, déchirerait tous les

papiers, feuilles et journaux dont la rédaction
paraîtrait inconvenante. — Dans la Convention
nationale, des députations de vagabonds y étaient
introduites successivement et parlaient au nom
de quelques départemens dont ils se disaient
les envoyés. Les menaces qu'ils faisaient aux
députés, étaient des moyens qu'employaient
les Jacobins pour influencer cette même assemblée dans le prononcé de son vote.

Le 14. La Convention propose les trois questions suivantes : Louis est-il coupable ? Son jugement sera-t-il soumis à la sanction du peuple ?
Quelle peine lui sera infligée ? C'est au milieu
de tant d'agitation et de tourmentes, que l'on
propose ces questions. Que doit-on en attendre ?

Le 15. L'Assemblée prononce sur les deux
premières questions, proposées la veille. Elle
déclare que Louis, ci-devant roi des Français,
était coupable de conspiration contre la liberté
et d'attentat contre la sûreté générale de l'État.
Dans cette première déclaration, il y eut, pour
ainsi dire, unanimité de voix. Dans le prononcé
de chaque membre, il se fait un silence remarquable, à l'exception cependant d'un seul qui
excite un frémissement d'horreur et d'improbation. Je ne le nomme pas, son nom est assez
connu.... La fameuse question de l'appel au
peuple fut aussi décidée le même jour. Deux
cent quatre-vingt-trois se déclarent en faveur de
cet appel qui fut rejeté par quatre cent vingt-
quatre. Pendant qu'on délibère sur ce dernier
appel, les Jacobins s'agitent avec violence ; les
sections de Paris délibèrent avec fureur ; des
rassemblemens élèvent des arbres de la liberté.

Dans les couloirs de la Convention un bourdonnement effrayant se fait entendre. J'ai vu des
groupes de députés montagnards et autres Jacobins, s'agitant comme des furieux, menaçant les
députés qui n'émettraient pas leur vote dans le
sens de la montagne; j'ai vu dans ces groupes, marchant à grand pas, Dubois-de-Crancé, armé d'un
bâton noueux, l'agitant avec fureur, en disant :
les b...... s'ils sont assez lâches pour...... Je
n'achève pas, je m'arrête, et ne puis révéler à la
postérité le tissu d'horreurs qui sortait de sa
bouche. Le même jour, pour influencer les
opinions, des brigands se rendent à Saint-
Denis, s'emparent des canons, et les font rou-
ler vers Paris avec un attirail effrayant et les
placent dans chaque quartier.

Le 16, ou plutôt la journée du 16, la nuit,
et le 17, sans désemparer, la Convention prononce définitivement sur la destinée du monarque. Sur sept cent quarante-cinq membres ayant
droit de voter, trois cent dix-neuf demandent
que Louis fût détenu jusqu'à la fin de la guerre
et ensuite banni aussitôt la conclusion de la
paix; trois cent soixante-dix le condamnent à
mort, et le surplus n'émet que des votes avec
restriction, qui ne sont point comptés. Ainsi trois
cent soixante-dix emportent la peine capitale. Si
moitié des votans doivent condamner le prince,
le nombre doit être de trois cent soixante-treize;
donc, il n'y a pas majorité; mais la terreur, mais
les assassins, l'ordonnent aux âmes faibles et
pusillanimes. Cet acte d'iniquité est à peine
rendu, que les défenseurs de Louis, qui depuis
plus de deux heures attendent à la porte de la

salle sans pouvoir entrer, paraissent enfin à la barre, et demandent à être entendus. Il font lecture d'une lettre du roi ainsi conçue : — « Je dois à mon honneur, je dois à ma famille, de ne point souscrire à une accusation que je n'ai point méritée. En conséquence, je déclare que j'interjette appel à la nation entière du jugement qui sera rendu contre moi, et je donne à mes défenseurs tous les pouvoirs nécessaires pour que le présent appel soit inséré au procès-verbal de la Convention. *Signé* LOUIS. »

Les trois défenseurs du monarque, qui, avant le procès et le jugement, avaient demandé à être entendus, ne peuvent être admis à la barre qu'après le dépouillement des votes. Ils entrent dans cette salle avec consternation et effroi. M. de Malesherbes répand des larmes et ne peut parler. M. de Sèze, au nom de ses collègues, prend la parole. Il parle avec la plus grande véhémence ; il invoque l'humanité, les lois, il consterne, il effraie sur le présent et sur l'avenir. « N'affligez-pas la France, dit-il, d'un jugement qui lui paraîtra terrible, lorsqu'elle saura que cinq voix ont été suffisantes pour le prononcer. » M. Tronchet déclare qu'il paraîtra inconcevable que le plus grand nombre des votans aient invoqué le Code pénal pour motiver leur jugement, et qu'ils aient oublié ce que cette loi a d'humain en faveur des accusés ; ils ont oublié qu'elle exige les deux tiers des voix. Il termine en demandant le rapport du décret qui porte que Louis sera jugé à la simple majorité absolue. M. de Malesherbes demande que l'assemblée lui accorde jusqu'à demain pour lui présenter ses

réflexions qui se présentaient en foule à son imagination. — A ces mots, un scélérat, un monstre dénaturé, qui était le chef des assassins,
Robespierre enfin, se lève et prend la parole.
Il est étonnant, dit-il, que de simples individus
soient venus, pour ainsi dire, donner des leçons
à l'Assemblée. Accorder ce qu'on demande,
ajoute-t-il, ce serait donner des armes aux malveillans, il ajoute que tout appel doit être interdit
à Louis, et déclaré nul, et que quiconque se per-
mettrait de le renouveler, fût puni comme per-
turbateur. La Convention, aussi inhumaine que
Robespierre, passe froidement à l'ordre du jour
sur la demande de l'appel interjeté par Louis,
et sur la demande de ses défenseurs, ajournant
à la prochaine séance la motion du sursis de
l'exécution du jugement qu'elle venait de
rendre.

Le 18. Dans cette journée, les deux partis
recommencent leurs querelles avec encore plus
d'acharnement. Plusieurs députés prétendent
qu'on avait falsifié le texte de leur scrutin.
Kersaint rappelle le sien, au milieu des clameurs,
qui de toutes parts étouffaient sa voix. « Je veux,
dit-il, je veux épargner un crime aux assassins
(montrant de la main les Jacobins), en me dé-
pouillant moi-même de mon inviolabilité; je
donne ma démission. » — Thuriot, l'infâme
Thuriot, se récrie : « Le peuple français, dit-il,
vous a ordonné de prononcer le jugement......»
Ces mots excitent le plus violent murmure. —
Non, s'écrie-t-on, non, ce n'est pas vrai, il en
a menti. Le peuple!.... peut-on l'avilir ainsi! »
Le même orateur invoque la raison. « La justice

et l'honneur vous ordonnent le silence. — L'honneur, s'écrie-t-on, où est-il l'honneur ? »

On agite la question du sursis. Tallien demande qu'elle soit décidée sans désemparer. Les montagnards se lèvent et appuient la motion du geste et de la voix. La séance se prolonge au milieu d'un tumulte toujours croissant. Les hommes des tribunes qui sont derrière les montagnards, crient, menacent les députés et font un bruit affreux. Le côté droit demande qu'on chasse, qu'on punisse les perturbateurs. Le désordre se renouvelle encore avec plus de fureur, et se continue jusqu'à dix heures du soir. On décrète enfin l'ajournement, et la séance est levée, mais les montagnards n'abandonnent point la salle, ils restent pour continuer la délibération. Les tribunes se mêlent aux débats ; le général Santerre et autres assassins, étrangers à la Convention, viennent délibérer avec eux. Santerre a même l'effronterie de monter à la tribune des députés et de pérorer la multitude. Enfin, ne pouvant s'entendre, et après plus de trois heures de débats inutiles, cette troupe de furieux accablés de fatigue et la voix presque éteinte, abandonne le champ de bataille à une heure et demie du matin, et les portes se ferment.

Le 19. Si depuis un mois, la ville de Paris ne présente chaque jour que désordre, qu'agitation, que provocations, insultes, menaces, et fureur de quelques bandes furibondes contre les citoyens qui prennent la défense de leur roi cruellement opprimé ; si ces bandes se portent comme un effroyable torrent, des Jacobins aux sections, des sections à la Commune, de la Commune à la

Convention, de la Convention au Temple ; si ces
bandes dans leurs courses menaçantes, de la
prison du Temple reparcourent les rues en effrayant les habitans, se portent de nouveau aux
environs de la salle de la Convention pour influencer et dicter les actes de terreur, que peut-
on espérer du quatrième appel qui va décider du
sort du plus vertueux et du plus, infortuné des
hommes, qui, comme Jésus, regarde en silence
ses bourreaux et se contente de les plaindre de
leur erreur? L'Assemblée, après les plus violentes
discussions, que je ne rappellerai pas sur la famille
du monarque et sur sa personne, décrète que
son jugement serait exécuté dans les vingt-quatre
heures, à la majorité de trois cent quatre-vingts
voix contre trois cent dix. Ainsi, les assassins,
à force de répandre l'épouvante, ont entraîné
quelques esprits faibles dans leur parti. La pu-
blication de cet acte atroce, rendu dans la soirée, fut bientôt connu de tout Paris. Le calme
de la terreur répandu dans toute la ville, jette
la consternation dans tous les cœurs honnêtes.
On ne voit que des figures tristes, sombres ; et
le silence général, tout annonce le crime qui
va se commettre.

Le 20. L'illustre victime, instruite par M.
de Malesherbes du malheur qui le menace, eut
encore la douleur de voir dans la soirée le prétendu ministre de la justice, venir lui signifier
sa condamnation. Le vertueux prince qui n'avait
plus rien à espérer de ses bourreaux, se contente de dire à Garat. « Je demande un délai de
trois jours pour pouvoir me préparer à paraître
devant Dieu. Je demande de pouvoir voir libre-

ment la personne que j'indiquerai aux commissaires de la Commune, et que cette personne
soit à l'abri de toute crainte et de toute inquiétude pour cet acte de charité qu'elle remplira
auprès de moi. Je demande à être délivré de la
surveillance perpétuelle que le Conseil-général
a établie depuis quelques jours auprès de ma personne. Je demande à pouvoir, dans cet intervalle,
voir ma famille, quand je le demanderai et sans
témoins (1). Je désirerais bien que la Convention nationale s'occupât tout de suite du sort
de ma famille, et qu'elle lui permît de se retirer
librement et convenablement où elle le jugerait
à propos. Je recommande à la bienveillance de
la nation toutes les personnes qui m'étaient attachées ; il y en avait beaucoup qui avaient mis
toute leur fortune dans leurs charges, et qui,
n'ayant plus d'appointemens, doivent être dans
le besoin : parmi les pensionnaires, il y a beaucoup de vieillards et d'enfans qui n'avaient que
cela pour vivre. »

Fait à la tour du Temple, le 20 janvier 1793.

Signé Louis.

O vertueux monarque ! prince si digne de
l'amour de ses peuples, qui, au moment de paraître devant Dieu comme une victime innocente
de la méchanceté des hommes, n'oublie pas,
au comble de l'infortune, tout ce qui lui est

(1) Voyez le procès des Bourbons, pour de plus amples
détails, 2 vol. in-8°, avec figures, chez Lerouge.

cher, tous les malheureux qui vivaient de ses
bienfaits! ils les recommande à la bienveillance
de la nation! mais, grand Dieu! quels sont ces
hommes qui s'en disent les représentans en
commettant un horrible assassinat? Ils accablent
aussi cette même nation sous le poids des forfaits qu'ils vont commettre. Cette infâme Convention qui marchait à pas de géant dans tous
les sentiers du crime, décrète, comme une
grâce, qu'il était permis à Louis XVI de choisir
tel ministre qu'il jugerait convenable. Elle lui
fait dire en même temps que la nation, toujours
grande et toujours juste, s'occuperait du sort
de sa famille. Hélas! quel sort affreux elle lui
réservait! Et sur la demande de prolonger l'existence de ce prince, de trois fois vingt-quatre
heures, elle passe, sans nulle émotion, à l'ordre
du jour!!!....

Témoin de l'horrible attentat, je me retire
de cette enceinte funeste. La salle du sénat,
naguère si agitée, ne présente plus que le calme
du tombeau. La nature elle-même semble prendre part à la sanglante tragédie qui se prépare.
La nuit qui précède le 21 janvier est sombre et
pluvieuse; et cette pluie, image, pour ainsi dire,
des pleurs que répandent en secret les bons
Français, ne cesse que peu d'instans avant le
jour. Je vais, Messieurs et jeunes amis, vous
tracer un aperçu de la situation de Paris pendant la nuit et la journée fatale qui arrosa la
terre du sang du plus vertueux des pères.
Écoutez le tableau vrai, mais fidèle, que je vais
en donner.

Il est donc arrivé ce jour de deuil préparé

depuis si long-temps, ce jour où une faible partie
de la nation fait mourir sur un échafaud son
roi!...... Les assassins qui avaient osé lever un
bras parricide sur deux de nos monarques, furent les seuls criminels, au lieu que Louis XVI
expire sous les coups de dix mille barbares!....
A l'approche de la mort épouvantable qui menace le vertueux prince, il dort paisiblement
du sommeil du juste. Il est donc arrivé ce jour
abominable qui va amener sur cette belle France
tant de malheurs, tant de calamités ! Il est donc
arrivé ce jour funèbre qui courbe les lis sous la
verge de fer d'une horde de scélérats assez pervers pour ne pas craindre, à la face de l'Univers,
d'outrager Dieu et les hommes ! Quel sentiment
profond de douleur et d'effroi a glacé les habitans!..... tous sont frappés de stupeur, tous,
et peut-être même ceux qui, dès long-temps,
ont préparé cet affreux attentat.

La plus vive agitation a régné dans les esprits.
Tous les regards semblent dirigés vers l'enceinte
où ce prince qui régna sur les Français, où le
descendant du bon Henri souffre constamment
tant d'outrages, où il a été pendant plus de
cinq mois, abreuvé d'amertume. Ils pénètrent
en esprit dans cet asile de la douleur; ils entendent les cris d'une reine, d'une épouse,
d'une mère, les plaintes, les regrets touchans
d'un fils, d'une fille adorée, les gémissemens
d'une tendre sœur, et les ardentes prières qu'elles
élèvent jusqu'au trône de l'éternel. Ils y distin-
guent le monarque qui, dans d'autres temps, fut
l'idole du peuple français, et qui, prêt à périr
sur l'échafaud, forme encore des vœux pour le

bonheur de ce même peuple. Ils croient déjà le voir s'acheminer sans effroi vers le terme où la mort l'attend ! Ils le suivent sur cette place, où, vingt-trois ans auparavant, le désastre le plus affreux semblait présager les funestes événemens de son règne.

Ils sont accomplis ces horribles présages ! déjà j'aperçois les apprêts du supplice, déjà l'édifice de mort est placé..... et bientôt le sacrifice sera consommé.

Les ténèbres ont disparu ; le jour renaît, mais il semble qu'un crêpe funèbre est étendu sur toute la nature ; jamais l'astre du jour en éclairant le sol français, n'a prêté sa lumière à une catastrophe aussi terrible. Il n'éclairera point cette scène de deuil ; il reste constamment voilé.

Tout-à-coup ce silence de mort est interrompu par les sons aigus de la trompette, par le roulement des tambours, et par le bruit des armes. La générale se fait entendre dans tous les quartiers de la capitale, et redouble l'alarme et la douleur universelles. Tout porte dans l'âme des habitans, la consternation et l'effroi ; une force imposante se dirige vers chacune des barrières de la ville ; aucune troupe armée ou sans armes ne peut pénétrer dans Paris, ni sortir de son enceinte.

Tous les hommes qui doivent prendre les armes, s'arrachent en frémissant des bras de leurs épouses tremblantes, de leurs enfans éplorés. Forcés de prêter leur ministère pour le maintien de la tranquillité publique, ces hommes armés sont les seuls qu'on rencontre dans les rues, dans les places publiques de cette grande cité. Paris n'est plus qu'un vaste camp. Mais on n'aperçoit point sur le front des guerriers cette ardeur dont ils sont animés lorsqu'ils marchent à l'ennemi.

Partout où le service de la force armée n'exige point leur présence, les rues sont désertes, silencieuses ; les quartiers éloignés ressemblent à de vastes solitudes dépeuplées : aucune fenêtre n'est ouverte ; les habitans sont renfermés dans l'intérieur de leurs maisons ; ils pleurent ! ils prient ! ils gémissent en silence !...

Les hommes sensibles qui ont reçu l'ordre de prendre les armes, sont forcés de cacher les mouvemens qui les agitent ; ils doivent paraître étrangers au sentiment de la pitié. Voilà le vrai tableau des amis de la justice, de la patrie et de l'humanité.

L'instant est arrivé ; l'heure fatale se fait entendre ; la porte de la chambre de Louis s'ouvre avec fracas et laisse voir le commandant de la force armée, Santerre, suivi de plusieurs officiers municipaux de l'infâme Commune.

« Vous venez me chercher ? dit le prince sans être ému ; je vous demande une minute. » Il rentre dans son cabinet, où l'attend son confesseur ; il en sort avec lui, et dit d'un ton calme : Partons.... La présence d'esprit n'abandonne point l'infortuné monarque à sa dernière heure ; il prévoit tout ; et s'adressant aux satellites de la Commune, qui doivent l'accompagner, il leur dit : « Je mets M. Edgeworth (le confesseur) sous votre protection : je vous conjure de le préserver de toute insulte après ma mort. » Puis

il s'adresse à un municipal et lui remet le tes-
tament qu'il avait écrit de sa main, où respirent
la bonté de son cœur et la vertu du pardon qu'il
accorde à ses ennemis.

L'illustre victime descend les escaliers d'un
pas ferme, et traverse à pied la première cour
du Temple. Une double haie de soldats s'étend
depuis la porte de sortie dans la cour jusqu'à la
place où le prince doit monter au ciel. Louis
monte en voiture ; les sons bruyans des tambours annoncent son départ du Temple, et
ajoutent à l'effroi des personnes enfermées dans
les maisons voisines.

Qu'on se peigne l'horrible situation des prin-
cesses renfermées dans cette tour du Temple,
au bruit des tambours et du trépignement des
chevaux qui se font entendre. Quelle consternation elles éprouvent ! que de larmes, que de
sanglots dans cette journée désastreuse ! les
prières, dans leur douleur commune, sont les
seules paroles qu'elles peuvent adresser à Dieu.

Plus de dix mille hommes armés occupent
l'espace que Louis XVI doit parcourir. Aucune
voiture ne roule dans Paris : nul ne peut y paraître, s'il n'est armé d'un fusil, d'un sabre ou
d'une pique. A l'exception des boulevards du
nord, tout le reste de la ville est désert et plongé
dans un morne silence. La voiture part ; elle est
précédée et suivie de canons et d'une force armée, tant à pied qu'à cheval, (que deux mille
hommes auraient mis en pleine déroute en moins
de rien, tant il y avait peu de bravoure et d'u-
nion dans ce grand armement). Le cortége funèbre suit le boulevard lentement, et dans le

plus grand silence. Louis, étranger à tout ce qui l'entoure, ayant à côté de lui son confesseur, récite avec un recueillement religieux les prières des agonisans!!!

Là se borne mon récit : je n'aurai point, Messieurs et jeunes amis, le courage de suivre la victime auguste jusqu'au lieu du sacrifice. On sait que l'infortuné monarque montra toujours un courage héroïque ; qu'il parut sur l'échafaud avec fermeté et résignation aux volontés du ciel, et qu'il mourut en pardonnant à ses bourreaux.

Pendant que cet horrible assassinat s'exécutait, la Convention nationale et l'assemblée de la Commune de Paris étaient réunies chacune dans sa salle, prêtes à rendre, l'une des décrets, l'autre des arrêtés, en cas d'un événement contraire à leurs vues sinistres. De cinq en cinq minutes, on leur rendait compte de ce qui se passait. A dix heures du matin, tombe la tête du meilleur des rois ; et les assassins triomphent.

Tel fut l'accomplissement du sacrilége impie des Jacobins, qui mit la France dans la plus grande consternation. Paris ne présente plus qu'un calme silencieux et lugubre, chacun attendant avec inquiétude la suite des événemens qui allaient courber la nation tout entière sous le joug insupportable de la tyrannie populaire.

En prononçant ces derniers mots, j'annonce à mes amis consternés que je finissais ma première partie des tableaux mouvans des tribulations de la France. La suite vous montrera, leur dis-je, dans ma seconde partie que je mettai sous vos yeux dans quelque temps, de nouveaux

malheurs et de nouveaux crimes , dont le récit
vous fera sentir plus vivement la félicité dont
nous jouissons aujourd'hui.

FIN DU SECOND VOLUME.

NOTICE

Des Livres qui se trouvent chez le même Libraire.

---

rithmétique (l') des premières écoles, et des écoles secon-
daires, par Guillard, professeur de mathématiques, 1 vol.
in-8°.   3 f.
orrespondance de Charette, 2 vol. in-8°.   10 f.
onjuration de Maximilien Robespierre, par Montjoie, 2
vol. in-18.   2 f.
harlatans (les) célèbres, ou Tableau historique des Ba-
teleurs, des Baladins, des Jongleurs, des Bouffons, des
Opérateurs, des Voltigeurs, des Escamoteurs, des Filous,
des Escrocs, des Devins, des Tireurs de cartes, des Diseurs
de bonne aventure, et généralement de tous les personnages qui se sont rendus célèbres dans les rues et sur les
places publiques de Paris, depuis une haute antiquité
jusqu'à nos jours, 2 vol. in-8°., seconde édition.   10 f.
ssai historique sur Platon; et coup d'œil rapide sur l'Histoire
du Platonisme, par Combes-Dounous, 2 gros vol. in-12. 6 f.
ables de Lessing, mises en vers, 1 vol. in-8°., fig.   3 f.
istoire du Donjon et du Château de Vincennes, depuis
leur origine jusqu'à la chute de Buonaparte, contenant
des particularités intéressantes sur les princes, les rois, les
ministres et autres personnages célèbres qui ont habité
Vincennes, avec un précis historique des événemens dans
lesquels figurèrent les principaux prisonniers du Donjon,
depuis le règne de Charles V, jusques et compris le mois
d'avril 1814, et des faits curieux sur les prisonniers qui y
ont été enfermés sous le règne de Napoléon; ainsi que des
détails intéressans sur l'enlèvement et la mort tragique du
duc d'Enghien; nouvelle édition, revue et corrigée, 3 vol.
in-8°., avec fig.   12 f.
istoire secrète du Tribunal Révolutionnaire, contenant des
détails curieux sur sa formation, sur sa marche, sur le
gouvernement révolutionnaire, et particulièrement sur les
agens secrets, les juges, les jurés, les chefs du gouvernement; sur les listes de proscription; sur les conspirations
imaginaires des prisons, et sur les détenus en général; etc.
avec des anecdotes piquantes sur les orgies que faisaient les

Juges et les Jurés, et notamment sur les déjeuners, les dîners et les soupers secrets des meneurs de la Convention, et sur les parties fines de Clichy, 2 vol. in-8°.   10 f.

Histoire de madame Elisabeth de France, sœur de Louis XVI, avec des détails sur ce qui s'est passé de plus remarquable pendant sa détention au Temple, jusqu'à sa mort, auxquels on a joint un grand nombre de lettres et de pièces écrites par elle-même, 3°. édition, avec fig., 3 vol in-18.   3 f.

Histoire de la Conquète et des Révolutions du Pérou, par Alphonse de Beauchamp, auteur de la guerre de la Vendée, et autres ouvrages, 2 vol. in-8°., avec portrait.   9 f.

Histoire abrégée de la Révolution française, et des malheurs qu'elle a occasionnés depuis 1789 jusqu'en 1800, par l'auteur de l'histoire du Règne de Louis XVI, 3 vol. in-8°., avec fig.   15 f.

Histoire particulière de l'Abeille commune, considérée dans tous ses rapports avec l'Histoire générale de l'homme, en quatre parties, et en cent cinquante sept paragraphes, avec fig., 2 vol. in-8°.   8 f.

La Religion vengée et triomphante, poëme en dix chants, par M. le cardinal de Bernis, 1 vol. in-8°.   3 f.

Le Panthéon, ou les Figures de la Fable, 1 vol. in-8°.   3 f.

Lettres Philosophiques et Historiques sur l'état moral et politique de l'Inde, des Indous, et de quelques autres principaux peuples de l'Asie, au commencement du dix-neuvième siècle, traduit de l'anglais, 1 v. in-8°., avec carte. 5 f.

Mes Souvenirs, ou Choix de Lecture dans tous les genres, par Pagès, 2 vol. in-18.   2 f. 50 c.

Mémoires historiques de Marie-Thérèse-Louise de Carignan, princesse de Lamballe, une des principales victimes des journées des 2 et 3 septembre 1792, publiés par Mme. Guénard, baronne de Méré, 4°. édition, 2 v. in-12, avec portrait. 5 f.

Mémoires de Mlle. de Montpensier, petite-fille d'Henri IV, contenant ce qu'elle a vu, et ce qui lui est arrivé pendant les dernières années de la vie de Louis XIII, la minorité et le règne de Louis XIV, écrits par elle-même; revus, corrigés et mis en ordre par M. de Boissi, ornés de son portrait, 4 vol. in-12.   10 f.

Mémoires historiques de Mme. la comtesse. Dubarry, dernière maîtresse de Louis XV, rédigés sur des pièces authentiques avec des détails sur ce qui s'est passé à la cour de France pendant qu'elle y était en faveur; suivi de sa correspondance avec MM. de Brissac, Rohan. de Monsabré, de madame Lebrun, et autres personnes, pendant les

années 1790, 91, 1792, et le jugement qui l'a comdamnée à mort par le Tribunal révolutionnaire, 4 vol. in-12, ornés de son portrait.   7 f. 5o c.
Mémoires de Mistriss Robinson, célèbre actrice de Londres, contenant des détails curieux sur sa carrière dramatique et littéraire, ses amours avec le prince de Galles, son voyage en France, et ses relations avec le duc d'Orléans, écrits par elle-même, 1 vol. in-8°.   4 f.
Procès de Louis XVI, Roi de France; avec la liste comparative des appels nominaux, et des opinions motivées de chaque membre de la convention nationale; suivi des procès de Marie-Antoinette, reine de France, de Madame Elisabeth, sœur du Roi, et de Louis-Philippe, duc d'Orléans; auxquels se trouvent jointes des pièces secrètes et inconnues sur ce qui s'est passé dans la tour du Temple et à la conciergerie du palais pendant leur captivité; 2 vol. in-8°. ornés de six portraits et trois vignettes.   12 f.
Principes de Bossuet et de Fénélon, sur la souveraineté, 1 vol. in-8°.   3 f.
Règne de Richard III, ou doutes sur les crimes qui lui sont imputés, par M. Horace-Walpole, traduit de l'anglais par Louis XVI, imprimé sur le manuscrit, écrit en entier de sa main, avec des notes; 1 vol. in-8°.   3 f.
Six (les) Fuites de Buonaparte, y compris la dernière de Waterloo, 1 vol. in-8°.   2 f. 5o c.
Tableau de l'amour conjugal, 4 vol. in-18, orné de 16 gravures et titre gravé.   4 f.
Tuileries (les), le Temple, le Tribunal révolutionnaire et la Conciergerie, sous la tyrannie de la convention, pour servir de supplément au journal de Cléry, valet de chambre de Louis XVI, 1 vol. in 8°.   4 f.
Tulikan, fils de Gengiskan, ou l'Asie consolée, par Antoine Gibelin, 1 vol. in-8°.   5 f.
Vie (la) de madame de Maintenon, institutrice de la maison royale de Saint-Cyr, 2 vol. in-12, 2°. édition, ornée de son portrait.   3 f.
Voyage d'un Philosophe; par Poivre, 1 vol. in-12. 1 f. 5o c.
Voyages du jeune Anacharsis, en Grèce, 9 v. in-18. 13 f. 5o c.
Vie de M. le duc de Penthièvre, prince français, par l'auteur des Mémoires de la princesse Lamballe, 2 vol. in-12. 3 f.
Vie publique et privée de Chrétien-Guillaume de Lamoignon de Malhesherbes, ancien président de la cour des aides, et l'un des Défenseurs de Louis XVI, 1 vol. in-8°.   3 f.
Voyage à la Nouvelle-Galles du Sud, à Botany-Bay, au port

Jackson, en 1787, 88 et 1789, ouvrage où l'on trouve des détails sur le caractère et les usages des habitans du Cap de Bonne-Espérance, de l'île Ténériffe, de Rio-Janeiro et de la Nouvelle-Hollande, trad. de l'anglais, 1 v. in-8°. 5 f.

Voyages de découvertes à l'Océan pacifique du Nord et autour du monde; par Vancouver, 5 vol. in-8°. et atlas.   36 f.

Voyage au Canada, dans les années 1795, 96 et 1797, enrichi d'une carte générale, et de 11 planches, 3 vol. in-8°.   15 f.